이어져야 할
백두대간
그 남쪽을
오르며

나남출판

김준찬 산행 에세이 ①

이어져야 할
백두대간
그 남쪽을
오르며

NANAM
나남출판

히말라야 영봉
푼힐에서 본 안나푸르나 새벽 절경

"왜 산에 오르는가?"

이 말은 1978년 에베레스트를 최초로 무산소 등정하고, 1986년 로체 서벽을 마지막으로 세계 8천미터가 넘는 14개 산을 등정한 라인홀트 메스너의 《산은 내게 말한다》의 제1장 제목이다.

"우리는 대체 어디서 온 것일까?"

이 의문은 《딸 그리고 함께 오르는 산》의 저자 제프리 노먼이 갈파한 것이다.

1992년 여름 어느 일요일 아침, 내가 육체와 정신이 함께 쇠잔해 있을 때 구의동에 사는 안창경 중학교 동기회장이 도곡동까지 차를 몰고 와 나를 일으켜 세우고는 마천동으로 가서 남한산성 서문까지 같이 올랐다. 그 후 일 년이 지나자 나는 성벽을 따라 세 시간 반 만에 남한산성을 일주할 수 있게 되었으며, 그제야 청계산이 보이고 관악산, 북한산, 도봉산 그리고 수락산과 불암산이 차례로 보이기 시작했다. 불곡산, 소요산, 명성산, 백운산을 넘어서는 한북정맥이 보이기 시작했고 국망봉, 명지산, 화악산, 청계산을 올랐다. 1998년 5월 지하철 7호선이 물에 잠기는 날 밤에 국망봉이 올려다 보이는 도마치계곡에서 '죽음의 밤'을 지새우기도 했고, 그 전 해에 대학 친구인 전문 클라이머 오영배 학형을 따라 설악 석주리지를 하면서 희야봉을 오르기 위하여 '나이프 리지'에 섰을 때 영생불사의 '브로켄현상'을 보고는 꿈인가 싶기도 했다.

자유의지에 의하여 산 들머리에 서는 자체가 '운명'이며, 산은 오르기도 힘들고 내리기도 힘이 든다. 산은 오르기에 쉬운 날도 있지만 한 걸음 떼는 것조차 힘겨운 날도 있다. 걸음은 느려지고 배낭이 천근 무게로 내리누를 때는 자포자기의 심정이 되나 그리하여 이 세상에서 철저히 '혼자' 라는 생각이 들 때 나는 자유로워지고 무한한 힘이 솟아난다.

2001년 초, 고교 동기생 네댓 명이 백두산악회에서 주관하는 매달 첫째, 셋째 주에 무박과 당일을 겸한 백두대간 51구간 종주에 참여하기로 하였다는 사발통문을 접하고 나도 해보기로 마음을 굳혔다. 메스너의 말대로 '인생에서 중요한 것은 단순히 한 그루의 나무를 심거나 발자국을 남기는 것이 아니라 마음속에 있는 산을 옮기는 것이다' .

무수한 봉우리를 오르내리고 힘들고 어려운 순간도 많았으나 동이 트는 이른 아침, 석양에 산마루로 순간적으로 빠지는 태양, 능선에 흐드러지게 피고 지는 야생초화, 깊은 계곡의 소와 담, 칠흑같이 들어찬 원시림, 이름 모를 새 소리, 눈과 바람과 햇빛과 비, 이 모든 것들은 내가 왜 이곳에 있는지 무엇을 하고 있는지에 대한 의문을 사라지게 하고 인생의 실질적인 문제를 떠나 초월적인 무엇인가가 곁에 다가오는 것을 느낄 수 있게 해주었다.

이와 더불어 유년시절을 보냈던 바다를 맞대고 있는 통영의 기억이 아스라이 떠오르고, 발정난 소를 찾아 한밤중까지 미륵산을 헤매던 추억이 뒤엉킨 실타래의 실이 풀려나오듯 줄줄 새어 나오기 시작했다. 이 모든 것은 영혼의 양식이었던 셈이다.

이제 진부령에 내려설 때까지 5구간이 남았다. 무사히 종주를 마치고 통일이 되면 힘이 남아 있는 한 나머지 북쪽구간도 해볼 생각이다.

이 책이 나올 수 있도록 애써주신 나남출판사 조상호 사장님, 이필숙 실장, 방순영 편집부장과 편집부 직원들, 개념도를 그려준 서상회 님, 기꺼이 사진을 제공해 주신 '한국의 산' 대표 박한식 선배님과 전문산악인 윤인표 대장 그리고 백두산악회 회장님과 대장님들에게 감사를 드린다.

또한 나를 주님 앞으로 인도한 아내와 멋진 아빠가 되어 주지 못했는데도 당당하고, 착하고, 예쁘게 자란 우리 두 공주 송이, 유나에게 사랑의 뽀뽀를 보내며, 끝까지 기쁨과 고난을 함께하는 민병철, 왕한웅, 이경수, 신은식 친구들에게 그 우정 변치 않기를 다짐하며 고마움을 전한다.

2002년 11월에
김 준 찬

김준찬 산행 에세이 ①

이어져야 할
백두대간
그 남쪽을
오르며

차 례

머리말 / 7

1구간 중산리 ▶ 천왕봉 ▶ 장터목산장 ▶ 세석산장 ▶ 벽소령 ▶ 삼정리
친구들간의 약속 ·········· 15

2구간 벽소령 ▶ 성삼재
지리 10경 ·········· 23

3구간 성삼재 ▶ 만복대 ▶ 고리봉 ▶ 수정봉 ▶ 여원재
시간이 멈춘 가재마을 ·········· 29

4구간 여원재 ▶ 고남산 ▶ 통안재 ▶ 유치재 ▶ 매요마을 ▶ 사치재
길 아닌 길을 찾아 ·········· 38

5구간 사치재 ▶ 새맥이재 ▶ 시리봉 ▶ 아막성터 ▶ 복성이재 ▶ 치재 ▶
다리재 ▶ 봉화산 ▶ 광대치 ▶ 월경산 ▶ 중재
아막성터의 귀곡성(歸哭聲) ·········· 43

6구간 광대치 ▶ 중재 ▶ 백운산 ▶ 영취산 ▶ 무령고개
하늘 높이 떠 있는 백운산 정상 ·········· 52

9

7구간   무령고개 ▶ 덕운봉 ▶ 민령 ▶ 깃대봉 ▶ 육십령

신선이 노니는 곳 ………………………… 58

8구간   육십령 ▶ 할미봉 ▶ 장수덕유 ▶ 남덕유 ▶ 월성재 ▶ 토옥동

별유천지, 토옥동계곡 ………………… 65

9구간   황점 ▶ 남덕유 ▶ 월성재 ▶ 삿갓봉 ▶ 삿갓재대피소 ▶ 황점

남덕유의 장관과 대피소의 검둥이 …… 72

10구간   황점 ▶ 삿갓재 ▶ 무룡산 ▶ 동엽령 ▶ 빙기실

무룡산에서 본 운해 …………………… 77

11구간   병곡리 ▶ 동엽령 ▶ 백암봉 ▶ 귀봉 ▶ 지봉 ▶ 대봉 ▶ 갈미봉 ▶ 빼재

백암봉의 바람과 구름 ………………… 84

12구간   빼재 ▶ 삼봉 ▶ 소사고개 ▶ 초점산 ▶ 대덕산 ▶ 덕산재

대덕산의 품 …………………………… 91

13구간   덕산재 ▶ 삼도봉 ▶ 삼도봉 안부 ▶ 해인동

무릉도원같은 해인동 ………………… 97

14구간   물한리계곡 ▶ 삼도봉 안부 ▶ 밀목재 ▶ 1,175봉 ▶ 화주봉 ▶ 질매재

물한리계곡의 인간군상들 ……………104

15구간   질매재 ▶ 바람재 ▶ 황악산 ▶ 백운봉 ▶ 운수봉 ▶ 괘방령

황악산 아래서 헤매다 ···················· 108

16구간   괘방령 ▶ 가성산 ▶ 눌의산 ▶ 추풍령 ▶ 금산 ▶ 사기점고개 ▶ 작점고개

추풍령을 넘어서다 ···················· 114

17구간   작점고개 ▶ 용문산 ▶ 국수봉 ▶ 분수령 ▶ 회룡재

분수령의 의미 ···················· 120

18구간   회룡재 ▶ 개터재 ▶ 백학산 ▶ 개머리재 ▶ 지기재

흰 학이 비상하다 ···················· 127

19구간   지기재 ▶ 금은골 ▶ 신의터재 ▶ 무지개산 ▶ 윤지미산 ▶ 화령재

산은 낮으나 봉우리는 많다 ···················· 134

20구간   화령재 ▶ 봉황산 ▶ 비재 ▶ 못제 ▶ 갈령 삼거리 ▶ 갈령

못제를 지나 눈보라를 만나다 ···················· 139

21구간   갈령 ▶ 형제봉 ▶ 피앗재 ▶ 천황봉 ▶ 비로봉 ▶

문수봉 ▶ 문장대 ▶ 시어동계곡, 밤티재

세속을 벗어나다 ···················· 146

22구간   밤티재 ▶ 늘재 ▶ 청화산 ▶ 갓바위재 ▶ 조항산 ▶ 의상저수지

조항산 가는 길의 암릉과 단풍 ···················· 158

II

23구간 의상저수지 ▶ 조항산 ▶ 대야산 ▶ 촛대봉 ▶ 곰넘이봉 ▶ 버리미기재

대야산의 나바론요새 168

24구간 버리미기재 ▶ 장성봉 ▶ 악희봉 ▶ 은티재 ▶ 구왕봉 ▶

지름티재 ▶ 희양산 ▶ 은티마을

수려한 암릉미 179

25구간 은티마을 ▶ 희양산성 ▶ 963봉 ▶ 이만봉 ▶

곰봉 ▶ 백화산 ▶ 황학산 ▶ 이화령

배너미평전의 수수께끼 191

26구간 이화령 ▶ 조령산 ▶ 신선암봉 ▶ 깃대봉 ▶ 조령관 ▶ 금란서원

위험한 암릉들 201

27구간 조령관 ▶ 마패봉 ▶ 부봉 ▶ 평천재 ▶ 월항삼봉 ▶ 하늘재 ▶

포암산 ▶ 관음재 ▶ 꼭두바위봉 ▶ 수색골

하늘재의 비밀 212

28구간 수색골 ▶ 꼭두바위봉 ▶ 1,062봉 ▶ 부리기재 ▶ 대미산 ▶

1,051봉 ▶ 새목재 ▶ 차갓재 ▶ 작은차갓재 ▶ 배창골

찰나의 황금성 221

29구간 안생달 ▶ 작은차갓재 ▶ 황장산 ▶ 감투봉 ▶ 황장재 ▶ 치마바위 ▶

폐맥이재 ▶ 벌재 ▶ 돌목재 ▶ 문복대 ▶ 옥녀봉 ▶ 저수령

세 개의 치마바위 229

30구간 저수령 ▶ 촛대봉 ▶ 시루봉 ▶ 싸리재 ▶ 흙목정상 ▶ 솔봉 ▶ 묘적령

묘적의 세계 242

31구간 토골 ▶ 고항치 ▶ 묘적령 ▶ 묘적봉 ▶ 도솔봉 ▶
삼형제봉 ▶ 1,286봉 ▶ 죽령

도솔천에 오르다 249

32구간 죽령 ▶ 제2연화봉 ▶ 연화봉 ▶ 제1연화봉 ▶ 비로봉 ▶
국망봉 ▶ 상월봉 ▶ 석천폭포 ▶ 점말

천상의 화원 257

33구간 점말 아래 ▶ 복간터골 ▶ 상월봉 ▶ 1,272봉 ▶
마당치 ▶ 1,032봉 ▶ 고치령 ▶ 좌석리

상월불의 비밀 270

34구간 좌석리 ▶ 고치령 ▶ 950봉 ▶ 미내치 ▶ 1,097봉 ▶
마구령 ▶ 1,057봉 ▶ 갈곶산 ▶ 늦은목이 ▶ 생달

적송천지 280

35구간 생달 ▶ 큰터골 ▶ 늦은목이 ▶ 선달산 ▶ 박달령 ▶ 옥돌봉 ▶ 도래기재

인간의 의지 288

36구간 태백산을 넘다(도래기재 ▶ 구룡산 ▶ 곰넘이재 ▶ 신선봉 ▶ 차돌배기 ▶
깃대봉 ▶ 부쇠봉 ▶ 태백산 ▶ 유일사 갈림길 ▶ 사길치 ▶ 화방재)

태백에 들다 296

백두대간과 1정간 13정맥

친구들간의 약속

2001년 2월 3일 밤 10시 구로공단역 근처에서 차는 중산리를 향하여 출발하였다.

고등학교 동기생 6명이 새해 벽두부터 한 해라도 늦기 전에 백두대간을 해보자고 의견일치를 보고 백두산악회에서 주관하는 2001년 2월부터 매월 첫째, 셋째 주에 무박과 당일을 겸한 중산리에서부터 진부령까지 총 51구간으로 나누어 시작하는 백두대간 종주에 참가하기로 한 것이다.

고교동기 산악회 청산회 멤버인 왕한웅 상무, 신은식 감사, 산악회 김 회장은 산 잘 탄다고 소문이 나 있고, 이 변호사 그리고 동창회 민병철 회장은 무슨 일이 있어도 해내겠다는 집념이 대단하였으며, 나는 그동안 주로 혼자 산을 다녔기 때문에 이들에게는 다크호스였던 셈이다.

차는 어둠 속에 눈 덮인 하얀 산하를 가로질러 남으로 남으로 질주하고 있었으며, 설레이는 마음에 잠은 한숨도 못자고 꼬박 날밤을 보냈다.

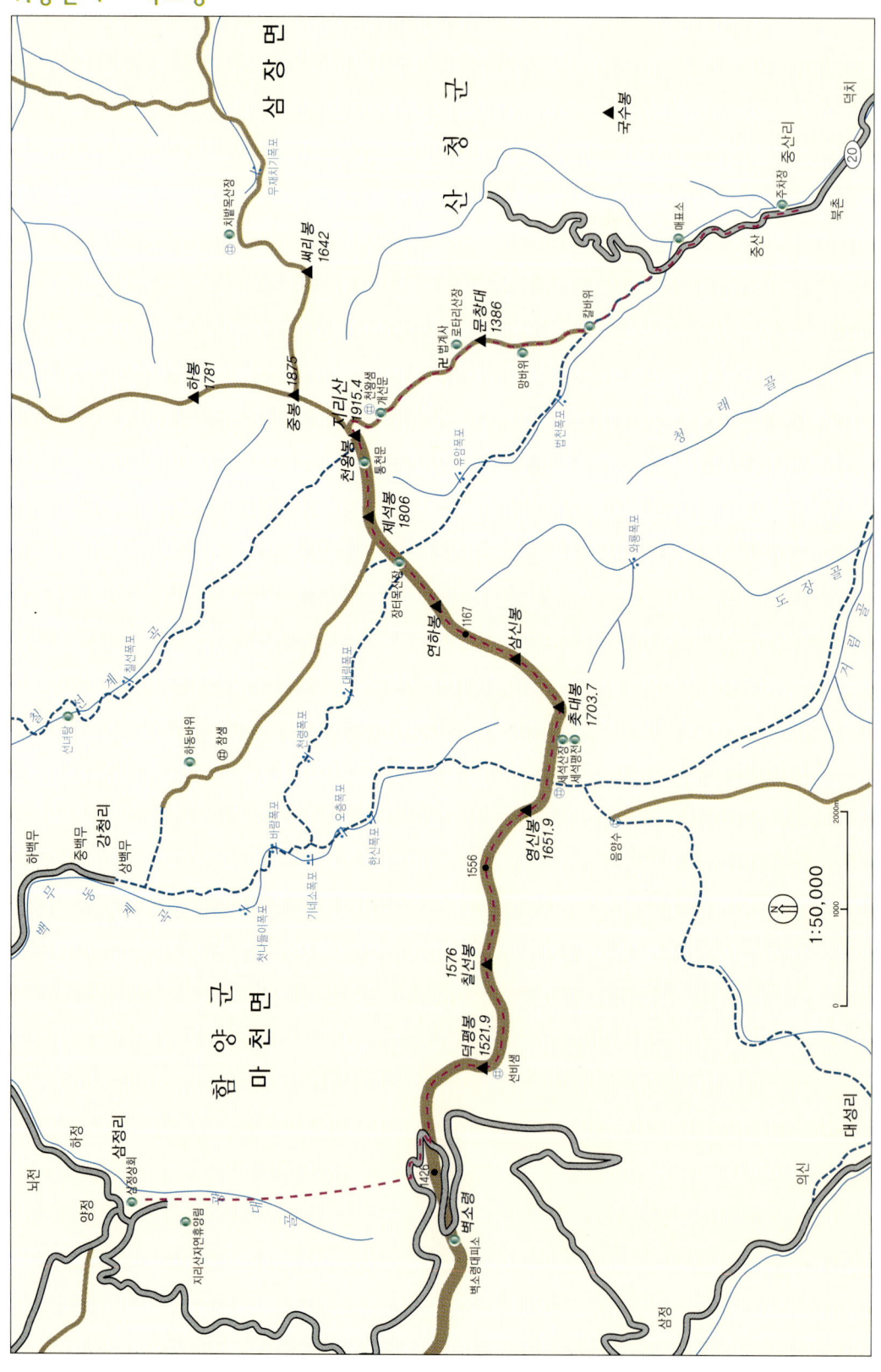

새벽 흰 눈이 희끗희끗 날리는 중산리 신상가 앞에 차는 서고 우리는 산악회에서 준비한 흰 쌀밥, 김치 그리고 시래기국으로 요기를 한 후 스패츠를 차고, 아이젠을 채우고, 후드를 뒤집어쓰고, 랜턴을 두른다고 난리를 피웠다. 손이 금방 곱아 온다.

매표소 겸 중산리 분소를 통과하여 비포장 도로를 오르니 우측으로 화장실과 야영장관리사무소가 있는 삼거리가 나왔으며, 중산리 계곡 다리를 건너 오른쪽의 순두류 가는 방향을 버리고 왼쪽의 법계사 쪽으로 방향을 잡았다. 길은 곧 숲속으로 이어졌다.

산은 눈으로 덮여 있고, 길은 눈으로 얼어붙어 미끄러웠으며, 헤드랜턴 불빛 속으로 가느다란 눈발이 밀려들고 있었다.

이마에서 남방울이 떨어지기 시작할 무렵 길 왼쪽으로 시커먼 바위가 수상하여 랜턴 줌을 조절하여 허리를 펴고 보니 도마 위의 칼처럼 날이 세워진 5미터쯤 되는 바위가 날끝을 하늘로 향하고 있었다. '칼바위' 였다.

칼바위 위 100여 미터 지점에서 다시 길이 갈라진다. 왼쪽은 중산리 계곡으로 해서 장터목산장으로 가고 법계사는 오른쪽으로 올라야 한다. 철로 된 짤막한 구름다리를 지나고 중간중간 나무계단이 있는 능선을 힘겹게 올라서니 '망바위' 다.

이후로는 완만한 능선의 숲속 길이 이어지다가 급경사를 오르더니 오른쪽으로 시커먼 물체가 보이는 듯한 것은 '로타리산장' 인 것 같았으나 좌우의 능선 끝자락은 아직도 깊은 어둠에 묻혀 있고 눈발이 거세 사물을 분간할 수가 없었다. 랜턴 불빛에 비치는 설고대만이 검은 줄기와 가지를 하얗게 덮고 있을 뿐이었다.

곧이어 우측에서 종소리가 울리기 시작하는 것을 보니 법계사가 가까이 있음이 분명하고 시각은 4시 반쯤 된 모양이다. 우리 일행은 자취도 안 보인다.

지리산은 성삼재에서 유평리까지의 지리주능선, 칠선계곡을 올라 세석을 거쳐 백무동으로, 성삼재에서 반야봉으로 올라 뱀사골로, 써리봉에서 국수봉을 거쳐 구곡산까지의 황금능선을 탄 적은 있으나 중산리로 해서 천왕봉을 오르기는 처음이다. 백두대간을 북진하는 오늘 구간이 나에게는 감회가 깊지 않을 수 없었다.

어둠 속에서 평탄한 숲길을 지나니 경사가 급해지고 철계단이 수시로 나타난다. 좌측의 바위로 이루어진 듯한 봉우리를 바짝 붙어 우회하니 본격적인 능선 오름이다.

1시간쯤 올랐을까, 바위절벽 사이로 난 길을 마지막으로 올라서니 왼쪽 북서로 시커먼 형체가 드리워 있다. 천왕봉(1,914.5미터)이다. 내가 서 있는 곳은 '개선문'이었다.

천왕샘은 눈 속에 파묻혀 어디에 있는지 분간이 안 간다. 동쪽 절벽 아래로는 건너편 능선을 사이에 두고 산자락이 내려가면서 분지를 이루고 있었다. 북서방향으로 트래바스하던 길은 갑자기 왼쪽으로 방향을 틀어 급경사를 이루면서 또

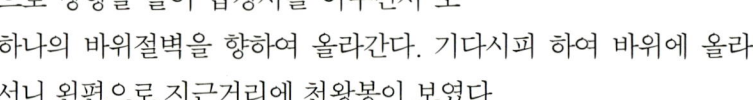

하나의 바위절벽을 향하여 올라간다. 기다시피 하여 바위에 올라서니 왼편으로 지근거리에 천왕봉이 보였다.

지금이 6시쯤 되었을까?

눈발은 그쳤으나 강풍은 볼을 에이고, 냉기는 엄습하고 있었으며, 먼저 올라온 예닐곱 사람의 형체는 거뭇거뭇하였다. 2~3분 후에 산청군 삼장면 쪽의 하늘가가 갑자기 붉어지더니 시뻘건 원이 부웅 떠올랐나 싶은 순간 잠시 후에 다시 사그라들고 주위의 붉은

겨울의 **천왕봉** 주변
(중산리 방향)

기운도 사라졌다. 그러나 그 이후로 순식간에 사방은 밝아오고 있었다.

냉기가 스며 더 이상 일행을 기다릴 수가 없었다. 천왕봉을 출발하여 오른쪽으로 중봉(1,875미터)가는 갈림길을 지나 50미터쯤 내려오니 오른쪽으로 칠선폭포가는 갈림길이 나온다. 통천문을 지나고 제석봉(1,806미터)의 고사목지대를 지나 '장터목산장'에 내려섰다.

여기서 일행을 기다리기로 하고 산장매점에서 컵라면 하나를 사

게눈 감추 듯했다. 따뜻한 커피 한 잔을 먹고 졸고 있는 사이 친구들이 도착했다.

일출 볼 욕심에 설쳤다는 변명을 하고 자리를 뜨면서 이후로는 같이 가기로 하고 산장을 뒤로했다.

신비스러운 연하봉(1,677미터)과 전망 좋은 삼신봉을 지나 촛대봉(1,703.7미터)에서 배낭을 내리고 휴식을 취했다.

세석산장을 내려다보면서 1997년 6월 7일 새벽 2시 경에 별이 쏟아지는 것을 보고 일출을 볼 수 있겠다 싶어 출발을 서두르던 모습과, 2000년 6월 칠선계곡을 올라 남부능선을 타려다가 갑자기 회사에서 연락이 오는 바람에 오후 4시경에 황급히 세석평전을 넘어 백무동 계곡으로 하산했던 기억이 꿈결같이 떠오른다.

친구들은 능선을 타고 나는 산장으로 내려와 아래 샘에서 물을 채운 후 그들을 뒤따랐다.

영신봉(1,651.9미터)을 오른 후 우측으로 트래바스하는 산길은 쇠다리가 설치되어 있는 경사가 심한 내리막이다. 1,556봉과 칠선봉(1,576미터)도 험하기는 마찬가지다.

드디어 덕평봉(1,521.9미터)을 앞에 두고 선비샘이 있는 고원 같

대장정을 시작한 날, 하산지점에서 친구들과(왼쪽에서 두 번째가 저자)

은 너른 터에 이르렀다. 우리는 이곳 샘물 주위에 둥그렇게 둘러앉아 점심을 먹기로 했다. 이런 날씨를 두고 '호랑이 장가 간다'고 하는데 금방 햇살이 났다가 금방 눈발이 흩날리곤 하였다. 여기까지는 모든 것이 순조로웠고 모두들 기운에 차 있었다.

그러나 덕평봉을 넘어서면서 갑자기 하늘이 어두워지고 눈발이 거세지고 시야가 막히면서 문제가 발생하였다. 산악회의 지시가 제대로 전달되지 못하여 벽소령 가기 전 군사도로를 따라 북서로 가다가 우측 북쪽 능선을 타야 할 것을 악천후 때문에 모두들 지형 파악을 제대로 못했던 것이다. 군사도로를 계속 따라간 사람도 있고 벽소령산장까지 가서 헤맨 사람도 있었던 것이다. 어쩌다 보니 나와 민 회장만 남게 되었다.

결과적으로 우리는 산악회의 지시를 제대로 따른 셈이다. 그러나 인적이 없는 길은 눈이 허리께까지 차 올랐고 갈림길 테라스봉까지 7~8백미터나 되는 거리를 교대로 러셀을 하면서 헤쳐나가야 했던 것이다.

함양군 음정마을로 내려가는 능선과 계곡은 눈 속에 파묻혀 인간의 접근을 꺼려하고 있었다. 버스가 대기하고 있는 삼정상회에서 한 시간쯤 기다렸을 때에야 우리 일행을 모두 만날 수 있었다.

결국 이날의 변고로 이 변호사와 청산회 김 회장은 백두대간 구간종주를 포기하게 된다.

지리 10경

백두산악회에서 주관하는 중산리에서 진부령까지 백두대간 종주 51구간 중 2구간이다. 2001년 2월 17일 밤 구로공단 전철역 부근에서 정각 10시에 버스는 출발했다. 1구간 때 고교동기 6명이 시작하였으나 2명이 그만두게 되었다. 길은 빙판이고 날씨는 하늘의 별이 보였다 사라졌다 한다.

18일 새벽 3시경 삼정리쪽 지리산휴게소에서 산악회에서 준비한 흰 쌀밥과 신김치 그리고 시래기국을 게눈 감추듯이 치우고 여장을 준비했다. 지난번에는 화장실도 없는 그냥 노천 같은 상가(그 시간에는 모든 문이 잠겨 있었다) 앞이었는데 오늘은 훨씬 나은 편이다.

지난번에(1구간, 즉 중산리에서 벽소령까지) 삼정리 쪽으로 탈출할 때 무릎까지 오는 눈을 거의 '러셀' 하다시피 한 것을 생각하면 소름이 끼친다. 그러나 벽소령 밑 헬리포트 있는 곳에서 오른쪽으로 오르면 훨씬 수월할 것 같다는 것을 그때 생각해 두었다. 그러나 그곳까지만 해도 된비알을 3시간여에 걸치는 사투를 벌여야 한다.

우리 대원 2명은 앞장을 서고 나와 민 회장은 정각 4시 반에, 어

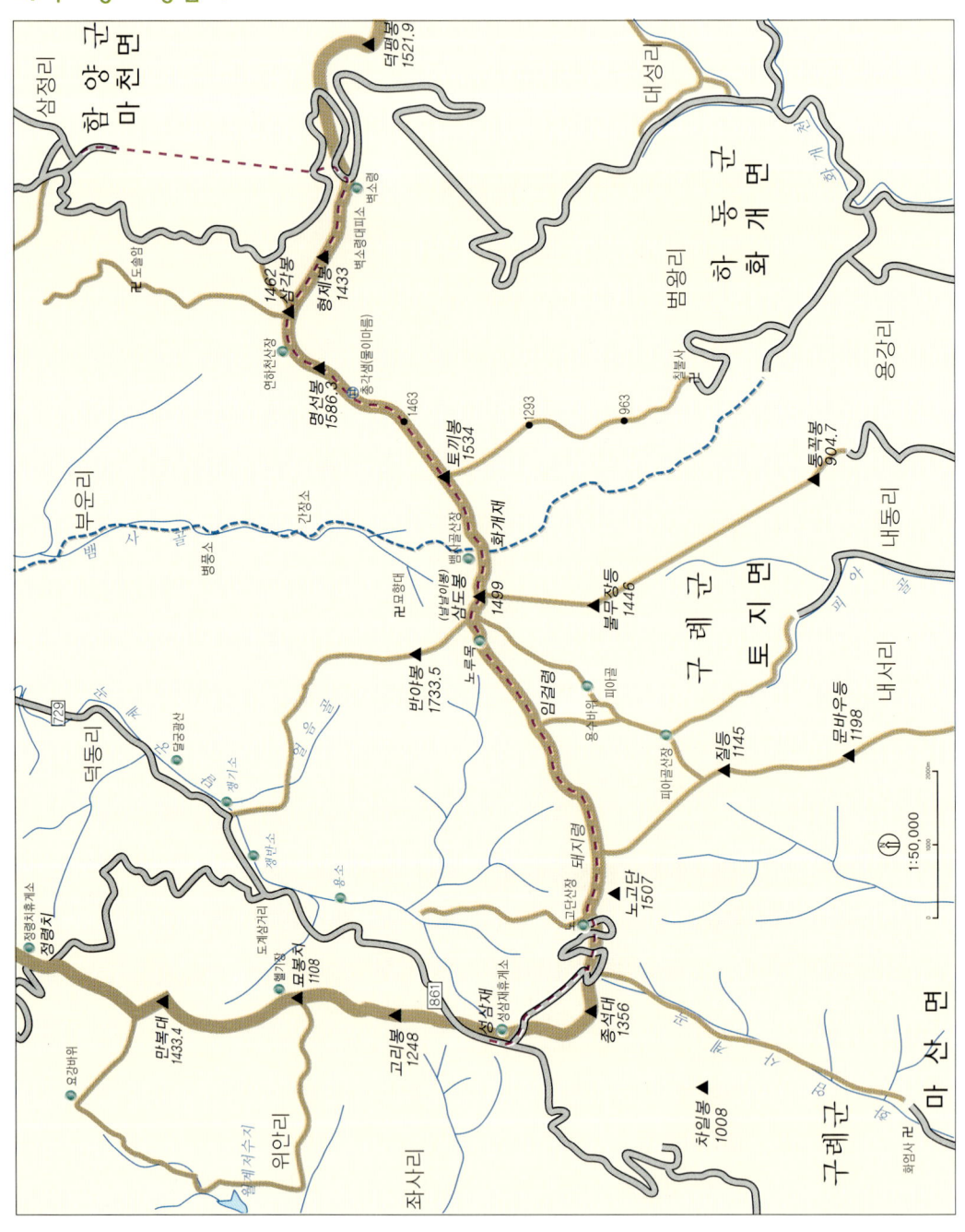

차피 11시간 정도를 걸어야 될 것을 감안하여 체력안배를 하면서 조급함을 눌렀다.

6시 반경 헬리포트 아래 된비알을 휘돌아 가는데 좌측으로 덕평봉(1,522미터)을 배경으로 하현달이 무서운 기세로 흘러가는 구름 속에 얼굴을 내밀었다 사라지기를 거듭하고 있었다. 그러고 보니 오늘이 24절기 중의 하나인 우수다. 벽소명월은 지리산 10경 중의 하나다. 어둠의 장막 속에서 싸늘한 조각달은 덕평봉을 감싸고 있는 시커먼 구름과 조화를 이루는 가운데 스산한 기운이 전신을 엄습한다.

벽소령이다!

산장은 문이 잠겼고 여명이 트이면서 올라온 삼정리 쪽과 화개면 쌍계사 쪽이 윤곽을 드러내고 빨치산들의 아지트가 그려진 안내판이 보인다. 먼저 올라온 대원 둘이 어디서인지 나타나 출발을 서두르고, 나는 민 회장을 기다리면서 새벽이 깨어나는 것을 숨을 죽이고 지켜보고 있었다.

오전 9시경 형제봉을 오르면서였다. 동쪽 산청 쪽에서 해가 올랐는데 좀체 얼굴을 내밀지 않던 햇살을 배경으로 멀리 천왕봉이 구름에 감싸이면서 그 왼쪽에 중봉 그리고 그 옆에 또 하나의 산군을 거느리고 있는 하봉이 스카이라인을 긋고 그 한 뼘쯤 위에 유사한 능선이, 그리고 그 위에 약간 모양을 달리한 기묘한 능선이 하늘을 수놓으면서 마치 눈 덮인 히말라야 산군을 연상케 했다.

수도-가야산을 종주하면서 새벽 동이 트기 전에 어둠 속에서 단지봉, 좌일곡령, 두리봉 가야산을 잇는 능선 위에 무섭게 솟아 있는 또 하나의 하늘에 닿아 있는 능선을 보고 저곳을 어떻게 가나 싶어 갑자기 자지러지게 놀랐던 기억이 생생하게 떠오른다. 조금 후 여명이 가시면서 그 무섭게 보였던 능선은 실제의 산 능선을 투영한 구름산맥 이었음을 알고 놀란 가슴을 쓸어내린 적이 있는데,

25

© 박한식

지리능선

이러한 모습은 한북정맥을 타다가 도마치 계곡에서 고립되어 이른 새벽 추위에 떨며 국망봉을 바라 볼 때에도 똑같았다.

오늘은 지리산 형제봉에서 눈이 부신 히말라야 고봉의 설경을 본 것이다. 둘은 한동안 서서 그 광경을 지켜보면서 넋을 잃었다. 그 광경은 잠깐이었고 홀연히 태양이 사라지면서 다시 날씨는 어두워지고 안면을 때리는 북서풍에 몸이 날린다. 눈보라가 치기 시작한다. 그때 이후로 성삼재에서 잠깐 햇살이 비친 것을 제외하고는 종일 눈보라가 친 것이다. 지리산에서 찰나였지만 히말라야 산맥의 흰 눈을 본 것은 행운이었다.

형제봉을 내려오면서 둘은 지리산 10경을 기억해 내려 하였으나 꼭 한두 가지가 빠진다. 중요도와 서쪽에서 동쪽으로 다시 정리해 들어갔다.

天王日出, 老苦雲海, 稷田丹楓, 般若落照, 佛日瀑布

다음으로

壁宵明月, 細石철쭉, 烟暇仙境, 七仙溪谷

그리고 마지막으로 蟾津淸流!

그 중에 피아골 직전단풍은 아직 보지 못하였으니 어느 해 가을
에는 꼭 한번 가 보리라!

연하천대피소는 언제 찾아도 아늑한 곳이다. 산장을 지키는 젊은
이에게 컵라면 두개와 페트 병에 든 4홉들이 소주를 사서 대피소
안으로 들어갔다. 대학생으로 보이는 남녀 다섯 명이 버너에 라면
을 끓이면서 느긋하게 눈보라 치는 늦은 아침을 즐기고 있었다. 유
평리에서 출발하여 치밭목, 세석 그리고 이곳 대피소에서 묵었는
데 오늘이 사흘째라고 한다. 이들은 산천과 시간을 즐기고 있었다.

명선봉(1,586미터)과 총각샘 부근을 지나고 토끼봉으로 착각한
1,463봉을 힘겹게 올랐으나 진짜 토끼봉(1,534미터)은 저 멀리서
위엄 있게 도사리고 있었다. 산행시에 이런 경우가 제일 지치고 힘
이 든다.

화개재에서 차가운 샘물을 들이키고 눈을 등에 대고 팔자로 드
러누워 하늘을 보니 온통 짙은 눈보라가 화개재를 휩쓸고 지나간
다. 커피를 마시고 휴식을 취한 후 행장을 꾸려 삼도봉을 향해 길
을 나섰다.

삼도봉을 오르는 계단은 하늘을 오르는 사다리다. 어차피 눈보
라 때문에 주변경치는 볼 수 없어 두 눈 딱 감고 발걸음을 헤아리
기 시작했다. 삼도봉을 이루고 있는 암괴를 지나치면서 '높은 데
있는 바위는 기를 제일 많이 받고 있기 때문에 맨손으로 바위를 만
지면 그 기를 받는다'는 그럴 듯한 나의 말에 민 회장은 오버글로
브를 벗고 차가운 암벽을 한참 동안 쓰다듬고 있었다.

27

노루목에 이르러 반야봉을 보고 가자는 민 회장의 말에 눈보라 때문에 아무것도 볼 수 없을 텐데 꼭 가야 되느냐고 했더니 그렇지 않단다. 힘들기는 했으나 여태까지 별 탈 없이 잘 오다가 그곳에서 헷갈렸다. 이태 전에 반야봉에서 삼도봉 쪽으로 하산할 때 노루목 밑둥치에 이르러 소나무군락과 바위들을 지나친 것까지 기억해 내었으나 눈보라에 앞이 가려 눈이 다져진 우측 길로 접어들었다.

십여 분을 내려갔을까!

길은 좌측으로 방향을 틀어 올라가야 하는데 도무지 그럴 기미를 보이지 않고 한없이 내려갈 기세다. 그 길은 뱀사골계곡으로 내려가는 길이었다.

이럴 때는 원위치를 하여야 한다. 노루목까지 기어 올라와 털썩 주저앉으니 기운이 빠지면서 아무 생각이 안 난다. 정신을 차리고 주위를 살피니 그곳은 사거리로 성삼재 쪽 진행방향과 달궁 방향 사이 북서쪽으로 희미한 오름길이 바위 사이로 나 있는 것이 보였다. 30여 분을 허탕 쳤다.

반야봉은 지나쳤으나 어찌 되었든 기분은 상쾌한 것이 이제 평탄한 내리막 능선이라 휘파람부는 일만 남았기 때문이다. 임걸령 못 미쳐 샘물을 마시고 1,424봉을 오르기 시작했다. 돼지령을 지나 노고단재를 지나니 노고단재 북서쪽에 모형 '노고단'을 세워 놓은 것이 눈보라 속에 희미하게 자태를 나타낸다.

노고단 산장 위 큰마당의 의자에 앉아 숨을 돌리는 사이 먼저 내려온 신 감사가 반갑게 다가온다. '노고단 산장'을 배경으로 기념 촬영을 하고 성삼재에 내려오니 3시 반이었다.

11시간의 긴 여정이 막을 내리는 순간이었다.

시간이 멈춘 가재마을

2001년 6월 3일

오늘은 지난 3월 4일 계획된 구간이었으나 그때는 폭설 때문에 차가 성삼재까지 올라갈 수 없었고 지리산남부 성삼재분소에서 통제하는 바람에 건너뛰었던 곳이다. 그날은 '여원재'에서 '사치재'까지를 대신 했다.

11시 50분 성삼재에 도착할 때까지 그 동안 서로의 삶이 궁금하였던 친구들은 이야기꽃으로 기운이 살아나고, 들녘으로 농부들의 모습이 한가롭다. 모는 이미 이양이 다 끝나 녹색이 짙어가며 보리 베고 타작하는 모습에 불현듯 옛 어린 시절이 생각난다.

차는 시암재를 거쳐 성삼재에 오르고 우리는 지리산 순환도로를 가로질러 왼쪽 철조망 사이로 올라 희미한 대간길로 들어섰다. 오늘은 시종일관 남에서 북으로 진행하며 시간에 비해 긴 구간이라 서둘러야 한다. 그러나 항상 체력의 3분의 2만 소진한다는 원칙으로 느긋하게 후미를 섰다. 이 구간은 삼한시대와 삼국시대의 역사의 현장이기도 하므로 눈여겨 살펴보기로 하였다.

강기리

양가리

이백면

평촌리
과립리

효기리

여원재 24 북천리
서천리
준향리

입망치 행정리

수정봉
804.7
덕산리
덕산저수지

가재마을
주촌리

덕치리

호경리
고촌

730

주천면

고기리

큰고리봉
1304.5

정령치휴게소
정령치

만복대
1433.4

월계저수지

위안리

대평리

산동면

좌사리

작은고리봉
1248

861

성삼재
성삼재휴게소

시암재

1366
종석대

바위

동천리

운봉읍

화수리

남원시

용산리

산덕리

공안리

공안제

세동치

세걸산

산내면

덕동리

729

덕두산
1149.9

바래봉
1165

팔랑치

1122.8

부운치

부운리

달궁광산

쟁기소

도계삼거리
헬기장
묘봉치
1108

쟁반소

용소

요룡대

탁용소

단심폭포

간장소

반야봉 1733.5

(날날이봉)
삼도봉 뱀사골산장
1499 화개재

임걸령

노고단산장 돼지령

1:50,000
0   1000   2000m

관산리

12시 20분에 작은고리봉(1,248미터)에 올랐다. 오르는 사이 우측 뒤 남동방향으로 반야봉과 노고단이 시종 지켜주고 있었으며, 반야봉은 큰고리봉(1,304.5미터)에서 직각 왼쪽으로 꺾일 때까지 같이 해주었다. 반야봉의 여성 둔부와 같은 곡선은 언제 보아도 신기하다.

우측으로 심원마을이 어림되고 그 아래로 달궁마을이 가늠되는데 지리산 외곽도로가 그 평화로움과 고요함을 엉망으로 만들어 놓았다. 전하기에 마한의 한 부족이 이 심원계곡으로 들어와 달궁마을에 궁전을 짓고 살았으며, 대간상의 정령치는 진한과 변한의 침략을 막기위해 정 장군으로 하여금 지키게 하고 성삼재는 각성(各姓)반이 장군 세 명으로 하여금 지키게 하였고, 대간길에서 벗어나 세걸산 지나 바래봉 가기 전 팔랑치는 병사 여덟 명으로 지키게 하였다고 한다. 지리산 마한왕조는 가야세력에 의해 정복되며 이때 지리산은 김해 가락국의 영토로 편입된다.

새의 우는 소리를 인간의 소리로 옮기기가 힘들고 소리내는 것도 인종마다 틀린다.

'구구구구. 워~ 워익, 워~워 쭈루룩, 삐쭉 삐쭉, 찌리릭~.'

소쩍새, 종달새 등 조류도감도 한번쯤 봐 두어야 되겠다.

1시 20분에는 묘봉치(1,108미터)에 도착한 후 우측으로 가야 될 것을 직각 왼쪽으로 접어드는 바람에 산동면 위안리 쪽으로 가다가 10분 만에 원위치 했다. 지난번 삼도봉 전의 1,171봉을 내려서 목장길을 따라가던 악몽이 되살아난다. 오는 동안 산죽과 꽃무리를 수없이 보았다. 이곳 산죽은 키가 오륙십 센티미터이며 흰 테두리를 둘렀다. 꽃무리들은 노란색, 흰색, 자주색, 보라색 이외에도 표현할 수 없는 기묘한 색깔을 띠고 있다. 안개꽃 같기도 하고 제비추리 같기도 한데 모른다는 것이 이렇게 답답한 줄을 새삼 깨닫는다.

묘봉치 아래 헬리포트를 내려서니 만복대(1433.4미터)가 마치 한

31

라산 백록담, 대간길의 백운산, 대덕산 오름길처럼 멀리 그리고 사람의 범접을 꺼려하는 듯이 의연하게 버티고 있다. 만복대 오름길은 그 끝이 없는 것 같았다. 왼쪽은 급경사이고 오른쪽은 완사면을 이루고 있는데 산자락의 6부 위는 키 큰 나무는 볼 수가 없고 대신 억새풀이 지천이다. 늦가을의 억새풀 장관이 펼쳐지는 꿈을 꾼다.

헬리포트를 지나 2시에 만복대 정상에 올라섰다. 초원지대가 끝도 없이 광활하게 펼쳐져 있고 십자가모양의 팻말도 있으며 돌탑도 세워져 있다.

오늘 점심은 여기다. 정상팻말 아래 사방이 트인 경치 좋은 곳에 우리 넷은 자리를 잡았다. 민 회장의 물김치와 국물, 신 감사의 주먹밥 그리고 내가 준비한 방울토마토와 오이 썰은 것! 거기다가 '산' 소주를 곁들였다. 물김치가 산에서는 최고라는 것에 모두가 동감하고 다음부터는 각자 챙기기로 하였으며, 왕 상무를 시초로 민 회장이 장만한 앉은뱅이 의자를 나와 신 감사는 부러워했다.

지리산 100리 능선이 한눈에 들어오고, 노고단, 반야봉, 명선봉, 촛대봉, 천왕봉, 중봉, 하봉이 뚜렷하며, 성삼재에서부터 이어온 능선은 파도처럼 굽이치고, '작은고리봉' 부터는 억새가 능선을 메우고 있었다.

하늘은 파란, 하얀 그리고 우윳빛이 층을 이루고, 태양은 해무리를 하고 있다가 때때로 환하게 얼굴을 내민다. 북북동으로 꾸불꾸불한 정령치 도로가 내려다보이고 운봉 평야가 가물가물한다.

2시 10분에 자리를 털고 일어나 300미터쯤 내려가니 오른쪽으로 갈림길이 나타나는데 이제 왼쪽으로 갈 리는 없다. 조금 전 만복대 정상에서 정령치 쪽은 머리 속에 그려놓았기 때문이다. 급경사 오르막에는 키 큰 숲이 하늘을 가린다. 땀을 비오듯 쏟고 봉우리에 올라서니 정령치 도로가 내려다보인다. 나무계단을 한동안 내려 도로를 건너니 정령치 휴게소다.

정령치는 해발 1,172미터! 전라북도 산내면과 주천면을 이어주

중봉에서 본 만복대~
정령치~바래봉 능선

는 재다. 휴게소에서 홈대를 통해 흘러나오는 시원한 물을 두 컵이
나 들이키고 2리터들이 페트병을 가득 채웠다. 매점에서 복분자를
사서 배낭에 넣고 휴게소 왼쪽으로 올라서 능선에 붙었다. 페어그
라이더가 서너 개 하늘에 떠 있고 막 비상을 하려던 한 젊은이가
갑작스러운 돌풍에 능선으로 곤두박질을 쳤으나 다행히 큰 부상은
면한 모양이다.

 암릉이 있는 곳에는 비경이 숨어 있다. 큰고리봉(1,304미터) 가는
길 좌측 주천면 쪽이 급경사를 이루면서 암릉과 암봉들이 연이어
나타난다. 정각 3시에 큰고리봉에 올라섰다. 고리봉은 일명 환봉
이라고도 하는데 위에서 보면 반지같이 보인다고 하여 그런 이름
을 얻었다. 북동으로 세걸산, 팔랑치, 바래봉(1,165미터), 다음에
덕두산(1,148.9미터)이 그 능선을 마감하고 함양 인월면으로 자맥
질을 한다. 태양이 남서쪽에 있으니 지리산 주능선쪽은 태양의 반

대편에 있다. 바래봉 정상의 철쭉 군락은 초원지대같이 보였다. 가까이 반야봉 능선이 짙은 녹색을 띠고 지리산북부관리사무소 반선 쪽으로 산그림자를 드리우고, 다음으로 명선봉 능선이 뱀사골을 지나 다시 삼정산(1,225미터)을 일구어 실상사로 잦아들며, 마지막으로 촛대봉(벽소령, 덕평봉 그리고 영신봉은 명선봉에 가려 모습을 드러내지 않음)과 연하봉, 제석봉, 천왕봉, 중봉 그리고 하봉을 잇는 지리산 주능선이 각각 차례로 초록에서 옅은 검은색까지 그 음영을 드리우고 있었다.

자연은 최고의 예술가다! 한동안 꿈을 꾸다가 행장을 차렸다. 정상에서는 직각 왼쪽으로 방향을 잡아야지 계속 진행하다가는 세걸산 쪽으로 빠진다.

북서쪽 대간길은 급경사 내리막이었으며 7부 능선 위는 소나무와 산죽이 장관을 펼치고 있었다. 내 벗이 몇인고 하니 수석과 송죽이라! 그리고 보니 이곳에는 물(水)이 빠져 있다. 고촌 마을에 이르기까지 1시간 여 동안을 줄곧 능선, 소나무 군락 그리고 키 작은 산죽과 같이했다. 소나무는 왼쪽은 남녘이라 햇빛을 받아서인지 실팍하고, 오른쪽은 큰 키에 귀족같이 여린 모습으로 대조를 이루면서 조화롭게 서 있었다. 햇빛은 가끔씩 얼굴을 내밀어 나뭇가지와 땅에 반점을 그리고 바람은 능선을 휘돌아간다.

묘 1기를 지나니 목장 철조망이 이어지고 그 철조망을 지나서 길은 왼쪽으로 꺾이며 이윽고 정령치와 연결되는 도로가 보이더니 고촌 마을이 나온다. 정각 4시였다. 이곳 도로는 운봉으로 가는 60번 지방도로와 정령치로 가는 6·3지방도로, 그리고 주천면으로 가는 6·7지방도로가 만나는 삼거리다. 길을 건너니 단층으로 지은 '선유산장 민박집'이 깔끔하고, 꽤 넓은 앞마당과 뒤뜰의 소나무 십여그루는 운치를 더해 주고 있었다.

운봉읍으로 가는 지방도로를 1킬로미터쯤 따라가니 도로는 오른쪽으로 꺾이면서 좌측으로 '노치부락, 구룡폭포' 팻말이 있는 삼거리를 지나고 다시 우측으로 운봉 가는 길이 갈리면서 대간은 북서쪽 가재마을 안으로 들어간다. 가재마을은 남향이라 우선 따뜻한 기운이 느껴지고 부촌(富村) 냄새가 났다. 마을 뒷편에는 봉우리가 다섯개인 산군이 에워싸고 있다. 마지막 제일 높아 보이는 것이 수정봉(804.7미터)이며 이제 수정봉만 넘으면 여원재가 가깝고 오늘의 대간은 마감이다.

마을 뒤 산 입구 언저리에 짙은 녹색의 키 큰 소나무 네 그루는 그 모습이 가히 대장부다. 송아지만한 누렁이가 인기척이 나도 꿈쩍도 아니하고 오후의 낮잠을 즐기고 있어 깨울까 싶어 조심조심 발걸음을 하는데 가까이서 수탉 울음소리가 들리고 개만한 고양이가 느릿느릿 대문간을 기어나온다. 미루밑 멍석에 흰 수염을 열자나 단 촌로가 긴 담뱃대에 연초를 태우고 있었다. 이곳은 시간이 정지하고 있었다.

소로 왼편에 샘물이 있는데 차면시설이 없어 켕겼으나 마을 촌로들이 물맛이 그만이라 하여 큰 바가지에 들이켰더니 '세상에 이리 기막힌 물맛'은 처음이었다. 샘물 뒤 옹벽에는 향나무 한 그루가 서서 우물에 그늘을 드리우고 있었다.

네 그루의 소나무가 있던 잔디밭 너른 터 입구에 비석이 세워져 있고 '天祚○土之神位'라 음각되어 있다. 마을 수호신을 제사 지내는 곳이다. '○'은 사람 '人' 변에 다음 글자가 신하 '臣' 인 것 같기도 한데 판독이 잘 안되었다. 가재마을은 전체적인 분위기가 마치 청학동에 들어선 느낌을 주는 이상한 곳이었다.

보기 좋게 생긴 첫 봉우리까지의 오름길은 급경사였다. 봉우리에는 직사각형의 식탁 같은 바위가 멋있게 놓여 있고 한 줄기 바람은 비 오듯 흐르던 땀을 몽땅 씻어가 버린다.

뒤돌아보니 대간은 고리봉에서 고촌 마을, 주촌 마을 그리고 가재마을로 이어지는데 이는 고남산 밑 매요 마을에서 교회를 지나친 후 얕은 봉우리를 오를 때 받은 느낌과 비슷하였다. 여기서 새

35

삼 깨달은 것은 '대간은 절대 물을 건너지 아니한다'였다. 마을의 들판을 기름지게 하는 토지는 좌에서 우로 펼쳐지나 수로는 그 대간과 평행선을 이루고 있을 뿐이지 하나라도 가로지르는 것을 찾아볼 수 없었다.

동남으로 가재마을 옆에 덕산저수지가 파란 색깔로 숲의 초록과 경연을 벌이고 있다. 지리산 주능선은 고리봉에 가려 모습을 감춘 지 이미 오래다.

첫 봉우리에서 수정봉까지는 봉우리마다 왼쪽으로 절벽과 암릉, 전망대, 소나무군락 그리고 바람이 절묘한 조화를 이루고 있어 두리번거리느라 진행이 더뎠다. 드디어 5시 반에 수정봉에 올랐다.

정상에는 큼직한 흰 천이 나무중턱에 매여 있다. 누군가가 수정봉 임을 알리려고 한 것 같았다. 잡목이 우거져 전망이 볼품없어 능선으로 빠져나오니 비로소 전망이 트인다. 운봉면 소재지의 크고 작은 마을이 한눈에 들어오고 운봉 평야가 펼쳐져 있으며 공안리, 장교리, 신기리 일대의 수많은 '제'(저수지)가 보석처럼 반짝인다. 백두대간과 고리봉, 세걸산, 팔랑치, 바래봉, 덕두산을 잇는 능선 사이에 황산이 솟아 있다. 황산은 군사적으로 전략적인 요충지였다.

황산벌 전투는 660년 신라 태종 무열왕 때 계백장군 휘하 5,000명의 결사대가 신라군에 패퇴하고 계백도 전사했는데 황산벌은 지금의 충남 논산군 연천면을 이르는 것이고 여기 황산은 1380년(고려 우왕 6년) 9월에 이성계가 왜구를 격퇴시킨 곳이다. 그리고 조선 말 동학군은 끝내 황산이 있는 여원재를 넘지 못하였던 것이다.

건너편에 우뚝 솟은 산이 보이는데 만약 저 산을 넘어야 한다면 오늘은 죽었다고 생각했다. 그러나 결국은 그 봉우리를 넘어야 여원재가 보이는 것이다. 많이 지쳐 있었다. 5시 50분에 입망치 사거리에 도착했다. 길은 희미하나 우측으로 답(畓)이 보이며 잘 가꾼 묘 1기 있는 곳으로 대간이 이어진다. 쉬어가기로 하고 마지막 남은 안주와 '산' 으로 허기를 채웠다.

　6시 20분에 절망처럼 보이던 봉우리(685미터)에 도착하였으며 건너편 눈높이에서 두어 뼘 어름에 보이는 독립된 기암을 발견하게 된다. 미륵 같기도 하고 갓을 쓴 선비 같기도 한데 그 높이가 어림잡아 15여 미터가 넘어보인다. 6시 30분에 기암 근처에서 길은 기암을 우측으로 돌아간다. 지친 탓에 기암을 보고 갈 마음에 여유가 없어 그냥 지나쳤다. 밋밋한 능선을 오르락내리락 하고 빽빽한 잔솔 숲을 헤쳐나가기도 하다가 마침내 전답이 나타나고 30여 마리의 개를 키우는 축사를 지나 여원재에 도착했다. 7시다. 해는 서산마루에 기울고 있었다.

　길고 먼 하루였다.

길 아닌 길을 찾아

2001년 3월 4일!

새벽부터 서울에는 함박눈이 내리고 있었다. 오늘은 성삼재에서 여원재까지 가야 한다. 차는 눈발을 뚫고 남으로 남으로 남하하고 있었다. 구례를 지나 천은사 매표소에서 지리산 남부 성삼재분소에 연락을 하니 폭설로 성삼재 오르는 길이 막혔다고 연락이 왔다. 산악회에서는 궁리끝에 차량의 통행이 가능한 다음 구간인 여원재에서 사치재까지로 하기로 계획을 변경했다. 여원재에 도착한 시간은 12시가 가까웠다. 오늘도 수난을 겪기는 1구간 때와 마찬가지였다.

오늘 대간 구간은 전체적으로 여원재부터 매요마을까지는 북서로 궁형(弓形)을 이루다가 매요마을에서 사치재까지는 동북으로 향하는 형상을 하고 있으나 마디마다 방향이 변하는 길 찾기가 무척 어려운 곳이다.

여원재를 가로질러 오른쪽으로 들과 마을을 두고 왼쪽으로 숲속으로 오르니 곧 울창한 소나무숲이다. 우리는 스패츠와 아이젠을

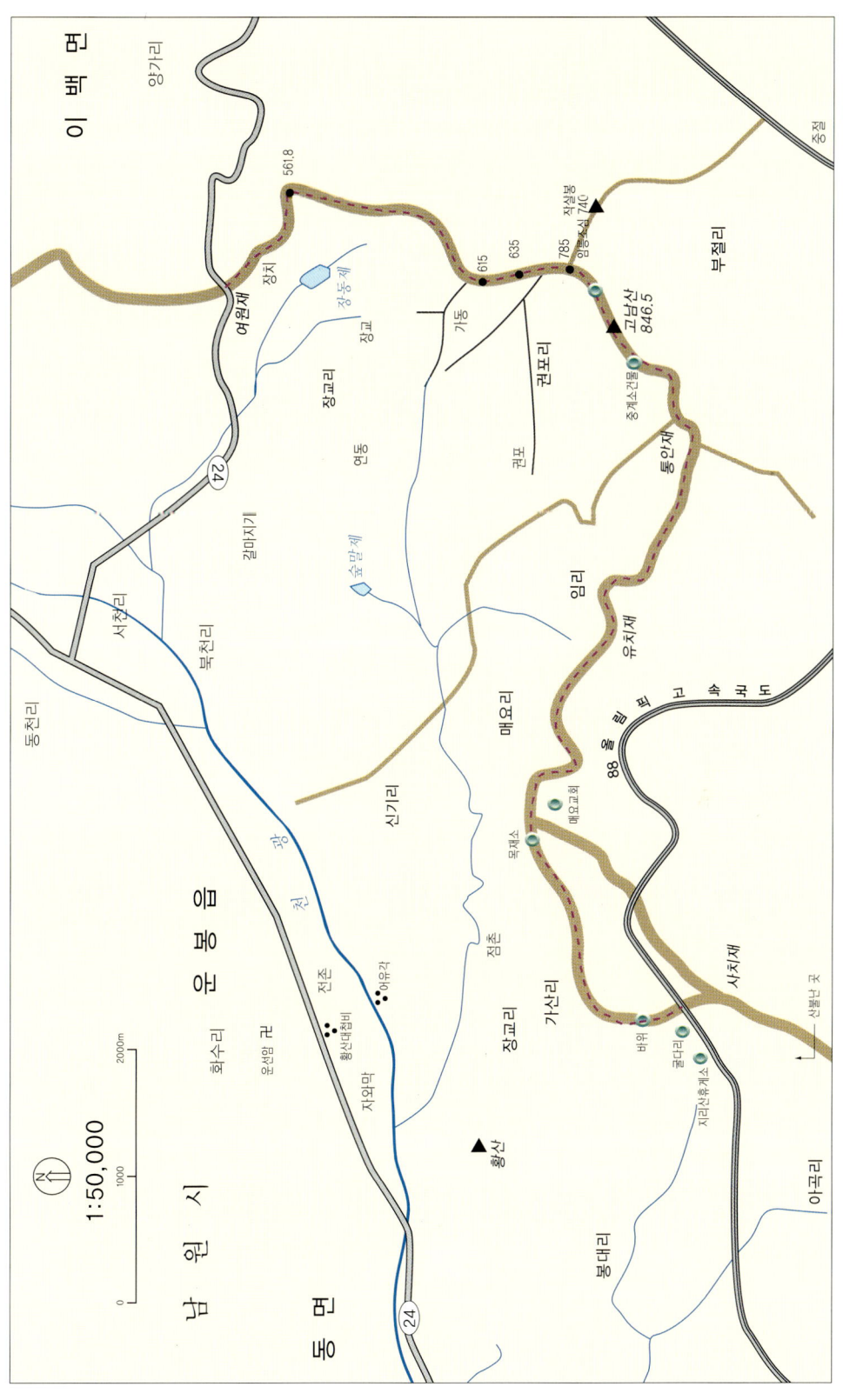

차고 후드를 조이고 미튼을 끼었다.

사선으로 날리는 흰 눈은 냉기가 엄습한다.

왼쪽 아래로 무덤과 사당을 두고 휘돌아가니 소나무숲이 끝나고 오른쪽으로 밭두렁이 나온다. 콘크리트 농로 오른쪽 가까이 장치마을이 흰 눈을 뒤집어쓰고 엎드려 있다. 소나무숲은 흰 눈을 이기지 못하여 잊을 만하면 사태 같은 눈을 아래로 쏟아붓는다.

콘크리트 농로를 가로질러 비포장 농로를 따르니 오른쪽으로 묘지가 나오고 대간은 오른쪽으로 꺾인다. 밭두렁을 지나고 좁은 콘크리트 농로를 건너 소나무숲을 지나니 능선은 다시 왼쪽으로 휜다.

오르막 끝에는 묘 2기가 있고 대간은 갑자기 오른쪽으로 꺾이며 정북으로 향하고 소나무 숲 사이로 가파른 내리막이 이어진다. 그 봉우리는 561.8봉이다.

논두렁, 밭두렁과 대간을 가로질러 넘어가는 농로, 그리고 소나무숲과 잡목숲, 묘지들은 한결같이 펑펑 내리거나 흩날리는 흰 눈 속에서 회색으로 묻어나고 있었다.

능선은 다시 왼쪽으로 휘어 평탄한 길을 이루다가 가파른 오르막을 친 후 봉우리에서 오른쪽 사면으로 휘며 다시 595봉을 지나서는 동으로 내리막이 시작된다.

615봉 오르기 전 안부는 묘 1기가 있는 삼거리였으며 동남방향으로 산자락 끝에는 저수지와 마을이 회색으로 엎드려 있었다. 묘 언저리 노송이 갑자기 한 무더기의 눈을 쏟아붓는다. 여기서부터 785봉까지는 정북 방향이다.

635봉을 오르고 내리니 묘 4기가 있고 다시 갈림길이 나온다. 우측 동남으로 운봉면 가동으로 내려가는 길이다.

785봉은 로프가 매여 있는 작은 암릉이 있고, 좌측으로 북서의 작살봉(740미터)가는 길이 있으며, 대간 표지기는 우측 동쪽으로 꺾인다. 길이 가파르기 시작하고 잡목이 나타나며 암릉도 눈에 띈다. 직진하는 암릉이 눈으로 얼어붙어 감히 붙을 생각을 못하고 우측으로 우회하니 슬랩으로 된 두개의 바위를 건너뛰어야 하는 곳에 로프가 매여 있었다. 민 회장과 나는 서로를 도와 간신히 그곳을 뛰어넘었다.

그 봉우리는 835봉이었고 이제 고남산(846.4미터)은 우측으로 머리만 살짝 보인다. 고남산 정상에는 통신시설과 이정표가 있었다. 정상 오른쪽 아래에는 산불감시초소와 헬리포트가 있으며 헬리포트를 왼쪽을 지나 고남산 송신탑 철망 울타리를 왼쪽으로 내려서니 콘크리트 길이 나온다.

콘크리트 길을 따라 한굽이 돌아 내려가니 왼쪽에 리본이 있으며 대간은 숲속으로 들어간다. 조금 후에는 오른쪽 아래로 일곱 그무의 커다란 고목이 보이고 그곳에서도 대간 능선으로 올라오는 길이 보였다.

704미터의 통안재를 지나 능선을 따르니 묘지가 나오고 곧장 이어진 길과 오른쪽 동남방향의 내리막이 보이고 리본은 오른쪽으로 붙어 있었다. 왼쪽으로 사당이 보이는 지점을 지나 묘와 소로고개를 지나니 오른쪽으로 임리로 내려가는 농로가 보인다. 그곳에서부터는 다시 오르막을 치다가 오른쪽으로 휘는 곳에 삼각점이 있었다.

내리막은 농로고개가 있는 유치재였으며 완만한 능선을 휘파람을 불면서 오르고 내려오니 매요마을 고개가 나온다. 오른쪽은 비포장이고 왼쪽은 내리막 콘크리트길이다. 대간 리본은 왼쪽으로 달려 있었다.

대간은 또 한번 기이한 풍경을 연출하고 나는 넋을 잃었다. 길은 마을을 휘돌고 가로질러 건너편 둔덕 숲속으로 올라가는 것이었다. 마을은 개 짖는 소리 하나 없이 쥐 죽은 듯이 고요하고 몇 시나 되었는지 굴뚝에서 저녁밥 짓는 연기가 피어오르며 처마 밑에는 고드름이 달렸고 겨울날 장작을 빼곡이 쌓아놓았다.

문을 걸어 잠근 구판장. 마을회관과 마을집 돌담을 지나고 뾰족

지붕의 교회당을 지나 버스주차장이 있는 삼거리가 나오고 오른쪽의 폐교된 운성초등학교를 지나 운봉 읍내로 가는 삼거리가 나온다.

곧장 도로를 따르니 '신흥공예사' 목재소가 있는 삼거리가 나오며 대간은 목재소 뒤 묘지로 올라가고 있었다. 세 무더기의 묘기를 지나 618봉에 올랐다. 온 천지 보이는 사방은 흰 눈과 회색으로 잠겨 있었다.

618봉 정상에서 왼쪽 아래의 너덜지대를 지나 능선 좌우의 손바닥만한 밭과 오르막의 묘 2기를 지나니 내리막이 시작된다. 3미터쯤 되는 바위를 지나 잡목 을 헤치고 나오니 절개지 아래로 88고속도로가 지나는 사치재가 내려다보인다.

대간은 사치재에서 88고속도로를 가로질러 곧장 북으로 향한다. 차량이 많을 때는 좌측 남원방향으로 1킬로미터 떨어진 고가도로를 이용하거나 오른쪽 대구방향 지리산휴게소 쪽으로 100여미터 가다가 도로아래 굴다리를 지나 왼쪽으로 이동하면 오른쪽 숲속으로 대간이 이어진다.

산악회 대간팀 집결장소가 대구방향 지리산휴게소인지 남원방향 지리산휴게소인지도 불명확하였고, 빨리 온 일곱 명이 사치재를 넘어 복성이재까지 가는 바람에 우리는 밤 9시 반이 되었을 때에야 남원방향 지리산휴게소를 출발하게 되었다. 그들은 사치재를 넘어 복성이재까지 가다가 어둠과 악천후 때문에 조난을 당하였으며, 밤 9시경 새맥이재 아래 논곡리에서 구조되었다.

함박눈이 어둠 속에서 숨이 막히도록 내리고 있었다.

사치재 ▶ 새맥이재 ▶ 시리봉 ▶ 아막성터 ▶ 복성이재 ▶
치재 ▶ 다리재 ▶ 봉화산 ▶ 광대치 ▶ 월경산 ▶ 중재

아막성터의 귀곡성(歸哭聲)

2002년 3월 30일 토요일 오후 5시경 강남 고속버스터미널 호남선 남원행 매표소 앞!

터미널은 호화롭게 꾸며져 있으나 무언가 선명치 아니한 어색함이 배어 있다. 나는 태생적으로 이런 곳에서 어줍다. 1966년도인가 고속버스가 처음 생겼을 때 일반버스를 타고 가면서 고속도로를 기세 좋게 달려가는 고속버스 안에 있는 사람들을 바라볼 때 느낀 낭패감 비슷한 그런 류의 심정을 말한다.

31일은 지난해 3월 18일 차를 타고 가다가 그 전날 폭음으로 별일없이 양재 IC에서 하차하고 가지 못했던 사치재부터 광대치까지를 혼자 땜질하는 것이다. 그런데 고맙게도 고교동기인 미8군에 있는 이경수 치과의사가 혼자 가면 외롭다고 같이 가주겠단다. 광대치는 탈출하기가 쉽지 않아 1시간 거리인 '중재'까지 늘려잡았다.

남원은 좋은 곳이다. 추어탕도 그렇고, 뒷마당의 땅을 파고 묵은 김치를 내놓는 과부 아줌마의 인심도 그렇고, 그 중에 좋은 것은 광한루를 만든 요천 강둑의 밤 벚꽃과 그 강을 건너 시커멓게 자리

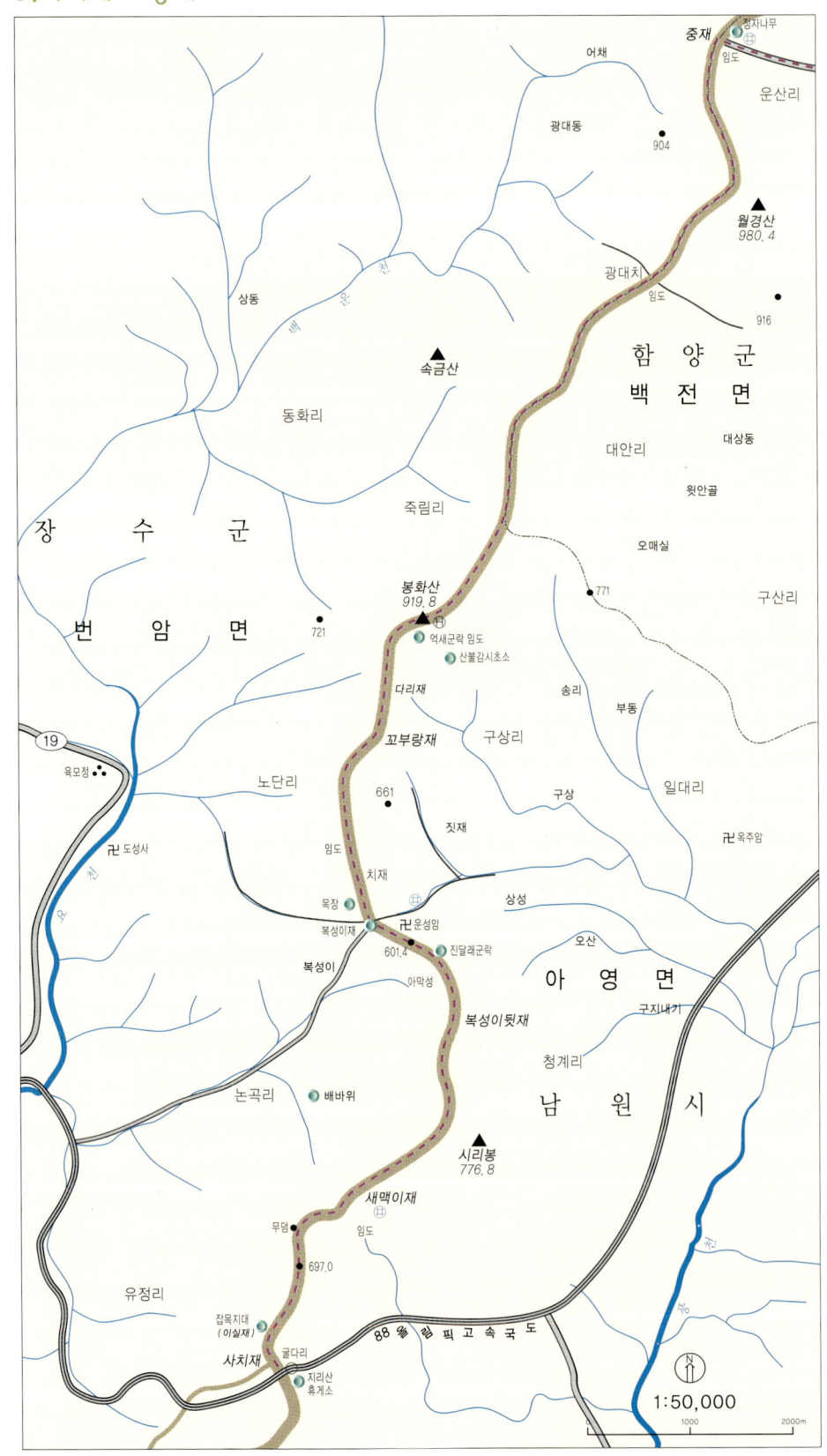

중재
정자나무
임도
운산리
어채
광대동
904
월경산
980. 4
광대치
임도
916
함 양 군
백 전 면
속금산
상동
배
운
천
동화리
대안리
대상동
윗안골
죽림리
오매실
구산리
장 수 군
771
번 암 면
봉화산
919. 8
721
억새군락 임도
산불감시초소
다리재
송리
부동
꼬부랑재
구상리
일대리
19
육모정
노단리
661
짓재
구상
임도
옥주암
치재
도성사
요
목장
복성이재
운성암
상성
천
601.4
진달래군락
오산
복성이
아막성
아 영 면
구지내기
복성이뒷재
남 원 시
청계리
논곡리
배바위
시리봉
776. 8
새맥이재
무덤
임도
697.0
유정리
잡목지대
(이실재)
88 올 림 픽 고 속 국 도
굴다리
사치재
지리산
휴게소
N

1:50,000
1000   2000m

한 산, 비를 머금고 산의 능선을 휘감아 도는 구름, 그 속을 들락거리는 달, 밝은 빛을 띠는 하늘, 그리고 반짝이는 별 하나다.

31일 새벽 4시에 기상해 5시 30분 경에 남원 방향의 지리산 휴게소에 도착하고 5시 40분에 헤드랜턴을 머리에 두르고 휴게소 뒷산을 올랐다. 6시경에 테라스봉에 올랐을 때 갑자기 어둠 속이 훤하게 뚫리는 것은 이곳이 산불이 난 지역이기 때문이리라. 어제 밤에 달과 별을 보고 이른 아침의 멋진 운해를 기대했는데 겨우 한치 앞이 보일듯 말듯 하는 농무 속이다.

6시 10분에 어둠 속에서 진달래가 마주하는 697봉에 오른 후 좌측능선을 타고 내리니 시야가 희끄무레해지면서 밑둥치가 불에 타고 중동이 잘려나간 소나무가 듬성듬성 보인다. 임도를 지나 또 하나의 봉우리를 넘어서니 길은 우측으로 휘면서 길 오른쪽에 소나무를 등지고 있는 묘 1기를 지나 곧이어 재가 나타난다. 6시 31분 '새맥이재' 다.

이제 중키의 소나무군락이 새벽의 싱그러운 대기 속으로 송진냄새를 내뿜는다. 6시 35분에 묘 1기를 지나고 곧이어 돼지바위가 있는 봉우리를 넘고 또 오르고 내린다. 운무가 발길에 거치적거리더니 기어코 빗발을 뿌리고 소나무 군락은 끝가는 데 없이 이어진다. 7시에 묘 1기가 있는 테라스봉을 넘어선다. 좌우 어딘가에 시리봉(776.8미터)이 있을 터인데 길은 왼쪽으로 돌아 곧이어 헬리포트다.

잠깐 쉬는 사이 닥터 리는 앞서가면서 나중에 만나잔다. 우측으로 내리막을 치니 사거리가 나오고 7시 20분에 힘겹게 봉우리를 오르는 순간 팔대 장승이 눈앞에 서 있다. 기겁을 하고 놀란 가슴을 쓸어내고 쳐다보니 닥터 리였다. 사거리에서 길을 잘못 들어 봉우리를 지나 내려오는 중이었다.

친구는 자기의 길이 맞는다고 고집을 피우다가 나의 설명에 수긍을 했다. 책에서나 읽은 적이 있는 '환상방황'이다. '환상방황'이란 기복이 심하지 않는 지형이 넓게 펼쳐진 지역에서 짙은 안개나 눈보라, 폭우, 피로에 의한 사고력의 둔화 등으로 자기가 목적하는 방향으로 가고 있다고 생각하나 실은 방향감각을 잃고 한 지점을 중심으로 원을 그리며 맴도는 것을 말한다. 짙은 안개와 애매한 갈림길 때문이다. 그 이후로 친구는 나를 앞서는 법이 없었다. 쑥스러웠다. 키가 큰 사람은 대체로 싱겁다.

울창한 송림이 끝나면 철쭉숲이 대신하고 간혹 진달래는 망울을 터뜨리고 있으나 표고가 낮은 곳에서는 활짝 피었던 꽃이다. 길섶 키 큰 철쭉군락 너머로 송림이 우거져 있다. 노송을 등지고 7미터쯤 되는 남근바위가 느닷없이 우측 길가에 버티고 있다. 7시 31분 781봉이다. 키 작은 철쭉과 싸리나무가 빽빽한 구간을 내려서고 7시 55분에 좌측에 묘 1기와 거목이 버티고 있는 4거리인 '복성이 뒷재'에 닿았다.

복성이뒷재를 뒤로하고 오르니 돌무더기가 나타나고 돌탑이 보이며, 곧이어 우측으로 너덜이 있는 700봉에 올랐다. 능선 좌측으로 너덜이 이어지고 2미터쯤 되는 돌탑 3기를 지나 노송아래 폐묘 2기를 지난다. 소나무 숲을 안개가 휘돌아가고 큰 거미줄이 빗방울을 머금고 있다. 귀신의 울음소리 같은 기괴한 웅성거림에 머리끝이 곤두선다.

이곳이 '아막산성' 터다. 백제와 신라의 쟁탈지였고 북동쪽 지대가 높은 것으로 보아 신라에서 쌓은 것 같다. 기괴한 소리는 그때 전사한 양쪽 군사들의 귀곡성임이 분명하다.

8시에 허물어진 성곽을 따라 601.4봉을 가시나무 덤불을 헤치고 내려가니 운해가 잔뜩 낀 산중턱에 'ㄱ'자 도단집이 홀연히 나타나서 환시인 줄 알았으나 눈을 비비고 보니 분명히 집이었다. 집은 북향으로 마당도 있고 텃밭도 있었다. 본칸은 방이 두개이고 자물쇠가 잠겨 있다. 측칸은 방이 하나로 문이 열려 있었는데 벽지는 찢겨 있었다. 대청마루 위 문설주에 '雲城庵'이라 씌어 있다. 집이 아니고 암자였다. 길 하나는 마당을 가로질러 동으로 능선으로 오르고 하나는 북으로 내리막이었다. 내리막길 우측 초입에 가로 30, 세로 9, 높이 7미터의 돌방 축을 쌓아놓았다. 아마 종루나 큰 대문을 얹을 모양이다. 능선으로도 오르고 내리막도 내려가 보았으나 대간 표지기는 흔적이 없다. 안개는 스물거리고 거미줄도 보이고 귀곡성도 들리더니 결국 귀신에 홀린 것이다. 덩치가 크면 겁도 많다. 닥터 리를 진정시키고 우선 툇마루에 앉아 담배를 한 개비 피워 물었다. 그렇다, 돌아가야 한다. 가시덤불을 헤치고 허물어진 성벽을 다시 올라 너덜이 있는 곳까지 되돌아와서 식은땀을 훔치고 사방을 둘러보니 북으로 가파른 너덜겅 아래 붉은 대간 리본이 나부끼고 있었다.

휴! 살았다. 왜 그렇게 부서웠는지 지금도 이상하다. 혹시 그 모든 실체가 갑자기 사라져 버리기라도 하는 것이 아닌지 하는 의구심은 지금도 남아 있다. 30분을 허비했다.

8시 40분에 임도를 지나 묘 1기에서 완만한 내리막을 거쳐 소나무를 무참히 베어낸 구릉을 지나고 8시 48분에 산판도로를 지나 8시 50분에 드디어 '복성이재'에 이른다. 도로를 건너 북으로 난 대간에 붙었다. 전면에 잠실축구장만한 넓은 잔디밭 구릉에 상석이 새워진 잘 가꾼 묘 2기가 나타난다. 그 구릉 뒤에는 짙은 녹색잎과 굵고 거무튀튀한 줄기를 한 소나무군락이 하늘을 경계로 시야를 양분하고 있었다. 이상한 나라에 떼밀려 들어온 것 같은 환상에 빠져들었다.

대간은 오른쪽으로 소나무군락을 두고 왼쪽 철망을 경계로 완만하게 오르고 있었다. 호기심에 철망너머 서쪽을 보니 산자락 전체가 목장이었다. 9시 5분에 테라스봉에 오를 때에야 우측 송림이 끝나고 억새밭이 대신한다. 9시 12분에 철망이 서쪽으로 꺾이면서 곧 '치재'에 이른다. 우리는 쉬기로 했다. 9시 15분 경에 하늘은 온통 회색이고 구름은 바람에 실려 미친 듯이 동으로 날려가며 그 사이사이 언뜻언뜻 태양이 백색으로 얼굴을 내밀기를 두번을 반복

47

한다.

9시 20분에 배낭을 메고 좌우 앞으로 수만평이나 되는 내리막 산 사면에 철쭉이 망울을 달고 있는 군락지대를 헤쳐나갔다. 건너다 보는 오르막도 온통 철쭉 군락이다. 9시 27분에 안부에서 다시 오르막을 치면서 뒤돌아본 철쭉 군락은 숨이 막혔다.

9시 30분에야 철쭉은 끝나고 송림이 대신한다. 땅에 떨어진 갈색의 솔잎 사이에 야생초는 초록을 띠면서 기지개를 켜고, 장끼는 까투리를 찾아 온산을 헤매고, 종다리는 지지배배 어느 새는 찌삐찌삐 하며 성하의 계절을 맞이할 채비를 하고 있었다.

완만한 700고지 능선을 오르락내리락 하면서 발에 몸을 맡겼다. 송림이 나타났는가 하면 억새가 나타나고 이를 반복하기를 거듭하며 멀리 봉화산에서 북서로 갈려간 721, 707, 655, 578봉의 능선들이 이제야 시야에 와 닿는다. 큰 산이다.

9시 56분에는 대간 바로 길섶 좌측에 노송이 섰고 우측에 짝을 하여 '홍성장공인성지묘' 라 쓴 가로 10센티미터 세로 1미터의 비목 뒤에 묘 1기가 누워 있다. 고인도 세속이 싫어 홀로 이 외딴 곳에 누웠는가?

10시에 테라스봉, 곧이어 760봉인 '꼬부랑재' 에 닿고 10시 15분에 테라스봉, 10시 20분에는 땅에서 바로 네 가닥으로 줄기가 갈라진 노송 한 그루와 떡갈나무 서너 그루가 있는 봉우리에 오른 후드디어 10시 25분에 키를 넘는 억새밭을 지나 850미터의 '다리재'에 닿았다. 지친 탓이었는지 봉화산인 줄 착각하였으나 정신을 차려 곧, 북으로 가다가 북동으로 간 지점에 높이 우뚝 선 봉우리와 그 봉우리에서 남동으로 뻗은 능선상에 가물가물 보이는 산불감시 초소를 가늠하고는 이곳이 '다리재' 라는 것을 확인하였다. 남동으로 '일대저수지' 가 내려다보인다.

어제 밤 객지에 나온 들뜬 기분에 밤늦게까지 둘이서 주거니 받거니 한 탓으로 많이 지쳐 있었다. 더 이상은 안 된다. 배도 고프다. 추어탕집 아줌마가 정성스레 싸준 흰 맨밥을, 뒷마당에서 파내온 임실 고추로 양념한 묵은 김치 그리고 요천의 '토하젓'으로 게눈 감추듯 했다. 뭔가 얼굴이 스멀스멀하여 고개를 드니 닥터 리가 게걸스럽게 정신없이 먹고 있는 나를 그 큰 눈으로 신기한 듯 쳐다보고 있다.

아줌마가 챙겨 준 소주 한 병은 쳐다보기도 싫어 대신 담배를 한 개비 피워 물고 진정을 했다. 담배 한 개비로 한껏 기분을 내고 있는데 아래가 소란스럽더니 대간꾼 네 명이 차례로 당도한다. 여수에서 왔으며 이번이 대간의 네 번째 구간이란다. 생면부지의 사람들이었으나 이들과 우리는 광대치 가기 전 봉우리까지 앞서거니 뒤서거니 하면서 직직함을 달랬다.

11시에 배낭을 꾸리고 높이가 2미터나 되는 억새군락을 지나 11시 15분에 봉화산에 올랐다. 길은 북으로 가다가 북동으로 꺾이는 다소 경사진 오르막이었다. 정상에는 가로 10, 세로 5, 높이 180센티미터의 알미늄 막대 두개를 붙이고 '봉화산 백두대간 920.4미터, 전북 산사랑회'라고 적혀 있다. 정상은 억새가 차지한 민둥이었으며 남동으로 가지를 친 능선에는 헬리포트를 지나 산불감시초소가 뚜렷이 보였다.

내리막을 치고 산판도로를 지나 11시 35분에 소나무 2그루와 밑둥치가 불에 탄 고사목 8그루가 있는 봉우리에 올랐다. 불에 탄 자리에는 제일 먼저 억새가 자리한다. 어느 곳에서 바람에 날려왔는지 그 삭막한 대지에 안겨 먼 훗날의 영화를 꿈꾸고 있었다.

갑자기 에밀리 브론테의 〈폭풍의 언덕〉이 떠오르고, 황량한 '워더링' 언덕에 서 있는 저택과, '히스클리프'의 열정과, 생전에 맺지 못하고 죽어서나 맺은 캐더린과의 애절한 사랑이 생각난다.

11시 40분에 테라스봉을 지나 11시 42분에 억새와 싸리가 엉킨 950미터인 무명봉에 올랐다. 이제 태양은 빛나고 있다. 새벽부터 내내 온 천지를 회색으로 뒤덮었던 구름과 안개는 사라지고 대신

하늘 윗부분은 서에서 동으로 엷은 구름덩이가 빠른 속도로 흘러가며 아래는 짙은 구름이 바람에 실려 부유하면서 서쪽 속금산 산자락에 그 그림자를 드리우고 있었다.

무명봉 근처의 산불이 난 지역을 지나면서부터는 키 작은 자작나무가 끝없이 이어지고 작은 암릉이 계속된다. 11시 45분에는 진행방향의 능선 우측 바위봉우리 아래 기암들이 보이기 시작하더니 12시에 944봉에 올랐다. 우측 암릉 아래는 추락에 조심을 해야 했다. 12시 20분에 940봉에 오른 후 10여분 뒤에 안부에 이르러 '광대치'인 줄 알았는데 아니다. 너무 지친 탓으로 사물을 내 편한 대로 생각하는 그 버릇이 또 재발하였던 것이다. 암릉은 계속되며 내림길에 경사가 심한 곳도 여러 번 나타난다. 1시에 광대치에 이르기까지 키 작은 자작나무와 굴참나무가 계속되는 5개의 봉우리를 넘나들었다.

광대치부터는 두 번째 밟는 길이다. 월경산 오르는 길에는 키 큰 울창한 참나무숲이 나타나며 이는 중재까지 간단없이 계속된다. 이마에 땀을 훔치고 위로 쳐다본 하늘 사이로 보이는 참나무숲의 능선이 그림 같고 그 위의 하늘은 어느새 구름을 씻어내고 진한 코발트빛으로 물들어 있었다. 심한 경사를 올라 1시 10분과 15분에 각각 테라스봉을 지나 1시 25분에 월경산(980.4미터)을 왼쪽으로 우회한 후 급한 내리막을 쳤다.

1시 57분에 길이 애매한 안부를 지나면서 일행인 듯한 남녀 서너 명을 차례로 만났다. 여수에서 온 대간꾼들은 광대치 이르기 전 봉우리에서 헤어지고나서는 종래 무소식이다. 2시 5분에 산사태가 난 지역을 통과하고 2시 13분에는 드디어 오늘의 종착지인 멋진 느티나무가 길 건너편에 서 있는 '중재'에 닿았다.

2시 40분 경 중기마을 못미쳐 계곡에서 땀을 훔쳐내고 백운산(1278.6미터)을 뒤돌아 보면서 운산리로 내려간다. 노란 산수유, 연분홍 진달래와 하얀 벚꽃이 양백리의 위천으로 흘러가는 백운천변

에 드리우고 마을은 쥐 죽은 듯 고요한데 불어난 백운천은 마을을
휘돌아 들을 가르며 흘러간다. 함양 가는 버스를 타고 흰색으로 깨
끗하게 정돈된 함양마을에서 오리불고기로 허기를 달랜 후 대통선
을 탔다.

　머나먼 길이었다.

하늘 높이 떠 있는 백운산 정상

2001년 4월 1일 새벽 4시에 잠을 깨고 행장을 챙겼다. 이제는 매달 첫째 셋째 토요일 오후만 되면 괜히 가슴이 울렁거리고 밤에 잠을 설치는 것이 꼭 초등학교 때 원족(遠足)갈 때와 같다. 지난달만해도 6시 반이면 온 세상이 컴컴하던 것이 이제는 어둠은 이미 가시고 사방이 훤하다. 오늘은 광대치에서 무령고개까지다.

그 유명한 백운산(1,278.6미터)이 중간에 버티고 있다.

지리산휴게소가 위치한 사치재부터 백두대간은 경상남도와 전라북도의 경계를 이루면서 북쪽으로 뻗어나간다.

버스는 무주를 지나면서부터 사천리에 있는 적상교에서 19번 국도로 갈아타고 줄곧 새로 건설되는 대통선(대전-통영간 고속도로)과 나란히 달린다. 이제 대전 사람들도 통영에서 갓 잡아올린 싱싱한 뽈레기와 봄 멸치를 즐기게 되겠구나!

차창 왼쪽으로 덕유산의 웅자(雄姿)가 보였다가 사라졌다 하며 죽천리에서 장계리까지 솔재와 집재를 넘어가면서 '山의 나라'로 들어간다. 덕유산능선이 원경으로 높이 떠 스카이라인을 그리고

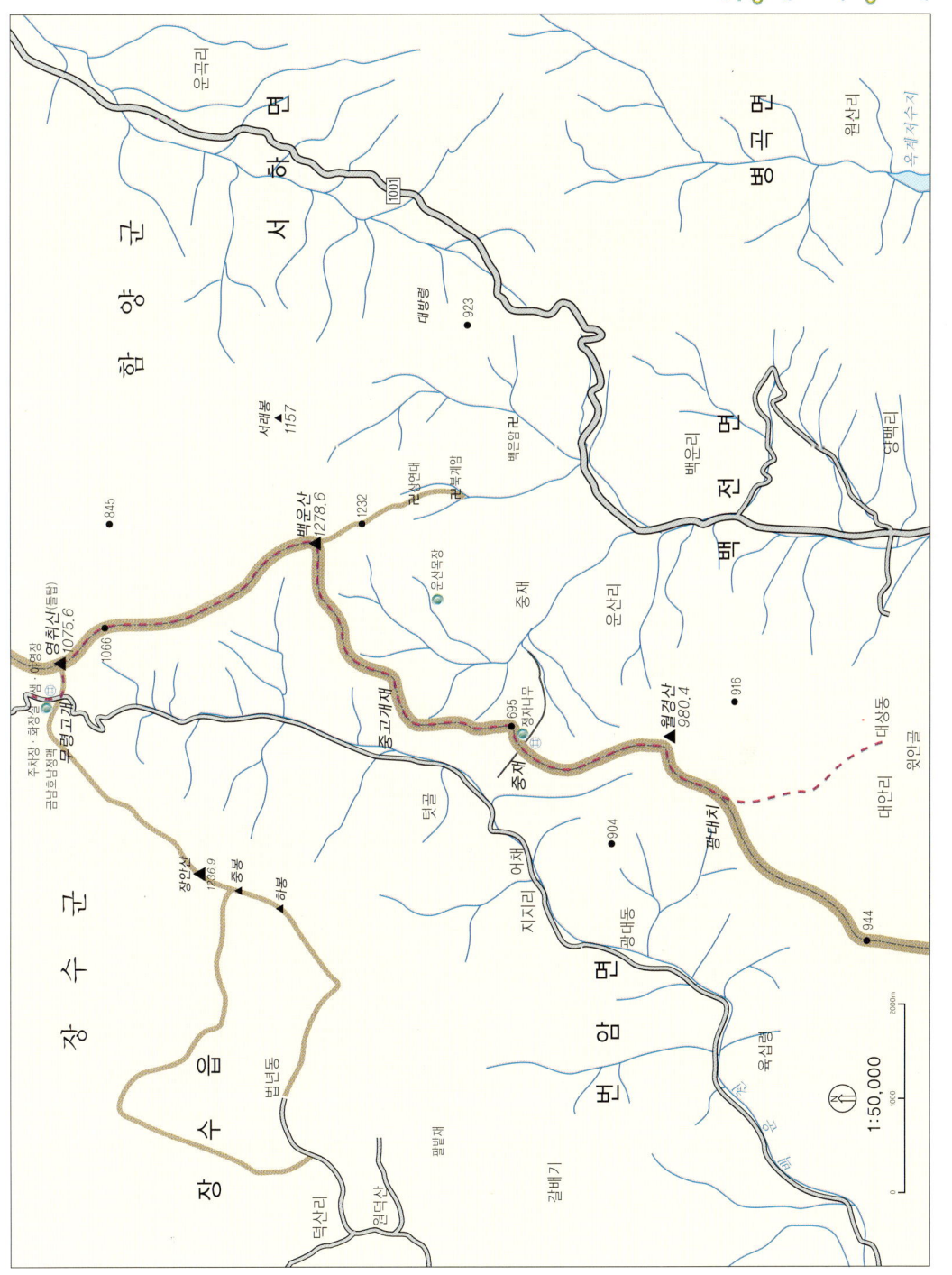

운곡리

안곡리

함 양 군

서 하 면

1001

대방골

923

병 곡 면

원산리

옥계저수지

서래봉
1157

845

백운산
1278.6

1232

군경안대
군막계 힘

백운임

유 전 면

백운리

단폐리

운산목장

중재

운산리

916

1066

영취산(들입)
1075.6

주차장·화장실
금남호남정맥

무령고개

동고개재

정자나무
695

정자나무
민령치

백운산
980.4

광대치

대안리 대성동
윗언골

장 안 산
1236.9

중봉

하봉

904

광대동

944

1:50,000

N

장 수 군

번남동

장 계 면

서 하 면

지지리 아래

광대동

백운면

덕산리
원덕산

괌달재

긴배기

500 1000 2000m

죽천리 부터 장계리까지 망봉(1,046.5미터), 명천안산(843.8미터), 시루봉(1,105.4미터), 삿갓봉(709.3미터), 깃대봉(930.3미터)이 덕유산 능선을 뒤에 두고 짙은 초록의 선을 그으면서 남하하며 마치 알프스의 산자락을 휘돌아가는 것 같은 느낌을 주고 있었다.

버스는 깃대봉 자락의 장계리 사거리에서 동쪽으로 26번 국도로 갈아타고 육십령을 넘어 함양군 서상면과 안의면 쪽으로 달려간다. 육십령 위령탑을 넘어 함양군 서하면 송계리 양송정에서 1001번 지방도로를 갈아타고 정남방향으로 남하하면서 장계리에서 헤어진 대통선은 양송정에서 잠깐 만난 후 남동쪽으로 멀어져 간다.

차가 마주치면 하나는 정지하여 비켜서야 하는 시골길이 꾸불꾸불 이어지더니 버스는 우리를 함양군 백전면 대안리 대상동에 풀어놓는다. 오전 11시 반이다.

길섶에 연한 쑥이 파릇파릇하니 쑥떡과 쑥국, 그리고 참꽃을 따 지짐을 부쳐 설탕에 찍어먹던 어린 시절이 불현듯 생각나고 왼편 밭 가운데 물개형상을 한 바위는 하염없이 마을을 굽어보고 있다. 광대치 가는 길은 마을을 뒤로하고 서쪽으로 된비알을 이루고 있었으며 잔설은 희끗희끗하며 한겨울의 영화를 못내 아쉬워하고 있었다.

광대치에 올라서니 시원한 바람이 땀을 식히는데 아니다! 그 바람은 곧 살을 에이는 삭풍으로 변했다. 월경산(981.9미터) 가는 길은 우측으로 나 있었으며 된비알이었다.

30여분을 허위단심 올라서니 월경산의 봉우리가 앞을 가로막는다. 대간은 왼쪽으로 트래바스하도록 이어져 있는데 그 내리막에서는 사투를 거듭했다. 잡목은 우거지고 길은 눈이 녹는 둥 마는 둥하여 질퍽거렸다. 엉덩방아를 찧고는 한 20여 미터 미끄럼을 탔다. 30여분의 급경사 내리막 끝은 좌우로 산사태가 나 있었다. 오른쪽으로 뒤돌아보니 그 능선과 산자락은 응달에 하얀 눈을 뒤집어쓰고 한겨울 속에 빠져 있다.

손길이 멈춘 폐허가 된 밭 터를 내려서니 '중재' 다. 중재는 경운기가 겨우 지나갈 정도의 농로가 오른쪽으로는 중기마을로 내려가고 왼쪽으로는 폐가를 지나 '텃골' 로 내려간다.

대간은 농로를 가로질러 직진하여 둔덕 위의 정자나무 있는 쪽으로 나 있다. 정자나무 옆에 잘 가꾼 무덤 1기가 있었고 쉬어가기에 안성맞춤이었다. 민 회장을 꼬드겨 간단한 요기를 하기로 했다.

소나무가 우거진 급경사길을 10여분 오르니 695봉이다. 백운산이 그 웅자를 드러내면서 멀티비전의 화면처럼 가득 시야를 채운다. 정신이 멍해지면서 두리봉에서 가야산을 보던 기억이 되살아난다. 산행시에 저러한 곳이 제일 힘든다는 것도 익히 알고 있다. 백운산이 너무 높이 떠 있고 중간에 기칠 것이 없으니 빤히 쳐다보이면서도 길은 조금도 줄어들지 않는 그런 길에서 산꾼들은 지치고 맥이 빠지게 마련이다.

대간은 90도로 꺾이고 중간에 한차례 곡점이 있는 곳이 중고개재(755.3미터)다. 길은 북동쪽으로 된비알을 이루면서 백운산 정상을 향해 치닫는데 정상 못미쳐 암릉이 흰눈을 뒤집어쓰고 이쪽을 노려보면서 인간의 접근을 감시하고 있는 것 같았다. 흘러가던 구름도 정상에서 머뭇거린다. '백운산' 이라는 이름을 얻은 모든 산은 흰구름 또는 흰눈과 연관이 있다.

소나무가 짙은 숲길이 이어지고 완경사를 이루면서 우측으로 고랭지 밭뙈기와 그 아래 작은 저수지, 그리고 푸른 비닐을 덮은 원두막 같은 것이 언뜻 보인다. 또 한차례 밤나무 숲을 지나니 조금 전에 본 '중고개재' 이고 왼쪽으로 지지리쪽 갈림길이 나온다.

이제부터 1시간 반 동안은 각오를 단단히 하고 얼어붙은 길을 기어올라야 한다. 암봉에 걸리어 멈추어 선 구름, 저 암봉은 정상이 아니다. 착각하였다가는 기만 소진될 뿐이다. 드디어 암릉에 서니 남동쪽으로 함양군의 상연대와 백운암이 어림되고, 북서쪽으로는 장수군의 장안산(1,236.9미터)이 백운산과 어깨를 겨루고 있으며,

지지리쪽에서 치올라간 무령고개가 확연히 그 모습을 드러낸다. 지지계곡은 빨치산 전라북도 당 사령부가 국군에 밀려 후퇴하다가 한때 머물렀던 곳이다.

잠깐 생각에 잠겼다가 다시 길을 재촉하는데 아이젠이 필요한 눈이 얼어붙은 오르막길이 기다리고 있다. 아이젠은 챙겨왔으나 연습 삼아 지형지물을 이용하여 전진하기로 한다. 이윽고 무덤 2기가 있는 잘룩이에 도착했다. 여기서도 정상이 보이지 않는다.

민 회장의 안사람이 챙겨준 노가리찜과 내가 가져간 국향을 꺼내 한순배 하고 있는데 부산에서 온 백두대간팀 남자 세 명과 여자 한 명이 부러운 듯 쳐다보기에 한 잔씩을 돌리다보니 동이 나 버렸다. 다시 만나게 되는 날이 있으면 더 좋은 술로 꼭 보답을 하겠단다.

그들을 남겨두고 다시 전진! 코앞에 헬리포트가 나타나고 이어 백운산(1,218.8미터) 정상이다. 정상은 작은 공터로 팻말이 서 있고 옆에는 작은 돌탑도 세워져 있었다.

우리나라에는 주변을 조망하기에 좋은 산이 몇 군데 있다. 지리산 천왕봉, 가야산, 소백산 비로봉, 태백산 천제단, 가리왕산, 오대산 비로봉, 설악 대청봉 등! 여기 백운산도 그 중 하나다.

남으로는 지나온 월경산, 봉화산 그 대간을 이어 노고단에서 천왕봉까지가 한눈에 들어오고 동쪽으로 약간 비켜서는 거망, 황석산이, 그 뒤로 금원, 기백산을 살포시 감추고 도열해 있으며, 서쪽으로는 장안산이 임실 팔공산으로 하여 금남호남정맥을 일구면서 북서쪽으로 치닫고 있다. 북으로는 우리가 가야 할 영취산, 그리고 그 너머로 깃대봉, 움푹 꺼진 육십령을 넘어 남덕유로 대간길이 이어지고 있다. 백운산은 이들을 호령하고 있었다.

대간은 90도 왼쪽으로 꺾이고 눈앞에 빤히 보이는 영취산은 멀기도 하였다. 산죽밭이 끝없이 이어진다. 지리산 유평리 가는 길의 산죽밭, 한라산 구린굴에서 관음사공원대피소까지의 산죽밭도 보았지만 이렇게 긴 산죽밭 또한 처음 본다. 식물은 대체로 인간에

이로우나 여기 산죽은 그 생김이 인간에게 충분히 이로울 정도로 튼튼하고 잘 생겼다. 정월 대보름의 복조리가 생각난다.

산죽밭이 끝나고 싸리밭 군락이 잠깐 나타난 후 1,066봉 위에 올라서게 된다. 백운산 정상에서는 한없이 낮게 보이던 영취산 (1,075.6)은 여기서는 우람하게 그 자태를 뽐내고 있다.

영취산으로 가면서 민 회장은 "내가 살면서 어려운 고비를 맞을 때 희망을 잃지 않으려고 몸을 추스르곤 했는데 오늘 이 길도 무거운 몸을 억지로 이끌고 여기까지 왔다"고 혼잣말을 한다. 덧붙일 말이 없다.

영취산 정상에는 정상팻말이 서 있고 대간 방향과 금남호남정맥 줄기쪽의 장안산 가는 방향표지가 있다. 90도 꺾어 왼쪽으로 급경사 내리막을 내려오니 절개지가 나타나고 남쪽은 비포장이고 북쪽은 포장이 된 무령고개였다.

100여 미터 북쪽으로 내려가니 시원한 물이 솟아나는 샘이 있고 야영터가 있으며 길을 건너니 시설이 잘된 화장실을 갖춘 주차장이 있다. 오후 5시 반이다.

여섯 시간의 험하고 힘든 길이었다.

57

무령고개 ▶ 덕운봉 ▶ 민령 ▶ 깃대봉 ▶ 육십령

신선이 노니는 곳

2001년 4월 15일!

6시 반 구로공단역 근처! 화창한 날씨에 기분이 좋다. 차는 10시 50분에 무령고개에 도착했다.

'國破在山河!'

억새밭이나 고산의 잡목을 보면 용기가 나고, 외롭게 핀 야생화를 보면 '희망'이 생각난다. 그러나 산과 숲을 무너뜨린 골프장을 보면 울화가 치밀고, 아카시아 숲이 우리나라 수목을 고사시키고 그 세를 넓혀가는 꼴을 보면 왜놈들의 그 잔학함이 섬뜩하게 뇌리를 스친다. 그런데 오늘은 지난번에 백운봉에서 본 육십령 우측, 월봉산(1,279 미터) 좌측 함양군 서상면의 석재채취한다고 발가벗겨 놓은 산의 흉물스런 모습을 다시 보아야 한다. 역겨운 졸부들의 주춧돌이 될는지 담벼락이 될는지 모르지만 이게 어찌 '국파재산하'인가?

오늘 산행 소요시간은 얼추 5시간 반 내지 여섯 시간! 우리는 산천 구경도 하고 얘기도 하며 소요하듯 산을 즐기자고 약조했다. 잘

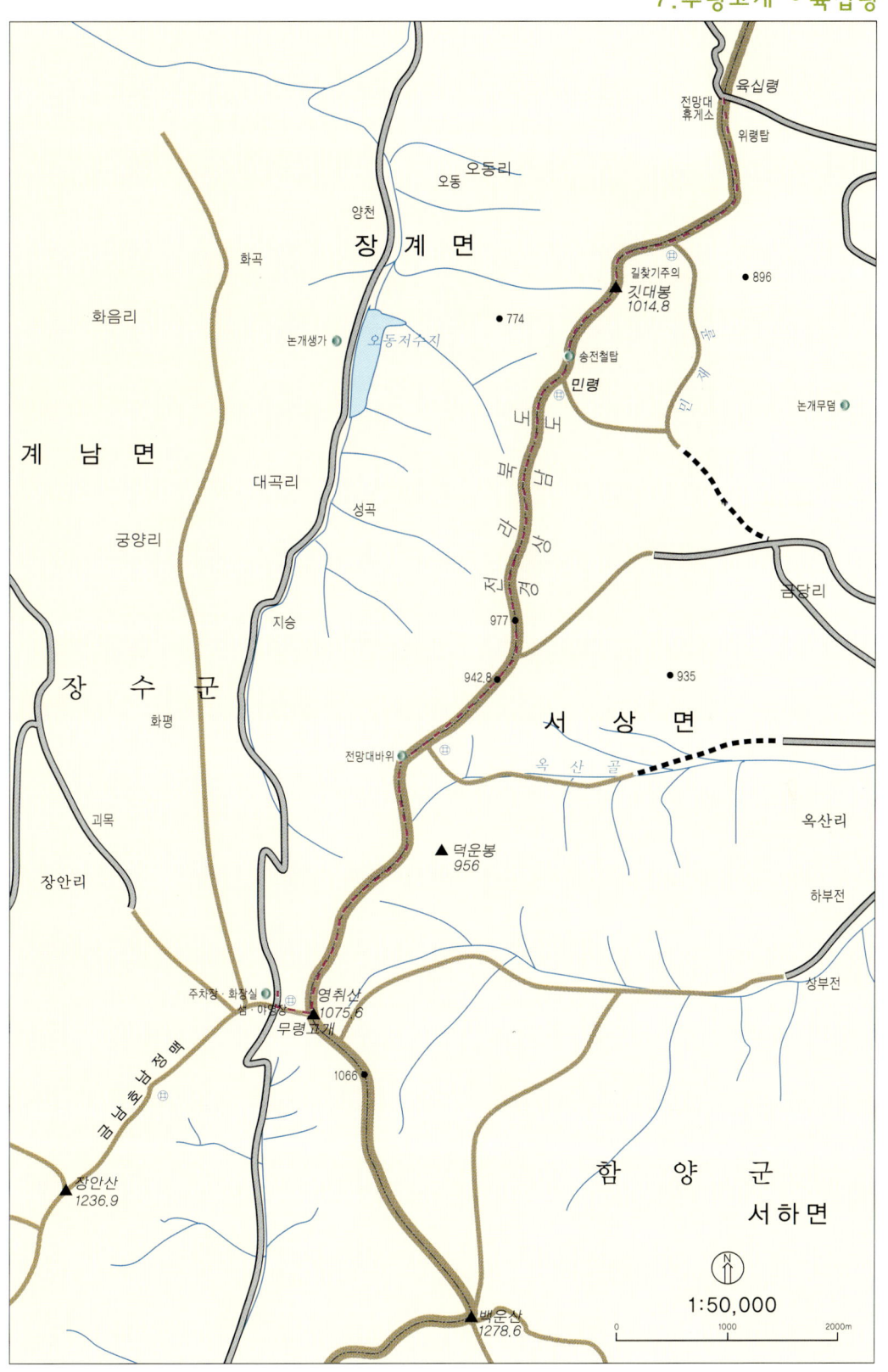

육십령
전망대
휴게소
위령탑

오동 오동리
오동
양천
장 계 면
화곡
길찾기주의
깃대봉
1014.8
• 896
화음리
논개생가
오동저수지
• 774
송전철탑
민령
논개무덤
계 남 면
대곡리
성곡
궁양리
977
장 수 군
금당리
지승
942.8
• 935
서 상 면
화평
전망대바위
옥산골
옥산리
괴목
덕운봉
956
하부전
장안리
상부전
주차장·화장실
영취산
남·야영장
1075.6
무령고개
상부전
1066
함 양 군
서 하 면
장안산
1236.9

N

1:50,000

백운산
1278.6

0   1000   2000m

영취산으로 이어지는 백
두대간, 뒤에 장안산이
보이다

꾸며놓은 무령고개 화장실에서 느긋하게 담배를 한 개비 피워 물
었더니 일행은 벌써 떠나고 나 혼자다. 산에 오를 때 속을 비워야
된다는 강박관념에 산행하기 전 화장실출입이 잦아졌다. 겨울철
아이젠끈 묶는 시간도 줄여야 하는 등 고쳐야 할 것이 한두 가지가
아니다.

영취산 정상까지는 된비알이었고 그곳에서는 아직 깃대봉과 육
십령이 보이지 않는다.

솔솔 불어오는 봄바람과 떠가는 구름은 시야 닿는 곳 전부가 산
의 능선뿐인 이곳에서 유일하게 움직이는 물체다. 발밑과 길섶에
는 초록의 싹이 낙엽의 잔해를 헤치며 꿈틀거리고, 낙엽은 푹신푹
신하여 마치 구름 위를 걷는 것 같았다. 새싹을 밟지 않으려다 보

니 광대가 줄타는 것 같이 몸이 휘청거린다.

출발한 지 2시간이 지났다. 오른쪽으로 지능선이 갈라져 나가면서 덕운봉(956미터)을 일구어놓고 좌측의 대간을 가리키는 리본을 따라 15분쯤 가니 전망대바위가 앞을 가로막는다. 북북서로 오동 저수지가 내려다보이고 논개 생가가 어림된다. 올 때 보니 논개 생가는 차창의 우측 도로변에 두 칸짜리 초막으로 오른편 싸리문에 '酒幕'이라고 쓴 붉고 파란 초롱이 내걸린 독립가옥이었다. 남쪽 주촌과 북쪽 양천마을 사이의 주막이었던 셈이다. 막걸리 한사발이 생각나는 그런 길목에 오동저수지에 달이라도 비칠라 치면 절로 주선(酒仙)이 될 것이렸다. 주위의 산봉우리 이름을 가늠하다가 이내 그것이 무의미함을 깨닫고 그저 느낌만이라도 파악하려고 애를 썼다. 다만 우측 대통선 건너 우람하게 산군을 이루고 있는 거망(1,184미터), 황석산(1,190미터) 줄기는 눈여겨보아 두었다.

억새밭과 구릉의 오르내림은 끝없이 이어지고 간간이 소나무숲이 자리하고 있다. 능선 위 양지바른 소나무 서너 그루가 있는 그늘 아래서 요기를 했다. 민 회장이 준비해 온 노가리찜에다 왕 상무가 가져 온 '씨이원'으로 한 순배를 돌렸다. 오늘은 어려운 굽이가 없어서 그런지 우리 사이에는 여유로움이 있고 화기애애하였다.

짧은 오르내림을 두어 번하고 2시에는 급한 내리막이 시작되었다. 또다시 만용이 발동하여, "미안하다. 내 먼저 가 볼게" "아이다, 친구끼리 미안 한기 어디 있노 조심해라". 이후 나는 '신족'이라는 별명을 얻는다.

여기서부터 육십령까지는 보통 걸음으로 3시간! 등산화끈과 배낭 멜빵을 조인 후 발걸음을 재촉하여 977봉에 오르니 멀리 아득하게 민령이 보이고 그 능선 사면으로 송전탑이 엇비슷하게 넘어간다. '민령'은 자갈투성이로 된 작은 안부였다. 민령을 지나 급경사 오르막을 치고 봉우리에 올라서니 한번의 내리막 후 길고 급한 오르막 끝에 깃대봉(1,015미터)이 그 모습을 드러낸다.

헬리포트를 지나 곧이어 깃대봉에 올랐다. 대간은 북으로 할미봉, 장수덕유, 남덕유(1,507미터), 월성치와 삿갓봉이 차례로 늘어서 있고 멀리 희미하게 무룡산(1,492미터)으로 이어지고 있다. 덕유능선을 오른쪽으로 비켜 월봉산이 그 암릉의 절묘한 곡선을 유감없이 드러내고 있었다. 아름답다!

깃대봉 아래 200여 미터 지점에서 길을 잃었다. 리본이 두 군데에 붙어 있었기 때문이다. 좌측으로 능선을 짚어가다가 대간의 모습이 아니어서 원위치한 후 우측으로 300여 미터 내려가다가 계곡으로 빠지는 것 같아 다시 원위치하였다. 눈으로 마루금을 이어보았다. 우측 길이 옳다. 계곡으로 빠지는 듯하던 길은 조금 후에 좌측으로 갈리면서 서서히 고도를 높여갔던 것이다. 우측 계곡길은 민지골로 가는 길이다. 고도를 높여가던 대간은 비로소 봉우리 하나를 휘돌아가더니 제모습을 갖추는 것이었다. 만약 악천후나 운무 찬 날이었으면 속절없이 '방황'이었다.

장계면의 백화산(851미터)을 가장 멋있게 볼 수 있는 전망대바위를 지나서 길 하나는 우측으로 능선을 이루면서 729봉을 일으켜 함양쪽으로 달아나고 대간은 곧장 북으로 치닫는다. 봉우리나 전망대는 꼭 올라야 하는 것이 나침판과 지도가 없을 때에 길 가늠하는 데는 최적이기 때문이다. 리본이나 족적은 그렇게 믿을 것이 못 된다.

길은 능선에서 20~30미터 아래 왼쪽으로 크게 휘더니 암릉과 소나무가 어우러진 곳을 지나 노송 서너 그루기 있는 진밍대 임봉에 올랐다. 선경이다. 구름이나 운해라도 소나무 가지에 걸린다면 영락없이 신선들이 노니는 곳이다. 조금 뒤 육십령에 내려서 뒤돌아본 그곳은 절경이었다.

안타까운 것은 그 위치에서 왼쪽 직각방향으로 보이는 육십령 너머의 '석재채취장'이다. 아름다운 자연을 망가뜨리는 것은 죄악이다. 인간은 각자 그 생각하는 방법도 틀리고 살아가는 방법도 틀리나 나에게 이로운 것이 타인에게 해로운 짓은 하지 말아야 한다.

전망대를 뒤로하고 내려오니 장수 황씨묘 2기가 있고 왼쪽으로 꺾으니 육십령 주차장이다. 버스 안에는 아무도 없다. 시계를 보니 3시 반이었다. 3시간 거리를 한 시간 반 만에 걸어온 것이다. 손발을 씻고 옷을 갈아입고 육십령 정자에 오르니 기분이 날아간다.

일행 중 세 사람이 행방불명이다. 깃대봉 아래에서 좌측으로 간 것이 분명하다. 우여곡절 끝에 그 사람들을 찾아 육십령에서 6시에 귀경길에 올랐다.

귀경버스 안! 우리 두어 칸 뒷자리에서 서로 소곤거리는데 "오늘 귀신을 봤다. 축지법을 쓰는지 우리 서너 걸음이 그 사람은 한 걸음이고 발이 흐느적거리는가 싶더니 금방 눈앞에서 사라지더라".

민 회장 왈, "그기 니 아이가?"

논개

충절의 여인 논개는 경상우병사 최경회와 부부의 연을 맺었다. 최경회는 진주성이 함락되자 남강에 뛰어들어 자결하였고, 왜놈장수 毛谷村六助는 승전 축하잔치를 베푸는데 기생으로 변장한 논개는 왜놈장수의 목을 껴안고 시퍼런 남강 물에 몸을 던졌다.

논개와 최경회의 묘는 함양 서상면 금당리 방지마을 뒷산 양지바른 곳에 있다. 그런데 왜 이 여인은 자기가 태어난 장계면 대곡리 주촌 마을에 잠들지 못하고 재를 넘고 령을 넘어 백두대간을 사이에 두고 낯설고 물설은 함양 땅에 묻혔을까? 당시 의병들이 논개의 시신을 발견하고 최경회의 시신과 함께 고향으로 옮겨 장사 지낼 것을 주씨(논개의 친정) 문중과 상의하였으나 주씨 문중은 이를 거절했는데 왜놈들의 보복이 두려워서 그랬다는 설과, 논개가 기생이라서 그랬다는 설이 있다. 여하튼 최근 논개의 넋을 기리기 위하여 논개와 최경회의 묘는 함양군에 의해 성역화작업이 한창이다.

별유천지, 토옥동계곡

2001년 6월 17일.

오늘은 지난 4월 건조기 때 산불예방 때문에 출입이 금지되었던 덕유산구간 중 일부다. 육십령에서 할미봉, 장수덕유, 남덕유 그리고 월성재를 거쳐 평소에 가보고 싶어하던 토옥동 계곡을 간다. 백두대간은 향적봉 못미처 백암봉에서 진로를 동쪽으로 바꾸어 빼재에서 북동으로 치달아가며 덕유는 대간 좌측으로 토옥동계곡, 원통골계곡 그리고 칠연폭포가 있는 용추계곡을, 우측으로는 바람골, 삿갓골, 산수천 그리고 병곡리의 분계천 같은 주옥같은 계곡을 일구어내고 대간길의 백암봉과 지봉(1,302.2미터)능선 북쪽으로 삼공리로 흘러드는 무주구천동을 빚어놓는다.

빼어난 토옥동 계곡은 휴식년제로 통제되어 있으나 하산시에 산에서 길을 잃어 잘못 들었다면 양해를 해줄는지….

오전 10시 20분에 육십령에 도착하고 30분에 길건너 리본이 달려 있는 대간에 들어섰다. 급한 경사를 올라서니 작은 봉우리다. 한빛은행의 하얀색 대간 표지기가 달려 있고 '허영호와 함께' 라고

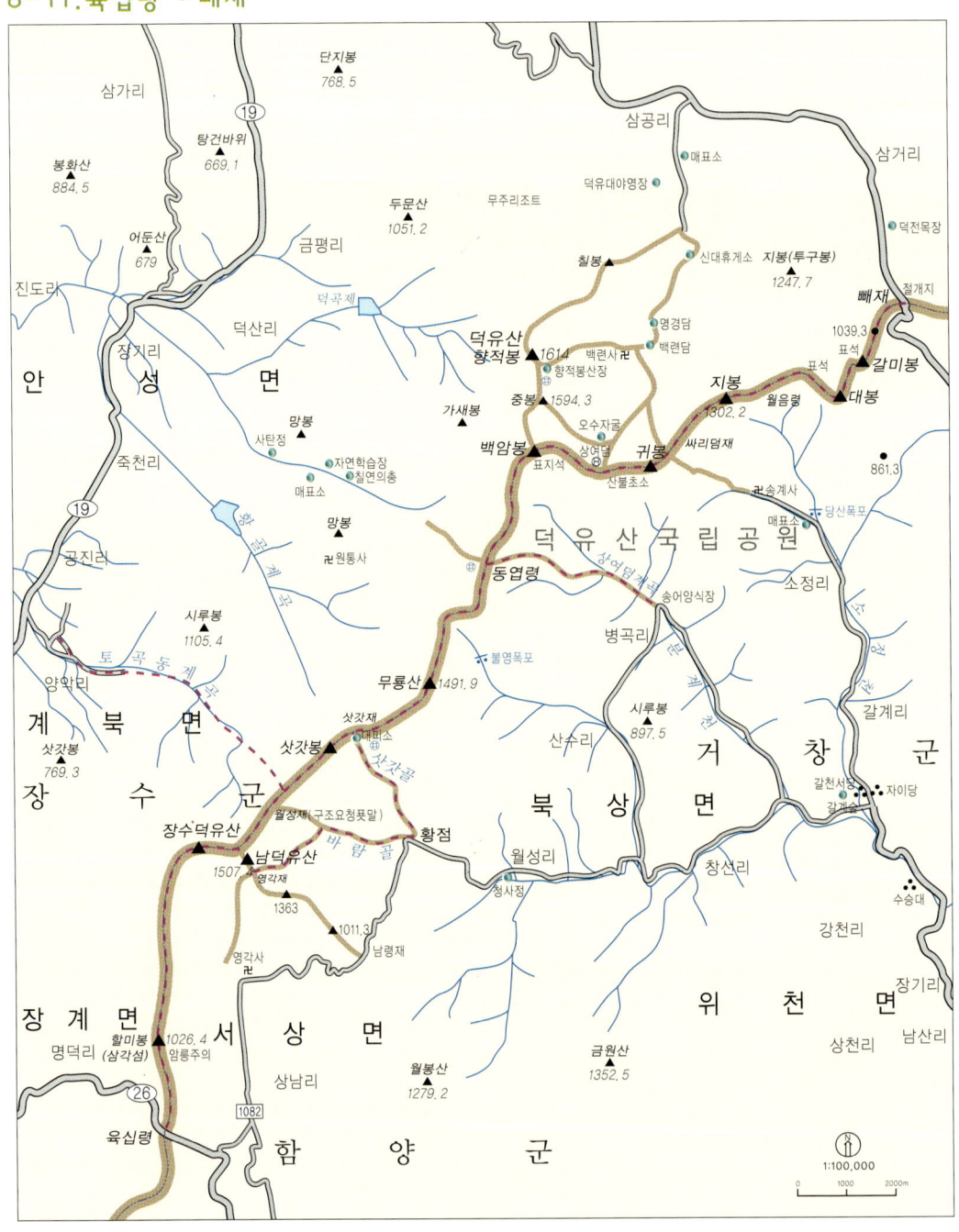

적혀 있다. 그 은행의 대간종주 방식이 어떤 종류인지는 잘 알지 못하나 다분히 '전시효과'를 노린 것 같은 기분이 들고, 또 거기에 '허영호'는 왜 나오는지 알다가도 모르겠다. 사람의 이름은 이런 곳에 걸어놓거나 돌이나 나무에 새겨놓는 것이 아니라 많은 선을 베풀고 덕을 쌓아 억겁을 두고도 인구에 회자되는 그러한 이름이어야 한다.

할미봉 남사면은 스무 길이 넘는 절리된 암벽으로 이루어져 있었다. 뒤돌아본 대간은 명주천을 펼쳐 놓은 듯한 육십령 도로를 가로질러 장안산을 우측에 두고 깃대봉, 백운산이 아스라이 남하하고 있었다.

11시 20분 할미봉에 올랐나. 어느 방향에선가 보면 허리 굽은 할머니를 닮았다 하여 얻은 이름이라고 하는데 암봉으로 이루어져 있었다. 북으로 장수덕유가 보일락말락하고 북동으로는 남덕유(1,507.4미터)와 그 아래 1,363봉이 병풍처럼 둘러치고 영각사와 덕유교육원이 그 품안에서 둥지를 틀고 있다. 동으로 비켜 금원, 기백산과 거망, 황석산이 산그리메를 그리며 하늘금을 잇고 있다.

할미봉을 지나서는 완경사의 오르막이 이어지다가 12시 10분에 덕유 교육원으로 내려가는 갈림길에 닿았다. 능선 갈림길에서부터는 서서히 가팔라졌고 헬리포트를 지나서부터는 얼굴까지 차오른 잡목구간과 어깨를 스치는 산죽구간이 번갈아 나타난다. 대나무는 음기에 속하는 식물이라 산죽밭을 지날 때는 서늘한 기운에 기분이 좋아졌다.

이윽고 장수덕유의 암릉이 시작되는 첫 바위군락에 도착했다. 장수덕유, 무명봉, 남덕유 그리고 1,363봉이 그려내는 웅장하고 미려한 선이 시야에 들어차고 망막을 압도해 온다. 장수덕유 바로 밑의 야영터에는 '남덕유 1.3킬로미터, 참샘 100미터'라는 안내판이 서 있다.

1시 30분 장수덕유의 정상에 섰다. 영각사에서 불어오는 동남풍

으로 오래지 않아 몸이 흔들리고 한기가 들었다. 북으로 멀리 향적
봉이 적상산을 등에 업고 중봉, 백암봉, 동엽령, 무룡산, 삿갓봉 그
리고 월성재에서 숨을 죽이더니 오른쪽 가까이 남덕유를 불끈 치
솟아 놓고 있었다.

　2시 정각에 자리를 뜨고 헬리포트를 지나 우측의 수직 암벽을 끼
고 철계단을 내려섰다. 철계단이 설치되기 전에 사람이 밟던 길이
칠십도 경사로 잡초에 묻혀 있다. 굴참나무의 능선을 지나 올곧고
앙증스럽게 솟아 있는 봉우리를 오르고 내리니 남덕유를 좌측으로

ⓒ류정길

우회하는 길이 나왔다. 남덕유를 지나칠 수 없어 '민 회장, 남덕유 정상에서 정상주를 합시다!' 라고 메모를 하여 나뭇가지에 걸어놓고 3백여 미터 급경사를 오르니 2시 30분에 남덕유 정상에 오를 수 있었다. 돌탑도 있고 '남덕유 1,507미터' 팻말 그리고 방향판도 설치되어 있다.

남덕유에서의 조망은 뛰어났다. 장수덕유는 정상을 중심으로 아홉 개의 거대한 바위군락이 옹위하고 있었다. 패주하던 남부군은 장수덕유를 거쳐 백운산자락으로 숨어들었다. 남으로 대간은 월봉산을 지나 금원, 기백, 거망, 황석산군은 대간과의 사이에 영각사, 덕유교육원과 이를 지나 대통선을 뛰어넘어 저수지를 만들어 놓고 그 뒤에 괘관산(1,251.6미터)을 솟구쳐 놓았다. 북으로는 덕유산군이 해일처럼 일렁인다.

월성재는 무명봉에 가려 숨어 있고 삿갓재 뒤로 무룡산이 구름을 끼고 한바탕 춤사위를 펼칠 참이다. 무명봉 가는 능선은 오른쪽으로 긴 벼랑이 칼날처럼 회랑을 만들고 능선 왼쪽 산자락에는 고사목 군락이 초록 속에 묻혀 있다. 한 무더기의 함박꽃 군락이 그 틈새를 비집고 들어차 있었다. 하얀 꽃은 주먹만하고 꽃잎은 대여섯 개로 모두 땅을 향해 고개를 숙이고 있다. 함박꽃 군락은 설악산 십이선녀탕 계곡 복숭아탕 아래 무더기로 피어 있다. 나무 안내판에 '…이 꽃은 감히 태양을 거슬러 피지 아니하고 땅이 그리워…'라고 적혀 있었던 것이 생각났다. 그때는 무심코 보아 넘겼지만 다시 한번 그곳을 가게 되면 전문을 기록해 놓을 생각이다. 민 회장과 집사람들이 정성스레 준비해 준 도시락으로 허기를 채우고 정상주도 곁들였다.

3시가 넘어 남덕유와 작별을 고했다. 내리막길은 까다로웠다. 발 디딜 곳과 손잡을 곳을 확인하고 몸무게의 탄력을 적절히 구사하여 내린 후 봉우리 하나를 지나니 이제는 월성재 안부로 내려서는 내리막길이다. 3시 45분 월성재에 닿았다. 다시 한번 남덕유와 장수덕유 쪽으로 눈길을 주고 직각 왼쪽 계곡길로 접어들었다.

백여 미터를 내려오니 샘물이 있으나 비상시가 아니라면 먹기에는 부적합했다. 어제 내린 비로 길은 진흙탕이나 푹신푹신한 땅기운이 그대로 전신에 스며든다.

토옥동계곡은 좌측으로는 장수덕유에서 내리뻗은 지능선과, 우측으로는 삿갓봉에서 시루봉(1,105.4미터)으로 이어진 지능선 사이에 7킬로미터나 되는 긴 계곡을 이루면서 숨겨져 있었다. 울창한 수림과 나뭇잎 사이로 빤짝이는 햇빛, 바람의 은밀한 속삭임과 지지배배, 후루루 끽, 뻐꾹 거리면서 날아가는 새들은 이곳이 별유천지임을 알려 준다.

왼쪽 비탈에서 가는 지계곡이 시작되고 길은 계곡을 두어 번 건너더니 차츰 제모습을 갖추어 나간다. 이후로는 왼쪽으로 또는 오른쪽으로 계곡이 이어지고 내려갈수록 어제 내린 비로 계곡 물소리는 점점 커지며 소(沼)와 담(潭)이 드문드문 나타나더니 하류로 내려올수록 그 규모가 커지면서 경관은 비경으로 치닫는다.

매번 느끼는 일이지만 탁족이나 몸을 식힐 장소는 계곡 하류로 내려올수록 좋은데 사전에 그 계곡의 길이나 속을 모르면 아래에 내려 와 꼭 후회한다. 오늘도 후회하기는 마찬가지였다.

'토옥동 송어양식장 4킬로미터'라는 팻말이 선 곳에서부터는 흡사 지리산 백무동계곡이다. 등산로의 왼쪽 이백여 미터 절벽 아래로 계곡이 굉음을 내면서 흘러가고 싸리나무로 만든 목책이 백여 미터나 이어지고 있었다.

계곡은 하상이 넓어지면서 오른쪽 아래로 멀어지고 송림은 온 산록을 뒤덮고 있었다.

양악저수지 위 송어양식장과 횟집이 있는 곳에 도착하니 5시 반이었다.

9_{구간}

남덕유의 장관과
대피소의 검둥이

2001년 11월 11일. 오전 7시 사당에서 차는 예정대로 출발하였다.

오늘은 지난 7월 1일 대간을 할 때 거창군 북상면 황점에서 출발
하여 월성재로 오르려다가 폭우 때문에 바람골 계곡을 건널 수 없
어 대신 삿갓골로 올라갔던 까닭에 빠뜨렸던 월성재에서 삿갓재까
지의 3.25킬로미터 대간길을 보충하기 위하여 황점에서 바람골,
잿골로 하여 영각재에 이른 후 남덕유, 월성재, 삿갓봉, 삿갓재대
피소에서 다시 황점으로 내려오는 원점회귀 산행이다. 차는 경부
고속도로를 타다가 죽암휴게소에서 잠시 휴식을 하고 대전에서 17
번, 37번 국도를 타고 남하한다.

하늘은 잿빛인데 군데군데 새파란 하늘이 두서너 겹으로 띠를
두르고 있다. 해는 잿빛구름과 파란하늘을 넘나들고 멀리 떠 있는
산맥능선, 가까이의 검은 산과 마을은 안개를 품고 있다. 태양은
구름 속에서 대지를 향해 햇살을 스펙트럼처럼 비추기도 하고 방
사선빛을 내 뿜기도 하면서 스스로 홍색 때로는 수은색의 원을 그
리고 있었다.

차는 무주 IC에서 37번 국도를 갈아타면서 남대천을 좌측으로 때로는 우측으로 끼고 동쪽으로 굽이쳐 돌아간다. 가끔씩 나타나는 햇빛에 반짝이는 남대천과 좌우 산록을 수놓은 소나무의 푸른 빛, 산사면의 3~4부 능선을 차지한 이깔나무의 노란색, 그리고 군데군데 남아 있는 활엽수의 갈색과 적색으로 가을은 깊어가고 있었다.

10시 30분에 나제통문을 지나 30번 국도를 타면서 왼쪽으로 삼도봉 아래 자리한 미천리를 두더니 현내리 북리에서 차는 1089지방도로를 타고 남하한다. 왼쪽으로 대덕산과 오른쪽으로 삼봉산을 가르는 소사고개와 탑선마을을 지날 때는 거창으로 흘러가는 황강천이 바통을 이어받는다. 이 황강천은 입석마을에서 37번 국도를 갈아타고 용수막에 이를 때까지 계속된다. 용수막부터 원당, 당산리를 거쳐 장풍교까지는 당산천이 같이하고 장풍교에서 차는 1082지방도로를 갈아타고 타더니 V자를 이루면서 북서로 되올라가 수승대를 지나 농산리에서 서쪽으로 위천천을 따라간다. 위천천은 주은자연휴양림과 거창청소년수련장을 품고 있다.

무주군, 무풍면, 고제면, 위천면을 지나면서 보이는 내〔川〕, 산과 단풍, 들녘 그리고 그 안에 둥지를 틀고 있는 마을들은 유년시절 바다를 보고자란 나에게 좀처럼 지울 수 없는 묘한 감동을 불러일으킨다.

11시 30분에 황점에 도착했다. 대여섯 가구의 오지마을인데 왼쪽 월성계곡가에는 정자가 멋있게 자리하고, 지난 여름 폭우 때 위험하게 내려왔던 영각사, 남령재, 황점구간 흙길은 멀리서 보아도 깨끗하게 포장되어 있었다. 마을입구 다리를 건너 차는 서고, 우리는 서쪽 바람골로 접어들었다.

오른쪽으로 삿갓봉에서 내려오는 폭포골을 지나 11시 15분에 월성재로 가는 곧은골과 영각재로 가는 잿골의 갈림길인 삼거리에 이르니 '등산로 아님' 이라는 팻말이 서 있다. 영각재로 가는 잿골

**무룡산, 삿갓봉, 남덕유
산이 함께 보인다**

은 왼쪽이다.

너덜에 수림이 우거져 있고 산길은 좁아지면서 이어졌다 사라졌
다 하더니 70도 경사의 오르막이 계속된다. 12시 45분에야 너덜이
사라지고 산죽밭, 고사목이 나타나더니 능선이 수림 사이로 하늘
금을 긋고 있었다. 얼어 있던 땅은 녹아내리고 희미한 길섶은 온통
성에 투성이다. 1시간 20여분 동안 사투를 벌인 후 12시 50분에 영
각재에 올라섰다.

남으로 영각사는 협곡에 가려 보이질 아니하고 구릉을 지나 월
봉산이 기묘한 자태로 덕유산맥을 지켜보고 있었다. 월봉산의 우
측은 수망령을 넘어 거망, 황석을 좌측으로는 은신치를 넘어 금원,
기백산을 일구어놓고 있었다. 가까이 좌측 능선은 하봉을 일구고
우측 능선에는 중봉이 솟구쳐 있다.

왼편에 샘물이 있는 지점을 지나 1시 7분에는 '중봉 1,440미터'

74

라는 팻말이 있는 곳에 닿았다. 그 샘물은 좌측으로 남강, 우측으로 황강을 이루는 발원지다.

중봉 오름부터 남덕유 정상 사이에는 거의 수직에 가까운 오르내리는 철계단이 6군데나 설치되어 있는(그 계단은 모두 414개였다) 매우 위험한 구간이며, 구름다리를 설치하였던 흰 구조물 두 개가 그대로 남아 있다(구름다리 대신에 철계단을 설치하였다).

중봉과 남덕유 정상 사이에는 두 개의 높은 전위봉 사이에 또 두 개의 작은 봉우리를 두고 있었으니 결국 네 개의 봉우리가 그 사이에 있는 셈이다.

그 봉우리들은 각각 암벽과 소나무를 두고 바위절벽과 협곡을 이루고 있었으며 네 번째 중간 봉우리는 고사목과 분재 같은 소나무를 곁에 두고 있었다. 1시 반의 태양은 건너편 남덕유 산사면 칠팔부에 중봉의 산그리메를 선명하게 그리고 있다.

1시 45분에 '남덕유 정상 해발 1,507미터'라는 팻말 앞에 섰다. 북동방향에서 서쪽방향으로 수도산, 단지봉, 가야산 의상봉, 비계산, 우두산, 미녀봉, 황매산, 응석봉, 중봉, 천왕봉, 반야봉, 노고단이 하늘 아래 장막을 치고 이를 병풍 삼아 크고 작은 산군들의 연릉은 해일처럼 일렁이고 있었다.

정상 아래 바람을 피한 공터에서 점심을 먹었다. 2시 20분 월성재 가는 내리막에는 눈이 쌓여 있었다. 지난 9일 강원지방에 눈이 올 때 같이 내린 눈이 아직 녹지 않았던 것이다. 2시 40분에 월성재를 지나 2시 50분에는 온통 주위가 고사목인 봉우리를 지나고 3시 10분에는 키 작은 산죽밭을 지나 봉우리에 올랐는데 삿갓봉인 줄 알았다. 5분 뒤에 오른 삼각형 모양의 봉우리도 삿갓봉이 아니었다. 그곳에서는 진행방향으로 약간 멀리 진짜 삿갓모양의 봉우리가 하늘 아래 우뚝 솟아 있는 것이 보였다.

삿갓봉(1,410미터) 아래에는 리본이 달려 있고 정상으로 가는 능선길과 좌측 산자락을 우회하는 길이 나뉜다. 우회길로 돌아서니 삿갓봉이 굽어보고 있었으며 동쪽 산사면에는 높이 20여 미터의 입석이 계단식으로 늘어서 있었다.

3시 45분에 삿갓재 대피소에 도착하니 곰같이 생긴 덩치가 큰 검둥이가 구면이라 아는 체를 한다. 관리인에게 한 잔에 천 원을 주고 따뜻한 커피를 먹을 수 있었다.

4시에 황점을 향해 하산을 서둘렀다. 나무계단을 200여 미터 내려와 샘에서 2리터 페트병을 비우고 샘물로 가득 채웠다. 4시 53분에는 와폭에 몸을 담갔다. 차가운 물에 몸을 담글 때는 나름대로의 비법이 있다. 우선 땀기운이 배어 있을 때 신속히 젖은 옷을 벗고 물 속으로 들어가서 목만 내민다. 그리고 나서 합장을 한 후, 큰 아이 의과대학 마치고 병든 자를 구하고. 둘째 아이 사법시험 합격하여 억울한 자를 구하고, 집사람 쾌유하여 건강히 오래 살기를 세 번씩 기도를 반복하고 나면 물은 찬기운이 서서히 사라진다. 그 이후부터는 몇 시간이라도 물 속에 있을 수 있다.

마른 옷으로 갈아입고 싱그러운 기분으로 휘파람을 불면서 내려간다. 삿갓골은 좌측에서 내려오는 깨밭골과 감초골이 합수되는데 소와 담이 줄을 잇고 4~5미터짜리의 폭포가 연이어 가세하는 수려한 계곡이다.

계곡 우측으로 산능선을 중심으로 초록과 이깔나무의 노랑이 파란 하늘과 짝을 하고, 뒤돌아보니 이깔나무 위로 보이는 무룡산이 팔부능선 위로 태양빛을 받아 갈색으로 타고 있었다.

5시 5분에는 우측으로 월봉산을 보고 5시 7분에는 뒤로 삿갓봉을 보고 돌아서니 '야생동물보호' 판이 녹색 철책문에 붙어 있다. 5시 8분에는 중봉에서 남덕유로 이어지는 여섯 개의 봉우리를 뒤돌아보았다.

무룡산에서 본 운해

2001년 7월 1일

하늘은 잔뜩 흐려 있고 가느다란 빗줄기가 흩날리고 있었다. 오늘은 무룡산을 포함한 6개의 봉우리, 샛갓재, 동엽령 2개의 재와 샛갓골, 병곡계곡 2개의 긴 계곡을 지나야 한다.

흩날리던 비는 금산을 지나 무주쯤 갔을 때에 집중호우로 변했다. 큰 산을 끼고 있는 마을이라 개천마다 물은 불어나서 황토색을 띠며 무서운 기세로 흘러간다. 차는 육십령을 지나 남동방향으로 남하하다가 함양군 서상면에서 45도 북으로 방향을 바꾸면서 비구름이 걸린 남덕유의 웅자를 보여주고, 덕산교에서 다시 동쪽으로 머리를 트니 비포장도로로 바뀐다.

우측으로 피라미드 형상을 하고 있던 월봉산(1,279.2미터)은 흰 속살의 예각 삼각형을 주봉으로 세 개의 암봉이 갑자기 하늘에 부웅 떠 올랐다. 비구름은 세 개의 봉우리를 번갈아 감추기도, 보이기도 하고 있었다. 그 선계는 남령에서 북서로 차 머리를 돌릴 때에야 비로소 시야에서 사라졌다.

시련은 그때부터 시작되었다. 거창군 황점과 서상면 덕산교의 도로포장공사 겸 황점-남령 간 새로운 도로개설공사는 급경사 비탈에 군데군데 절개지를 만들어 놓았고 길은 굽돌아가며 집중호우로 인해 토사가 곳곳에 흘러내리고 잘라낸 거대한 수목은 길가에 뒹굴고 있다.

황점을 1킬로미터 남겨놓고 45도로 꺾이는 곳의 절개지에서 흘러내려온 토사와 돌 때문에 차는 멈추어 섰다. 긴급구조대에 연락하여 포크레인이 달려와 30여 분 만에 작업을 끝낸 후 황점 마을에 도착했을 때는 12시였다.

원래는 황점 마을 200미터 전방에 있는 다리에서 바람골을 타고 월성재에 올라 삿갓봉을 거쳐 삿갓재 대피소를 경유하려고 했으나 남덕유 관리사무소에서 그 루트는 무서운 계곡을 두 번이나 가로질러야 하는데 이 상황에서는 도무지 보낼 수 없다 하여 대신 황점 마을 어귀에서 삿갓골을 타고 삿갓재 대피소로 오르기로 하였다.

12시 정각에 황점 마을을 뒤로하고 북서쪽으로 농로를 따라 계곡을 거슬러 오르기 시작했다. 우측으로 빽빽한 잣나무 숲이 한동안 계속되고 11시 방향으로 삿갓봉이 언뜻언뜻 얼굴을 내밀고, 좌측으로 삿갓봉에서 흘러내린 능선이 협곡을 이루고 있었다. 수백 개의 벌통이 있는 곳에서 다리를 건너고 또 10여 미터나 되는 절벽 사이로 쏟아져 내려가는 물길 위로 가까스로 놓인 나무다리를 건넜다. 굵은 빗방울은 쉴새없이 내리고, 왼쪽의 계곡은 이름 모를 폭포와 거대한 소와 담을 만들면서 끊임없이 분탕질을 하고 굉음을 내면서 아래로 쏟아져 내려간다.

왼쪽으로 계곡에 연한 널찍한 마당바위가 나타나더니 길은 우측으로 가팔라지기 시작하며 흐느적거리는 안개는 십여 미터 앞서가는 사람의 하반신을 가리며 유령으로 만들어 놓는다.

로프가 걸린 계곡을 두 번 지나 기진맥진하였는데 그때서야 운무가 사라지면서 시야는 뚜렷해지고 햇살이 가느다랗게 숲 속으로 스며든다. 1시였다.

도중에 만난 너덜에서 돌 밑으로 희미한 소리가 들리기에 한동 안 서서 귀를 기울였더니 물이 흘러가는 소리였다. 숲 속의 물은 이렇게 땅 속으로 또는 땅 위로 흘러 계곡을 이룬다는 숲의 비밀을 엿본 셈이다.

통나무계단을 서너 구간 올라서니 하늘금이 보이고 우측으로 대 롱을 통하여 샘물이 펑펑 흘러내리고 있는 야영터가 나온다. 1시 20분이었다. 개념도에 '水' 표시가 되어 있는 곳이다. 설마 빗물은 아니겠지 싶어 쪽박으로 한 컵 들이켰는데 그 맛은 태백산 망경사 에 있는 용정의 물맛과 비견했다. 연거푸 세 컵을 더 마시고 나서 야 정신을 차리고 배낭을 내렸나. 숲은 물기를 머금고 내기는 청량 하며 비는 그치고 태양은 잿빛 사이로 가끔씩 얼굴을 내민다. 통나 무계단은 하늘 끝까지 닿아 있었다.

1시 30분에 삿갓재 대피소에 닿았다. 대피소직원 홍영철 씨와 '검둥이' 라는 곰 새끼만한 개 한 마리가 지키고 있었다. 직원은 이 대피소는 1999년에 세워졌고, 철골구조 2층으로 되어 있으며, 1층 은 취사장과 보일러실, 2층은 70명 정도 수용할 수 있는데 1인 1박 오천 원이라고 한다. 라면, 생수와 과자류 등을 팔고 최신식 간이 화장실도 만들어 놓았다. 검둥이는 사람이 반가운 듯하였다.

동남쪽으로 뒷짐을 지고 서서 우측으로 높이 솟은 삿갓봉을 쳐 다보고 있으니 목줄기가 아파오고, 남령 너머 월봉산이 또 다른 기 이한 모습을 하고 있다. 수망령 우측으로 거망산(1,245미터)이 끝내 황석산(1,235미터)의 송곳 같은 정상을 감추지는 못하고 있다.

운무는 먼 산의 칠팔부 능선에 잠겨 있고, 가까운 산의 봉우리를 휘감고 산록에 잠겨들기도 하고 흩어지기도 하기를 거듭하면서 잠 시도 쉴새없이 움직이고 있었다. 삿갓봉 역시 운무를 가르며 솟구 쳐 올랐다가는 다시 그 기세에 눌려 자맥질하기를 되풀이한다. 구 경꾼은 어깨춤이 절로 난다.

십여 분을 꼼짝없이 서 있다가 오른쪽으로 비탈을 오르고 헬리포트를 지났다. 팔과 얼굴을 스쳐가는 운무를 가르며 거목들이 늘어선 숲을 지나 2시에 '해발 1,400미터 남덕유 5.1킬로미터 향적봉 9.7킬로미터'라고 씌어진 이정표가 있는 봉우리에 도착했다.

운해에 잠긴 삿갓재의 절경에 남덕유와 장수덕유의 웅장함이 가세하고 멀리 동으로 가야산이 그 신비한 모습을 드러낸다. 이제 무룡산이 가까이 보이나 앞으로 40여 분을 더 가야 한다. 비가 온 뒤나 오기 전에는 먼 곳도 가깝게 보인다.

내리막을 지나 다시 오르막 왼쪽으로 한무리의 고사목 군락이 초록 속에 묻혀 있다. 무룡산을 오르는 길은 잡목 하나 없는 초원길이었다. 문득 몽고대륙의 초원에서 말을 달리고 있는 착각에 빠져들었다. 헬리포트를 지나 통나무 계단이 다시 시작되는데 마치 하늘에서 사다리를 드리운 것 같았다. 봉우리에 서니 2시 20분이었다.

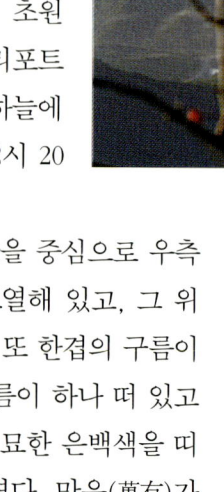

그곳에서 또 하나의 비경을 보게 된다. 월봉산을 중심으로 우측으로 거망, 황석산, 좌측으로 금원, 기백산이 도열해 있고, 그 위 하늘은 한겹의 비구름 그리고 파란 하늘 그 위에 또 한겹의 구름이 층을 이루고 있는데 중간의 파란 부분에 뭉게구름이 하나 떠 있고 그 순간 비친 햇살에 뭉게구름은 황금색 아니 기묘한 은백색을 띠는 것이 아닌가! 그 광경은 일순간에 사라져 버렸다. 만유(萬有)가 덧없으니 모든 것은 찰나(刹那)이다!

정신을 차리고 무룡산 오름길에 보니 태양은 이미 비구름을 이긴 듯하고 초원의 풀잎은 빗방울을 머금어 태양의 빛을 받아 영롱한 무지개 색깔을 낸다. 드디어 2시 40분에 무룡산(1,491.9미터)에 올랐다. '1,490미터 남덕유 6.4킬로미터 향적봉 8.4킬로미터' 팻말

멀리 보이는 지리능선
(무룡산에서)

이 서 있다. 무룡산은 덕유능선의 중간 지점이다.

'무룡산'은 용이 춤을 추는 산이라는 뜻이리라. 그러나 지금은 구름이 춤을 추는지 산이 춤을 추는지 분간이 안 된다.

민 회장과 이곳에서 점심을 먹고 3시에 출발하기로 했다. 민 회장 왈 "산이 좋아 산에 왔으니 다만 오분이라도 더 산냄새를 맡고 가자!" 우선 정상주를 한 순배 돌렸다. 요즘 집사람의 도시락 꾸리는 솜씨가 많이 늘었다.

천지 사방이 다 보인다. 원의 중심에 있다. 고봉에 오르면 매번 똑같은 느낌을 받는데 그것은 지구가 둥글기 때문이다. 원이든 구이든 그 중심에 내가 있는 것이다.

대간을 중심으로, 동은 산과 계곡이 많아 그런지 온통 운해를 이루고 있고 서는 평야가 많아 그런지 중첩된 야트막한 능선이 주류를 이루는데 두 개의 귀를 닮은 봉우리가 유독하여 자세히 보니 진안의 마이산이다.

동으로는 수도산, 단지봉, 가야산, 의상봉, 비계산, 미녀봉 그리고 산청군의 황매산(1,108미터)이 가야산을 중심으로 활시위처럼 늘어서 있다. 미녀봉은 가야산 아래에서 머리를 남으로 두고 치렁치렁한 머리를 뒤로 풀어젖히고 양 무릎을 세운 자세로 요염하게 드러누워 있었다.

그 중에서도 가야산(1,430미터)은 역시 '석화성'(石火星)이다. 운해와 비구름과 층을 이룬 구름, 파란하늘 그리고 햇빛이 어우러져 가야산 정상과 주위는 붉은 보랏빛을 내고 상서로운 기운이 천지를 지배한다.

가야산 정상은 소의 머리를 닮았다. 성철 대종사가 입적하실 때 가야산이 불이 붙는 것 같은 빛이 한동안 머물러 있었던 기적을 일으켰다 한다. 비 온 뒤라 향적봉은 손에 잡힌다.

3시 5분 무룡산과 아쉬운 작별을 했다. 굴참나무숲과 산죽이 어우러진 기분 좋은 길을 내려서고 고만고만한 봉우리를 두 개 넘으니 길은 우측으로 크게 휜다. 돌탑을 지나 봉우리에 올라서니 '남덕유 8.6킬로미터 향적봉 6.2킬로미터 가림봉'이라고 쓴 팻말이 있다. 3시 45분이다.

작은 봉우리를 하나 지나니 구릉에 이어 야트막한 오르막에 6개의 암봉군이 건너다보이고 암봉군을 올라서니 안부에 동엽령이 내려다보인다.

정각 4시! 사거리 안부 동엽령에 섰다. '동엽령 1,380미터, 남덕유 9.1킬로미터 향적봉 5.7킬로미터' 그리고 그 팻말에는 서쪽으로 칠연폭포 동쪽으로 우리가 가야할 병곡리계곡 방향도 표시되어 있다.

병곡리계곡으로 내려서는 지능선은 길었다. 한 시간 가량 능선을 밟으니 계곡의 물소리가 크게 들리기 시작하고 두어 번 계곡을 건넜더니 드디어 합수곡이 나타난다. 5시 20분이다. 합수곡을 지나 오른쪽으로 계곡을 두고 내려갔다. 계곡 건너편으로 기암절벽이 즐비하였다. 큰 바위가 있는 곳에는 항상 비경이 숨어 있다! 5시 30분에 송어양식장과 송어횟집이 있는 곳에 도착하여 큰 계곡에 내려 땀을 씻어냈다. 병곡리 송어횟집은 큰 뜰에 여러 개의 앉을 자리를 마련하고 등나무를 올렸다. 회맛은 기가 막혔다.

백암봉의 바람과 구름

2001년 7월 15일 새벽 4시 반!

강한 비가 새벽을 깨우는데 배낭을 챙긴다고 부스럭거리니 집사람은 '이 비가 오는데 어디를 가느냐'고 구박이다. '나가 아가?' 해놓고는 현관문을 나섰다. 지하철에서는 어느어느 구간이 침수로 불통이라고 연신 방송을 하고 있었고, 구로공단역에 내렸더니 저지대가 물에 잠기고 가재도구 등이 길바닥에 나뒹굴고 있었다. 그러나 정각 6시 반에 버스는 빗속을 뚫고 내달리기 시작했다.

옥산 휴게소에서 민 회장이 건네는 '샤론커피'의 향내에 취했다. 무주쪽으로 빠른 속도로 내닫는데 남쪽으로 내려갈수록 빗줄기가 약해지더니 멀리 동쪽으로 파란 하늘이 얼굴을 내밀고 구름이 조각배처럼 떠다니닌다. 그러나 서쪽하늘은 아직도 먹구름이다.

'빼재'에는 물도 없고 먹거리도 없어 하산길을 병곡리 쪽으로 잡았다. 오늘은 여섯 개의 준봉과 세 개의 재를 넘어야 한다. 차는 설천면 삼오정 고개를 지나 빼재에 도착하였고, 일행은 차에서 내리자마자 곧장 산행길에 들었다. 9시 20분이었다. 오른쪽 길옆의

딸기를 탐하다가 맨 후미에 처졌다.

하늘은 먹구름에 뒤덮여 사위는 컴컴한데 오늘 산행 내내 잿빛 하늘 사이로 가끔씩 드러나는 여린 햇살은 먹구름의 컴컴한 사위를 이겨내지 못하였다.

시종 오르막이었고 10시에 도착한 헬리포트가 있는 봉우리는 뼈봉(1,039.3미터)이었다. 고사목 군락을 지나 또 한 차례 급경사를 오르니 '국립공원'이라는 조그마한 표지목에 1,210.5미터라고 적혀 있는 갈미봉이다.

대간표지기는 청마 유치환의 〈깃발〉처럼 나부낀다.

이것은 소리 없는 아우성
저 푸른 海原을 향하여 흔드는
영원한 노스탈쟈의 손수건
순정은 물결같이 바람에 나부끼고
오로지 맑고 곧은 理念의 푯대 끝에
애수는 白鷺처럼 날개를 펴다.
아아 누구던가
이렇게 슬프고도 애달픈 마음을
맨 처음 공중에 달 줄을 안 그는

주섬주섬 주워 넘기는 사이 노란색과 보라색 꽃잎을 단 패랭이도 흥에 겨운지 숨바꼭질을 한다. 이 숲과 저 꽃들! 그들은 억겁을 두고 그곳에 자리잡고 무엇인가를 말하고 있었다.

또 하나의 무명봉을 넘으니 이번에는 운무 속으로 비가 흩날린다. 키를 넘는 긴 잡목터널 속에서 길 없는 길을 육감으로 발을 떼놓았다. 유령처럼 흐느적거렸다.

11시 40분에 북으로 투구봉 가는 갈림길이 있는 대봉(1,263미터)에 올랐다. 서쪽 방향의 대간에는 초원이 펼쳐지고 있었고, 멀리

85

향적봉, 중봉 그리고 대간의 갈림길인 백암봉은 모두 머리에 구름을 이고 있었다. 가까이는 월음령을 지나 구릉지대를 거쳐 지봉이 솟구쳐 있었다. 한 줄에 네 개씩 든 귤 두 줄을 정신없이 까먹고 물을 서너 컵 들이켰다. 대간은 어느 한 구간도 쉬운 곳이 없다.

월음령으로 가는 내리막은 키가 2미터가 넘는 싸리나무 군락지대 였다. 싸리는 광주리, 바구니, 서당 훈장님의 회초리 그리고 횃불의 재료로 쓰인다. 나무 속에 습기가 아주 적고 참나무에 맞먹을 만큼 단단하여 비오는 날에 생나무를 꺾어서 불을 지펴도 잘 타며 화력이 강하고 연기도 없다. 산중생활에는 이 나무만큼 이로운 것도 없다. 10여 분을 잰 속도로 지나쳤으니 그 군락은 어림잡아 1.5~2킬로미터는 되리라. 나무마다 홍자색의 꽃을 피우고 있는데 자

향적봉의 위용

색의 은은함은 이 꽃이 으뜸이다. 월음령은 운무가 춤사위를 펼치는 공연장이었다.

남에서 한 무더기의 구름과 안개가 미친 듯이 재로 달려들더니 홀연히 재를 넘어 북으로 사라진다. 이 모습은 끊임없이 반복되었다. 독일의 문예부흥기 괴테와 더불어 그 유명한 프리드리히 쉴러의 '질풍과 노도' (슈트름 운트 드랑) 같다. 지봉에서 내려뻗은 웅대한 능선 중간쯤 계곡까지 내린 시야를 압도하는 기가 막힌 리지는 설악 우골의 석주리지였다.

범나비는 산호랑나비과에 속하는데 두어 마리가 회유(回遊)를 하고 있고 멋진 태극무늬를 단 나비 한 마리가 갑자기 선회를 하는데 자세히 보니 뿔나비다. 그 귀한 태극나비가 있을 리 없었으나

태극나비일지도 모른다는 의구심은 하루종일 머리 속을 맴돌았다.

분명 쐐기풀은 아니나 60여 센티미터 높이에 삼각 모양의 레이스 같기도 털옷 같기도 한 가시나무 잎새를 달고 흰 꽃을 피운 저 꽃은 무엇인지?

쐐기풀은 안델센이 지은 세계명작동화 〈백조왕자〉에 나온다. 막내인 엘리자 공주는 마녀인 새 왕비의 마술에 걸려 백조로 변한 11명의 왕자인 오빠들을 구하기 위하여 말문을 닫고 쐐기풀로 옷을 지어입혀 다시 사람으로 변하게 하여 행복하게 살게 되었다.

12시 30분에 도착한 지봉에는 '못봉, 1,342.7미터, 거창군' 돌비

석에 새겨져 있다. 먼저 온 왕 상무가 쉬고 있었다. 멀리 보이는 귀봉(1,400미터)에서 점심을 하자고 약속해 놓고 먼저 출발했다. 그런데 이 헤어짐으로 오늘 친구들과의 약속을 저버린 돌이킬 수 없는 과오를 범하게 된다. 민 회장은 우리 집사람이 만든 오곡밥이 맛있다고 하여 내가 2인분을 준비해 왔고, 민 회장의 집사람이 만든 기가 막힌 노가리찜은 민 회장의 배낭 속에 있다. 이후 굉장히 날랜 건각의 젊은이 두 사람과 앞서거니 뒤서거니 하다가 종래 무언중에 시합이 붙어 백암봉, 동엽령 그리고 합수곡까지 내닫는 바람에 민 회장도 굶고 나도 굶었다. 치기였다. 부끄러웠다. 아는 자는 좋아하는 자만 못하고 좋아하는 자는 즐기는 자만 못하다.

12시 50분에 '싸리덤재'에 도착하였다. 진행방향으로 횡경재, 우측으로 오자수굴, 좌측으로 송계사 그리고 지나온 곳이 지봉이라고 표시되어 있었다. 1시 5분에는 횡경재에 도착했고, 다시 하늘이 컴컴해지면서 갑자기 사방이 어두워진다. 줄기찬 오르막인데 좌측 길옆에 산불감시초소가 있고 그 안벽에 서너 줄 '사랑 詩'가 적혀 있다. 1시 15분에 헬리포트에 도착하였고 스산한 바람소리에 구름은 어둠 속으로 흩날리고 있었다.

귀곡성(鬼哭聲)이다!

귀봉(1,400미터), 1시 40분! 보라색의 초롱꽃, 흰색과 주황색의 이름도 모르는 야생화! 꽃의 이름을 알지 못하는 것이 이렇게 답답한 줄은 미처 몰랐다.

2시쯤에 왼쪽으로 한 무리의 돌무더기는 '상여덤'이다. 이 상여덤은 백암봉에 가서야 그 기막힌 모습을 볼 수 있었다. 2시 10분에 드디어 오늘의 포인트인 백암봉이다. '백암봉, 1,503미터'라고 씐인 약50센티미터쯤 되는 돌비석이 있고 '동엽령 2.27킬로미터, 향적봉 2.1킬로미터'라고 쓴 큰 표지판도 있다. 지리산에서 시작한 대간은 남덕유에서 줄곧 북으로 치닫다가 이곳에서 향적봉을 지적에 두고 동으로 그 길고 긴 여정을 시작하는 것이다. 건각의 두 젊은이는 나를 보더니 동엽령을 향해 쏜살같이 사라진다.

쉬기로 했다.

바람, 구름, 하늘, 산!

산의 초록, 바람결에 가끔씩 드러나는 하늘의 코발트빛, 먹구름이 낀 하늘의 회색, 하얀 운무를 보고 있는 사이 순간 남에서 북으로 한떼의 먹구름이 몰려오는데 남덕유와 무룡산이 그 오케스트라의 총지휘를 하고 있다.

끝없는 상념에 잠긴다. 친구와의 약속은 잊은 지 오래였다.

2시 20분 백암봉을 내려서고 바위지대를 지나니 절로 휘파람이 나는 굴참나무숲이다. 숲을 지나 내리막에는 온통 초원이 펼쳐지고 있었다. 비가 흩날리며 무룡산 앞 봉우리에 잠깐 햇살이 비친다. 오늘은 이렇게 선경과 진경을 수없이 보게 되어 행운이었다. 좌측으로 깊게 패인 병곡리계곡은 백암봉, 동엽령 사이에서 갈라져 간 두 개의 지능선이 형성하고 있었다. 암봉이 앞을 가로막고 좌측에 서너 무더기의 원추리꽃이 노랑색을 뿜내고 있는데 이에 질세라 우측으로 대봉에서 본 싸리나무 군락이 또 한번 나타나서 자주색의 은은함을 배어 내고 있었다. 원추리는 백합과에 속하는 여러해살이 풀인데 꽃은 귤빛 노란색이고 하루살이 꽃으로 아침에 피고 저녁에 시들어 다음날 다른 꽃이 핀다. 꽃말은 '지성'이고 기품 있고 고상하여 성장한 여인을 보는 것 같다고 한다. 이 원추리는 암봉을 넘어서니 지천으로 널려 군락을 이루고 있었다. 갑자기 꿩 다섯 마리가 풀섶에서 날아올라 숲속으로 사라진다.

3시 동엽령(1,320미터)에서 뒤돌아본 대간은 백암봉에서 북동으로 머리를 틀어 힘차게 꿈틀거리며 멀어져 가고 있었다. 이제는 줄곧 급한 내리막에다 울창한 숲길이다. 갑자기 일진광풍이 몰아치더니 하늘이 캄캄해지고 '쫘' 하는 소리에 놀라 귀를 기울였더니 소나기였다. 비는 이후부터 줄곧 내렸다. 바람소리인지 빗소리인지 구분이 안 되었으나 둘 다인지도 모르는 일이었다. 나뭇잎에 떨어지는 빗방울, 소나기 내리는 소리 그리고 피부에 와 닿는 상쾌한 바람에 발걸음은 허공에 떠 간다.

긴 산죽밭이 나타났다. 산죽밭과 길은 누가 먼저였는지 항상 고개가 갸웃거려진다. 산죽밭에 길을 냈는지, 길이 있으니 산죽밭이 생겼는지?

35분간 울창한 숲에 어두컴컴한 지능선을 타고 잰걸음으로 내려왔더니 좌측의 큰 계곡과 우측의 방금 내린 비로 제법 우렁차진 실낱같은 계곡이 만나는 합수곡이 나타난다. 송어양식장 못미처 좌측의 계곡을 살폈더니 오륙 미터나 되는 두 갈래의 폭포가 짙은 숲에 숨어 있었다. 빗물과 어우러진 폭포수를 맞고 나니 어느새 비는 그쳐 있었다. 4시였다.

점심을 굶은 민 회장은 화가 나 있다. 나의 잘못이다.

대덕산의 품

2001년 5월 13일!

오늘은 봉우리를 두 개 넘고 산을 두 개 넘어야 한다. 지난 구간
의 마지막 육십령에서부터 덕유능선을 거쳐 향적봉 전 백암봉에서
지봉, 대봉 빼재 구간은 산불예방 때문에 오월 말까지 출입금지라
뛰어넘는다. 빼재는 산적들이 노루나 멧돼지를 잡아먹고 버린 뼈
가 많아 '뼈재' 라 했는데 경상도 발음으로 '빼재' 로 와전되었다는
데 빼어날 '秀' 자를 써 '秀嶺' 이라 함은 잘못된 것이라 한다.

전라북도 무주와 경상남도 거창을 가르는 빼재에는 10시 10분에
도착하였고 10시 15분에 산행을 시작하였다. 18킬로미터에 7시간
반이 소요된다. 빠른 구름이 흐르고 문득문득 나타나는 햇살이 하
늘을 가르는 스산한 날씨다.

신풍령 휴게소 뒤 로프도 없는 절개지를 나뭇가지와 돌부리에
의지해 올라서니 지척에 수정봉(1,050미터)이 보이고 수정봉에 오
르니 된새미기재로 오르는 싸리나무와 억새가 밭을 이룬 숲길이
이어지더니 헬리포트가 나타나고 이윽고 된새미기재에 도착했다.

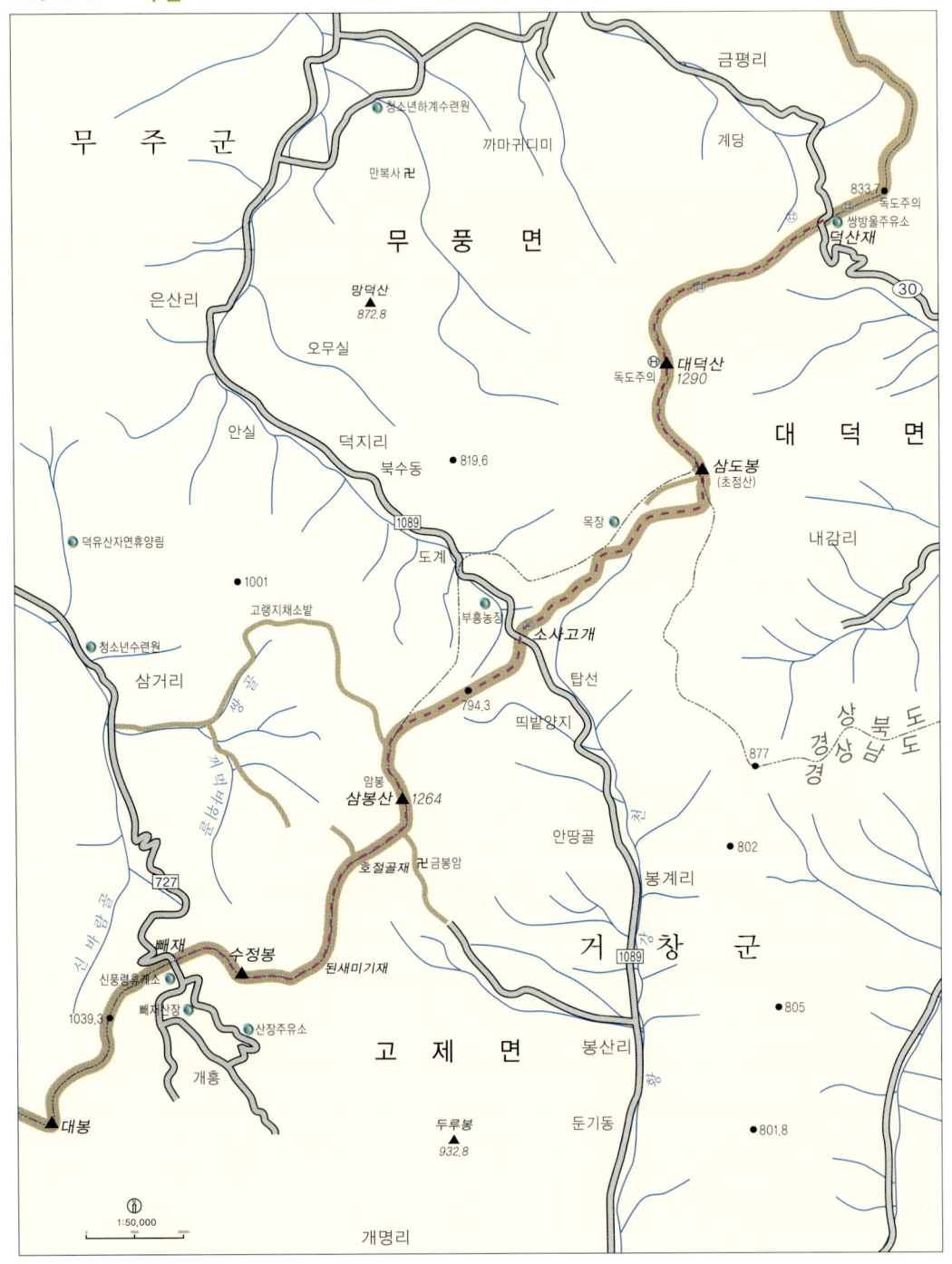

무 주 군

금평리

청소년하계수련원

까마귀디미

계당

만복사卍

무 풍 면

833.7 독도주의
쌍방울주유소
덕산재

은산리

오무실

망덕산
872.8

30

안실

덕지리

북수동

819.6

대덕산
1290
독도주의

대 덕 면

1089

도계

목장

삼도봉
(초점산)

내감리

덕유산자연휴양림

1001

고랭지채소밭

부흥농장

소사고개

청소년수련원

삼거리

탑선

877

상 북 도
경 상 남 도
경

794.3

띠밭양지

암봉

삼봉산 1264

안땅골

802

호절골재 卍금봉암

봉계리

거 창 군

1089

빼재

수정봉

된새미기재

신풍령휴게소

빼재산장

산장주유소

1039.3

개흥

고 제 면

봉산리

805

대봉

두루봉
932.8

둔기동

801.8

1:50,000

개명리

된새미기재에서 된비알을 올라서니 큰 쌍둥이 바위를 지나 호절골재가 발치에 뚝 떨어져 보인다. 호절골재너머 가파른 오름길의 끝에는 기괴한 암봉이 마치 '황야의 무법자'에 나오는 사막의 바위산맥처럼 막아선다. 나는 말을 몰고 황야를 달리는 카우보이이다.

헬리포트가 있는 호절골재에 서니 11시 20분이다. 숨을 몰아쉬고 올라선 곳은 조금 전에 보았던 바위산의 꼭대기였다. 오른쪽으로 거창들과 왼편으로 덕유산 자연휴양림쪽이 어림된다. 산죽밭을 지나 삼봉산(1,254미터) 정상에는 표지석에 '덕유삼봉'이라고 씌어있다. 산경표에는 여기서부터 무룡산까지를 '덕유산'이라고 했다.

약 10분간을 까다로운 암릉으로 된 봉우리 몇 개를 지나야 했다. 산을 안내하는 책자에는 이곳은 위험하니 안전하게 좌회전하라고 되어 있다. 암릉의 끝봉우리를 넘어설 때에는 세미클라이밍으로 하강을 해야 했고 바위 밑에 기가 막힌 비박굴을 보았다. 천연의 요새였다. 또 하나의 육산으로 된 봉우리를 넘어선 곳의 갈림길에서 대간 리본이 휘날리는 곳으로 직각 우회전했다.

이곳 풍광은 소사고개에 내려 뒤돌아보아야 그 진면목을 알게 된다. 빼재 쪽에서는 능선이 겹쳐 그 전모가 보이지 않기 때문이다. 소사고개 쪽에서 보면 삼봉산 표지석 있는 봉우리를 포함하여 7봉으로 보이는데 생략을 해나가면 가까스로 3봉으로 윤곽이 잡힌다. 그곳 봉우리 전체를 삼봉산이라 이름지었던 것 같다. '덕유삼봉'의 표지석이있던 곳이 제1봉, 위험하다고 가지 말라던 곳이 제2봉 제일 높은 봉우리였고, 육산으로 된 봉우리가 제3봉이었던 셈이다.

이곳 갈림길에서 소사고개까지의 중간지점에 794.3봉이 있는데 이 무명봉까지의 1.5킬로미터 구간은 그야말로 70도 내리막이다. 잘못 디디면 서너 바퀴는 뒹굴어야 되며 브레이크를 잡지 못하면 순식간에 10여 미터 미끄럼을 타야 한다. 삼봉산은 이렇게 그 위엄을 과시하고 있었던 것이다.

93

794.3봉 아래에 흡사 상주가 쓰는 두건모양을 한 바위가 있었는데 북한산 사모바위보다 훨씬 정교하다. 두건바위 밑에서 또 갈림길이 나타나고 책에서 읽은 대로 오른쪽을 고집하며 내려가니 개간한 수만 평의 밭이 나서고 계분 냄새가 진동한다.

대간 맥을 잘못 짚었나 하고 두리번거리니 밭 중간쯤 왼편 가장자리에 대간을 가리키는 파란색 리본이 하나 달랑 외롭게 휘날리고 있는 것을 볼 수 있었다. 새삼 유치환의 '깃발'이 떠오르고 깃발의 상징적 의미가 가슴에 찡하게 와 닿는다. 밭 왼쪽의 두렁을 타고 내려오다가 중간지점에서 리본은 왼쪽의 숲으로 기어들어 낮은 구릉으로 연결되고 아카시아와 잡풀, 그리고 키가 팔대 장승 같은 침엽소나무 수림을 차례로 지나쳤다. 종장에는 무풍에서 거창으로 넘어가는 포장길이 나타나고 오륙 미터의 절개지가 앞을 가로막는다. 12시 반, 소사고개다.

절개지를 힘겹게 올라선 후 능선을 지나니 한 무더기의 묘지들이 나타나고 마치 '무릉도원' 같은 묘한 구릉이 펼쳐진다. 부잣집 묘인지 돌로 된 제(祭)판이 그럴 듯하다. 오늘의 식탁은 이곳이다. 우선 떡을 쪼가리 내어 고수레를 하고 소주를 한 잔 쳐 올렸다. 삶과 죽음은 연속되어 있고 대지는 다시 생명을 잉태한다.

뒤따라온 민 회장과 왕 상무와 함께 30여분간 휴식을 취했다. 멀리 좌측으로 우리가 가야 할 삼도봉과 대덕산 어름이 꿈결같이 높이 멀리 떠 있다. 여기서부터 독도가 어려운 곳이다. 능선을 하나 넘으니 왼쪽으로 낙엽송림이 이어지고 그 능선을 지나니 소사분교 쪽에서 올라오는 도로는 오른쪽 고개로 넘어가고 대간은 이를 가로질러 다시 좌우의 어지러운 능선 사이로 이어지고 있었다. 그 능선들은 각각 계곡을 거느리고 있었으나 대간은 계곡이나 강, 즉 물(水)을 건너지는 않고 있었다. 대간의 의미를 새삼 깨닫는다.

다시 갈림길이 나타나고 오른쪽 능선을 넘으니 묘 한 기가 보이고 왼쪽으로는 뜻하지 아니한 계곡이 올라와 있다. 왼쪽으로 가면

안 된다.

이곳에서 오른쪽능선으로 붙으니 끝이 보이지 않는 가파른 오르막이 시작되었다. 정상이다 싶어 숨을 고르면 하늘만 보이기를 서너 차례 한 후에야 삼도봉을 지척에 둔 봉우리에 닿을 수 있었다. 그 봉우리는 삼도봉의 바통을 이어 동남으로 국사봉(875미터), 3번 국도를 넘어 월매산(1,023미터) 그리고 수도(1,327미터)-가야(1,430미터) 산의 산군을 이어가고 있었다. 쉬지 않으면 안 된다. 산행시에 항상 3분의 2의 기만 소진시킨다는 룰을 어기고 오기를 부리다가 그만 지친 것이다. 정신을 차리고 북쪽으로 돌아 올라서니 드디어 돌비석에 '초점산 삼도봉 1,248미터 무심'이라고 음각되어 있다. 오후 2시 20분이다. 삼도봉 정상을 코앞에 두고 쉼을 한 셈인데 정상이 보였으면 계속 걸음을 했을 터였다.

삼도봉은 전국에 세 군데 있는데 전라남북도와 경상남도를 가르는 지리산의 삼도봉(1,499미터)과 경상남북도와 전라북도를 가르는 이곳의 삼도봉, 그리고 우리가 다음 구간에 갈 경상북도 충청북도 전라북도를 가르는 삼도봉(1,177미터)이 그것이다.

길은 왼쪽 직각으로 꺾여 북쪽으로 한동안 내리막을 이루고 다시 오르막이 그만큼 이어지더니 봉우리 하나를 일구어 놓고 그 뒤 북동쪽으로 대덕산(1,290미터)을 빚어놓고 있다. 온 천지는 인간의 의도가 전혀 배제된 하늘, 산, 그리고 구름만이 어우러져 처연하게 자리하고 있었다.

긴 내리막은 싸리나무와 산죽밭이었고 오르막은 짙은 진흙길이었다. 진흙을 밟으면 기가 솟고 기분이 좋아진다. 봉우리에 올라서니 드디어 대덕산이 코앞에 그 모습을 드러내고 천지사방은 막힘이 없다. 밋밋한 능선을 이룬 등로는 배낭을 잡아끌던 싸리나무였다. 잡목은 사라지고 대신 초본류가 자리하였는데 패랭이꽃인지 제비꽃인지 길섶에서 반기는 것이 휘파람이 절로 난다. 정상에 올랐을 때는 정각 3시였다.

대덕산!

동남으로 수도-가야산군, 남서로 우리가 밟아온 삼도봉과 삼봉산 그리고 덕유능선(이곳에서부터 차례로 지봉, 백암봉, 동엽령, 무룡산, 삿갓봉, 월성재너머 남덕유와 장수덕유), 서쪽으로는 향적봉(1,614미터)이 시커먼 구름을 역삼각으로 이고 있다. 북으로 대간이 삼도봉 까지 이어지면서 그 너머로 석기봉과 민주지산이, 그리고 북동쪽으로 우리가 가야할 황악산(1,111.4미터)이 버티고 있었다.

대덕산은 암릉이 없는 순한 육산으로 제왕처럼 많은 산군을 거느리고 있는 후덕한 산이었다. 남덕유와 향적봉, 민주지산, 황악산에는 시커먼 비구름이 몰려들고 이곳 정상에는 스산한 빗줄기가 바람에 흩날린다. 저 먼 곳의 시커먼 비구름 밑에는 빗줄기가 심할 것이 틀림없다. 비구름은 높은 산과 친하다.

이제 한 시간 정도면 종장이다. 시간도 품이 있다.

'씨이 원'을 한순배 돌리고 나니 천하가 눈 아래로 굽어보인다.

아쉬움을 뒤로하고 북쪽으로 직진하다가 봉우리에서 오른쪽으로 돌아서니 내리막이다. 우측으로 계곡 물소리가 들리기 시작하고 날렵한 능선이 짝을 이루는가 싶은데 이번에는 왼쪽에서 계곡 물소리가 들린다. 큰산은 계곡이 깊다. 울창한 수림을 신선처럼 거닐고 나니 이윽고 '경상북도 김천시 대덕면'이라 쓴 팻말이 보이고 넓은 공터에는 '쌍방울 주유소'가 있는 덕산재 휴게소가 있다. 4시 15분이다. 6시간 걸린 셈이다. 휴게소는 비어 있고 수도는 고장이 났으며 쓰레기가 무덤을 이루고 있다.

눈여겨보아 둔 계곡을 가늠하여 임도로 삼사 분 내려가니 작은 폭포와 소가 줄을 이어 온몸의 소금기를 씻어내고 시에라 컵으로 갈증을 풀었다. 소사고개에서 삼봉산의 위엄을 보고 덕산재에서 대덕산의 웅자를 보았다.

오늘의 화두는 민 회장의 "눈뜨면, 이 좋은 세상을~!"이다.

무릉도원같은 해인동

2001년 5월 20일!

오늘은 지도상에 표시된 봉우리 7개와 하나의 영(嶺)을 넘어야 한다. 일기예보에 '후텁지근하다'고 하였는데 힘든 길이 될 것 같다. 차는 10시 20분에 덕산재에 도착하고 정각 10시 반에 대간 리본이 휘날리는 덕산재 절개지 위로 올라섰다. 넘어다니도록 길이 나 있는 높은 산의 고개를 고저순으로 영, 재, 치라 한다. 오늘 산행 예상소요시간은 8시간이다.

겨울용 긴팔 기능복이 거추장스러워 어제 구입한 반팔 캐리모아를 입었는데 얼마 가지 않아 구간구간 나타난 잡목과 철쭉군락을 만나 양팔은 온통 회를 쳤다.

자연이 신기하고 경이로운 것이 눈이 내리기 시작하여 녹기 시작 할 때까지 능선이나 비탈 어느 구석에도 초본류는 감지할 수 없으나 계절이 바뀌어 5월이 되면 언제 어디서 나타났는지 대지는 온통 초록과 이름 모를 식물들로 가득하다. 그러니 눈에 보이는 것만 가지고 사물을 판단해서는 진실을 알 수 없다.

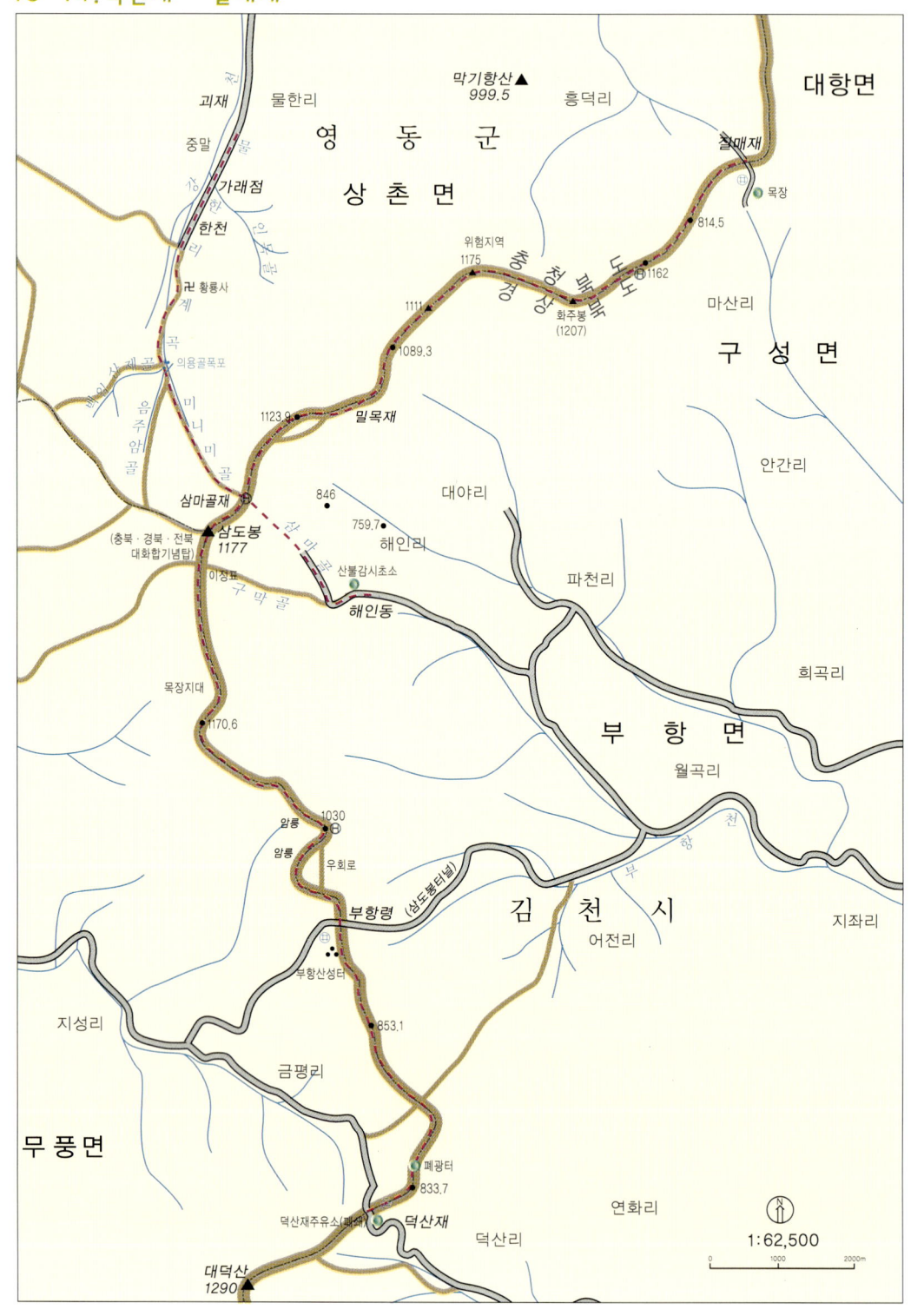

막기항산 ▲
999.5

대항면

괴재
물한리
중말
가래점
한천
황룡사

영 동 군
상 촌 면

흥덕리

질매재

목장

814.5

위험지역
1175

청 경 상 북 도
1162

마산리

1111 ▲

1089.3

화주봉
(1207)

구 성 면

1123.9
밀목재

846

대야리

759.7

안간리

삼마골재

(충북·경북·전북
대화합기념탑)

삼도봉
1177

이정표
구 막 골

해인리

산불감시초소

해인동

파천리

희곡리

목장지대

1170.6

부 항 면

월곡리

암릉
1030
암릉
우회로

부항령 (삼도봉터널)

김 천 시

어전리

지좌리

지성리

부항산성터

853.1

금평리

무 풍 면

폐광터

833.7

덕산재주유소(폐쇄)

덕산재

덕산리

연화리

대덕산
1290 ▲

N

1:62,500

0   1000   2000m

북동쪽 끝머리 833.7봉에서 좌회전하여 북쪽으로 내려가니 폐광 터가 보인다. 산이 온통 까뭉개져 맨살을 그대로 드러낸 흉측한 모습을 하고 있었다. 북동방향으로 절개지를 오르니 소로에 꽃잎이 진 진달래나무와 간간이 핀 철쭉이 어우러져 있다. 길은 다시 북서로 내리막길 끝에는 우측으로는 경북 대덕면 윗새재 봉곡사로 내려가는 길과 직진하는 대간길이 나뉜다. 우거진 철쭉군락을 지나 다시 급경사 오르막이 이어진다. 낙엽송 밑은 야생화초가 군락을 이루고 이름 모를 야생화들이 인간으로서는 배합이 불가능한 기묘한 색깔의 꽃을 피우고 있었다.

꽤 높은 봉우리를 지났다. 지척에 853.1미터의 삼각점이 박힌 헬리포드가 나타나고 오른쪽 발 아래로 쇠불쇠불한 임노 밑에 무항령이 내려다보인다. 정각 12시다. 2시간 거리를 한 시간 반 만에 왔으니 꽤나 컨디션이 좋다고 으쓱거렸으나 이후부터는 복병인 무더위와 지루한 사투를 벌여야 했다.

부항령 위로 올라서니 길은 직진하다가 북서쪽으로 휘고 안부에 묘 1기를 지나 오른쪽 사면길과 왼쪽 능선길이 나타났다. 참나무숲이 있는 왼쪽 능선을 넘어 묘 1기를 지나고 12시 30분에 한가운데 묘가 있는 봉우리에 도착했다.

오늘은 실수투성이다. 한 산꾼이 지나치면서 '여기가 1,171봉이냐?' 하기에 '여기는 1,171 전위봉이고 건너다보이는 것이 1,171봉 인 것 같다'고 말해 주었다. 사람은 자기 눈으로 확인하였거나 '사실' 이외에는 절대 말해서는 아니된다. 나는 벌써 더위를 먹고 나름대로의 착각에 빠져 있었던 것이다. 그 봉우리는 970봉이었으며 건너다보이는 것은 1,030봉이었던 것이다.

스스로 힘든 것만 생각하고 자신의 최면에 빠져 멀리 걸어왔다고 생각하고 있었던 것이다. 사실은 1,171봉은 여기서 1시간 가량을 더 가야 되고 그곳에서는 삼도봉이 보여야 하는 것이다. 여기서는 삼도봉은커녕 잡목 때문에 전망도 볼품 없다. 그 산꾼은 나 때문에 잘못된 정보를 가지고 몇 번이나 실망하고 지치게 되었을까?

970봉에서 북동쪽으로 또 한 차례 급경사 내리막 후에 다시 오르막이 이어지며 기막힌 전망대바위가 눈길을 끄나 이미 경치를 완상할 여유는 가질 수 없었다. 눈을 질끈 감고 지나친 후 12시 50분에 1,030봉에 올랐다. 넓은 공터에 헬리포트가 있으나 잡목이 진을 치고 있어 주변풍광은 볼 수 없었다. 겨울산과 여름산의 차이다.

1,030봉에서부터 대간은 다시 북서로 길게 이어지고 수림이 짙은 간간이 바람이 불어오는 좌우로 날이 선 능선안부에서 앞서가던 왕 상무를 불러세워 요기를 하고 가자고 했다. 신 감사는 앞서 갔고 민 회장은 뒤따라오고 있다. 노가리찜은 민 회장의 배낭 속에 있다. 유년시절 농사일을 거들 때 이른 아침과 점심 사이에 '중참'으로 나오는 봄 멸치회와 막걸리 얘기를 하면서 안주 대신 입맛을 다시다가 2홉들이 '산'을 나누어 마셨다. 민 회장이 종내 소식이 없기에 1시 15분에 자리를 털고 일어섰다.

얼마나 걸었을까? 고만고만한 봉우리를 수도 없이 넘었다. 2시 반에 1,171봉을 코앞에 두고 전망이 좋은 봉우리에 도착했다. 북으로 삼도봉이 어림되고 그 좌측으로 삼각형의 석기봉, 민주지산 그리고 각호산이 활모양을 그리면서 멀어져 간다. 이윽고 2시 35분에 원망의 1,171봉에 올랐다. 능선을 타고 내려가니 동에서 서로 길이 나 있고 서쪽은 목장지대를 이루고 있었다. 대간 마루금 아래 서쪽방향으로 목장도로가 반원을 그리면서 휘돌아 내려간다.

여기에서 다시 실수를 한다. 무더위 탓이었다. 대간은 목장도로 초입을 지나 얼마지 않아 목장길을 버리고 우측의 능선으로 붙어야 하는데 온몸에는 땀이 비오듯 하고 소금기가 저민 눈을 뜰 수가 없어 편한 대로 목장길을 따라 기분 좋게 내려가니 느티나무가 나타나고 샘이 보인다. 이러한 길은 사람이 사는 마을로 내려가는 길이지 대간 길이 아니다.

잘못된 걸 알았으면 즉시 되돌아나와 원위치하여야 한다. 더 이상 고집을 부렸다가는 더 큰 화를 당한다. 700여 미터를 다시 기어 올라 왔고 30여 분이 허비되었다. 완전 그로키 상태였다. 차근차근 히 다시 보니 휘돌아 내려가는 목장길 초입 우측 수풀 속에 대간의 리본이 하나 외로이 바람에 나부끼고 있었다. 악천후였다면 산행을 포기했어야 했다. 원망은 간데 없고 반가움이 앞선다.

숨을 죽이고 융단을 깔아 놓은 듯한 초원을 거쳐 키가 큰 잡목이 우거진 수림 아래서 왕 상무와 나는 배낭을 집어던지고 큰 대자로 누웠다. 왕 상무가 기력을 회복할 때까지 나는 아직도 널브러져 있었다.

정신을 차리고 다시 전진! 오늘 길은 왜 이렇게 먼지 모르겠다. 또 봉우리 두 개를 넘었다. 마지막 봉우리에서 민 회장이 디리섭을 하고 섰는데 귀신에 홀린 줄 알았다. 조금 전에 악전고투를 하면서 모든 것을 까맣게 잊어버리고 있었던 것이다. 우리가 헤매는 동안 민 회장은 제길로 들어서서 우리를 앞서가고 있었던 것이다. 만남은 기분이 좋다.

이제사 먼발치 아래로 사거리 안부가 나타나고 드디어 삼도봉이 그 모습을 드러낸다. 삼도봉 오르막은 저세상 가는 길 같이 높이 떠 있었다. 마치 성판악에서 백록담 오를 때 마지막 1킬로미터 남겨놓고 안부에서 백록담 남벽을 바라보는 것 같았다. 안부는 경북 김천 해인동에서 올라오는 길과 전북 무주 대불동에서 올라오는 길이 만나는 사거리였다. 오늘 종점은 해인동이니 여기에서 우측으로 탈출하고 싶은 거짓된 마음이 가슴을 짓눌려 온다. 그러나 대간을 하면서 아무리 짧은 거리라도 누가 보지 않는다고 빠뜨릴 수 없다는 마음이 지배하였고 더욱이 아무리 지쳐도 여기까지 와서 삼도봉을 눈앞에 두고 그냥 갈 수는 없었다.

정각 4시에 눈앞이 가물가물해져 갈 무렵 삼도봉(1,177미터)에 올랐다. 돌탑기단의 사면에는 '삼도봉 대화합 기념탑' '전라북도, 충청북도 그리고 경상북도의 경계를 이루는 삼도봉 정상에 높이

2.6미터 기단부는 대리석 거북조각, 탑신부는 대리석으로 된 용조각 그리고 상륜부는 오색 원구 경북 금릉군, 전북 무주군, 충북 영동군 1991. 10. 10.'이라 새겨져 있다. 원구는 둥근 해와 달을 표시하고 영원한 화합을 상징, 용은 웅지, 기상, 등룡, 길상으로 영원한 발전을, 거북은 영원을, 그리고 3마리의 청룡은 삼도를 뜻한다.

우측 암봉으로 올라섰다. 정상 동남쪽에 있는 암봉에 둘러앉아 '산'을 시에라 컵에 가득 부어 노가리쯤을 곁들여 한 잔씩 돌렸다. 마음이 넉넉하면 인심도 좋아지는지! 지나가는 중년 아저씨와 미모의 아가씨에게도 한 잔씩을 권하고 나니 그제사 주변이 또렷이 눈에 보이기 시작한다.

우선 남쪽으로 멀리 눈이 미치는 곳에 덕유 삼도봉, 대덕산, 그 밑자락에 오늘의 시발점인 덕산재가 가물가물하고 833.7봉, 853.1봉, 970봉, 그리고 1,171봉으로 착각했던 1,030봉, 무명봉, 마지막으로 원망의 1,171봉이 갈지자로 넘실넘실 넘어오고 그 지능선이 계곡과 구릉을 이루면서 날개를 펼치고 있다. 머나먼 길이었다.

북서로는 범접을 꺼려하는 듯이 솟구친 삼각형의 석기봉, 민주지산, 각호산이 궁형을 이루면서 북으로 달아나고, 북동으로는 우리가 가야할 대간이 질매재를 건너고 황악산을 일구면서 북으로 끝없이 멀어져 간다. 대간에서만 볼 수 있는 산의 멋이다.

이제 종장이다!

날아갈 듯한 기분에 경사를 내려오니 물한리 계곡 미니미골과 해인동에서 올라오는 길이 만나는 사거리 안부가 나온다. 우측으로 해인동 계곡으로 잦아들었다. 해인산장(150명을 수용할 수 있다)에서 맥주 2병을 셋이서 나누어 마시고 미모의 주인 아낙과 이런저런 얘기를 나누었다. 정각 6시다. 산골이라 벌써 해는 산마루에 절반 가량 걸려 곧 넘어갈 채비를 하고 있었다.

해인동(김천시 부항면 해인리)은 특이한 동네였다. 계곡은 깊고 소와 담이 마을까지 내려와 있었다. 거산은 동남쪽 마을 입구를 제외하고 삼면으로 에워싸였는데 집집마다 담과 대문이 없고 길옆 서너 그루의 거대한 정자나무 밑에는 서낭당이 있었다.

　마을 어귀에는 10여 미터나 되는 천하대장군과 지하여장군이 눈을 부라리고 있었다. 간간이 개 짖는 소리가 들리지만 객을 경계하여서가 아니라 인기척이 반가워 짖고 있었다. 언덕에는 더덕과 당귀를 재배하는 밭이 늘어서 있고 길 아래 논에는 이미 모 이양이 끝나 있었고 물은 풍족하였다. '별유천지'다.

　친구들보고 우리 다음에 여기 와서 살자고 했더니 민 회장은 누님이 계신 지리산 쌍계사 화개골이 훨씬 더 좋단다.

물한리계곡의 인간군상들

2001년 8월 5일 새벽 6시 30분!

서울 하늘은 짙은 먹구름이 잔뜩 끼어 있다. 일기예보에는 전국에 걸쳐 오후에 소나기가 내릴 것이란다. 차는 옥천 인터체인지에서 무주쪽을 버리고 항간까지 가서 579번 지방도로를 탄다. 도로는 충북 상촌면의 궁촌천을 따라 경북 구성면으로 넘어가면서 약 670여 미터의 질매재를 빚어놓는다. 질매재는 우두령이라고도 하는데 '질매'의 표준어는 '길마'로, 짐을 실으려고 소의 등에 얹는 안장을 말하는데 왜정시대 엉뚱하게 '우두'(牛頭)로 바뀌었다. 참무식한 사람들이다. 재는 아무리 보아도 소의 등에 얹은 안장모습 같아 보이지 소의 머리 같지는 아니하다.

10시 30분 정각에 산행시작!

오늘은 물 한 방울 없는 질매재를 들머리로 하고 시원한 물한리계곡을 날머리로 잡았다. 1,000미터가 넘는 봉우리를 5개, 재를 2개 넘어야 한다.

비는 산행을 시작한 지 10여 분도 안되어 추적추적 내리기 시작했다. 비 온다는 소식에 반팔 티셔츠와 반바지를 입었는데 상쾌한 기분은 하늘을 날았으나 팔과 종아리는 회를 쳤다. 완만한 능선을 서서히 오르니 11시 10분에 잘 가꾸어 놓은 헬리포트(1,162미터)에 도착하고 곧이어 11시 반에 오른 화주봉(1,207미터, 일명 석교산이라고도 함)은 전망이 뛰어났다. 남서방향의 삼도봉(1,177미터)을 축으로 북서방향으로 석기봉(1,200미터), 민주지산(1,242미터) 그리고 각호산(1,204미터)이 궁형으로 도열해 있고, 각기 산에서 흘러내린 지계곡은 발치에서 물한리계곡을 만들고 있었다. '민주지산'은 산세가 '민두름'(밋밋)하다고 하여 '민두름산'이라고 불렀는데 이 또한 왜정시대 '민주지산'으로 바뀌었다고 한다. 동국여지승람에는 '백운산'으로 기록되어 있다.

11시 50분에 화주봉을 떠났다. 빗방울은 점점 거세지고 운무는 스산한 바람에 실려 유령처럼 떠다닌다. 오르락 내리락을 몇 차례 한 후 급한 오르막에 갑자기 암벽이 가로막고 길이 사라졌다. 자세히 보니 길은 10여 미터나 되는 수직 암벽 사이로 희미하게 나 있었다. 물기를 머금은 바위가 미끄러워 정신을 바짝 차려야 했다.

12시 15분에 암릉 봉우리(1,175미터)에 올라서니 서너 명이 앉을 수 있는 터가 있었고, 오늘 산행중 제일 전망이 뛰어난 곳이었다. 건너편 산허리에 구름이 걸리고 비는 수직으로 줄기차게 내리꽂히고 있었다.

이곳에서는 동남에서 시계바늘 방향으로 남서로 볼 일이다. 가야(1,430미터)-수도(1,327미터)능선을 배경으로 월매산(1,023미터), 국사봉(875미터)이 다소곳이 엎드리고, 대덕(1,290미터), 삼봉산(1,254미터)을 지나 덕유산군이 구름을 잔뜩 이고 대간을 잇고 있다. 한동안 상념에 잠겼다가 자리를 뜰 즈음 문득 북으로 보니 암봉에서 갈라져 간 긴 능선이 상촌면 대해리에 막기항산(999.5미터)을 우뚝 솟구쳐 놓고 있다. 50센티만 더 솟구쳤어도 국내 지리책에 정확히 천 미터짜리 산이 있을 뻔했다.

여기서부터 1,089봉까지는 엉겅퀴, 망개나무, 싸리나무 그리고 억새군락들이 끊임없이 나타나면서 팔과 다리를 할퀸다. 오버트라우저를 꺼낼까 하다가 귀찮아 그냥 두었다. 키를 넘는 잡목숲에 길이 사라져 시선을 삼사 미터 전방에 두고 육감으로 길인 듯싶은 곳으로 우주공간에서 우주인이 유영하듯 사지로 헤쳐나갔다. 꽤나 힘이 들었다. 악전고투 끝에 12시 50분, 드디어 1,089봉에 올랐다.

거짓말같이 비는 그치고 사방의 봉우리에는 새하얀 구름이 걸리고 7~8부 산자락 일대는 운해에 잠겨 있다. 산과 노니는 구름을 보다가 넋을 잃었다.

이곳에서부터는 굴참나무숲이 장관을 이루고 있었다. 1시에 수림이 울창한 길옆 공터에서 민 회장을 기다리기로 했다. 지난번에 민 회장을 굶긴 것이 후회되어 오늘은 발길을 꾹 참았다. 우선 흠뻑 젖은 반바지를 걷어내고 오버트라우저로 갈아입었다. 이럴 때 느끼는 감각의 상쾌함은 겪어 보지 아니하면 모른다. 다행히 젖지 아니한 담배를 찾아 한 개비 피워 무니 머리가 맑아지면서 기분은 꿈속으로 빠져든다. 30분을 지나니 민 회장이 도착하고 오곡밥에 청양고추, 막된장, 노가리찜, 물김치 그리고 '산' 소주 한 잔에 기분이 슬슬 좋아졌다. 일행을 먼저 떠나 보낸 후 2시에 자리를 털고 일어섰다. 비를 머금은 억새와 잡목숲을 오르내리면서 다리에 힘이 들어간다. 시간으로 보아서 밀목재인 듯싶은데 잡풀이 우거져 분간이 안 된다.

2시 45분에 1,124봉을 넘고 다시 엉겅퀴와 싸리나무군락을 헤쳐 나가면서 본 절묘한 홍자색의 싸리나무꽃은 이미 떨어져 땅을 수놓았는데 가지에 남은 꽃은 연방 지고 있었다. 영원한 시공 속에서 생과 사는 윤회하고 있었다. 삼도봉이 바로 눈앞에 보이고 가파른 내리막을 이루면서 좌측으로 해인리 계곡과 우측으로 미니미계곡을 가르는 제법 널찍한 헬리포트가 있는 안부에 도착했을 때는 3시 5분이었다. 먼저 출발한 민 회장이 기다려 주고 있었다.

이제 하산이다. 우측으로 미니미계곡이 시작되는 내리막은 탄탄대로였다. 물씬 향기를 내뿜는 전나무와 떡갈나무숲은 '삼도봉 약수'까지 계속되었다. 미니미골 물소리, 수림 그리고 태양은 치솟은 나무 줄기와 잎새를 투명하게 물들이고 문득 매미 울음소리가 요란하다. 미니미골의 중간 계곡이 우측으로 꺾이는 지점에 '삼도봉 약수'가 시원한 물줄기를 내뿜고 있었다. 길은 이제 계곡을 오른쪽으로 두고 이어지고 조금 아래에는 굉음을 울리고 있는 '미니미폭포'가 넘치는 수량으로 하얗게 내리꽂히고 있었다.

지도에는 석기봉에서 내려온 음주암골과 미니미골이 합수되는 곳에 용소(무지소)가 표시되어 있는데 주변 경관에 취하여 정신을 놋차리고 지나쳐 버렸다. 태양은 숲을 물들이며 늦은 오후의 무료함을 달래고, 계곡은 우렁찬 소리를 내고 통탕거리고 노닥거리며 끊임없이 흘러간다.

태극나비가 날고 고추잠자리가 원을 그리는데 고향을 떠난 후 처음으로 여왕잠자리 한 마리를 보았다. 걔는 천기라도 누설한 듯 빠른 속도로 저공비행을 하면서 순식간에 모습을 감추었다.

초록색 그물철조망은 계속 이어지고 중간중간에 우측 계곡으로 내려갈 수 있도록 쪽문을 만들어 놓은 것이 그 배려가 후덕하다. 마지막 어름 쪽문을 내려서서 물한리계곡에 몸을 담갔는데 그 수려한 계곡의 풍광에 취해 좀체 물을 떠나지 못했다. 4시 반에 배낭을 챙겨 일어났다.

그곳에서 500여 미터 아래부터 황룡사에 이르기까지는 계곡이 온통 난장판이었다. 텐트와 천막이 줄을 잇고, 버린 쓰레기와 남은 오물은 길가에 즐비하고, 고기 굽는 냄새는 악취를 풍긴다. 반나의 남녀노소가 계곡을 망치고 있었다.

4시 45분에 한천매표소 있는 주차장에 도착하고 이후부터 '초강천'이라는 이름을 얻어 북쪽의 상도대리로 흘러가는 하천을 흘끗 본 후 착잡한 심정으로 버스에 올랐다.

황악산 아래서 헤매다

2001년 8월 19일 오전 6시 반!

코발트빛 하늘과 새하얀 솜털 같은 구름 그리고 이른 아침의 상쾌한 바람! 그러나 이러한 평온함은 대전을 지나면서 일변했다. 사위는 온통 어두워지고 산봉우리마다 먹구름을 이고 왼쪽의 산군 정상부근에는 비가 내리는 것이 분명한 모습이다.

영동을 지나 황간에서 49번, 579번 지방도로를 갈아타고 질매재에 도착하니 10시 20분! 오늘은 1개의 재와 8개의 봉우리를 잇는 능선을 타고 넘어야 한다.

제일 큰 봉우리인 황악산(1,111미터)은 직지사를 끼고 오늘 산행의 중간 지점에 위치하고 있다. 충청도와 경상도를 가르는 분수령을 이루는 큰산으로 비록 '岳' 자를 쓰고 있으나 바위나 암릉은 구경할 수 없는 전형적인 육산이다.

직지사는 신라에 불법을 처음 전한 고구려의 아도화상이 창건한 후 고려 태조 19년에 능여대사가 중건했다. 황악산 정상에서 직지사 사이에는 '능여계곡'이 있다. 천년사찰 직지사는 아도화상이

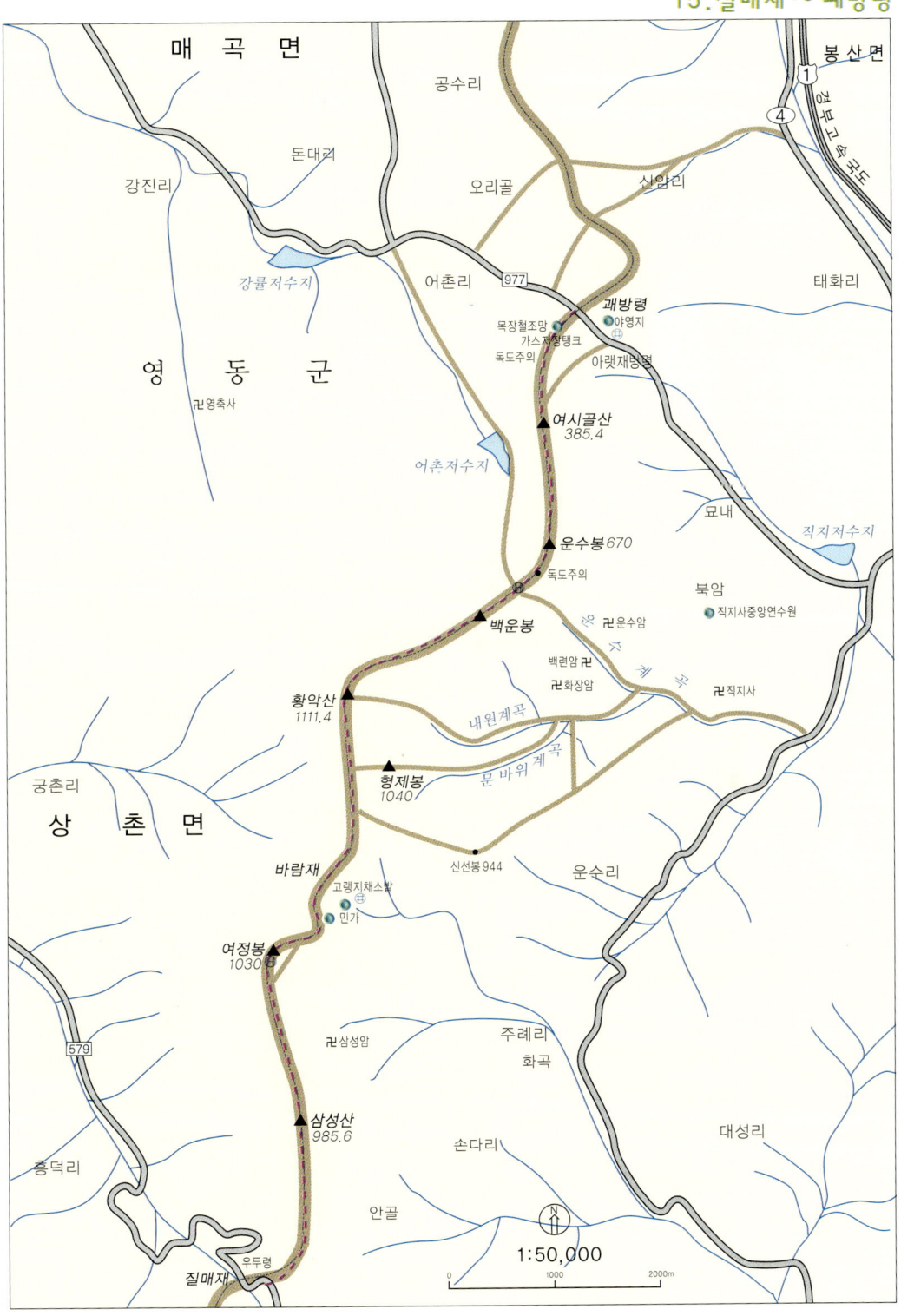

매곡면

공수리

돈대리

강진리

오리골

산암리

봉산면

경부고속도로

태화리

강률저수지

어촌리

977

괘방령

야영지

영동군

목장철조망
가스저장탱크
독도주의

아랫재방령

卍영축사

여시골산
385.4

묘내

직지저수지

어촌저수지

운수봉 670

독도주의

북암

직지사중앙연수원

卍운수암

백운봉

백련암卍

卍화장암

卍직지사

황악산
1111.4

내원계곡

궁촌리

상촌면

형제봉
1040

문 바 위 계 곡

신선봉 944

운수리

바람재

고랭지채소밭

민가

여정봉
1030

579

卍삼성암

주례리

화곡

대성리

삼성산
985.6

흥덕리

손다리

안골

우두령

질매재

N

1:50,000

0   1000   2000m

구미 금오산에서 이 절터를 손가락으로 가리켰다 하여 '직지' 라는 이름을 얻었다. '직지' 는 불교용어로 '直指人心 見性成佛', 즉 "모든 사람이 갖고 있는 불성을 똑바로 가리켜 깨치게 되면 부처가 된다" 는 뜻이다.

말 나온 김에 '괘방령' 이란 재가 왜 그런 어려운 이름을 얻었나 싶은데 나름대로 '掛榜' 이란 '정령, 포고를 붙여 보임' 이나 '비밀을 드러내는' 뜻으로 보아 경상도에서 한양을 오가는 길목, 즉 관문을 이야기하는 것 같고, 그리하여 괘방령, 추풍령, 죽령, 조령 등이 이들 관문이 아닌가 생각해 보았다.

질매재에서 대간에 접어들 때 이미 비는 흩날리고 있었다. 오늘 내린 비는 물[水] 입자의 무게를 이기지 못하여 수직으로 내리꽂히는 그러한 세찬 비가 아니라 시종 능선을 어루만지는 바람결에 유유자적하게 몸을 내맡기는 그러한 다정다감한 비였다.

15분쯤 가파른 오르막 후에 길은 870봉에서 좌측으로 꺾여 정북으로 향한다. 30여분을 원족나온 기분으로 고사리와 취나물과 더덕밭과 야생화 군락을 지나쳤다. 사방 10여 미터 밖은 운무에 가려 있고 물안개는 온몸을 적시며 비를 실은 바람은 쉬임없이 불어온다. 15분간을 억새밭과 싸리나무군락을 지나쳤으니 1킬로미터는 족히 되리라. 억새와 싸리는 단짝이다. 보라색꽃을 피운 쐐기풀도 따라왔다.

11시 35분에 봉우리를 하나 넘고 10분 뒤에 다시 봉우리(985.3봉)를 넘어 11시 50분에 1,030봉에 도착했다. 노란색 달맞이꽃이 반기기에 향기를 맡고 우측으로 방향을 꺾어 내리막을 치니 헬리포트가 나오고 바람재에서 올라온 임도가 휘돌아가는 길목에 전신주와 감시초소가 보인다. 대간 리본은 좌측 임도에서 휘날린다. 독도가 어려운 구간이었으나 대간 리본이 정확하게 매달려 있었다.

5분을 물안개를 헤쳐나간 후 조금 전 그 임도가 바람재로 내려가는 좌측 짙은 숲길에 사람이 지나친 흔적이 보였으나 대간 표지기가 없다. 임도를 따라 내려가다가 육감으로 대간길이 아닌 것 같아 다시 원위치하였다. 그 길은 바람재 밑을 돌아 목장을 통과하고 김천 백운으로 빠지는 길이다. 5분쯤 좌측 짙은 숲길을 통과하니 절개지가 나타났다. 여기서 임도 좌측으로 내려서니 바람재가 보인다. 가려 있던 시야는 바람재 부근에서 동에서 서로 빠르게 넘어가는 구름과 더불어 훤히 펼쳐지는 것이 아닌가! '바람재' 라고 부른 이유를 이제야 깨달았다. 급한 내리막이었으나 길을 잃을 염려가 없으니 이제 두려워할 게 없다. 바람재에 도착하니 12시 10분이다. 잡풀더미 속에 가까스로 헬리포트가 보인다. 임도는 바람재까지 올라와 있었고, 산길은 서쪽으로 영동군 궁촌천으로 이어지는 임도와 연결되어 있었다.

끝없는 오르막을 친 후 12시 30분에는 봉우리에 닿고 한 무더기의 둥글레 군락을 지나 5분 뒤에는 다시 비슷한 높이의 봉우리에 올라선 곳은 형제봉(1,040미터)이었다. 형제봉이라 이름이 붙은 봉우리는 경험상 항상 두 개의 봉우리가 있다. 개념도상 동쪽 갈림길은 신선봉(944미터), 망월봉(597미터)을 거쳐 직지사로 내려간다.

잠시 내리막을 친 후 경사가 심한 오르막 끝이 황악산(1,111미터) 정상이다. 12시 50분이다. '백두대간 황악산 해발 1,111미터' 돌비석이 세워져 있고 황악산 동쪽 직지사를 포함한 개념도가 크게 그려진 안내판도 서 있었다. 북에서 남으로 내려가는 대구에서 온 백두대간팀 스무 명 정도가 곧 도착하여 자리를 펴고 점심을 든다. 민 회장이 곧 뒤따라왔고 먼저 와서 기다리던 신 감사, 왕 상무와 늦은 점심을 먹고, 정상주도 한 잔씩 하고, 대구팀들이 굳이 권하는 더덕주도 한 잔씩 했다. 1시 15분에 황악산을 뒤로했다. 문제는 그 다음에 일어났다.

정상 밑에는 헬리포트가 있는데 그 밑에서 대간은 우측이며 좌측은 곤천산으로 하여 북서쪽으로 영동군 돈대리로 빠지는 길이다. 먼저 가던 왕 상무가 좌측 길로 가다가 길을 잃고 정지해 있고

III

황악산

뒤따라오던 민 회장은 길이 이상하다고 연신 중얼거린다. 나는 모두들 그 자리에 서 있으라 하고 갈림길까지 되돌아나와 정찰에 나섰다. 시계가 제로인 상태에서는 지도와 나침반도 소용없고 육감이 우선이다. 대간은 갈림길에서 우측으로 난 소로였다. 대간 표지기가 삼거리 중간에 매달려 있은 것이 화근이었다. 좌측 폭이 넓은 길로 무심코 들어섰던 것이다. 서로가 가까스로 다시 모여 우측 대간길로 접어들었다. 1시 40분이었다. 25분간을 헤맨 셈이다. 대간은 마치 계곡으로 빠지는 것 같은 내리막이었다.

　여기서 좌측길로 빠진 일행 4명은 우리가 산행을 마친 3시 반에서 3시간 후인 6시 반에 괘방령에서 수십 킬로미터 떨어진 영동군 돈대리에서 버스에 태울 수 있었다. 이야깃거리가 없으면 무슨 재미라 하겠으며 도시 깨닫는 것이 없지 않겠는가?

2시 5분에 갑자기 시야가 트이고 물안개가 사라지면서 멀리 황악산에서 곤천산으로 이어진 능선이 웅장하게 그 위용을 드러내고, 구름은 회색에서 새하얀 솜털구름으로 바뀌어 봉우리를 휘감고 있었다. 백운봉(770미터)에 올랐을 때였다. 비 그친 뒤 드러나는 햇살에 놀란 매미는 그 울음소리가 요란하다. 동남으로 운수암, 백련암 가는 길과 북서로 어촌리로 가는 사거리 갈림목을 지나 오르막을 치니 2시 30분 운수봉(680미터)! 길은 또다시 애매해졌다. 대간 표지기는 왼쪽으로 꺾여 내리막을 이루는 지점에 붙어 있었다.

눈 아래 가까이 어촌 마을은 어촌 저수지를 곁에 두고 평화롭게 누워 있었다.

3시에 여시골산(385.4미터)을 우측으로 두고 봉우리를 넘어 금경사를 내려오면서 좌측으로 3미터나 되는 돌기둥이 보이기에 10여 미터쯤 숲을 헤쳐가니 돌비석에 '1종 수원 함양 보안림'이라고 적혀 있었다. 한동안 '수원, 함양'을 지명이라고 생각하였으나 가까스로 이 근처에 저수지가 많은 것을 생각해내고 '水源涵養'이라는 것을 알게 된다.

희미한 우측 갈림길이 보이기에 무시하고 낡은 철조망을 우측으로 두고 따랐다. 철조망은 녹슬고 끊어지고 넘어져 흔적이 희미한 잔해로 남아 있었다. 철조망은 3시 30분 괘방령에 도착하기 전 목장건물과 두레박 식품목초지가 끝나는 지점까지 계속 이어졌다. 대간 표지기는 없었지만 이 철조망이 백두대간 마루금이었던 것이다.

괘방령 도로가 나오기 직전 좌측으로 꽤 규모가 큰 농수로가 길게 이어져 있었고, 왕 상무와 같이 손발을 씻고 땀을 훔쳐냈다.

어촌천과 초강천을 지나면서 차창 너머로 보이는 것은 벼이삭을 이고 황초록색을 띤 들판, 검은 산, 파란 하늘, 흰색과 검은색이 같이하는 구름과 은백색을 띠는 태양이었다. 이들 조합이 조화를 이루면서 엮어내는 기묘한 모양과 색조는 망막 속에 또렷이 각인되고 있었다.

추풍령을 넘어서다

2001년 9월 2일!

새벽 5시 반에 집을 나섰는데도 주위는 어둑어둑한 것을 보니 이제 낮과 밤의 길이가 비슷해져 가는 모양이다. 동녘은 불그스름하고 대기는 맑고 구름은 적운이다. 괘방령으로 가는 길에 어림잡아 눈에 들어오는 색깔과 물체는 코발트빛 하늘, 새하얀 뭉게구름, 초록의 산 그리고 들판에 고개를 숙이고 노랗게 익어가는 벼이삭들이다. 시골길로 접어드니 꽈리가 빨갛게 익어가고 포도밭과 옥수수밭 머리에는 호박꽃이 노랗다. 계절이 바뀌어 가고 있는 것이다.

10시 30분에 괘방령에서 대간 들머리에 들어섰다. 바람은 시종 상쾌하게 불어오고 햇살은 숲 사이로 반점을 만들면서 비켜들고 뭉게구름은 둥실 떠 있다. 좌측 아래 어둔이와 오리실에서 올라와 오른쪽 신암리로 내려가는 사거리 두 곳을 지나 11시에 무명봉에 올라서니 가성산이 멀리 그리고 높이 바라다보인다. 이제 꽃을 피운 식물은 꽃을 떨구고 열매를 준비하고 있었으며, 억새가 하나둘씩 피어난다. 평탄한 숲길을 지나 급경사 오르막이 시작된다.

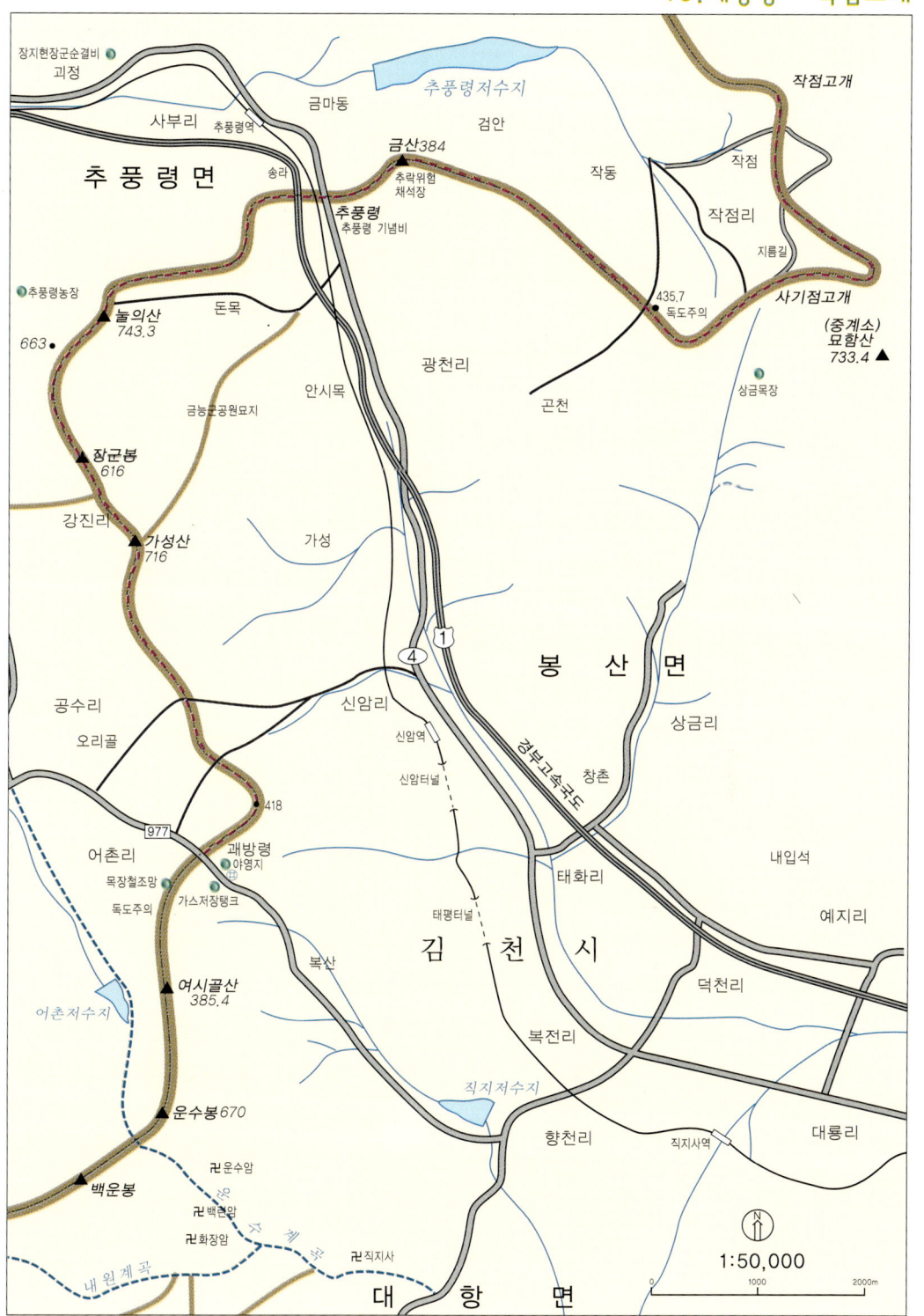

장지현장군순결비 ●
괴정
사부리
추풍령역
금마동
추풍령저수지
검안
작점고개
작점
작동
작점리
금산384
추락위험
채석장
추풍령
추풍령 기념비
지름길
추 풍 령 면
송라
돈목
435.7
독도주의
사기점고개
추풍령농장 ●
눌의산
743.3
광천리
(중계소)
묘함산
733.4 ▲
663 ●
안시목
상금목장
금능군공원묘지
곤천
장군봉
616
강진리
가성산
716
가성
봉 산 면
상금리
공수리
1
오리골
4
신암리
신암역
신암터널
경부고속도로
창촌
977
418
괘방령
야영지
어촌리
태평터널
태화리
내입석
목장철조망
독도주의
가스저장탱크
예지리
복산
김 천 시
덕천리
여시골산
385.4
어촌저수지
복전리
직지저수지
운수봉670
향천리
직지사역
대룡리
卍운수암
백운봉
卍백련암
卍화장암
계 룡
卍직지사
N
1:50,000
내 원 계 곡
대 항 면
0   1000   2000m

11시 40분에 도착한 가성산 정상에는 '710미터 백두대간 등산로 가성산 영동군 매곡면 체육회'라는 돌비석이 서 있었다. 진행방향으로 장군봉과 눌의산이 아득히 보인다. 땀을 식히고 조망을 한 후 11시 50분에 출발했다.

큰 바위를 왼쪽으로 끼고 조심스럽게 내려서고부터는 줄곧 급한 내리막이다. 시원한 바람이 능선을 넘어가고 키 큰 굴참나무숲 위로 뭉게구름이 흘러가며 비탈에는 송림이 시작된다.

12시 30분에 장군봉(606미터)을 지나 다시 10여 분을 오른 곳은 663봉이었고 길은 그 봉우리를 비켜 오른쪽으로 휘더니 떡갈나무 숲이 이어지는 오르막으로 변하면서 좌측으로 듬성듬성 큰 바위군들이 늘어선다. 쉬어가기에는 안성맞춤이었다. 12시 45분에 숨이 턱에 차 올라선 헬리포트가 있는 눌의산(743.3미터)의 조망은 가야산 정상에서 주변 산군을 보는 것과 같이 거침이 없는 일망무제였다. 황악산이 가까이에서 대간을 어림해 주고 나머지 산군들은 원의 가장자리에서 하늘과 경계를 이루고 있었다. 산에 올라 내가 서 있는 곳이 원의 중심이라고 가정하면 원의 가장자리만 보이면서 그 중간은 원근법이 애매한 허허한 공간이다. 갑자기 샛노란 날개를 단 노랑나비 한 마리가 대여섯 명 산꾼들의 주위를 맴돌며 떠나지를 않는다. 인간이 그리웠던 모양이다.

산군들은 모두 뭉게구름을 이고 있다. 추풍령휴게소가 내려다보이고 그 좌측으로 추풍령 당마루가 어림된다. 대간을 잇는 금산과 두어 개 봉우리 그리고 멀리 묘함산의 통신중계소 중계탑이 아스라이 내려다 보이고 사기점고개가 어림되나 고개는 보이지 아니한다. 곧 신 감사와 왕 상무가 뒤따라왔고 왕 상무는 조금 지체하다가 정상주를 나누고서는 신 감사를 뒤따라갔다. 나는 민 회장을 기다리다가 같이 점심을 먹고 가기로 했다.

민 회장이 당도하고 우리는 정상 조금 아래 전망 좋은 서너 그루 소나무 아래에서 점심을 먹었다. 노가리찜, 물김치, 청양고추와 그리고 새로 등장한 메뉴인 1등급 멸치와 오곡밥으로 허기를 채우고 마지막으로 금매실주 한 잔씩을 곁들였다. 기분이 좋아 담배를 한 개비 피워 무는 사이 민 회장은 먼저 출발했다.

1시 30분에 슬슬 자리에서 일어섰다. 헬리포트 두 곳을 지나 방공호를 건너 잡목을 헤쳐나오니 길은 오른쪽으로 꺾이면서 심한 내리막을 이루고 있었다. 이 급경사 내리막은 추풍령까지 계속되었다.

북쪽의 송라 마을과 남쪽의 돈목 마을 가르는 소로를 지나 송라 마을을 들어서니 야산의 포도밭이 시작되었다. 아무도 지키는 사람은 없는데 종이로 싼 포도는 삐죽이 그 영근 먹음직스러운 알을 내보인다. 마음 속의 악마가 유혹을 한다. 괴테의 〈파우스트〉에 나오는 메피스토펠레스의 사악함이 발동을 하는데 잠있다. 그 한 알을 피우기 위하여 농부는 한여름 그 뙤약볕 아래서 얼마나 인고의 세월을 보냈겠는가? 마음속의 가책은 또 어떻게 할 건가?

마음을 고쳐먹고 2시 15분에 고속도로밑 굴다리를 지나 북동쪽으로 걷다보니 경부선 철로가 보인다. 결국 포도의 유혹을 이기지 못하고 철로변 포도밭에서 수확을 하고 있는 아주머니에게 한 송이 살 수 있느냐고 했더니 그냥 가져가고 서울 가거든 '송라 포도'나 많이 사 드시란다.

철로를 건너 오른쪽으로 마을 담장을 끼고 도니 남북으로 국도가 나온다. 모서리 포도상점에서 양해를 구하고 '삼다수' 페트병에 수돗물을 가득 채운 후 백여 미터 남쪽으로 내려오니 추풍령 표지석이 있는 당마루에 도착했다. 2시 25분이다. 뒤돌아본 눌의산은 장엄하기가 이를 데 없었다.

구름도 자고 가는 바람도 쉬어가는
추풍령 구비마다 한 많은 사연
흘러간 그 세월을 뒤돌아보며
주름진 그 얼굴에 이슬이 맺혀

그 모습 그립구나 추풍령 고개

—전범성 작사, 박영호 작곡, 남상규 노래

영동군에서 세운 표지석이다. 노래 〈추풍령〉은 학창시절 내 십팔번이었다. 부산과 서울을 오가며 눈내리는 한겨울밤에 완행열차의 고삐에서 기차난간을 잡고 들판의 어둡고 스산한 풍경을 바라보다가 추풍령 역사에 도착하면 이제 절반은 왔구나 하며 안도의 숨을 내쉬던 기억이 아련히 떠오른다.

추풍령은 충북 영동군 추풍령면과 경북 김천시 봉산면의 경계에 있는 고개로 그 높이는 221미터이다. 소백산맥과 노령산맥(초등학교에서 배운 우리나라 산맥의 개념은 바꾸어야 한다)의 분기점으로 예로부터 영남지방과 중부지방을 잇는 중요한 교통로이다. 지금은 경부선철도의 추풍령역이 있고 4번 국도가 통과하며 경부고속도로의 중간지점으로 추풍령휴게소가 있다.

추풍령 당마루에서 금산(370미터)으로 오르는 데에는 세심한 주의가 필요했다. 추풍령 표지석에서 길을 건너 백여 미터 올라가서 왼쪽 당마루새마을쪽으로 가다가 오른쪽으로 밭둑길을 조금 지나 산 들머리로 들어가야 한다.

허위단심 2시 50분에 금산에 올랐는데 산의 북쪽면은 정상부터 바닥까지 칼로 베듯 반쪽으로 잘려나갔다. 바로 북쪽은 수백길 낭떠러지로 규모가 큰 채석장이 들어서 있다. 야간이나 악천후에는 매우 위험한 곳이다. 산은 풀벌레와 나무들의 터다. 작은 벌레 하나라도 그 생명을 귀하게 여기는 것이 측은지심일진대 이런 식으로 산을 파헤치는 것은 살아 있는 땅을 죽이고 인간 스스로를 죽이는 것이다.

금산에서 보는 황악산으로부터의 대간 줄기는 압권이다. 채석장 오른편으로는 추풍령저수지 물가가 보이고 동남방향으로 502봉(453.7봉과 사기점고개는 능선에 가려 보이지 않는다)과 묘함산(733.4미터)의 중계탑이 멀리 보인다.

502봉 가는 길은 초입에서 한 차례 길이 30도 예각으로 꺾이더니 동남으로 머리를 둔다. 그 능선은 키큰 소나무숲, 잡목숲이 번갈아 나타나고 땀을 식히는 북서풍이 쉬임없이 불어왔다. 흥얼거리고 흔들거리며 앞서가던 민 회장 왈, '이리 좋을 수가!' 한다. 3시 40분에 502봉에 도착했다.

4시에는 소나무 숲길이 정원처럼 늘어선 능선을 타고 4시 20분에 435봉을 지나 내리막을 치니 이제는 밤나무숲이 대신한다. 4시 35분 경에 내리막 능선에서 빗소리인지 바람소리인지 계곡물소리인지 '쏴 아' '후드득' 하는 소리를 들었는데 그것은 한줄기 소나기였다.

4시 40분에는 경북 상금리에서 충북 작섬리로 넘어가는 길섶에 잡풀이 우거진 임도가 있는 사기점고개에 도착하고, 다시 10여 분을 오르니 서너 명이 왁자지껄하는 소나무 몇 그루가 서 있는 언덕에 도착했다. 그들은 대간길을 잃어버린 것이다. 내 비망록에는 '길 찾기 주의'라고 되어 있고 '소나무 언덕을 지나 능선을 올라 포장도로까지 올라가되 포장도로에서 우측 묘함산 쪽으로 가지 말고 무조건 좌측 내리막을 따라야 한다'라고 되어 있었다. 그들은 민 회장과 나를 뒤따랐다.

5시 5분에 포장도로에 올라섰다. 민 회장은 햇빛에 눈이 따가운지 "비 오는 날에는 어김없이 선글라스를 준비했는데 정작 햇빛이 나는 날에 집에다 두고 왔다"며 투덜거린다.

5시 20분 경에는 좌측으로 근사한 묘 1기가 있는 납골당이 보이고 우측으로 신애원 농장이 보이면서 한 무리의 젖소들이 척박한 땅에서 풀을 뜯고 있다. 서쪽도로를 따라 몇 구비를 도니 '작점고개'다.

5시 30분! 물 한 방울 없는 도로가에서 수건으로 건포마찰을 하고 반바지와 티셔츠로로 갈아입었다.

119

17 구간

작점고개 ▶ 용문산 ▶ 국수봉 ▶ 분수령 ▶ 회룡재

분수령의 의미

2002년 1월 6일

신년 들어 최초의 대간길에 나섰다. 날씨는 화창하다. 이제 우리 일행은 6명으로 늘어났다. 전문 산꾼인 오 회장이 합류하니 서로 간에 정신적으로도 든든하고 '대간'이 역시 좋기는 좋은 모양이구나 하는 생각이 든다.

남원이 고향인 오영배 학형은 대학동기로 유년시절에는 지리산을 수십 번 들락거렸고, 근년에는 인수봉에 4~5년 붙어살았으며, 설악산 토왕빙폭에 붙어 13시간 버틴 적도 있고, 히말라야 영봉 아일랜드피크에도 다녀왔다. 나에게는 석주리지와 원효리지를 함께 해준 고마운 친구다.

추풍령을 넘어 힘겹게 올라오는 열차를 보고 10시 5분에 작점고개에서 북으로 산길에 접어든다. 오늘 구간에 이은 3구간은 지난해 가을철 산불예방으로 출입금지되었던 작점고개에서 갈령까지의 4구간 중 첫째 구간이다.

새해인사차 고향 대선배를 만났을 때 '산행기 모음'을 읽으신

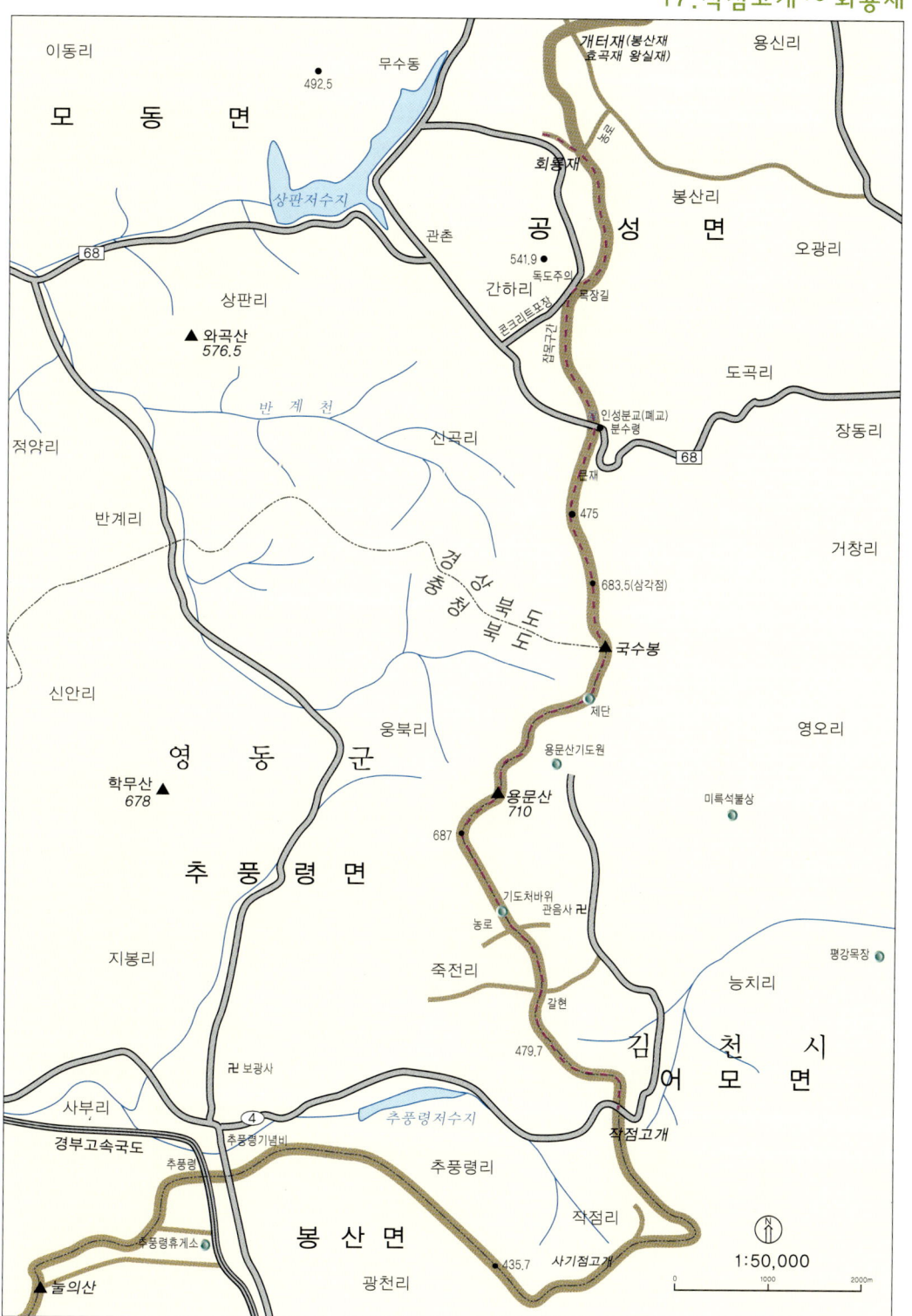

이동리
모 동 면
492.5
무수동
개터재(봉산재 효곡재 왕실재)
용신리

상판저수지

68
관촌
회룡재
공 성 면
봉산리
오광리

상판리
간하리
541.9
독도주의
목장길
▲ 와곡산
576.5

콘크리트포장
절개구간
도곡리

반 계 천
선곡리
인성분교(폐교)
분수령
68
장동리

적암리
문재
반계리
475
거창리

경상북도 충청북도
683.5(삼각점)
신안리
영 동 군
웅북리
▲ 국수봉
영오리
제단

학무산
678
용산산기도원
용문산
710
미륵석불상

687
추 풍 령 면
기도처바위
관음사 卍
농로

지봉리
죽전리
갈현
평강목장
능치리

479.7
김 천 시
어 모 면

卍 보광사
작점고개

사부리
경부고속국도
추풍령기념비
4
추풍령저수지
추풍령리
작전리
작점고개

추풍령
사기점고개
1:50,000
0 1000 2000m

추풍령휴게소
봉 산 면
435.7

▲ 눌의산
광천리

그 선배는 "좋은 글을 쓰려면 남의 좋은 글을 많이 읽고 남에게 감동을 줄 수 있도록 써야 한다" 했으나 순간적으로 생각하길 '글쎄 내가 여태껏 살아오면서 남에게 감동을 줄 만한 언행을 한 적이 별로 없는데 무슨 수로 남에게 감동을 줄 수 있으랴' 싶어 선배님에게 그 글은 단지 나의 '신변잡기' 일 뿐이라고 했다.

백두대간상의 지리산 중산리에서부터 태백산 부쇠봉에 이르기까지는 주로 대간을 따라 도경계선이 이어진다. 그러나 작점고개에서 속리산 형제봉까지는 충청북도와 경상북도의 경계선을 벗어나 경북 땅을 지난다. 이는 속리산 문장대에서 문경 청화산에 이를 때에도 동일한 현상이 나타난다.

10시 30분에 497.7봉을 넘고 10시 40분에는 공터 아래 사거리가 나온다. 서의 소야에서 동의 도치량으로 넘어가는 갈현고개이다. 우측으로 산의 6부 능선 아래에는 '용문산 기도원' 이 마을을 이루고 있고, 길옆 우측 산사면은 음지에서 하얀 눈을 뒤집어쓰고 있었다.

10시 50분에 바위들이 듬성듬성한 능선에 검은 천으로 지붕과 벽을 감싸놓은 서너 평 남짓한 '감시초소' 같은 건물이 있어 호기심에 쪽문을 열고 보니 인기척은 없으나 이부자리와 앉은뱅이 책상 위에 찬송가와 기도문을 엮은 책이 놓여 있다. 개념도에 나와 있는 '기도처 바위' 다. 오르막을 치고 내려 10시 55분에는 좌우로 서에서 동으로 내려가는 소로가 희미하게 보인다.

11시 10분에는 테라스봉에 올랐다. 내가 말하는 '테라스봉' 이란 오르고 내리는 봉우리가 아니라 오르고 난 후에 평평한 능선이 계속되다가 다시 오르막을 치는 계단식 형태의 봉우리를 말한다. 모습을 드러내지 않은 까마귀 울음소리가 용문산 기도원 근처에서 끊임없이 들려온다. 사람은 '물' (物)을 탐하면 아니되는데 오 회장이 오늘 처음 선보인 '예티' 상사가 수입한 독일산 '함박' 등산화에 자꾸 눈길이 간다.

11시 20분에 오른 687봉에서는 용문산이 북동으로 건너다보이고 그곳으로 가는 능선은 소나무와 떡갈나무가 군락을 이루며 대지에는 흰눈이 수북히 쌓여 있었다. 멋진 노송 한 그루를 지나 중간키의 푸른 송림 오르막 끝에 헬리포트와 삼각점이 있었다. 11시 37분, 용문산이다. 지도상 높이는 710미터로 표시되어 있다. 아무런 표지가 없어 긴가 민가 했던 것이다.

북으로 충청북도 보은쪽 산군과 속리산이 원을 그리고, 남동으로 팔공산과 금오산, 오른쪽으로 묘함산 너머 남서로 가야산, 두리봉, 목통령, 좌일곡령, 단지봉, 수도산이 장막을 치며 서로 황악산 너머 민주지산과 석기봉이 이쪽을 건너다보고 있다. 황악산 앞으로는 가성산과 눌의산을 지나 추풍령 당마루가 어림되고, 이를 건너 금산이 눈앞에 뚜렷이 보인다. 그 각각의 봉우리들은 산자락에 걸린 하얀 운해에 잘려 바다 위의 섬이 되어 떠 있었고, 가까이에는 북동으로 국수봉이 위엄을 띠고 솟아 있었다.

12시에 용문산을 뒤로 했다. 용문산과 국수봉 사이에는 고만고만한 봉우리가 다섯 개나 있다. 눈덮인 급경사를 나뭇가지와 돌부리에 의지하여 제1봉을 오르고 제2, 제3봉을 거쳐 12시 15분에 제4봉을 지나 다시 10분간을 눈이 얼어붙은 급경사 내리막을 헤매었다. 언뜻 오른쪽 된비알 눈덮인 묘 1기를 보고 12시 25분에 삼거리 안부에 이르렀다. 오른쪽으로 보이는 희미한 소로가 '용문산 기도원'으로 내려가는 길이다.

10여 분을 왼편 산사면의 흰눈과 가랑잎이 수북하게 깔린 오르막을 치고 12시 35분에 다시 테라스봉에 섰다. '단에 올라가실 때에는 신발을 벗어 주세요'라는 팻말이 잡목 속에 나뒹굴고 있어 자세히 보니 암괴에 계단 세 개를 만들고 위에는 B4지만큼 크기로 반듯하게 해놓았다. 개념도상의 '제단'이다. 제단은 명당 자리였고 신성스러워 보였다. 좌우로 눈이 덮인 능선을 헤치고 오르막을 거쳐 12시 50분에 드디어 국수봉에 올랐다.

국수봉.
전문산악인 윤인표 대장
(왼쪽), 백두산악 회장
안인호(오른쪽)

가로 20센티미터, 세로 50센티미터의 황백색 화강암 전면에 '국수봉, 백두대간 763미터' 뒷면에 '상주시청 산악회 1999. 2. 7'이라고 새겨져 있다(국수봉의 '국' 자는 '움킬 국' 자로 그 연유는 '분수령'에 가서야 명확하게 알 수 있었다). 정상에서 대간길과 직각 동으로 10여 미터 거리에 있는 바위 전망대에서는 상주시 공성면 거창리 마을이 한눈에 들어오고 멀리 구미와 김천 쪽이 가물거렸다.

일행 중 누군가가 준비해 온 버너, 코펠, 신라면으로 민, 오 회장과 나는 실로 오래 만에 산정상에서 뜨거운 라면 국물을 맛볼 수 있었다. 1시 30분에 국수봉을 뒤로한다.

국수봉에서 본 대간은 길고 급한 내리막을 지나 네 개의 봉우리가 북으로 달려가고 있었다. 국수봉에서의 내리막은 오늘 내리막 중에서 제일 길고 위험했다. 10여 분을 악전고투하고 다시 오르막을 올라 1시 43분에 1봉인 683.5봉, 1시 48분에 정원수와 정원석이 있는 봉우리, 2시에 좌로 묵은 묘 1기가 있는 봉우리를 지나 2시 5분에는 475봉에 올랐다. 길이 위험하고 경사가 심하면 산은 그만큼 좋은 경치를 보여준다. 475봉에서 본 국수봉은 거대한 육산 더

미로 시야를 압도해 왔다.

잘 정돈된 눈을 뒤집어쓴 묘 1기를 지나니 눈 아래 왼쪽으로 과수원이 보이고 다시 동네 뒷산같은 능선을 지나 2시 15분에 68번 지방도로가 대간을 가로지르는 '큰재'에 이르렀다. '신곡리' 표지석도 있다.

북쪽의 대간 초입에 폐교된 '옥산초등학교 인성분교' 교문 앞에 세워져 있는 '분수령, 금강과 낙동강이 갈리는 곳'이라 쓴 돌비석을 보지 못하고 지나쳤다. 그러나 475봉에서 본 국수봉은 동서로 상주 들판을 이루면서 각각 개천이 흐르고 있으니 여기 큰재는 금강과 낙동강이 갈리는 곳이다. 그리고 '국자'는 국을 뜨는 용기인데 국수봉의 '국'자가 '국자'의 '국'과 동일하다면 선조들은 국수봉을 물을 떠올리는 '국자'같이 생긴 산이라고 생각했을 것이 분명하다. 민, 오 회장을 기다리면서 이 생각 저 생각을 하다가 2시 25분에 다시 북쪽 대간에 들어섰다.

폐교된 옥성초등학교 인성분교가 우측으로 있다. 잔디밭 운동장, 운동장을 둘러싼 편백나무, 목재로 나지막이 지은 앞뒤의 교사 2동, 좌측으로 교장선생님 사택인 듯한 단출한 목재건물, 그 사이로 대간은 이어지며 인자한 교장선생님의 모습이 어른거리고, 운동장에 뛰노는 시골아이들의 함성이 귓가에 맴돈다. 언제 이곳에 다시 훌륭한 선생님과 수정 같은 눈망울의 아이들이 웃고 떠드는 소리를 들을 수 있을까?

대간은 빗장처럼 가로질러 놓은 긴 나무막대 사이를 지나 학교 뒷산으로 이어지고 있었다.

큰재에서 15분 거리인 긴 오르막 끝에 나서는 400여 미터 봉우리에는 묘 1기가 있었다. 이곳에서 회룡재에 이르기까지는 동네 뒷산을 오르고 내리는 듯했다. 좌우로 상주 들판이 간간이 그 모습을 드러내는 올망졸망한 다섯 개의 야트막한 봉우리를 5분 간격으로 지나치게 된다. 특이한 것은 쌍묘 두 기를 포함하여 모두 6곳의 묘를 만났으니 이곳 대간길에는 명당자리가 많은 모양이다.

3시에 두 번째 봉우리를 지나서 시멘트길을 만나 200여 미터 가다가 시멘트 길을 버리고 오른쪽으로 다시 산길로 든다. 3시 25분에 다섯 번째 봉우리를 넘고 3시 35분에 바라본 서쪽 하늘에는 태양이 중천 아래 산능선에서 한 뼘쯤 높이에서 오후의 여유로움을 즐기고 있었다.

3시 37분에 잡풀이 무성한 농로를 건너 국민은행에서 손바닥만한 나무판자에 근거나 성의 없이 휘갈긴 '회룡재'라는 표지를 보고 북쪽 산턱을 넘어 능선으로 올랐다.

묘 1기와 쌍묘 1기를 지나 3시 40분에는 450여 미터쯤 되는 봉우리에 올라 북쪽을 바라보니 멀리 대간인 듯싶은 봉우리가 좌우에서 이쪽을 굽어보고 있다. 저 산들을 넘어야 한다면 오늘은 초주검이 될 것이다. 그러나 3시 45분에 대간 좌우로 농로(이곳이 원래 '회룡재'이다)가 나타나면서 오늘 산행은 왼쪽 '회룡' 마을에서 끝을 맺었다. 안도의 숨을 내쉬었다.

귀경길 차 안에서 바라본 회룡 마을 아래 '상판저수지'는 우선 그 규모에 압도당하였다. 얼음을 깨고 빙어를 낚는 낚시꾼들과 썰매를 타고 노는 어린이들로 인하여 다시 한번 타임머신을 타고 유년시절로 돌아간다.

흰 학이 비상하다

2002년 1월 20일!

작년 2월 초 백두대간을 시작한 지 1년이 되었다. 오늘은 덕유산과 속리산군의 완충지대인 충청, 경상북도 도계 우측의 상주들판을 가로지른다.

2002년 1월 13일 일요일 오후 7시, 감기약을 사오라는 집사람의 말을 듣고 온동네 약국을 헤매다가 고맙게도 한 군데 문을 연 곳을 찾았다. '의사의 처방전 없이도 조제하여 드립니다'라고 쓴 것을 보는 순간 약사 보조는 드링크가 든 박스로 슬쩍 가린다. 2인분으로 '소 청룡탕'으로 만든 한약가루 24봉지와 '부치놀' 캡슐 24정을 일만 팔천 원에 주고 일요일에도 문을 연 것에 오직 고마운 마음으로 약국을 나서니 어둠이 짙었다. 저녁 8시 부치놀 한 알에 온 몸이 가렵고 입술언저리와 혀, 손등, 발등, 피부가 약한 곳 등에서 발진이 돋고 해어지기 시작하였으며 자정 무렵에는 고려병원 응급실에서 주사 두 대와 한 시간 동안 '링거'를 맞고 3회분 약을 받아 병원문을 나섰다. 그날 이후 지금까지 강남성모병원에서 진료를

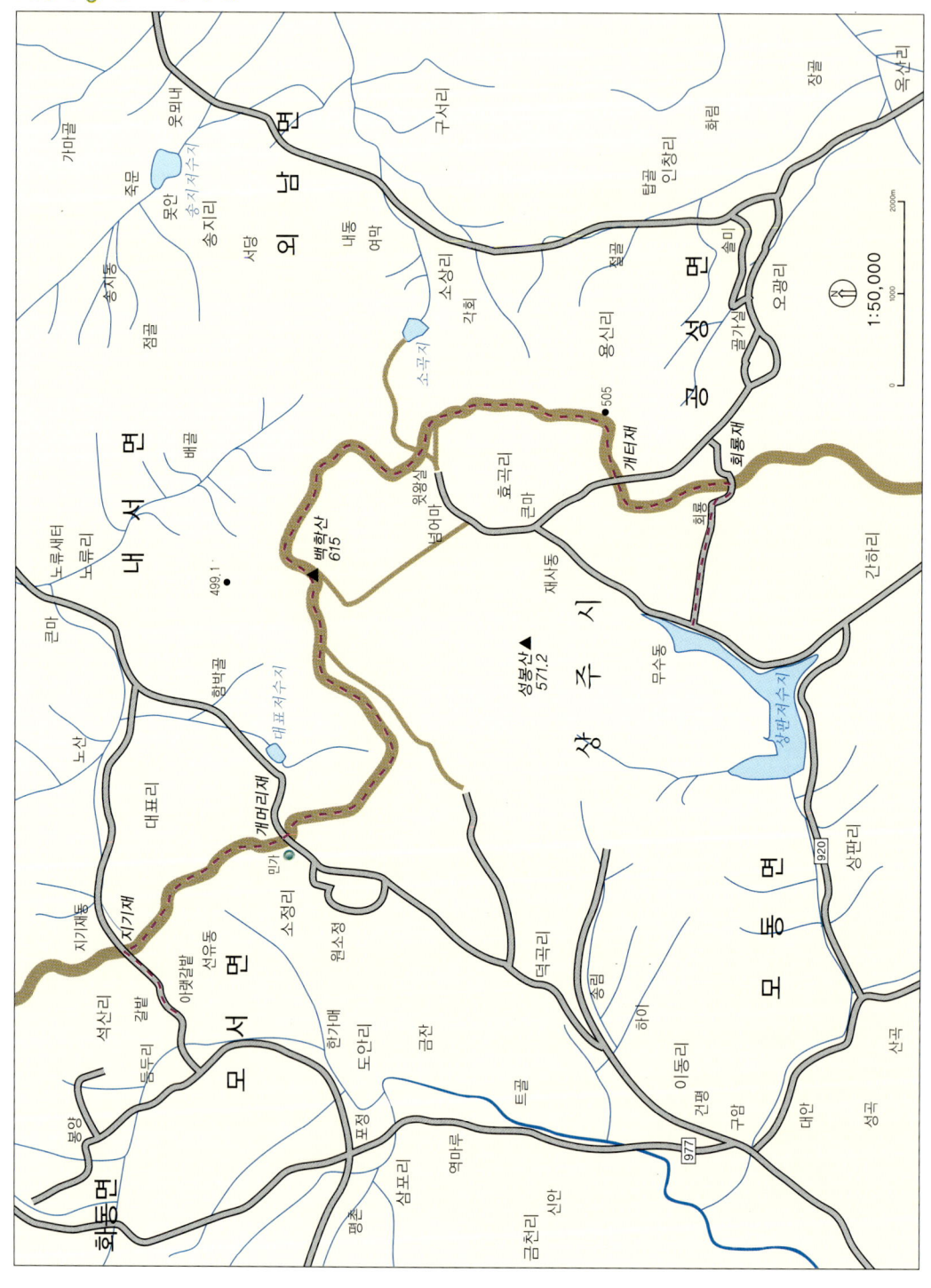

옥산리
장골

가마골
웅미내
죽문
송지저수지
송지리
웃안
송지동
점골
서당
내동
야막
구서리
구서리
은곡면
화림
탑골
인창리
청골
장골
솔미
오광리
성곡면
공골
공가실

배골
내서면
소곡지
소곡지
505
웃향실
흉곡리
개티재
큰마
용신리
가회
소성리
용신리
간하리
희룡재
화룡
화룡

노류세터
노류리
백학산
615
499.1
큰골
정마
재사동
성주시
무수동
상판저수지
용판저수지

황박골
매포저수지
대포리
노산
상주시
상판리
920

개머리재
인기
소정리
원소정
덕곡리
모동면

지기재동
지기재
선유동
아랫길밭
선유동
한가메
도안리
금천
동골
하아
이동리
건평
대인
선곡
성곡

석산리
갈밭
동두리
모서면
포정
역마루
금천
트골
구야
977

봉암
모동면
평촌
삼포리
금천리
신안
대인

1:50,000
200m
1000
0
N

받고 약을 먹으며 인근 '송 피부과의원'에서 매일 주사를 맞고 있다. 나는 '특이체질'로 '독시 사이클린'과 'Sobrerol'(부치놀)은 치명적이다. 의사는 다시 이를 복용하면 투약 즉시 '심장쇼크'를 일으킬 수도 있으니 수첩에 적어 다니든지 붉은 글씨로 적어 목에 걸고 다니는 것이 좋겠다고 한다.

2000년 7월 의약분업 이후 일반 감기약은 3,200원에서 4,500원으로 오르고, 1,600원 하던 연고는 의사의 초진료 10,900원과 약국 조제료 3,000원 하여 14,000원으로 올랐다. 우리 의료보험료는 배 이상 올랐으나 의사의 처방 없이 살 수 있는 일반의약품도 배로 오르고 외국계 '화이자' 같은 다국적기업들은 매출신장에 즐거운 비명을 지르고 있다.

이를 악물고 사당으로 갔다. '독은 독기로 다스려야 한다.' 강남 성모병원 피부과 담당 김정원 박사는 나중에 그 몸으로 산에 갔다는 말을 듣고 노발대발하셨다.

7시에 차는 출발하고 고속도로옆 가로등은 새벽 운무와 기운에 파르스름하게 떨고 있었다. 7시 45분 경 해가 뜰 무렵에는 동쪽하늘이 잠깐 붉어지는가 싶더니 이내 회색에 잠겨버린다. 오늘은 하루종일 '파란 하늘'은 구경도 못했다. 공교롭게도 메모지와 함께 준비하여 배낭 옆주머니에 두었던 볼펜도 사라지고, 상주시 모동면 상판리의 얼어 있던 상판저수지는 녹아내렸고, 빙어잡이꾼들은 자취를 감추었다.

10시 5분 회룡재에서 대간에 들었다. 북으로 치오르는 대간 오른편으로 3번 국도를 건너 감문천이 휘돌아가는 백운산(618.3미터), 만곡저수지와 청하천을 품고 있는 기양산(469.6미터)과 수선산(683.6미터), 그리고 청상지를 안고 있는 갑장산(805.7미터)이 대간과 평행선을 이루며 따라 올라오고 있었다.

오전 10시 반 경! 보고 느낄 수 있는 것은 우윳빛 하늘, 둥그스름한 흔적만 그려낼 뿐 비치지 아니하는 두 뼘쯤 치솟은 태양, 적당히 달구어진 대기, 검은 산능선과 새하얀 솜털 같은 운무뿐이었다.

10시 40분에 개터재를 지나 505봉 전위봉에 올랐을 때는 새하얀 운무는 백운산 자락을 이리저리 잘라내어 봉우리들을 바다 위의 섬으로 만들고 있었다. 개터재는 북서의 효곡리와 남동의 봉산리를 잇는 산적이 드나듦직한 숲이 우거진 재로, 왼쪽으로 잘못 들면 영락없이 북서의 효곡리로 빠져버린다. 동진하는 대간을 찾기가 어려운 곳이다. 효곡리로 빠지다가 가까스로 대간을 찾아 붙고 나니 등골에 식은땀이 났다.

11시경에 대간은 505봉 좌측 7~8부를 우회하고 있었다. 청리천을 품고 있는 마을은 수족관처럼 눈 아래로 내려다보이고 병풍을 두른 듯한 갑장산은 하얀 솜틀 운무에 싸여 있었다.

11시 20분에 480봉, 11시 30분에 463봉. 여기서 대간은 북서로 휜다. 11시 45분에는 절개지를 내려와 왼편의 윗왕실과 오른편의 소상리를 잇는 임도를 건너 다시 절개지를 오르니 북쪽으로 난 대간 능선에 붙을 수 있었다. 12시에 477봉에 오르니 북서방향으로 흰눈을 뒤 집어쓴 세 개의 봉우리로 된 백학산이 그 모습을 드러낸다.

기록구(볼펜)를 분실함으로 인한 부자유는 고통스러웠다. 12시 25분 백학산 전위봉에서 우리 대간팀 산꾼한테서 볼펜을 빌리기까지 무려 2시간이 걸렸다. 그 동안 그럴 듯한 봉우리와 재를 만날 때마다 나뭇가지를 주워 뾰족하게 만들고 진흙에다 비벼 메모지에다 10.40, 11, 11.20, 11.30, 11.45, 12 하는 식으로 시각표시만 했다. 순간의 감동이나 사물의 외경함은 그때를 지나면 기억하기가 쉽지 않고 재생하기가 힘들다. 기록구를 얻고 나니 느낌을 즉시 글로 적을 수 있다는 것이 얼마나 자유로운지! 그러니 세상에 아무리 하찮은 것이라도 귀하지 않은 것이 없다.

12시 25분 백학산 전위봉에서 보면 백학산은 남서에 성봉산 (572.1미터)에 이르는 지능선을 흘려보내고 서로 휘면서 대간을 이어간다. 백학산의 세 개의 봉우리는 온통 흰눈을 뒤집어쓰고 있었다. 12시 30분 제1봉에서는 세차게 몰아치는 바람에 까마귀 한 마리가 날고, 12시 35분 제2봉에서는 까마귀가 떼를 지어 울부짖으며 배회하더니 12시 40분 백학산 정상에 서니 이들은 흔적도 없이 사라졌다.

정상 중앙에 가로 50여 센티미터, 세로 20여 센티미터의 돌비석 전면에 '백학산 615미터, 백두대간' 후면에 '상주시청산악회 1999. 5. 10.'이라고 새겨져 있고 그 가장자리에 가로, 세로 7여 센티미터 높이 120여 센티쯤 되는 흰페인트칠을 한 각목에 '백학산 615미터'라고 써놓았다. 이 산의 진경은 2시 17분 경 '개머리재' 가기 전에 몇 개의 무명봉을 오르내리면서 뒤돌아보아야 알게 된다.

오늘 민 회장과 왕 상무는 나를 환자라는 이유로 앞에 세우고 후미를 보았으며 센바람이 부는 정상에서 20분을 기다리니 그제야 도착했다.

눈덮인 급경사 내리막에서 한동안 헤매고 1시 12분에 넘어미와 함박골을 잇는 임도가 있는 재를 넘어 훈기가 돌고 솔잎이 푹신한 너른 공터에서 셋은 배낭을 내렸다. 점심대용으로 마트에서 구입한 '캔 전복죽'은 데우지는 않았지만 하도 맛이 있어 먹어보라고 권했더니 한사코 마다한다. 어디에서 구입했냐는 등 호기심을 가지는 걸로 보아서는 환자 혼자 먹으라는 속내인 줄 알아차릴 수 있었다.

민 회장은 여분의 컵라면에다 뜨끈뜨끈한 물을 붓더니 왕 상무와 둘이서 나누어 먹으란다. 남을 배려하는 하나의 마음은 상대방에게 열 배의 기쁨을 준다. 배를 든든히 채우고 1시 40분에 다시 출발하였다.

2시 17분에는 덕곡리와 함박골을 잇는 임도로 된 재를 만나고 대간은 여기서 다시 휘면서 북서로 이어진다. 300여 미터의 고만고만한 봉우리를 넘나드는데 이곳에서 백학산을 뒤돌아보니 정상을 머리로, 남서의 성봉산을 잇는 능선을 좌측 날개로, 북동의 내서면

노류리로 자맥질하는 499.1미터의 능선을 우측 날개로 하여 북서의 대간을 향해 큰 날갯짓을 하면서 비상하고 있었다. 백학산의 정산은 어디서 보아도 흰눈을 이고 있었다. 2시 25분에는 소나무숲에 바람이 스치고 갈비가 수북히 깔린 길을 지나면서 셋은 휘파람을 불었다.

2시 30분에 농로를 지나고 잡목구간을 거쳐 능선으로 붙으니 '왜, 왜, 삐, 삐, 찌, 찌' 거리는 새소리가 들리고 서쪽으로 지는 태양은 빛을 내지 못하고 해무리를 하고 있었다. 고개를 넘어가니 포도밭과 과수원이 나타나고 그 너머로 구병산이 티베트의 고산처럼 버티고 있다.

대간은 농로를 가로질러 잘 가꾼 묘 1기와 멋진 노송을 지나 북서로 진행한다. 2시 40분에는 과수원 오른쪽 귀퉁이 잡목숲에 '레저토피아'에서 '개머리재, 지리산 천왕봉에서 216.5킬로미터'라고 쓴 가로 120, 세로 70여 센티미터의 깃발을 5~6미터 크기의 소나무 줄기에 매달아 놓았다. 개머리재는 원소정과 함박골을 잇는 '재'로 그 지형의 모습이 '개의 머리'를 닮아서 그런 이름을 얻었다고 한다. 어느 방향에서 보았을까 가늠해 보았으나 알 길이 없었고, 다만 경비행기를 타고 상공에서 보거나 건너편 산봉우리에 올라서서 보면 그럴까 하고 짐작만 했다.

2시 47분에 묘 2기가 있는 봉우리와, 3시에 다시 봉우리를 지나면서 30여 분을 70도의 급경사길을 내려왔다. 좌측으로 습지에는 초록 이끼로 덮인 바위가 너덜을 이루고 이깔나무숲은 하늘을 가린다. 우측으로는 산길을 사이에 두고 이깔나무와 같은 높이의 침엽수림이 한동안 짝을 하고 있었다. 사진에서나 본 백두산 자락의 원시림이다.

3시 30분에 '지기재'에 도착하였다. 도로 건너 금강과 낙동강을 가르는 분수령의 푯말을 보고 그 뒤 대간 초입에 '창녕 성씨' 묘와 비석을 등에 업은 거북이를 본다.

지기재에서 내려 귀경길에 차가 모서, 정산, 대관, 금계를 거쳐 영동 부근에 이를 때까지 왼편으로 충북과 경북의 도계를 이루는 백화산(933미터), 주행봉 능선은 눈으로 마치 흰천을 두른 장막 같았고 백화산은 비구름을 이고 있더니 고속도로에 접어들었을 때에는 기어코 진눈깨비가 흩날렸다.

민 회장은 집에서 걱정이 되어 걸려온 전화에 "우리는 비를 맞지 않고 다닌다"고 큰소리를 치고 있었다. 그 유쾌한 음성에 우리 기분은 날아간다.

산은 낮으나 봉우리는 많다

2002년 2월 3일!

오늘은 입춘으로 이십사 절기 중의 첫째다. 통영에서의 유년시절 선친은 입춘 하루 이틀 전 대문과 용마루에 붙일 질 좋은 닥나무로 만든 한지에 '立春大吉'을 쓰실 때 양지바른 툇마루에서 벼루에 '먹' 가는 일은 내 책임이었다. 먹을 잘 갈아야 글에 생명이 깃든다고 하셨다.

7시 10분 경에 차창으로 여명이 트고 7시 35분에는 좌측 검은 산 능선 위로 붉은 기운이 감돌더니 태양이 솟구친다. 8시 40분에 중부 고속도로상의 음성휴게소에서 쉼을 하고 터널을 지나 음성군의 맹동저수지와 초평저수지를 지날 때에는 예의 그 짙은 안개가 앞을 가린다. 남이분기점에서 경부고속도로를 갈아타고 용산을 지나 백자전리에서 514번 지방도로를 타더니 용암초등학교에서 북동으로 되올라간다. '금상천'은 상주시 모서면의 호음리, 정산리, 백학리, 지산리를 내내 같이하더니 운동장에 흰눈이 깔린 모서초등학교 근처에서 '석천'과 나뉘고 석천은 다시 남으로 흘러간다.

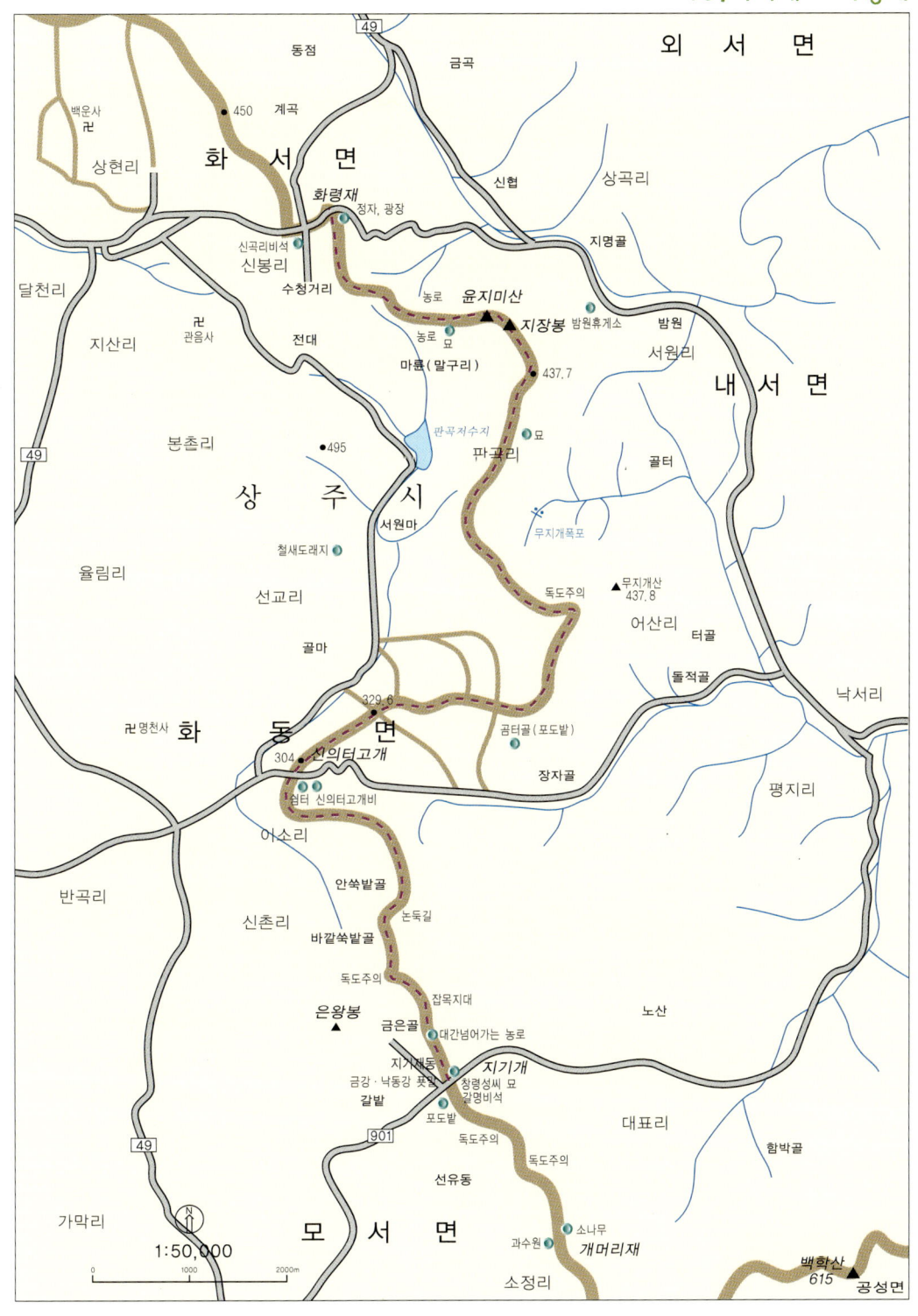

외 서 면

동점

금곡

49

계곡

신협

상곡리

450

백운사
卍

화 서 면

지명골

상현리

상곡리

상주리

화령재
정자, 광장

신곡리비석
신봉리

윤지미산
지장봉

밤원휴게소

밤원

내 서 면

달천리

수청거리

농로

지산리

卍
관음사

전대

농로
묘

서원리

본촌리

495

마룡(말구리)

437.7

상 주 시

판곡저수지

골터

서원마

파곡리

묘

무지개목포

무지개산
437.8

율림리

철새도래지

어산리

터골

선교리

독도주의

골마

돌적골

낙서리

329.6

명천사
卍

화 동 면

곰터골(포도밭)

평지리

304
신의터고개

쉼터 신의터고개비

장자골

어소리

반곡리

안쑥밭골

신촌리

논둑길

바깥쑥밭골

독도주의

잡목지대

노산

은왕봉
금은골

대간넘어가는 농로

지기재동

지기개

금강·낙동강 分水

창령성씨 묘
갈명비석

갈밭

포도밭

대표리

독도주의

함박골

901

독도주의

선유동

1:50,000

소나무

가막리

N

과수원

개머리재

백학산
615
공성면

49

모 서 면

소정리

0   1000   2000m

상주시의 화동면, 화서면, 화북면, 모동면과 모서면의 '중화지구대'는 해발 200~400미터대의 고원지대로 평지보다 평균기온이 3~5도 차이가 나는 까닭에 당도 높은 과일을 생산하는 과수농업이 발달한 곳이다. 흰눈을 뒤집어쓰고 있는 산과 넓은 들, 그리고 따뜻한 냄새가 물씬 풍기는 마을과 들을 살찌우는 금상천과 그 지류들은 고려 성종 때 경주와 상주의 첫머리를 따 '경상도'라고 한 연유를 알 것 같았다.

석산리를 지나 지기재에서 차는 서고 정각 10시에 산행이 시작되었다. 대간 넘어가는 농로를 따라가다가 금은골 마을을 좌측으로 바라보면서 잡목구간을 지나고, 남서로 금은봉(409미터)가는 갈림길을 지나친다. 이곳에서 대간을 잘못 짚었다가는 금은봉이나 '바깥쑥밭골'로 빠진다. 우측 능선으로 붙어야 된다. 암봉을 오르고 내린 후 대간은 300여 미터의 논둑길로 연결되고, 논둑길 초입 왼쪽으로 난 길은 '안쑥밭골'로 빠진다.

10시 55분에 잘 가꾼 묘 1기 있는 곳에서 서쪽으로 진행하던 대간은 직각으로 북으로 꺾이고 묘 2기가 있는 곳에는 서쪽의 반곡리에서 동쪽의 장자골로 연결되는 송전탑이 서 있다.

다시 묘 1기를 지나 11시 10분에 '신의터고개'에 이른다. '신의터재, 해발 280미터'라는 표지석과 'WATERSHED 분수령, 낙동강-금강'이라는 표지판과 1미터 높이의 기단에 세로 2미터 가로 50여 센티미터의 검은색 비석이 머리에 쌍용두를 이고 '義士箭谷金先生俊臣遺蹟碑'라는 비문이 흰 글씨로 적혀 있다.

분수령 표지판이 큰재, 지기재 그리고 신의터재에 각각 세워져 있는 것은 낙동강과 금강이 대간을 가운데 두고 양옆으로 북에서 남으로 흐르고 있기 때문이다.

길을 건너 둔덕에 묘 2기를 지나 북으로 고개를 넘어가니 아랫말이 보인다. 대간이 아니다. 오른쪽 능선으로 치고 오르니 비로소 리본이 달려 있으며 324봉에서 대간은 북동으로 휘어진다. 329.6

봉을 내려서 왼쪽 노루골로 빠질 뻔했고, 11시 45분에는 다시 왼쪽의 곰터골로 빠질 뻔했다. 12시에는 오른쪽으로 장자봉(380미터)을 보면서 대간은 직각 북으로 꺾인다. 3개의 연봉으로 된 무지개산(437.8미터)이 건너다보이고, 멀리 북으로 속리산 능선이 운무에 싸여 나타났다 사라졌다 하고 있었다.

무지개산으로 가는 능선은 바람이 닿지 않고 기온이 낮지 않아서인지 이 찬겨울에 떡갈나무의 넓은 잎이 가지에 붙어 있다. 무지개산의 3개의 연봉은 큰애기 가슴처럼 봉긋하게 솟아 있는데 그렇게 아름다울 수가 없었다. 대간은 무지개산을 오르지 않고 정상 직전 능선 9부 지점에서 직각 왼쪽으로 꺾이면서 서로 이어진다.

12시 30분에 350봉에 오르니 멀리 누에고치 모양을 한 윤시미산(538미터)이 머리를 서쪽으로 두고 엎드려 있다. 5분 간격으로 4개의 봉우리를 오르내린 후 12시 55분에 묘 1기가 있는 양지바른 안부 비탈에서 배낭을 내렸다.

곧 민 회장이 당도하고 라면, 김밥과 민 회장이 준비해 온 인절미로 시장기를 채우고 내가 가져간 꿀차로 마감을 했다. 방학 동안에 집에 와 있는 큰 아이의 꿀차 타는 솜씨가 점점 늘어간다.

1시 35분에 배낭을 챙겨 오르막을 친 후 능선에 붙고 왼쪽의 봉우리에 올라서니 시계바늘 방향으로 파룬산, 구병산 그리고 남산과 성주봉이 건너다보인다.

2시에는 윤지미산의 전위봉(437.3미터)에 닿았다. 이곳에서 북서로 휘어 다시 서쪽으로 가는 대간은 윤지미산을 가리고 있어 대간꾼들은 흔히 이 봉우리를 윤지미산으로 착각한다고 한다.

2시 5분에 지장봉에 이르니 이제야 남서로 에메랄드빛의 판곡저수지가 그 미려한 모습을 드러낸다. 선교리의 철새도래지를 526봉, 596.9봉, 495봉이 병풍처럼 두른 곳에 저수지의 물결은 왼쪽으로 비켜 중천에서 서쪽으로 넘어가는 태양빛을 받아 빤짝이고 있었다.

2시 10분 능선에서 바라본 윤지미산은 오른쪽으로 흰눈을 뒤집 어쓰고 급경사 오르막을 두고 있었다.

2시 15분에 정상에 올랐다. 평지 너른 터에 굴참나무가 여기저기 서 있고 북서쪽에는 전망대 바위가 있다. 표지석이나 표지목이 안 보이고 주변 산군들은 운무에 싸여 시야에 들어오지 않는다. 그러 나 전망대 바위에 올라 기다리니 어느 순간에 잠시 시야가 트이면 서 10시 방향에서 2시 방향으로 구병산, 형제봉, 갈령을 지나 대궐 터산이 뚜렷이 그 모습을 드러내며 속리산 능선이 그 뒤로 병풍을 친다. 그러나 그 광경은 곧 다시 몰려드는 운무에 묻혀 다시는 나 타나지 않았다.

2시 20분에 정서(正西)로 난 내리막 급경사는 눈이 녹아 질퍽거 렸다. 2시 40분에 농로를 지나 북서쪽 능선에 붙고, 2시 50분에는 봉우리에 올랐다. 왼쪽 임도 끝이 화령재인 줄 알았는데 대간은 여 기서 정북(正北)으로 방향을 바꾸며 또 하나의 봉우리가 앞에 보인 다. 산길에서 이럴 때가 제일 맥이 빠진다.

드디어 3시 10분에 봉우리를 넘어 서니 화서면의 좌측 신봉리와 우측 상곡리를 잇는 화령재가 내려다보인다. 3시 15분에 화령재에 내려섰다. 길을 건너니 넓은 평지를 뒤로 두고 길섶에 가로 세로 3 미터 윗면 2미터의 사다리꼴 돌비석에 '화령재 해발 320미터'라고 씌어 있고 우측 뒤로 높은 대에 육각 정자가 있다. 누각에 '火嶺 亭'이라 쓴 현판이 보인다. 고갯마루 서쪽에 화령지구전적비가 있 으나 지친 탓에 가볼 엄두가 나질 않는다. 산악회에서 준비한 뜨끈 한 라면과 소주에 피로가 봄눈 녹듯이 사라지고 비탈 음지에 수북 히 쌓인 눈으로 손과 발 그리고 얼굴을 씻었다.

'화령장 전투'는 1950년 7월 수도사단 제17연대가 상주시 화서 면 하송리와 화남면 동광리에 매복해 있다가 인민군 제15사단을 궤멸시켜 낙동강 교두보를 확보하는 데 최대의 공헌을 한 전투를 이른다.

못제를 지나 눈보라를 만나다

2002년 2월 17일

사위는 어둑어둑하고 하늘에는 구름이 잔뜩 끼어 있다. 차는 경부고속도로를 타고 옥산휴게소에서 잠시 쉼을 한 후 청원 IC에서 보은,상주로 가는 25번 국도를 갈아탔다. 화령장지구 전적비를 지나 화령재 못미처 대간 입구에 섰다. 10시 25분이다.

가끔 햇살이 비추기는 하나 이내 사라지고 회백색의 하늘에 스산한 바람이 나부끼나 시계는 좋다. 20여 분간을 잡목을 헤치고 나니 묘 1기를 지나고, 이후로는 중키의 소나무와 굴참나무가 이어진다. 450봉을 지나 11시 15분에는 3미터쯤의 철제 네발 다리 위에 사방과 높이가 2미터쯤 되는 산불감시초소가 있는 곳에 도착했다.

감시인은 봉황산, 갈령, '대궐터 산', 견훤성 등을 손으로 가리켜 주면서 보은 사람들은 괴산군의 쌍곡계곡을 이루는 군자산(948.2미터), 속리산(1,057.7미터)과 외속리면의 구병산(876미터)을 '보은 3산'이라고 자랑한다고 덧붙인다.

대간은 이 길로 형제봉까지는 상주 땅을 지나다가 형제봉을 기

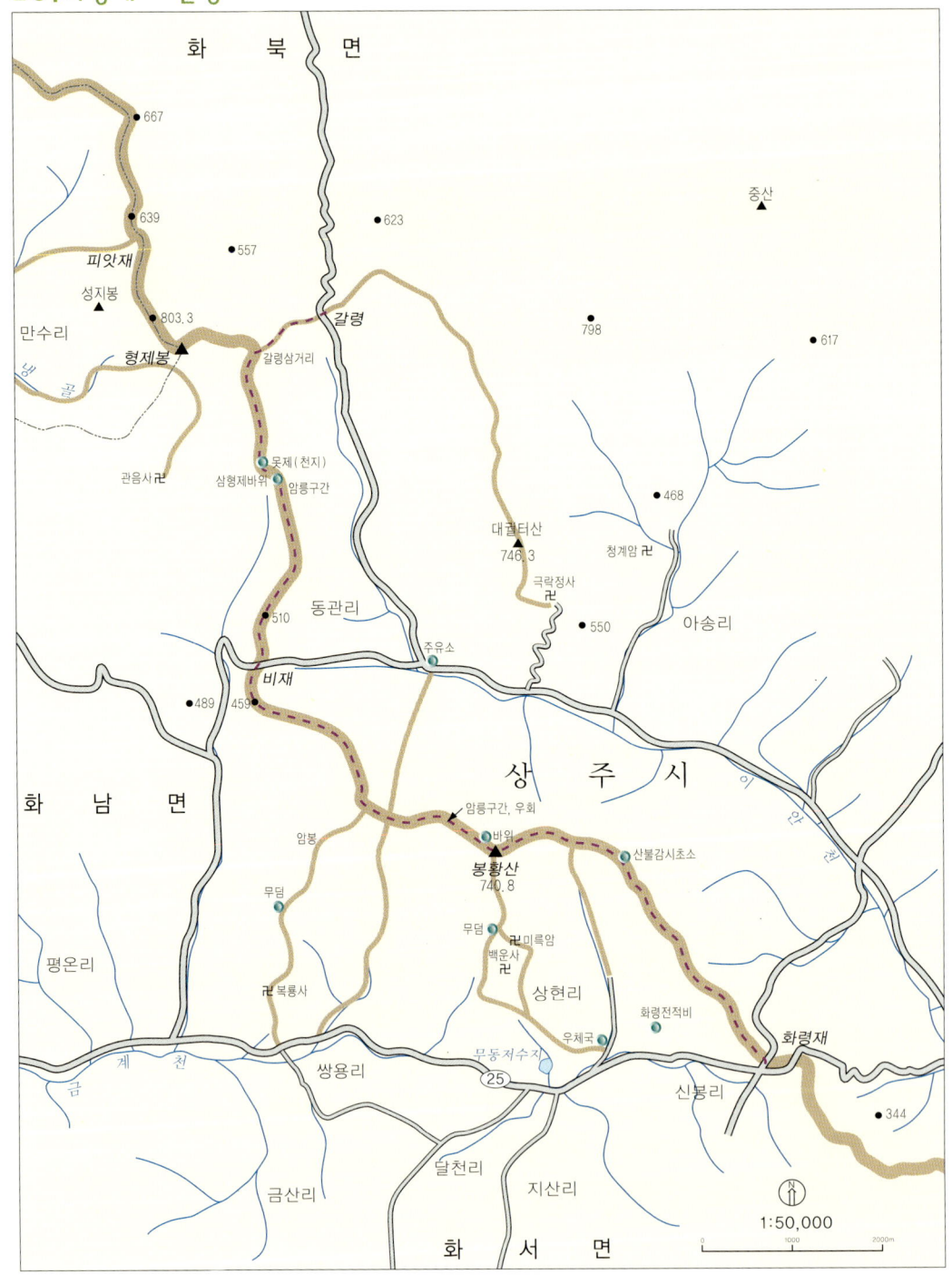

화 북 면

• 667

• 639

피앗재

성지봉 ▲

• 557

• 623

중산 ▲

만수리

• 803.3

형제봉 ▲

갈령

갈령삼거리

• 798

• 617

관음사 卍

못제(천지)
삼형제바위
암릉구간

• 510

동관리

대궐터산
746.3

극락정사 卍

• 468

청계암 卍

• 550

아송리

화 남 면

• 489

459

비재

주유소

상 주 시

암릉구간, 우회

암봉

바위

봉황산
740.8

산불감시초소

무덤

무덤
백운사 卍

卍미륵암

상현리

화령전적비

평온리

卍 복룡사

쌍용리

무동저수지

25

우체국

신봉리

화령재

• 344

금산리

달천리

지산리

화 서 면

N

1:50,000

0   1000   2000m

점으로 경상북도와 충청북도의 도계를 이루면서 위로 치닫는다. 속리산 국립공원을 두고 상주군, 괴산군, 보은군이 서로 신경이 예민해 있다는 것을 어디에서 읽은 기억이 난다. 그러나 누가 무어라 하든 산 자체는 그대로 있다. 올라온 길이 얼어붙어 있었고 오늘 대간은 북서 그리고 북으로만 가는 길이라 눈이 녹지 않았음을 고려하여 아이젠을 단단히 채웠다.

11시 30분에 테라스형 봉우리에 올라서서 바라본 봉황산은 좌측으로 지능선 3개를 품고 있었고, 능선들은 온통 흰눈을 뒤집어쓰고 산자락의 검은 색과 묘한 조화를 이루고 있었다.

11시 40분에 암봉이 앞을 가로막고 좌측으로 돌아 50여 미터 급경사를 오르니 소나무를 이고 있는 암봉으로 올라서게 된다. 진눈깨비가 흩날리면서 귀를 덮은 모자 위로 후드득거리는 소리가 들린다.

11시 55분에 봉황산 정상에 도착했다. 40센티 높이의 시멘트와 돌로 된 기단 위에 가로 60센티미터 세로 70센티미터의 돌에 '白頭大幹, 鳳凰山, 740.8미터'라고 씌어 있다. 봉황산은 서에서 동으로 가는 25번 국도와 이 국도상의 '문장대 휴게소'에서 북서로 올라가는 49번 지방도로가 서쪽을 향해 'V'자를 이루는 가운데 위치하여 위쪽의 '이안천'과 아래쪽의 '금계천'을 만드는 수많은 지능선들을 품고 있었다. 그 지능선들이 마치 봉황이 날개를 펼친 듯한 형상을 하고 있었는데 대간은 봉황산을 거느리고 평야를 가로질러 북서로 올라가고 있었다. 남서로는 들을 가로질러 천택산(683.2미터)이 솟아 있고 그 뒤로 희미하게 백화산(933미터)과 주행봉 능선이 경북과 충북의 경계를 그으면서 남하하고 있었다.

시계가 정오를 가리키는 것을 보고 배낭을 추슬렀다. 5분 지나 다시 큰 암벽이 가로막고 리본은 좌측 우회길 초입에서 나부끼고 있었다. 눈은 온 산록에 뒤덮여 있었고, 길은 미끄러워 아이젠 없이는 진행이 불가능했다. 암봉을 돌아서서 급경사 내리막을 친 후

또다시 봉우리를 오르고 내려 12시 30분에 650봉에 올랐다.

뒤돌아본 봉황산은 정상을 포함하여 온통 산록에 흰눈이 덮인 수 십 개의 지능선들을 거느리고 날개를 펼치고 있었다. 봉황의 비상이다. 안부에 이르니 대간을 가로지르는 희미한 소로가 보인다. 이 길은 남으로 '쌍용리' 와 북으로 '동관' 을 지나 '억시기' 로 가는 길이다.

까다롭고 위험한 급경사를 내려 봉우리 하나를 오르고 내린 후 1시 정각에 459.9봉을 앞에 두고 점심을 먹기로 했다. 민 회장은 작은 컵라면 하나를 건네준다. 날씨가 추우니 먹거리가 영 부실하다. 앞으로는 날씨도 풀릴 터이니 먹거리에 신경을 써야 되겠다.

1시 25분에 자리를 뜨고 폐묘 1기를 지나 459.9봉에 오르니 '비재' 가 급경사를 숨기고 눈 아래로 내려다보이고 대궐터산(877미터)의 능선이 중앙의 송곳 같은 봉우리를 중심으로 두개의 봉우리가 북서에서 남동으로 절묘한 하늘금을 긋고 있다.

1시 35분에 '비재' 에 닿고 대간은 정북으로 올라간다. 1시 45분에 테라스봉에 이른 후 폐묘 1기가 있는 봉우리를 지나 2시에는 510봉에 닿았다.

이후 5분 간격으로 기이한 암봉과 그때마다 소나무가 같이하는 봉우리 3개를 넘었다. 3번째의 봉우리에서 멀리 좌측으로 낙타등의 모습을 하고 남벽이 두 개의 바위군으로 된 높은 봉우리가 시야를 가로막는다. 나는 그것이 형제봉(832미터)인 줄 알았다. 그러나 그것은 '못제'를 옹위하는 형제봉 능선의 동남쪽 앞에 위치한 대간을 벗어난 곁봉우리였다. 너무 지친 탓이다. 나는 지치게 되면 사물을 쉬운 쪽으로만 생각하게 되면서 분별력이 약해진다. 그것은 때로는 치명적인 위험을 초래하는 잘못된 습관으로, 쉽게 고쳐지지가 않는다.

2시 35분의 테라스봉을 지나 2시 50분에 묘 1기가 있는 봉우리에 닿을 때까지 5분 간격으로 암릉을 만나는데 큰 바위 세 개가 모여 있는 암봉을 비롯해서 모두 기묘한 모습을 하고 있었다. 산불감시초소에서부터 찬 아이젠 때문에 암벽을 타는 것은 무리여서 모

'비재' 철계단

두 암괴군 밑자락에 붙어 급경사를 내리고 올랐다.

　2시 55분에 드디어 '못제'에 당도한다. 좌측으로 조금 전 형제봉으로 착각한 봉우리의 급한 내리막 능선과 오르막 대간 사이의 안부에 숨어 있었다. 못제는 일명 '천지'라고도 한다. 고원습지로 2～3백 평 되는 연못처럼 생긴 곳이다. 물은 없고 잡초가 눈을 헤치고 드문드문 자리를 지키고 있다. 대궐터산에 성을 쌓은 후백제의 견훤과, 보은의 '삼년산성'을 근거지로 활동하던 황충 장군에 얽힌 사연이 전하여 내려온다. 견훤이 못제에서 목욕만 하면 연전 연승하는 이유를 알아내고 지렁이에게는 소금이 사약이라는 것을 이용해 황충 장군이 소금 300석을 못제에 풀고 이를 눈치채지 못했던 견훤이 이 물에 목욕을 한 후 힘을 잃고 결국 패배한다.

　못제를 지나 헬리포트와 폐묘 1기가 있는 봉우리 초입 길섶에 대간을 벗어난 조금 전의 그 봉우리 쪽으로 방향표시가 된 '충북 알프스'라는 표지판이 누워 있었다. 지금까지 하늘은 회백색이었으나 산군 들의 능선이 뚜렷이 보일 만큼 시계는 양호했다. 그러나 갑자기 진눈깨비가 그 기세를 더하더니 천지가 캄캄해지며 좌우 전후 한치 앞이 안 보인다. 나는 이럴 때 이상한 경지의 도취상태에 이르는 황홀감을 느낀다.

　안부로 내려가는 길은 눈이 얼어붙은 급경사였으며 어느 순간 형제봉이 북으로 뚜렷이 그 모습을 드러내고, 우측으로 갈령으로 올라가는 49번 지방도로가 갈 '之'자로 모습을 드러낸다. 3시 10분에 안부에 도착했다. 3시 14분에 암봉을 좌측으로 우회하고 17분에 봉우리, 20분에 소나무를 이고 있는 봉우리를 지났다. 다시 5분 간격으로 3개의 암봉을 마주하게 되는데 모두 좌측으로 우회길이 있었다. 암릉구간이었다. 특히 마지막 암봉은 그 자태가 험상궂었는데 그 우회길은 70도 경사의 오르막이었다. 코를 땅에 박고 5분쯤 오르니 그 험상궂은 암봉 위였다.

　3시 40분에 '갈령' 삼거리(721미터)에 도착했다. 형제봉이 북서쪽

에서 이쪽을 굽어보고 있다. 가로 60여 센티미터 세로 40여 센티미터의 알루미늄으로 된 표지판에 형제봉(북진길), 화령재(남진길), 동으로 '갈령' 표시가 되어 있다.

4시에 소나무가 어우러진 암봉을 지나고 7분 뒤에 올챙이와 악어 모습을 한 기암을 지나 급경사를 내려 4시 15분에 갈령에 도착했다. 산주군수가 세운 '갈령 도로개통기념비' 탑 앞에는 가로 1미터 세로 5미터쯤 되는 돌비석에 '葛嶺 해발 443미터' 라고 음각해 놓았다.

물이 없는 탓에 눈으로 세수를 한 후 몸통과 발을 씻고 까실까실한 새 옷으로 갈아입은 후 4시 40분에 서울로 향했다.

출발할 때 내리던 진눈깨비는 화양구곡을 지나 기암리, 구방교, 미원리를 지날 때에는 서쪽으로 지는 태양에 밀려 그 모습을 감추고 대신 태양과 구름과 비취색 하늘은 서로 얽히고 설키면서 기묘한 색조와 모습을 그려내고 있었다. 구름 뒤에서 태양이 비칠 때는 구름의 테두리가 황금색 선을 긋기도 하고, 태양이 구름 속에 숨을 때는 그 구름은 숯덩이처럼 붉은 빛을 내기도 한다. '서원' 어름에서는 산의 능선 위로 한 뼘쯤 적홍색과 그 위 흑회색이 하늘을 수놓고 적황색의 동그라미는 빙글빙글 돌더니 사그라들었다.

21 구간

갈령 ▸ 형제봉 ▸ 피앗재 ▸ 천황봉 ▸ 비로봉 ▸ 문수봉 ▸ 문장대 ▸ 시어동계곡, 밤티재

세속을 벗어나다

이제는 토요일만 되면 괜히 기분이 좋아지는 대신 일요일 새벽이 되면 긴장이 되고 잠을 설친다. 2001년 9월 16일 새벽 4시 반에 잠을 깨고 배낭을 챙겨 5시 반에 집을 나섰는데 사위는 깜깜하다. 오늘은 갈령에서 밤티재까지 가야 한다.

원래는 작점고개에서부터 시작하여야 한다. 그러나 상주시 화북면의 갈령에서 충북 제천과 경북 문경을 가르는 포암산까지의 7구간은 눈이 많은 추운 겨울에는 길이 결빙되고 위험한 암릉 구간이 많기 때문에 가을철인 지금부터 하고 대신 작점고개에서부터 갈령까지의 4구간은 내년 초에 하기로 했다. 오늘 구간에는 속리산이 포함되어 있어 새벽부터 가슴이 설레었다.

경부고속도로에 들어서자마자 벌초하러 남하하는 차량 때문에 정체가 되면서 오늘 산행이 순탄치 않으리라는 예감이 들었다. 차는 천안에서 경부고속도로를 빠져나와 유관순 생가터를 지나고 증평으로 들어 34번 국도를 따라 괴산으로 가서 다시 19번 국도, 37번 국도를 갈아타더니 금평에서 32번과 49번 지방도로를 바꾸어타

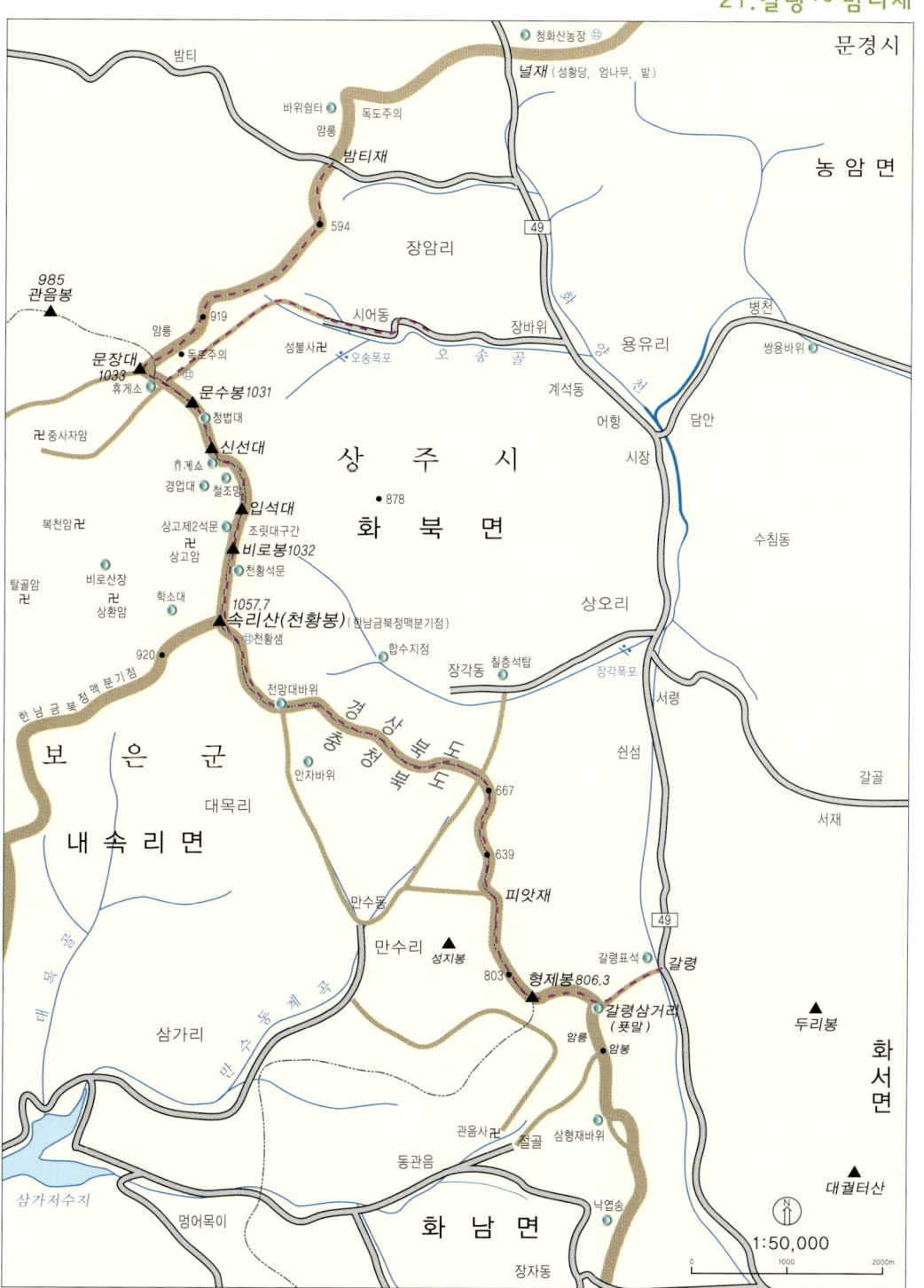

문경시

밤티

청화산농장

널재 (성황당, 엄나무, 밭)

바위쉼터
독도주의
암릉
밤티재

농암면

594

장암리

49

985
관음봉

919

시어동

장바위

오송폭포

장각동

용유리

병천

쌍용바위

문장대
1033
휴게소
문수봉 1031
청법대
중사자암
신선대
휴게소
경업대
철조망
입석대
상고제2석문
상고암
조릿대구간
비로봉 1032
천황석문
복천암
비로산장
상환암
학소대

878

상 주 시

화 북 면

계석동

어항

시장

담안

수침동

상오리

탈골암

1057.7
속리산(천황봉) (한남금북정맥분기점)
천황샘

920

합수지점
칠층석탑

장각폭포

서령

쉼섬

한 남 금 북 정 맥 분 기 점

보 은 군

내 속 리 면

대목리

전망대바위

안자바위

경상북도 충청북도

667

639

피앗재

갈골

서재

만수동

만수리

성지봉

803

형제봉 806.3

갈령표석

갈령

갈령삼거리
(못말)

암릉
암봉

49

두리봉

화 서 면

삼가리

관음사

절골

삼형제바위

관음동

동관음

낙엽송

대궐터산

삼가저수지

멍어목이

화 남 면

장자동

1:50,000

1000   2000m

고 청천면 송면리로 들어가서 천연기념물 298호 소나무를 왼편으로 두고 경상도 상주땅으로 접어든다. 정체를 피한다고 꾀를 부린 모양인데 도착 예정시간인 10시 반은 넘긴 지 오래고 산행 들머리인 갈령까지 가면 12시 반은 족히 될 성싶었다.

그러나 나는 오히려 기분이 들떠 있었다. 유년시절 여름방학을 마치고 상기된 얼굴로 학교에 가면 교장선생님은 전교 학생을 대운동장에 모아놓고 앞의 높은(당시에는 어찌 그리 높아 보였는지!) 교단 위에서 뒷짐을 지고 서서 "가을은 천고마비(天高馬肥)의 계절이고 등화가친(燈火可親)의 계절이니 학생은 오로지 부모를 존경하고 학업에 열중 운운" 하셨다. 그 시절이 떠오르는 시골학교와 이름도 모르는 개천과 호수, 저수지를 수도 없이 지난다.

천안을 전후하여서는 길섶의 코스모스와 맨드라미가 그 자태를 뽐내고, '아우내'인지 김시민 장군 묘역인지를 지날 때에는 광활한 갈대밭도 보았다. 황금색 들판은 눈이 부시고 수수는 고개를 숙이고 그 위로 고추잠자리떼가 수도 없이 원을 그리며 군무를 추고 있다. 외 딴 산촌을 지나갈 때에는 까치 한 마리가 마을 어귀의 홰나무에 앉아 있다가 차를 보고 놀라 날아가고 있었다.

화양청소년수련장을 지나면서 화양구곡 언저리를 언뜻 보고 상주땅에서는 산자락 밑에 흰 달빛 같기도 하고 소금을 뿌려 놓은 것 같기도 한 메밀꽃이 흐드러지게 피어 산자락을 휘돌아간다.

상주땅 상오교를 지나 쉰섬 마을에서 금년 처음으로 벼를 베고 있는 모습을 보았다. 젊은이 둘이서 벌써 한 두락을 베고 또 하나의 논배미에서 중참으로 막걸리를 나누어 마시고 있었다. 대간만 아니었다면 훌쩍 내려 막걸리 한 잔에 벼베기 품을 팔았을 것이다.

12시 15분에 산행 들머리인 갈령에 도착했다. 20여 분을 운기조식 하는 기분으로 서서히 오르니 726봉 갈령 삼거리다. 남으로 대간이 꿈틀거리며 기운차게 솟구쳐 올라오고 있었다. 형제봉까지는 쉬임없는 오르막이었다.

1시 정각에 형제봉(832미터)에 도착하여 암봉에 올라서니 조망이 뛰어났다. 대간을 하면서 그날 오를 산에 대하여 사전에 대체로 예습을 하고 간다. 그러나 자료가 충분하지도 않고 또 필자에 따라서는 오류나 부정확한 것이 많아 항상 아쉬움을 느낀다. 언젠가는 산경표나 지리지 같은 체계적인 학술지를 보아야겠다고 매번 다짐하나 뜻대로 아니된다.

나중에 알았지만 그 봉우리는 형제봉의 남봉이고 북으로 건너다 보이는 육산인 봉우리가 형제봉의 북봉이었다. 형제봉이란 명칭이 붙은 봉은 주로 두 개의 봉우리가 이웃하고 있다. 어느 것이 높은지는 육안으로 알 수 없고 학자들도 그 두 개 봉우리의 정확한 높이를 밝히기를 꺼려하는 듯한 느낌을 항상 받는다.

1시 10분에 형제봉 남봉의 가파른 암벽을 내려 평탄한 숲길에 들어섰다. 암벽 내리막과 숲길이 이어지기를 거듭하고 잣나무숲과 소나무숲을 지나 1시 30분에는 형제봉 북봉에 올랐다.

1시 35분에 도착한 피앗재에는 왼쪽으로 한 그루 노송이 멋진 그림을 그리고 있었다. 피앗재는 충북의 만수동과 상주의 쉼섬마을로 내려가는 고개이다. 정감록에는 만수동을 '천황봉 밑 제5의 승지가 있는데 바로 우복동'(天皇峰下 五勝地 正在明堂 牛腹洞)이라 했다. 조금 전 형제봉 남봉에서 본 왼편의 기가 막힌 동네를 말한다.

639봉을 오르고 2시 정각에는 667봉에 올랐다. 형제봉의 아름다움은 이곳에서 보아야 한다. 민 회장을 기다리다가 2시 15분에 발걸음을 떼는데 사위는 숲과 햇빛 그리고 바람뿐이다. 매미는 이미 기력을 다했는지 울음소리가 지쳐 있다. 찌르레기인지도 모르겠다.

2시 40분에 올라선 봉우리에서 본 천황봉과 비로봉을 잇는 암벽 능선은 비로소 속세를 벗어나 신선세계에 들었다는 것을 실감케 했다. 천황봉은 속인이 범접하기를 꺼리는 듯 멀리 아득하게 꿈결같이 하늘에 떠 있었다. 정상의 1할을 남겨 놓고 수직 절벽인 세무더기의 바위군으로 이루어진 천황봉 남벽은 영화 〈나바론〉과

149

조항산에서 본
북쪽 산군

〈독수리 요새〉가 불현듯 떠올랐다.

천황봉의 전위봉(703미터) 중심부에는 그 어딘가에 부처님상을 모셔놓은 듯한 거대한 흰 암장을 품고 있었는데 그것은 '안자바위'였다. 2시 50분에는 무명봉을 지나 산죽밭을 지나고 기분 좋은 숲길이 한동안 이어지더니 암벽을 타고 내려가다가 급경사 오르막을 오르니 안자바위를 품은 703봉이다. 3시 8분이었다.

여기서 또다시 절경을 보게 된다. 여태까지 걸어온 639봉과 667봉에서 만수동 쪽으로 뻗은 계곡의 풍경이다. 639봉과 667봉에서 갈려져 간 능선은 사슴의 뿔처럼 아래로 바위 협곡을 이루어 서너 갈래로 만수동 쪽으로 모여들고 있었고 그 무서운 수직 절벽들은 모두 짙은 황갈색을 띠고 있었다.

3시 20분! 아쉬운 마을을 접어두고 자리를 털고 일어났다. 들국화! 그 색깔이 보라색인지 흰색인지 분간하기에는 한참이 걸렸다.

아니 각각이었다.

3시 55분 묘 1기를 지나서 사거리가 나온다. 왼쪽으로는 대목리로 내려가는 급경사길이다. 붉은 단풍나무 서너 그루가 여기저기 자리하고 있다. 이제는 멀리 건너편에서 보았던 그 독수리요새를 품은 능선을 오르고 있다. 띄엄띄엄 통나무계단으로 이루어져 있었고 산죽과 싸리나무가 짝을 이룬다. 나중에서야 깨달았는데 천황봉 기슭에서부터 시작한 산죽과 싸리나무는 문장대를 지나 시어동 계곡까지 이어졌다. 속리산은 '산죽의 나라'였다.

천신만고 끝에 4시 15분, 천황봉에 올랐다. 돌비석 앞면은 '천황봉 1,058미터' 그 뒷면에는 '이곳은 조선의 3대 名水 삼파수, 달천수, 우통수 중 삼파수의 발원지입니다. 삼파수란 동으로 낙동강, 남으로 금강, 서로 남한강으로 흐르는 물을 말하며 이곳 천황봉에서 나누어진다. 1994년 10월 ○일 속리산 번영회'라 씌어 있다.

151

4시 30분 경에는 '천황 석문'을 지났다. 암벽 사이로 두 개의 큰 바위가 지붕형태로 얹혀 있었고 서늘한 기운이 감돌았다. 4시 40분에는 상고암 갈림길을 가는데 바로 앞에 비로봉(1,032미터)이 있고 이 봉우리 가는 길에 서 있는 '만주 고로쇠나무'는 우리 단풍나무와 흡사하다.

속리산의 천황봉 이후 북으로 능선 거의 전부가 기기묘묘한 암릉으로 이루어져 있었고, 길은 암릉 사이로 교묘히 사람이 드나들 수 있도록 나 있었다. 천황봉에서 볼 때는 저 길을 어떻게 갈 수 있으랴 싶었다. 속리산의 그 수많은 기암봉들은 알카리성 화강암으로 이루어져 있고 거의가 직육면체의 절리면을 이루고 있는 것이 특징이었다.

비로봉을 지나니 우측으로 금란정과 '장각폭포'로 가는 계곡 갈림길이 나오고, 서쪽으로 지는 태양에 화북면에서 비로봉으로 오르는 동부능선의 산사면을 화폭으로 천황봉과 비로봉의 산그리메가 검은색으로 3~4부쯤에 걸려 있다. 동부능선 갈림길을 지나니 입석대(1,003미터), 5시 10분이다.

입석대는 임경업 장군이 7년 수도 끝에 세운 것이라고 적혀 있다. 왼쪽으로 세심정과 금강골로 가는 갈림길을 지나 5시 30분에

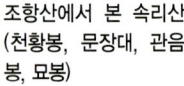

조항산에서 본 속리산 (천황봉, 문장대, 관음봉, 묘봉)

는 신선대(1,020미터)에 도착했다. 규모가 큰 매점이 있어 막걸리 한 사발로 목을 축이고 2홉들이 물 한 병을 이천 원에 샀다. 신선대 아래에는 경업대가 있는데 내려가보지 못하는 것이 못내 아쉬웠다.

문수봉(1,031미터) 오름길은 바위를 깎아 계단을 만들어 놓은 것이 특이했다. 5시 55분에 오른 문수봉에서는 문장대가 눈앞에 보이고 아래 널찍한 광장에는 큰 규모의 식당을 겸한 매점이 자리하고 있었다. 민 회장과 나는 잔치국수를 시켜놓고 문장대(1,033미터)로 향했다.

대 아래 철계단이 시작되는 곳에 "원래 문장대는 구름 속의 '雲'의 운장대였는데 세조가 이곳에서 詩를 짓고 그래서 '文' 藏臺로 바꾸었다. 문장대에 세 번 오르면 극락을 간다"라고 적혀 있는 설명판이 있다. 마음을 바로 써야 극락에 가지 여기에 세 번 오른다고 극락에 갈까? 철계단을 올라 문장대에 오르니 남으로 좌측에서 우측으로 칠형제봉, 문수봉, 신선대, 비로봉 그리고 천황봉이 펼쳐지고, 북서로 관음봉(982미터)이 무서운 암벽을 품고 있다. 묘봉을 지나

© 박한식

속리산 능선 왼쪽으로 문장대가 보인다

북동으로 도병산과 낙영산이 활목고개 너머 뚜렷하게 보인다.

시장이 반찬이라던가 허겁지겁 잔치국수와 물김치를 들이켰다. 오늘은 산행 시작이 늦었고 길이 멀어 점심도 걸렀다. 햇볕이 따가워 체력소모가 많았던 까닭이다.

9월에는 7시 경이면 해가 떨어진다. 대간은 철계단 아래 설명판에서 북쪽 방향으로 내려가면 헬리포트와 능선이 나오고, 그곳에서부터 밤티재까지는 위험한 암릉 구간을 지나야 한다. 여기서 2시간 가량 걸리는데 어두워지면 더 걸릴지도 모르는 대간을 따르다가는 스스로 위험을 자초하는 일이다. 민 회장과 나는 그 길은 다음에 보충하기로 하고 깨끗이 포기하는 대신 문수봉과 문장대 사이의 안부 사거리에서 북동동의 시어동 계곡으로 하산하기로 했다.

6시 20분에 하산을 서둘렀다. 아직도 산죽과 싸리나무는 계속된다. 6시 40분에 도착한 '백일산 제단'은 고래등만한 바위가 윗부분이 돌출되어 처마형태를 이루고 그 아래 돌로 된 제단이 꾸며져 있었다. 사방은 이미 어둑어둑하다.

154

6시 50분에는 '쉼바위'에 도착했다. 아래로는 '시어동 계곡'이 깊은 협곡을 이루며 시커먼 입을 벌리고, 건너편에는 칠형제봉이 하늘을 배경으로 어둠 속에서 두억시니처럼 서 있었다.

　계곡 중단쯤 왔을 때 어둑한 하늘에 닿은 바위능선에는 삼장법사와 저팔계 모습을 한 바위들이 치어다보였다. 어둠 속이라 '시어동 계곡'의 제모습을 보지 못하는 것이 못내 아쉬웠다. 지도에 '오송폭포'가 있는 걸로 봐서 이 계곡 또한 뛰어나리라 상상만 했다. 7시 반이 가까워 오고 있었다. 어둠 속에 계곡의 물소리는 하상이 넓어지고 있음을 알려 주었고, 우리는 조심스레 어둠을 헤치며 나무로 된 첫 구름다리를 지났다.

　계곡에서 땀을 씻은 후 깜깜하지라 지척이 안보여 등산바지를 놓치고 왔다. 다음날 아침 속리산 국립공원 화북분소에 연유를 이야기하고 알아봐 주실 수 있느냐고 했더니 30분 뒤에 연락이 오면서 잘 챙겨 놓았으니 다음에 오실 때 찾아 가시란다. 순박한 시골 인심에 가슴이 뜨거워 온다.

문장대~밤티재 보충

　2002년 9월 8일!

　지난해 9월 16일에 갈령에서 문장대를 거쳐 밤티재가지 가야 할 것을 날이 어두워 문장대에서 시어동계곡으로 내려오는 바람에 빠뜨렸던 문장대부터 밤티재 구간을 역으로 하기로 했다. 오늘도 역시 벌초 가는 차량행렬로 밤티재에 12시에 닿고 곧바로 산행에 들었다. 밤티재부터 문장대까지는 정남서 방향이다.

　잘 다듬어진 묘 1기와 폐묘 1기를 지나 12시 17분에 앞을 가로막는 큰 암봉(593봉)을 좌측으로 돌아 내리막을 친 후 다시 암릉을 타고 넘었다. 기묘하게 생긴 임릉을 우측으로 타고 내려 다시 좌측으로 오르니 10여 미터나 되는 입석이 앞을 가로막는다.

좌측이 절벽으로 된 암봉을 넘어 12시 50분에는 30~40미터나 되는 큰 암장을 가진 바위 밑을 좌측으로 돌아갔다. 그곳에는 거의 같은 크기의 암봉이 겹쳐 있고, 그 사이로 7~8미터의 로프가 위 소나무에 걸려 있었다. 오르막에 연이어 3개의 암봉이 나타났으니 모두 다섯 개의 거대한 암봉으로 이루어진 암봉군이었던 것이다. 그 중에 제일 높은 것이 699봉인데 어느 것인 줄 분간이 안된다.

제5봉 전망대에서 좌측으로 높이 보이는 853봉은 큰 암장 위에 두 개의 바위가 얹혀 있는 기묘한 모양을 하고 있었다.

로프가 걸려 있는 슬랩이 나타나고 길은 앞에 보이는 암봉 사면을 오른쪽으로 오르다가 다시 로프를 잡고 넘어서니 그 기묘한 853봉이었다. 그 암장은 동으로 60여 미터나 거의 수직으로 서 있었고, 흰 암장과 그 위에 얹힌 두 개의 떡시루 같은 바위들은 모두 돌이끼를 머금고 있었다. 1시 5분이다. 곧이어 오버행의 바위 밑으로 로프가 걸린 개구멍바위를 좌측으로 돌아 성불사가 내려다보이는 암릉 안부 전망대에서 쉬기로 했다.

문장대(1,028미터)에서 남동으로 문수봉(1,005미터), 청법대(1,018미터), 신선대(1,016미터), 입석대(1,025미터), 1,005봉으로 이어진 능선과 그곳에서부터 남동동으로 953봉, 876봉, 831봉으로 이어진 능선은 대간과 어우러져 화북면 장암리를 병풍을 두르듯 하고, 각각 그 지능선은 오승폭포와 성불사를 품은 시어동계곡을 빚어놓고 있었다.

열심히 메모를 한 후 가파른 오르막을 오르다가 무언가 허전하여 배낭 오른쪽 보조주머니를 만지니 메모지와 볼펜이 없다. 다시 돌아서기로 했다. 아무리 기억을 되살리려 했으나 어디에서 잃어버렸는지 생각이 나질 않는다. 안부전망대, 개구멍바위, 853봉까지 돌아보고 다시 안부전망대까지 돌아오니 1시 25분이다. 현기증이 나고 입술이 타는데 혹시나 싶어 겉배낭을 여니 그곳에 기록구가 있었다. 이곳에서 메모를 한 후 경관에 흘려 오른쪽 보조주머니에 넣는다는 것이 겉배낭에 넣었던 것이다. 모자 쓴 걸 잊고 모자 찾으러 나선 격이다.

1시 27분의 개구멍바위는 큰 암벽 사이로 로프도 없는 길을 20여 미터나 기어나와야 했다. 1시 37분에는 로프를 타고 내려 나무다리를 건너고 안부를 지나 다시 로프를 잡고 올라서니 거대한 암봉(917미터) 좌측 아래 전망대였다.

1시 40분 경에는 키를 넘는 산죽이 20여 미터 나타나고 까마귀가 날더니 해가 숨어버리고 날씨가 어두워진다. 곧이어 50~60미터나 되는 거대한 암벽들이 들어선 미로 같은 좁은 길을 지나니 이제는 70도 경사의 10여 미터나 되는 절벽을 로프를 잡고 올라야 했다. 그 끝에는 다시 10여 미터의 슬랩에 로프가 걸려 있었다.

1시 51분에 오른 전망대에서는 문장대에서 서로 뻗은 987봉과 관음봉(983미터)에서 내린 지능선상에 드리운 암벽들의 기묘함에 다시 넋을 잃었다. 오후의 햇살과 듬성듬성 흘러가는 구름은 그 능선, 산자락, 기암들과 함께 최고의 미를 그려내고 있었다.

산죽을 지나고 암벽 사이 로프가 매어 있는 나무다리를 건너고 바위벽과 산죽을 지나 2시 10분에 암벽을 비집고 나가니 드디어 흙길 능선이 시작되었다. 문장대의 북쪽 수십 길이나 되는 수직암장은 현기증이 났다. 2시 15분에 헬리포트를 지나 문장대 오름 철계단 앞에 서게 되었다. 대간 보충은 여기까지다.

이후 문장대 휴게소에서 탁배기를 한 사발하고 987봉을 거쳐 관음봉에 올라 묘봉, 상학봉, 매봉, 미남봉을 거쳐 활목고개까지 이어지는 속리서북릉에 취해 있다가 속사치로 내려와 지난 9월초 전국을 강타하고 강릉과 김천을 쑥밭으로 만든 태풍 '루사'가 할퀸 박달뎅이골을 거쳐 오후 6시 반 경에 중벌리 대흥동으로 탈출했다.

조항산 가는 길의 암릉과 단풍

2001년 10월 7일 오전 7시 10분!

차는 사당에서 출발하였다. 오늘이 결혼 24주년 기념일인 줄 모르고 있었는데 어제 오전에 학교에 간 큰애로부터 전화가 오면서 "지금 출발하니까 토요일이고 하니 일찍 들어오시라"고 해서 저녁을 같이 먹고 케이크에다 포도주로 건배까지 하여 아침은 안 먹었어도 배가 부르다. 가족의 고마움을 새삼 느낀다.

차는 8시에 신갈에서 영동고속도로로 갈아타고 호법에서 중부고속도로로 갈아탄다. 파란색으로 엷게 선팅한 차창 너머로 보는 풍경은 눈과 마음에 청량감을 준다. 음성휴게소 가기 전 주변의 저수지와 호수 때문에 안개가 자욱하게 끼어 흡사 미로를 가는 느낌이다.

진천을 지나 호평저수지 부근에서 또다시 안개의 오묘한 진법을 보고 호평터널을 지났다. 증평 IC에서는 592번 지방도로를 갈아타니 괴산 방향으로 '미호천'을 따라간다. 개천은 햇살에 반짝반짝 빛나고 들판과 야산 그리고 원경으로 산맥이 하늘금을 긋고 있다. 증평에서 592번 지방도로로 갈아타고 청안에서부터 백봉의 37번

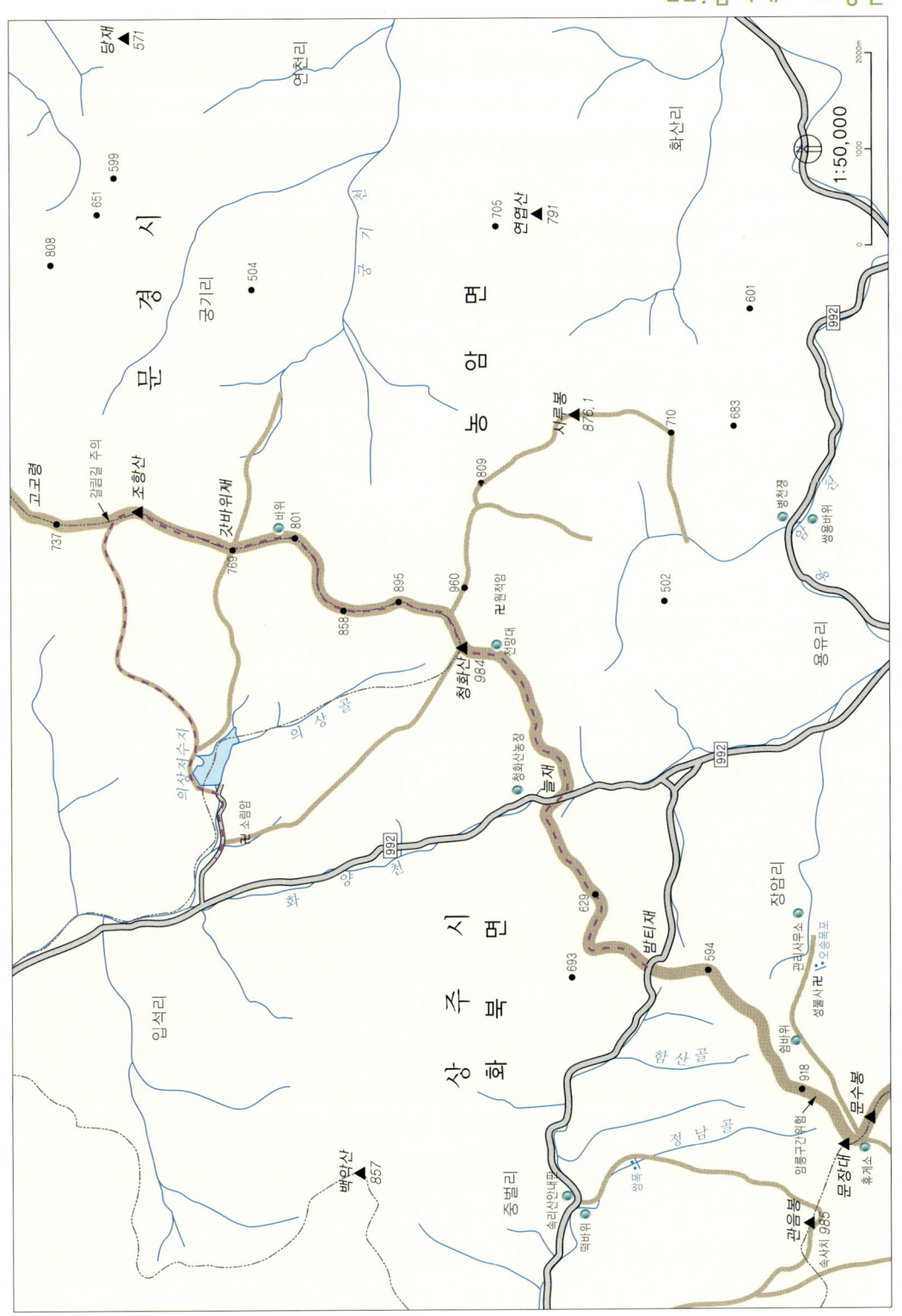

1:50,000

당재
▲571

연천리

궁기리

궁 기 천

소정 면

문경 시

705
연엽산
▲791

화산리

808

651

599

504

601

고구령

갈림길 주의

조항산
▲737

청황산

갓바위재

바위
●801

769

858

895

960

권현직임

시루봉
▲876.1

809

710

683

502

992

병천경

쌍용바위

옛양 리

이안저수지

청황산
▲984

천연재임

의 상 골

청황산농장

늘재

청화 면

상주 시

화 양 천

992

992

장암리

관래사마을

괴골산안내도

629

밤티재

693

594

함 산 골

818

심바위

문수봉

정 남 골

백악산
▲857

종입리

속리산안내도

떡바위

행름구간대피형

성불사관

돌탑

문장대
휴게소

관음봉
▲985

숙사지

992

국도를 바꿔 타는 데까지는 그야말로 전형적인 시골마을이다.

목가적이라 함은 황금들판과 논자락을 안고 있는 야산의 검은 숲, 그를 이은 산, 그리고 파란 하늘과 새틸구름이 조화를 이루어 내는 5중주를 얘기한다.

질마재 넘어가기 전 산골마을은 여느 산골마을과는 다른 느낌과 색조를 띠면서 정적 속에 묻혀 있었다. 계절은 또 한 차례 허물을 벗는다. 고추는 빨갛게 익었고 단풍은 시골 큰며느리같이 수수한데 까치 한 마리가 산을 넘어간다. 급커브, 낙석주의라는 팻말이 선 우측 산구비는 빨갛고 노란 단풍이 산사면을 수놓고 있었다. 찔끔 눈물이 배어나고 콧등이 시큰해진다.

질마재를 넘어 응달말로 내려서니 괴곡천이 바통을 이어받는다. 괴곡천은 백봉까지 같이하고 차는 37번 국도를 타고 청천까지 간다. 37번 국도변 신월천 따라 형성된 마을은 그냥 내려 하루쯤 푹 쉬었다 갔으면 싶을 만큼 개천, 나무다리, 느티나무, 황금들판, 산 그리고 파란 하늘과 산너머 멀리 걸린 새틸구름이 어우러져 있었다. 무척 아름다운 고장이다.

청천에서는 32번 지방도로를 갈아타고 상주를 넘어갈 때 도로표시는 49번 지방도로로 바뀐다. 10시 정각에 밤티재에 내려 백두대간 들머리에 들어섰다. 원래는 '시어동 계곡'으로 올라 문장대를 거쳐 밤티재를 내려와야 되는데 4시간이 족히 걸리고 그러면 오늘 산행의 날머리인 의상저수지에는 밤 9시라야 도착하는데 이건 무리다. 문장대부터 밤티재까지는 다음 기회에 보충할 요량이다.

하얀 들국화가 반긴다. 코스모스나 들국화가 없었으면 가을은 얼마나 삭막할까? 어릴 적 국민학교 대항 백일장에서 나의 시어는 항상 '코스모스' 아니면 '들국화' 였다.

10시 20분에 도착한 암봉은 696봉이었고, 그곳에서 뒤돌아본 속리산 천황봉에서 묘봉까지의 장쾌한 능선이 그 전모를 드러내고 있었다. 오늘 산행은 속리산 연봉이 끝까지 뒤를 옹위해 주었다.

암봉을 넘어가니 청화산이 멀리 그 모습을 드러내고 발 밑에는 떡
갈나무 낙엽이 발길에 수북히 밟힌다.

10시 50분에 629봉에 올라서니 노송 한 그루가 반기고 내리막을
친 후 11시에는 '늘재' 에 도착했다. 낙동강, 한강의 분수령이다.
속리산 천황봉이 낙동강, 한강 그리고 금강의 3파수의 분수령이라
면 늘재는 낙동강과 한강의 2파수의 분수령이었다.

차도를 건너니 왼쪽에 '청화산 가는 길, 상주시장' 의 팻말이 있
고, 오른쪽에는 산신당, 바로 옆에 키가 팔대장승인 '음나무' 가 있
다. 대간은 그 사이로 올라가고 우측 밭뙈기에는 서너 이랑으로 오
(伍)를 맞춘 옥수숫대가 '강시' 처럼 열병식을 하고 있었다. 잔솔나
무숲은 솔 향기가 짙었다.

11시 25분에는 높이가 15미터나 되는 암봉에 올라서니 멋진 노
송 서너 그루가 짝을 지어 바위 위에 뿌리를 내리고 있고, 남동으
로 문경의 용유리 마을 북서로 상주의 의상동 마을이 훤히 내려다
보인다. 한 노인 산꾼은 "바위에 뿌리뻗기가 힘들어 줄기가 눕게
되고 굵어져 멋진 그림을 그린다"고 혼잣말을 한다. 진실을 꿰뚫

고 있는 경구다. 무협소설을 보면 거지나 여자나 노인을 조심하라고 했다.

한동안 경치에 취해 있다가 11시 30분에 아쉬움을 남기고 자리를 떴다. 여기서부터 청화산까지는 줄곧 오르막인데 60도 경사의 오르막은 지칠 만하면 백여 미터의 평탄한 길이 나서고 하는 5개의 엣지(선반 가장자리)를 이루고 있었고, 그 엣지는 모두 바위로 된 봉우리였다.

11시 45분 첫 봉우리에서는 남서쪽 속리산 자락 밑에 '성불사'를 보고, 11시 50분 두 번째 봉우리에서 북동으로 청화산 남벽의 두 개의 암벽군을 보았다. 12시 정각에 특징 없는 봉우리를 넘어

12시 5분에는 소나무 한 그루가 외로이 서 있는 전망이 제일 좋은 봉우리에 올랐다. 12시 10분에는 흰 바위를 우회하고 조금 지나 헬리포트에 도착했다. 건너편 청화산 남벽 바위틈새에 핏빛같이 붉은 단풍나무 한 그루가 멀리서도 옆에서 보는 듯하였다. 마지막 청화산 오름길에서 동면하러 들어가는 뱀을 보고 놀란 가슴을 쓸어내렸다.

12시 15분에 청화산에 도착했다. 비바람에 마모된 길이 1미터의 직사면체 표지목에는 '청화산(靑華山) 해발 970미터 백두대간 문경군청 등산회'라는 글씨가 시계바늘 반대방향으로 씌어져 있고, 두 발짝 옆에는 60센티 정도의 산모습의 하얀 표지석에 '청화산 970미터, 백두대간'이라고 파란 글씨로 써놓았다. 이러한 정상 표시는 조항산에서도 마찬가지였다.

민 회장과 나는 서너 명의 산꾼들과 여기서 점심을 먹기로 했다. 정상주도 한 순배 돌리고 하염없이 시간을 보내다가 민 회장은 10분 일찍 출발하였다. 이 간발의 차이로 둘은 조항산 전위봉 아래에 가서야 조우하게 된다.

1시 정각에 청화산을 뒤로했다. 10분 후에는 작은 봉우리에 오르고 갈림길에서 좌측으로 급경사를 내려갔다. 왼쪽으로 조항산의 능선 너머 대야산이 흰 속살을 드러내며 능선 뒤에 옹위해 있고 상주 화북면 의상동의 '의상저수지'가 햇빛을 받아 빤짝이고 있다. 바람이 이는데 굴참나무는 발가벗으며 맥없이 잎새를 떨구고 있었다. 우측 좋은 길로 갔다가는 대간을 벗어나 남동쪽의 시루봉 능선으로 빠진다. 10분 후에는 단풍나무숲 터널을 지나쳤다.

1시 40분에 858봉에 이르니 삼각점이 박혀 있고 여기서 남동으로 뒤돌아보는 풍경은 강원도 인제 방태산에서 동으로 보는 '명지거리'에서부터 시계바늘 반대방향으로 육노루골, 버드나무골, 가리왕생이골 그리고 조경동으로 이어지는 계곡과 지능선을 꼭 빼닮았다.

이 봉우리에서 북으로 대간을 살피니 조항산 전위봉까지 가는 데는 5개의 봉우리가 있었고 모두 암봉이었다. 두 번째 봉우리가 가장 아름답고 4번째와 5번째 봉우리 사이가 움푹 꺼져 있는데 그곳이 '갓바위재'인 모양이다.

1시 50분에 801미터의 암봉에 도착했고 여기서 남으로 보는 풍경은 기가 막혔다. 바람이 세게 일고 억새풀이 눕는데 30미터쯤 되는 암벽을 타고 기어 내려왔다.

2시에는 세 번째 봉우리에 올랐는데 여기서는 북으로 조항산을 보아야 한다. 조항산 남벽도 암벽으로 이루어져 있었는데 왼쪽 전위봉 밑에는 바위 밑에 시커먼 동굴이 자리하고 있고 정상 오른쪽의 능선은 사패산에서 보는 도봉산의 연봉과 같다. 15미터쯤 되는 바위 구간은 위험하였다.

네 번째 봉우리인 709봉을 돌아가는 산허리길은 기분 좋은 숲길이었다. 네 번째 봉우리를 내려서니 헬리포트가 나오고 좌측으로 상주의 의상저수지 우측으로 문경의 궁기리로 가는 샛길이 나 있다. '갓바위재'다.

갓바위재를 벗어나 오르막을 치고 5번째 봉우리에 올랐다. 오르막을 치면서 비로소 민 회장과 만나게 된다. 조항산과 그 전위봉이 코앞에 닥친다. 남으로 청화산에서 남동으로 뻗은 시루봉(876.1미터)이 유별난데 '시루' 같기보다는 '젖꼭지' 같이 생겼다. 문경 사람들은 양반이어서 그런지 표현이 상스럽지가 아니하다. 풀벌레 등 동물의 소리는 전혀 없고 세찬 바람소리, 낙엽 밟는 소리 그리고 흰 들국화뿐이다.

조항산 능선에서 본
일몰

2시 30분과 40분에는 조항산 전위봉 두 개를 오른다. 첫 봉우리
는 좌측과 우측 사이의 암벽 사이로 좁은 길이 나 있었고, 둘째 전
위봉은 첫 전위봉에 가려서 안보였던 것이다. 상상도 할 수 없던
막막한 곳에 사람이 다닐 수 있는 길이 나 있는 것을 보고 산과 인
간이 참으로 절묘하게 어우러져 있다는 것을 새삼 느꼈다.

뒤돌아보니 청화산에서 조항산 전위봉까지 능선은 '〈 모양을
세로로 두개 이어 놓은 형상을 하고 있었다. 조항산 암벽을 품은
능선은 불타고 있었다. 히틀러가 연합군의 노르망디 상륙직전시에
파리 침공군에게 "Is Paris burning?" 하고 고함치던 영화 〈The
Longist Day〉가 갑자기 생각난다.

산은 칠팔 부 능선까지 울긋불긋 물들고 초록은 아래에서 조화
를 이룬다. 그 수채화는 화가가 붓끝으로 물감을 마음가는 대로 흩
뿌려 놓은 듯 수수하고 여유롭다. 전위봉을 내려가는 길은 10미터
쯤 되는 암벽이었다.

2시 53분에 드디어 '조항산(鳥項山) 951미터' 정상에 올랐다. 청
화산에서와 동일한 표지목과 표지석이 있었다. 우리가 밟아야 하
는 앞능선의 왼쪽 대야산과 이를 이은 대간은 멀리 북으로 굽이치

다가 동으로 뻗어 오른쪽에 위치한 희양산의 흰 속살을 보이고 있었다. 그러나 북의 고모치 쪽으로 좌측에 한 곳, 우측에 두 곳, 고모치 채석장이 산 육칠 부 이하를 허옇게 도려나가고 있었다. 인간의 천한 허영과 욕심을 보고는 메스꺼움을 참지 못하고 재빨리 그곳을 떠났다. 10분쯤 갔는데 갈림길이다. 대간은 오른쪽 급경사를 내려간다. 오늘은 여기서 왼쪽 내리막길로 하여 의상저수지로 떨어져야 한다.

3시 20분에 45도 경사의 너럭바위가 나타나고 위는 평평하며 아래에 고사목 한 그루가 서 있는 소나무 밑에서 쉼을 했다. 여기서는 마지막으로 속리산 연봉을 보아야 한다. 남에서 서로 대각선으로 천황봉, 비로봉, 입석대, 신선대, 청법대, 문수봉 그리고 문장대를 지나고 관음봉, 속사치, 북가치를 지나 묘봉(879미터)에서부터 상학봉(834미터)을 지나고 매봉을 거쳐 미남봉(660미터)에 이르기까지 일곱 봉우리가 어김없이 자신의 위치를 지키며 하늘과 맞닿아 있었다.

4시경 6부 능선 아래에는 긴 소나무숲이 이어지며 건너편 산사면은 6부 이하가 초록이다. 능선 내림길은 황악산에서 괘방령으로 내려가는 길과 흡사했다. 4시 20분에 내리막길 잡목숲을 지나고 4시 30분에 의상저수지 입구 언저리에 도착했다. 그곳에는 키 큰 소나무가 한 그루 서 있었다. 밑둥치의 2미터쯤에서 아래로 패여 있는데 여자의 은밀한 부분을 쏙 빼닮았다. 산을 다니다가 이런 기이한 모습은 흔히 본다. 4시 50분에 의상저수지의 둑에 도착하고 30미터쯤 되는 비탈의 제방을 내려가 바람에 일렁이는 시퍼런 물에서 헤엄을 쳤다.

5시 10분에 해는 산마루에 걸렸다. 왼쪽으로 서너 명의 아낙이 텃밭에서 빨간 고추를 따고 우측으로는 천년기념물 298호 소나무(이 나무는 차를 타고 마을에서 북으로 5분 거리인 '농바위' 밑에 있다)로 착각한 멋지게 줄기와 가지를 늪힌 거대한 소나무와 거송군락이 보인다. 기록에는 "일명 '龍松' 이라 불리며 밑둥 둘레가 약 5미터나 되는 데다 높이 15미터에 가지를 드리운 폭이 20미터가 넘는다. 일명 왕소나무로 불리는 이 소나무는 줄기 모습이 마치 용이 꿈틀거리는 듯 보인다 해서 '용송' 이라는 별명이 붙었다. 또한 주변에 아름드리 노송 20여 주를 부하처럼 거느리고 있다. 천연기념물 제290호로 지정된 노 거수로 나무 나이는 약 600여 년쯤으로 추정된다."

화양천이 흐르는 삼송교 위 먹거리집에서 막걸리 한 잔을 '게눈 감추듯' 했다. 귀경길에 민 회장은 "사람은 나이 들어갈수록 자신과 남을 헤아리는 마음이 '홍시' 같아야 하는데 '호두껍질' 을 닮으면 모든 악이 덕지덕지 붙어 악취가 난다"고 한다.

대야산의 나바론요새

2001년 10월 21일!

7시 정각에 차는 사당에서 출발하였고 신갈에서 영동고속도로, 호법에서 중부고속도로 갈아탄다. 하늘에는 새털구름이 띠를 이루며 넓게 자리를 차지하고 있다. 7시 40분부터 짙은 안개가 끼기 시작하고 가을바람과 더불어 군무를 춘다. 중부고속도로 진천군 음성군 주위는 저수지, 호수와 천(川)이 많아 상습 안개지역이다. 햇빛과 산이 있고 안개는 바람에 실려 때로는 산봉우리를 절해고도로 만든다. 이 몽환적인 수묵화는 8시 10분까지 계속되었다. 벼는 들판에 누워 지난 초가을의 황금색을 아쉬워 하고 있었다.

음성휴게소에서 아침으로 곰탕을 맛있게 때울 때까지 잠깐 안개는 자취를 감추었으나 8시 45분 경에는 다시 스멀스멀 출몰하였다. 증평 IC에서 미호천은 보강천에 바통을 이어주고 차는 증평에서 592번 지방국도를 갈아타더니 청원군과 괴산군을 남동으로 가로질러 간다. 차창 너머로 이미 지상의 색깔은 그 화려함을 잃었으며 천변에는 억새가 새하얗다. 태양은 파란하늘과 잿빛구름 속에

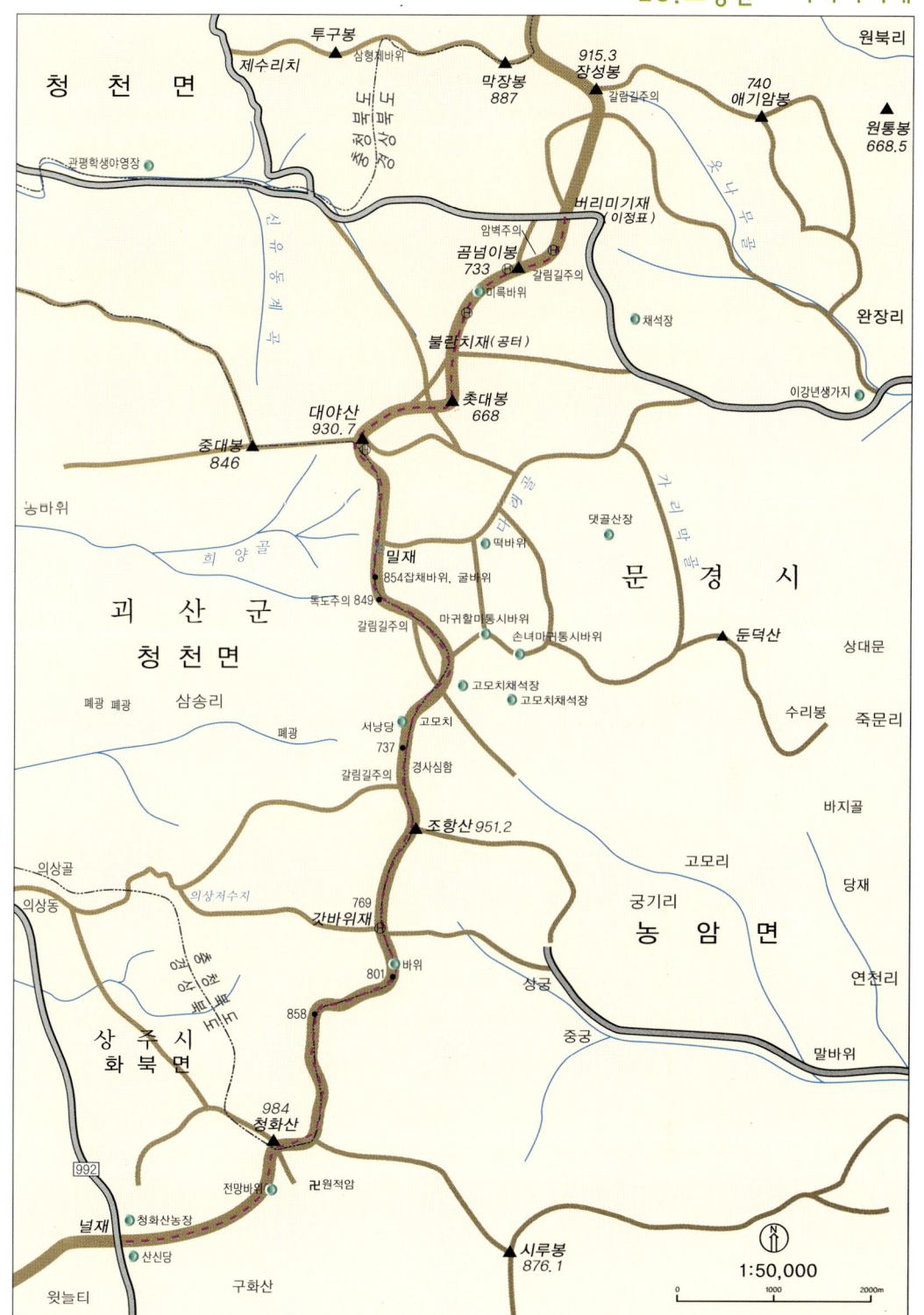

청천면

투구봉
제수리치
삼형체바위
막장봉
887

장성봉
915.3
갈람길주의

애기암봉
740

원통봉
668.5

원북리

완장리

관평학생야영장

신유유계곡

버리미기재
(이정표)

암벽주의

곰넘이봉
733
갈림길주의

미록바위

채석장

불란치재(공터)

촛대봉
668

이강년생가지

대야산
930.7

중대봉
846

농바위

희양골

괴산군
청천면

폐광 폐광

삼송리

폐광

댓골산장

떡바위

밀재
854잡채바위, 굴바위

톡도주의 849
갈림길주의

마귀할미통시바위
손녀마귀통시바위

문 경 시

둔덕산

상대문

수리봉

죽문리

고모치채석장
고모치채석장

서낭당
737

고모치

경사심함

갈림길주의

조항산 951.2

의상골

의상동

의상저수지

갓바위재
769

바지골

당재

고모리

궁기리

농 암 면

연천리

801
바위

상궁

858

중궁

말바위

상 주 시
화북면

984
청화산

널재

전망바위
원적암

청화산농장

산신당

구화산

992

윗늘티

시루봉
876.1

1:50,000

0   1000   2000m

N

출입을 거듭하면서 검은색 산과 묘한 조화를 이루어낸다. 질마재를 지나고 괴곡천을 지난다.

차는 백봉에서 37번 국도를 바꾸어 탄다. 마을은 안개에 잠들어 있으나 중키의 노란 은행나무 묘목들이 깨어나 있었고 안개는 바람에 실려 산을 타고 오르기도 하고 정적에 잠기기도 한다. 산, 마을, 개천, 다리, 마을어귀의 단풍나무, 안개는 이들과 더불어 유희를 하고 있었다. 금평에서 32번 지방도로를 갈아탄다. 화양천을 보고 화양구곡과 채운암이 있는 곳을 오른쪽으로 두더니 동으로 소백산맥 줄기를 향해 달려들어 간다.

태양은 초등학교 다닐 때 개기일식을 보기 위하여 그 전날 선생님의 지시에 따라 뿔 책받침을 하나씩 마련하고 운동장에 모여 눈을 가리고 보았듯이 한 무리의 구름 속에서 수은등처럼 원을 그리고 있었다.

차는 10시 정각에 경북 문경 가은읍 완장리에 있는 버리미기재에 도착했다. 산행은 애초에 의상저수지에서 조항산을 올라 버리미기재로 예정되어 있었으나 의상저수지에서 조항산 오르기가 만만치 아니하고 버리미기재 쪽에는 물도 먹거리도 없어 역으로 하기로 했다.

오늘의 주인공은 대야산(大耶山)이다. '耶'는 어조사 '야'이므로 대야산은 그냥 '큰산'이라는 의미일 것이다. 이 산은 충북 괴산군 청천면 삼송리와 경북 문경시 가은읍 완장리의 경계를 이루고 괴산군과 문경쪽에 각각 '선유동 계곡'을 거느리고 있다.

고산자 김정호의 대동여지도에는 대야산 밑 문경쪽에 '內仙遊洞'이라 기록되어 있는데 청천면 쪽을 외선유동 문경쪽을 내선유동이라 한다. 청천면 쪽의 선유구곡은 대야산에서 북쪽능선으로 가다가 상관령으로 가는 선유동 계곡에 있는 절경을 말하며 선유동문(仙遊洞門), 경천벽(擎天壁), 학소대(鶴巢臺), 연단로(煉丹爐), 와룡폭(臥龍瀑), 난가대(爛柯臺), 기국암(棋局巖), 구암(龜巖) 그리고 은선암(隱仙巖)을 말한다. 이는 조선시대 학자 퇴계 이황이 7송정이 있는 함평 李氏댁을 찾아갔다가 주변의 경치에 반하여 아홉 달을 돌아다니며 아홉 곡의 이름을 지어준 데서 유래한다. 문경쪽의 선유구곡은 대야산에서 동쪽으로, 둔덕산에서 북쪽으로 흐르는 계곡 따라 1.7킬로미터에 걸쳐 있으며 이 계곡의 아름다운 경승을 아홉 구비로 나누어 이름 붙였다. 가은읍 완장리에는 조선 숙종조 학자 이재를 기리기 위한 정자인 학천정 앞 큰바위에 仙遊洞門이라는 문구가 새겨져 있다. 이곳에서부터 계곡 위쪽으로 玉潟臺, 鸞笙瀨, 靈此石, 玉霞臺라 쓴 음각 글씨가 있으며 이 모든 글은 신라시대 대학자 고운 최치원의 친필로 전해지고 있다. 하여튼 벌바위, 무당소, 가마소, 용추(말씹소), 월영대와 큼직한 다섯 개의 술상바위! 가을 둥그런 달이 떠오를 때 문득 한 번 찾아가서 한 잔 막걸리에 취해야겠다.

10시 5분 경에 들머리에서 새로 구입한 잠바란 등산화끈을 느슨하게 조였다. 등산화끈은 오를 때는 느슨하게, 내릴 때는 단단히 조여야 한다. 10시 25분에 큰바위를 올라섰는데 675봉이다. 5분 뒤에 오륙 미터나 되는 로프가 매달려 있는 크랙 구간을 지나고 10분 뒤에는 누에모양을 하고 있는 봉우리에 도착했는데 733봉이다. 10시 50분에는 738봉인 '곰넘이봉'에 도착했다. 곰이 넘나들었다 해서 붙인 이름인데 그곳은 조망이 뛰어났다. 곰도 경치 좋은 곳을 골라 다녔던 모양이다.

여기서는 대야산을 중심으로 우측으로 청천면 선유구곡을 뒤에 품은 능선과 상관평 마을이 내려다보이고 좌측으로 활시위 모양으로 둔덕산을 이은 능선 사이로 문경의 선유구곡과 완장리 마을이 내려다보였다. 정작 대야산은 검은색을 띠고 망막 가득히 들어차는데 '山' 자 형상을 하고 있다. 이 모양은 한북정맥상의 국망봉에서 북서로 바라보는 가리산과 흡사했다. 대장군의 상반신 형상이다. 대야산 정상 가는 길은 '불란치재'를 너머 촛대봉에서 우측으로 꺾이면서 능선을 타더니 칼날 같은 정상부근의 예각삼각형 오른쪽 빗변으로 이어지고 있었다.

11시에는 미륵바위에 이르렀다. 그 바위는 미륵의 형상을 하고 있었다. 그 불력(佛力) 때문인지 11시 10분 불란치재에 도착할 때까지 푹신한 낙엽이 깔린 흙길을 밟을 수 있었다. 싸리나무는 칠팔월의 영화는 다 어디다 버리고 황갈색잎을 몇 아니남기고 죄다 떨구고 서 있었다. 불란치재는 좌우로 제법 널찍한 소로를 두고 있었다. 문경 완장리 마을과 청천면 상간평 마을을 잇는 옛길이다.

15분을 허위단심 오르막을 치고 나니 668봉인 촛대봉이다. 묘 1기가 있고 제법 너른 공터와 표지목도 있었다.

11시 30분에 큰 암봉이 가로막으며 10여 미터나 되는 슬랩에 로프가 매어 있었으나 로프는 가늘고 매듭도 영 신통치 않아 보여 그냥 클라이밍 다운을 했다. 암릉 중간지점에서 대야산 북동벽을 바라보니 3개의 인면상(人面像)이 '큰바위 얼굴' 을 하고 있다.

11시 50분에는 대야산 북동쪽 안부에 올라섰다. 가을바람이 가슴을 스쳐가고 회양산과 둔덕산이 좌우로 옹위를 하고 완장리 마을이 고요 속에 잠들어 있다. 그러나 그 사이로 보이는 채석장 때문에 시원하던 가슴이 답답해 온다.

5분을 가파르게 오르니 대야산 전위봉이다. 산 정상은 멀티비전처럼 다가오면서 아득해지는 것이 정신이 하나도 없다. 대야산 남동벽은 대여섯 개의 직육면체의 절리된 수직 절벽으로 전체의 느낌은 도봉산의 선인봉처럼 보였다. 천길 낭떠러지 밑에는 굴참나무와 단풍나무 군락이 사이좋게 자리를 하고 적, 홍색 단풍잎은 햇빛에 부서지고 눈이 부신다. 우측으로는 선유구곡을 숨긴 능선이 북으로 가는데 그 지능선 두 개는 각각 멋진 암벽을 두고 있다.

12시 5분에는 정상 북동벽, 즉 예각삼각형 빗변, 정상 턱밑에 도착했다. 그 유명한 100여 미터의 수직에 가까운 벽이다. 숨을 고르고 물을 한 컵 들이켰다. 바위와 나무뿌리와 흙이 뒤섞인 '나바론

**촛대봉에서 본 대야산,
북사면은 험준하다**

요새'였다. 로프가 간간이 매달려 있었는데 이론대로 로프에 의지
않고 발에 무게중심을 두고 로프는 보조로만 생각하려고 애를 썼
으나 여기서는 통하지 않았다. 우선 발 디딜 곳이 잘 안보였던 것
이다. 어쩔 수 없이 팔힘에 의지하여 로프를 잡아당겨 기어올랐다.

15분을 어기적거리고 난 후 직벽의 끝인 '말안장바위'에 올랐
다. 기가 빠지고 맥이 풀렸다. 정신을 차리고 보니 말잔등에 앉아
있고 '해발 880'이라는 표지목이 드러누워 있다.

12시 30분에 드디어 정상에 올랐다. '대야산 930.7미터' 표지석
과 서너 발자국 옆에 '밀재, 피앗골, 촛대봉'의 방향 표지목이 있
다. 어느 순간부터인지 날씨는 잔뜩 흐려 있었으나 얼마나 혼이 나
갔던지 하늘의 변화도 모르고 있었다. '圓의 中心'이었다.

북서로 군자산, 보배산이 북동으로 대간인 장성봉, 희양산, 백화
산 그곳에서 북으로 꺾여 이화령, 조령산, 조령이 한눈에 들어오고
동으로 벌바위마을, 용추골, 피앗골, 다래골이 개미 들여다보이듯

하며 남동으로 마귀할미통시바위에서 둔덕산으로 이어지는 능선
이 활시위를 그리면서 솟아 있다. 남으로 조항산, 청화산 넘어 속
리산 연봉이 빼어난 자태로 시야에 들어오고 서로는 낙영산, 도명
산, 화양구곡이 마감을 한다.

　가까이 남쪽을 보니 우측으로 중대봉(846미터)이 흰 빛깔의 수려
한 암벽으로 솟구쳐 있다(여태까지 청화산이나 조항산 쪽에서 본 하이
얀 멋진 봉우리를 '대야산'이라고 생각했던 것은 실은 중대봉이었고, 그
오른쪽의 조금 높은 거무튀튀한 산이 대야산이었다). 대야산에서 중대
봉을 잇는 능선 남벽은 표현하기가 어려운 아름다운 암벽으로 되
어 있었고 여기서도 또 하나의 인면상을 보게 된다.

　밀재를 넘어 할미마귀통시바위, 손녀마귀통시바위까지는 암릉
미의 극치를 보여주고 있다. 둔덕산이 그 아름다움의 여운을 능선
으로 이어가고 있었다. 그 뒤로 조항산이 겹치면서 청화산과 그곳
에서 갈라져간 시루봉이 도열하고 다시 속리산 연봉이 장막을 치
고 있다. 아름답다!

　로프를 잡고 오르내리고 세미클라이밍도 하면서 암릉을 통과한
후 가로 10여 미터, 세로 15여 미터 되는 탁구대를 세워놓은 것 같
은 바위를 지나고 큰 바위무리를 지나니 길은 좌측으로 내리막경

손녀마귀통시바위

사이고 곧이어 너럭바위가 나타난다. 언뜻 아래를 보니 '재'의 모습이 아니라 계곡으로 빨려 들어간다. 이건 아니다! 너럭바위에 쉼을 하고 있는 중년의 산꾼한테 '밀재'를 물었더니 위쪽 바위군에서 좌측 내리막길이 '밀재' 방향이란다.

기를 추스르고 다시 기어올라가 좌회전하고 몇 걸음 가니 '대문바위'라는 표지판이 있다. 10여 분을 허비했다. 12시 50분이다. 그 바위군락 꼭대기에는 대갓집의 솟을대문 같은 기암이 하늘을 배경으로 우뚝 서 있었다. 조금 내려오니 우측으로 집채만한 '고래등바위'도 보인다.

길은 정남으로 향한다. 10여 분을 키큰 참나무숲을 지나고 다시 10여 분을 소나무숲을 지나 1시 15분에 안부에 멈췄다. 허기가 지고 장소도 좋아 점심을 먹기로 했다. 잔뜩 찌푸렸던 하늘은 드디어 비를 뿌리기 시작한다. 소나무숲은 항상 좋다. 소주 한 잔으로 마감을 하고 나니 기분이 슬슬 좋아진다. 민 회장이 먼저 일어난다. 스르르 눈이 감기는데 배낭을 챙겨 일어섰다. 1시 55분이었다. 30미터쯤 내려가니 '밀재'였다. '밀재'를 코앞에 두고 점심을 먹은 셈이다. 지치고 허기지면 생각이 없어지고 판단력이 흐려진다.

2시 15분에 멋진 소나무가 있는 전망대에서 뒤돌아본 대간은 좌측 중대봉의 흰 암벽과 능선을 따라 우측으로 다섯 개의 암봉으로 이루어진 대야산이 시야에 온통 들어찬다. 5분 뒤에 역시 소나무 한 그루가 서 있는 봉우리를 지나고 2시 30분에 849봉 오르기까지 2개의 봉우리를 지나쳤는데 이들은 모두 한 그루씩의 소나무를 거느리고 있었다. 이 849봉에서 대간은 90도로 좌회전하여 889봉에 있는 마귀할미통시바위까지 동진을 하다가 동남진을 한다. 여기서는 남쪽을 보아야 한다. 조항산이 왼쪽으로 비켜 청화산을 업고 속리산은 오른편으로 한 겹 넘어 하늘금을 긋는다.

하늘은 잿빛이고 산은 검은색, 가까이 소나무빛과 단풍빛이 거드는가 싶었는데 멀리 속리산이 한 무더기의 흰색의 운무를 칠팔부 능선에 수놓고 있다.

2시 40분에 전망대바위, 2시 45분에는 바위와 10여 그루의 소나무가 어우러진 854봉, 2시 50분에 굴참나무가 잎을 모조리 떨군 봉우리, 2시 57분에는 소나무 2그루가 서 있는 봉우리를 지나쳤다.

이 봉우리들을 지나치면서 좌측으로 둔덕산으로 이어지는 능선의 암릉 일부를 눈여겨보아야 한다. 밀재에서 문경쪽으로 난 '다래골' 상류에 '떡바위'가 있다. 지름 15미터 높이 10미터쯤 되는 이 바위는 티롤형 모자를 벗어놓은 것 같기도 하고, 피라미드 모양으로 만든 축하케이크 같기도 한데 여기에서 정남으로 1킬로미터 떨어진 능선 위에 마귀할미통시바위와 손녀마귀통시바위가 오륙백미터 간격을 두고 위치하고 있다. 이 두 바위는 엉덩이는 북으로 두고, 남으로 머리를 숙이고 용을 쓰고 있다. 차이라면 앞의 마귀할미 엉덩이는 말똥구리 뒷부분처럼 크고 손녀마귀 엉덩이는 날렵한 것이다. 어떻든 할미가 뒤를 본 것이 바로 떡바위인 것이다. 자연의 조화와 이를 이해하는 인간의 절묘함! 자연과 인간은 동일체다!

3시 정각에 889봉, 즉 마귀할미통시바위를 코앞에 두고 갈림길에 도착하였고, 여기서 대간은 직각으로 우회전한다. 남은 소주 한 잔을 마시고 경치에 취한다. 근경으로 조항산이 검은색으로 다가

오고 그 능선 뒤로 청화산에서 시루봉으로 이어지는 능선이 펼쳐진다. 그 한 겹 너머 속리산군이 하늘금을 긋는다. 하늘에는 맨 위층에 비를 머금은 검은 구름이 깔려 있고, 태양은 그 속에 숨어서 서너 가닥 빛을 원추형으로 내리쏟고 있다. 산군의 하늘금 위에는 회색구름이 깔려 있다. 여기에 하얀 색깔의 운해가 시루봉, 청화산, 조항산, 속리산군 각각의 칠팔 부에 감돌고 있었다.

모든 것이든 어느 것 하나이든 너무 취하면 눈이 감긴다. 3시 10분에 고모치 가는 중간쯤에서는 좌측으로 볼 일이다. 대간 좌측으로 마귀할미통시바위와 손녀마귀통시바위 어름에서 남으로 흘러내린 세 가닥 지능선은 아래로 내려올수록 절묘한 암릉의 미를 연출하고 있었다. 그러나 갑자기 울화가 치밀어오른다. 좌측 멀리 산의 칠팔 부 아래로 채석장이 지금도 굉음을 내고 있었다. 벌써 몇 개의 고래등 같은 바위를 깔아뭉갰는지 모를 일이다. 좌측 가까이는 오륙 부 아래로 채석장이 자리하고 있는데 쥐새끼소리 하나 아니나나 이미 대간 50여 미터 옆에까지 파고들었다. 우측 멀리 889봉에서 내린 지능선상에는 또 하나의 채석장이 그 멋진 암벽을 삼켜버린 지 오래다.

손녀마귀통시바위에서
본 고모치 채석장

3시 20분에 고모치에 떨어졌다. 여기에는 서낭당이 있다. 백두대간 북진중에 처음 만나는 서낭당이다. 백두대간상에는 6개의 서낭당이 있다. 경북 문경시 농아면과 충북 괴산군 청천면을 잇는 고갯마루인 고모치, 경북 문경시 가은읍과 충북 괴산군 연풍면을 잇는 고갯마루인 은티재와 지름티재, 경북 영주시 단산면 좌석리와 마락리를 잇는 고치령, 경북 봉화군 물야면과 춘양면을 잇는 박달령, 강원도 태백시 혈동에 위치한 사길치가 그것이다.

마을 어귀나 고갯마루에 원추형으로 쌓아놓은 돌무더기가 서낭당인데 신수(神樹)와 돌무더기가 복합된 경우, 돌무더기만 있는 경우, 신수와 당집이 복합된 경우, 입석이 복합된 경우 등이 있는데 보통 서낭나무가 있는 경우에는 천조각을 늘여놓는다. 서낭은 마을 수호신, 풍요신, 조상숭배신앙을 두루 갖추고 있다. 서낭당을 지날 때는 까치발로 세 번 뛰어야 한다는 속신(俗信)이 있다. 여행의 안전을 비는 것이다. 오른쪽에 희미하게 돌무더기가 있고 신수 비슷한 큰 나무도 있어 틀림없이 서낭당이다 싶어 까치발로 세 번을 뛰었다. 좌우 길섶에는 구절초가 흐드러지게 피어 있다.

3시 25분에는 737봉을 오르고 급경사 오르막을 치니 3시 30분에 조항산 전위봉에 도착했다. 이곳은 대간과 의상저수지 탈출로의 갈림길이다. 4시 50분에 의상저수지에 이르고, 5시 20분에 삼송교에서 끝을 맺었다.

버리미기재 ▶ 장성봉 ▶ 악희봉 ▶ 은티재 ▶
구왕봉 ▶ 지름티재 ▶ 희양산 ▶ 은티마을

수려한 암릉미

2001년 11월 4일!

오전 7시 반에 버스는 사당역을 출발하였다. 동절기 산행은 일찍 시작하여 일찍 끝내는 것이 수칙인데 산악회에서 해가 늦게 뜬다는 이유로 30분을 뒤로 늦추었다. 이것은 잘못된 것이라는 지적에 다시 '사당 7시'로 환원되었다.

8시 40분에 음성휴게소, 9시 30분에는 증평을 지나고 삼기천을 따라가면서 왼편으로 개천을 건너 단풍이 물든 산록을 따라 충북선 열차가 북동으로 멀어져 간다. 회룡곡과 문방천을 지나면서 괴산군 쪽의 산군들은 먼 곳에서부터 회색에서 검은색으로 다가오다가 가까운 곳에서는 단풍이 보이고 그 적황색의 단풍들은 푸름과 더불어 은은하고 수수하게 온통 산을 수놓고 있다.

'질마재'를 넘어갈 때는 잣나무의 노란 단풍이 초등학교 '도화' 시간에 물감으로 가을 산을 그리던 때를 떠올리게 한다. 운곡, 부흥, 월문, 금평을 지나면서 산은 산대로 물은 물대로 그 최고의 멋을 부리고 있었다. 정신을 빠뜨리고 멍하니 차창을 응시하고 있는

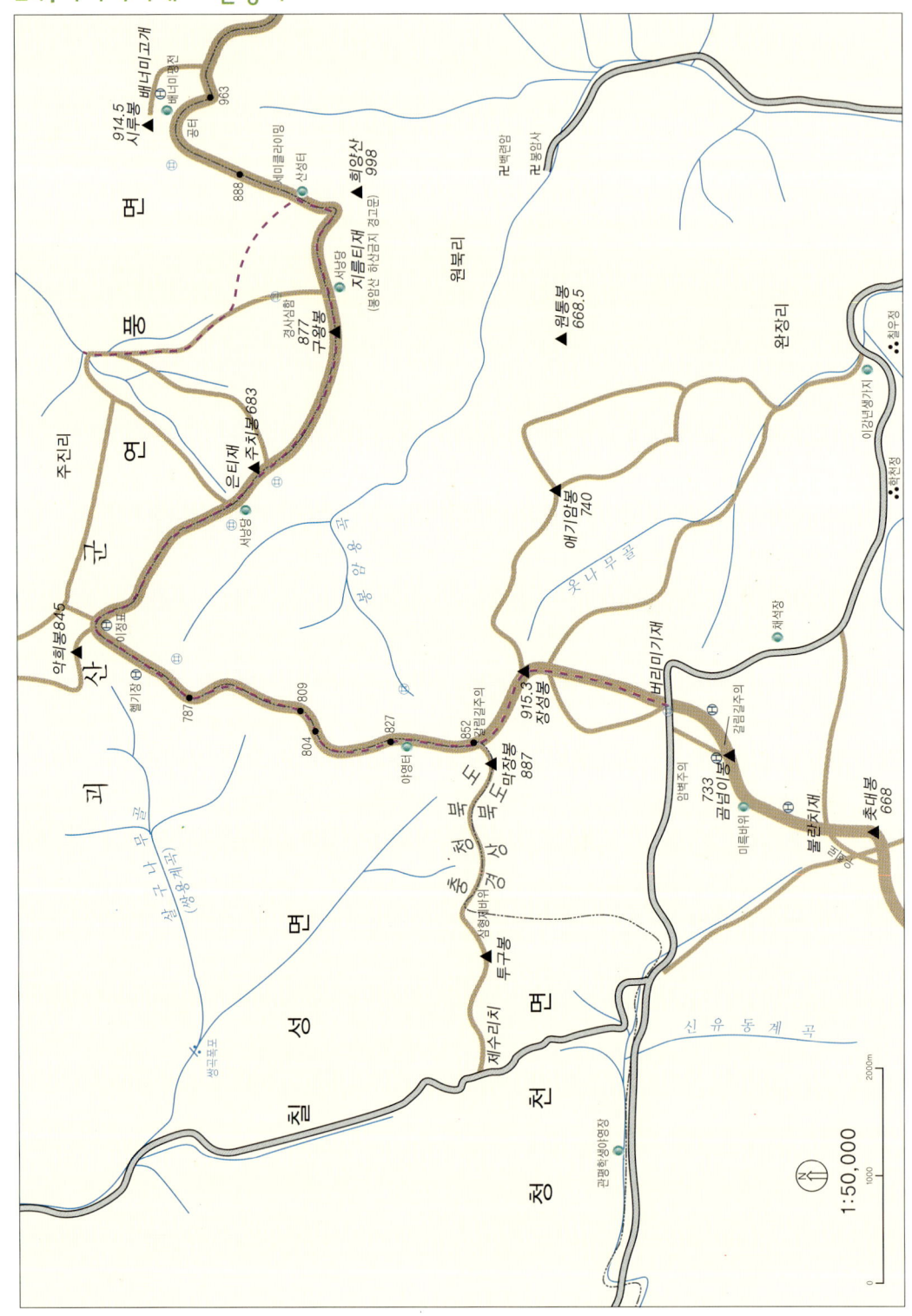

배너미고개
914.5
시루봉
963
공티

흑악산 998
관벽리암
관음사

888
에미클라이밍
산성터
서낭당
지름티재
(봉암산 하산금지 경고판)

편

월봉리

월봉
668.5

구왕봉
877
경서함
서낭당

주진리

은티재
주치봉683
연
서낭당

한장리

애기암봉
740

1.강.년생가지

의취봉846
이정표
신
헬기장

옷나무골

버리미기재

787
804
827
804
809
852
가림길주의
915.3
장성봉
가림길주의
제석장

괴
산

도막장봉
887
함배주의
733
곰넘이봉
마틀바위
불란치재
촛대봉
668

아역티

성

장
황배바위경우
제수리치
두구봉

신유동계곡

칠

천

편

관음휴양아영장

1:50,000
2000m
1000
0

데 민 회장 왈 "너는 산의 외면만 보고 정신을 못 차리는데 산은 내면을 보아야 한다. 유혹하는 아가씨의 미소와 손자를 안은 할머니의 미소를 구별할 줄 알아야 한다". 단풍에만 취해 있을 게 아니다. 생각을 다듬어야 되겠는데 잘 안 된다.

'새터말'을 지나서는 박대천을 따라가다가 북동으로 달천천과 동쪽의 화양천으로 갈라지고, 32번 국도는 우측으로 화양구곡 좌측으로 선유구곡과 그 북동으로 쌍곡구곡을 숨기고 있다. 왼편의 한 무더기의 끝없이 이어지는 산들은 옥녀봉(604미터), 군자산(827미터), 투구봉, 막장봉(868미터), 장성봉(915.3미터)으로 이어지는 산군들이다. 증평에서 '버리미기재' 사이에 터를 잡고 사는 사람들은 신선들과 함께 산다.

10시 30분에 버리미기재를 들머리로 하여 10시 55분에 20여 미터나 되는 바위 크랙을 올라서니 11시에는 오른쪽으로 흰 바위덩어리의 희양산이 얼굴을 내밀고 좌우로는 막장봉과 애기암봉으로 가는 능선이 바위협곡을 이루고 있다.

11시 15분 경에 봉우리에 올라 장성봉인 줄 알았더니 아무런 표지가 없다. 아무리 둘러보아도 대간으로 이어지는 맥이 보이지 않는다. 100여 미터 북서방향으로 비슷한 높이의 봉우리가 정상이었다.

정상에는 '백두대간 장성봉 915.3미터' 표지석이 있었다. 장성봉은 관평리의 숯가마골에서 보면 중국의 '만리장성'처럼 보인다 해서 붙인 이름이다. 그 두 개의 봉우리는 지리산의 반야봉과 흡사하다. 좌측으로는 막장봉과 통천문을 지나 삼형제바위 능선에서 흘러내린 암벽이 절벽을 이루고 그 기암들과 능선에 얽힌 노송들은 한 폭의 그림이었다. 우측으로 애기암봉(740미터)으로 이어지는 능선도 이에 뒤지지 않았다. 대간은 북서로 내리막능선을 이루고 그제야 대간이 뚜렷이 악희봉을 축으로 삿갓모양을 하고 있는 것이 보였다.

좌측 막장봉 능선 갈림길이 있는 삼거리를 지나 11시 35분에는

877봉에 이르고, 11시 55분에는 바위 사이로 교묘하게 길이 나 있는 암봉을 지난다. 852봉이다. 남동쪽에서 세차게 불어오는 바람은 괴기하고 음산하였다. 끈 달린 모자는 자꾸 손길이 가는데 벗어버리려다가 체온의 60%가 머리에서 빠져나간다기에 오히려 모자를 깊숙이 눌러 썼다.

12시 5분 경에는 적송 한 그루, 다음에는 굵은 노송 군락, 세 번째 네 번째는 암봉으로 된 봉우리 네 개를 넘었다. 제일 처음의 높은 봉우리가 827봉이다.

12시 15분에 804봉, 12시 25분에 809봉을 지나쳤다. 그 봉우리들은 아래로 바위절벽이었는데 각각 노송 두 그루를 곁에 두고 있었다. 12시 35분에 787봉을 넘어서니 북으로 대간을 비켜 우에서 좌로 악희봉(940미터), 암봉, 시루봉이 눈 가득히 들어찬다. 이 능선은 칠보산(778미터)으로 이어지면서 쌍곡구곡을 일구어낸다. 이 세 개의 봉우리는 북한산의 숨은벽 암릉에서 바라본 인수봉, 백운대, 만경대와 크게 다르지 않다. 다만 인수봉 노릇을 하는 '암봉'이 가운데 있는 것이 틀린데 시루봉은 백운대이고, 악희봉은 만경대며,

그 사이에 암봉이 인수봉이다. 쌍곡은 대간과 막장봉 사이에서 흘러내리는 스무살이계곡과 대간과 악희봉 능선에서 흘러내리는 살구나무골을 이름하며 이 두 골이 합쳐 속리산국립공원의 쌍곡계곡 지역을 만든다.

12시 45분에 헬리포트를 지나고 12시 55분에는 소나무군락이 있는 봉우리, 1시 5분에 소나무 한 그루가 있는 봉우리를 좌측에 두고 우회하니 우측으로 묘 1기가 나타나고 1시 7분에는 악희봉 갈림길인 삼거리에 도착했다. 821봉이다.

언제 다시 오겠는가? 악희봉을 지나칠 수는 없었다. 1시 10분에 악희봉 오름길 중간에 '악희봉 선바위'(일명 '미륵바위'라고도 한다)가 길옆에 있다. 높이가 칠팔 미터나 되고 지름이 2미터쯤 되는 보살이 합장을 하고 서 있는 모습이다. 노송군락에 에워싸여 북쪽은 벼랑을 이루고 있는 선바위를 지나 가파른 바위지대를 올라 1시 15분에 악희봉에 올랐다. 가로 10센티미터 세로 50센티미터쯤 되는 화강암 돌비석에 '악희봉 845미터'라고 적혀 있다. 정상은 10여

선바위(일명 미륵바위)

평의 반석으로 정상 북쪽과 동쪽은 수십길 절벽이었다.

원의 중심이다! 사방은 산맥과 그 지능선들이 겹겹이 층을 이루어 마치 해일을 동반한 거대한 파도처럼 일렁거린다 눈시울이 촉촉해진다. 다른 것은 다 생략하더라도 북서로 덕가산으로 이어진 능선, 북동으로 821봉에서 백미산을 잇는 능선과 동남으로 희양산에서 내려진 능선이 초록, 노랑, 적황색, 갈색, 적색이 뒤엉켜 불타고 있고, 그 사이에 연풍면 적석리의 입석마을과 삼풍리와 행촌리 마을이 그림처럼 숨을 죽이고 있는 것은 빠뜨리지 않았다.

악희봉을 오르다가 먼저 보고 내려가는 왕 상무에게 민 회장을 만나거든 '기다려 달라' 고 부탁했는데 1시 20분 경에 민 회장과 조우하게 된다. 이제는 둘이다! 산길은 혼자일 때와 둘일 때 그 각각의 느낌은 특이하다.

1시 30분에 기암괴석과 노송이 어우러진 능선을 지나 1시 35분에 820봉에 올랐다. 여기서는 북으로 눈을 돌려야 한다. 악희봉 갈림길인 사거리 821봉은 북으로 675봉에서 백미산으로 이어지면서 왼편으로 적석리 입석마을을 만드는데 여기서는 그 능선의 초입 안부를 지나 동으로 대간과 평행선으로 689봉을 일군 뒤에 북동으로 642봉으로 흘러가는 능선이 그 사이에 '은티마을' 을 이루어 놓

조항산에서 본 구왕봉, 희양산(앞능선은 애기암봉과 원통봉).

는다. 보아야 할 것은 대간과 평행선을 달리는 그 능선의 기묘함이다. 기암괴석, 능선 위의 소나무, 산사면의 단풍에 눈이 어지러운데 이는 설악의 용아장성릉이다.

　1시 55분에 722봉을 지나 전망대바위에서 도시락을 풀었다. 오곡밥에 멸치젓, 부침개, 김, 된장, 피망, 양파, 청양고추 그리고 山소주도 한 병 꺼냈다. 산에서는 경치 좋은 곳에서 점심을 먹어야 한다.

　여기서는 남으로 장성봉에서 동으로 가지를 친 애기암봉(740미터)과 원통봉(668.5미터)을 잇는 능선을, 그리고 동으로 대간 진행 방향으로 구왕봉과 희양산을 봐야 한다. 애기암봉 능선은 검은색으로 다가오고 그 뒷편에 대야산에서 둔덕산으로 이어진 회색능선을 배경으로 두고 있다. 조항산은 북한산의 보현봉처럼 이들을 엿보고 있고, 구왕봉은 왼쪽 오륙 부 아래로 산사면에 흰 암장을 두고 있으며, 그 뒤로 희양산의 수백길 흰 암장이 동쪽과 남서쪽으로 절벽을 이루며 뻗어내리고 있었다.

　온 산은 초록, 황색에서 적색까지 다양한 색깔을 내면서 서로 뒤엉켜 불타고 역광을 받은 애기암봉 능선의 산사면 단풍잎들은 여기서도 한 잎 한 잎 셀 수 있었다. 눈 아래는 봉암사 10리 계곡인 '봉암용곡'(鳳巖龍谷)은 명주실처럼 반짝이고 있었다. 정상주도 마다하고 민 회장이 먼저 출발하고 나는 두서너 잔의 소주와 경치에 꿈속을 헤매다가 2시 30분에 다시 깨어났다.

내리막길 슬랩 구간은 위험하였다. 안부를 지나고 봉우리에 서니 3시. 이제 정동으로 보이는 구왕봉의 왼쪽 산사면과 희양산 북서쪽의 흰 암장은 백색의 단애로 그랜드캐년처럼 보인다. 3시 5분에는 '은티재'에 이르렀다. 서낭당 흔적이 있고 '안내문… 일반인의 출입금지, 위반시 산림법 운운, 문경군수 봉암사 주지' 팻말이 있었다.

3시 10분 경에는 소나무 한 그루가 있는 주치봉(683미터)과 묘 1기를 지난다. 구왕봉 오르는 길은 지루한 오르막이었다. 3시 25분에 소나무를 이고 있는 봉우리를 지나니 전망대바위다. 멀리 조항산과 대야산을 뒤에 두고 애기암봉 능선은 청회색 하늘을 배경으로 한 더미의 구름 뒤에 숨은 태양이 위로는 수은빛을, 아래로는 주황빛을 스펙트럼처럼 발산하고 있었다. 구왕봉의 왼편 산사면과 희양산 북서의 흰 암장은 그 바위능선 1~2부를 온통 소나무가 띠를 두르고 정상은 괴이한 사각형 모양을 하고 있었다.

3시 40분에는 그 이상한 봉우리가 제모습을 드러낸다. 용의 머리를 북서로 두고 꼬리를 봉암사 쪽으로 둔 형상이다. 지증대사는 봉암사를 창건할 때 절터 연못의 큰 용을 신통력으로 구왕봉 쪽으로 쫓아버렸다. 용의 목 언저리를 걷는 기분은 청록파 시인 박목월의 '구름에 달 가듯이 가는 나그네'이다. 3시 50분에 정상에 오르니 '괴산의 명산 구왕봉, 해발 898미터'의 정상 표지판이 있었다. 바로 앞 희양산의 거대한 흰 암장이 눈에 가득 찬다. 기가 질린다. 4시에는 위험하고 경사가 급하여 오금이 저린 바위협곡을 무사히 빠져나와 4시 5분에 소나무군락이 있는 '지름티재'에 닿았다. 참나

무 같기도 한 가느다란 그러나 키가 큰 신수(神樹) 한 그루에 지름 2미터 정도의 돌무더기를 둥그렇게 쌓아놓고 나무에는 흰줄을 둘렀다. 서낭당이다! 열심히 메모를 하고 있는데 안부 오르막에서 누가 나를 부르는 소리가 들린다. 민 회장이다. 다시 만나게 되었다.

참나무 숲길을 한참 갔을까, 4시 15분에는 가로 10미터 세로 8미터나 되는 시루떡같이 생긴 바위가 앞을 가로막아 돌아 오르니 널찍한 공터에 노송이 팔을 두 번 벌릴 정도의 밑둥치에서 위로 일곱 층의 가지를 치고 있었다. 희양산 정상을 북서쪽으로 오르는 이 길은 북한산 비봉능선을 타다가 문수봉을 오르기 위하여 우측으로 세미클라이밍 하는 곳과 흡사하다. 북한산은 문수봉을 좌측으로 우회하는 청수동 암문으로 오르는 길이 있는 것이 다르다. 이곳에서는 희양산 북서벽 100여 미터가 넘는 바위를 타야만 되는 것이다. 멋진 바위와 노송이 있는 곳에서 20여 미터를 갔을까 고개를 들어보니 끝이 안 보이는 바위절벽이 앞을 가로막는다. 바위에는 희미한 발자국과 가느다란 흰줄이 보이는 둥 마는 둥 한다.

마음을 단단히 먹고 우선 바위에 붙었다. 첫 피치는 20여 미터나 되는 로프가 걸려 있었고, 두 번째 피치는 까치발을 해야 손이 닿을락말락하는 두 가닥 세 가닥으로 해어진 5미터쯤 되는 로프가 걸려 있었다. 세 번째 피치는 2미터가 넘는 턱바위였다. 턱바위는 발 디딜 홀더는 있었고 위에는 오른손으로 쥘 수 있는 턱이 있었으나 왼손으로 크랙을 잡았을 때 배낭이 왼쪽 바위에 걸려 균형을 잃을 뻔했다. 뒤따르는 민 회장은 잘 하고 있었다. 슬랩을 돌아가니 50여 미터나 되는 굵은 로프가 소나무들이 있는 능선 위에까지 매달려 있었고, 오른쪽 바위 크랙을 보니 긴 로프가 아래로 매어 있다. 우리는 험난한 코스로 올라온 것이다.

4시 5분에 능선 안부에 섰다. 희양산(曦陽山)은 이곳에서 동남쪽으로 난 완만한 오르막을 올라야 한다. 바위능선을 타고 150여 미터를 가니 정상이다. 기암괴석 사이로 분재같이 아름다운 노송이 자리하고 있었다.

희양산 북쪽은 참나무수림에 가려 시루봉의 일부만 보이고 남쪽은 아찔한 절벽이었다. 그 아래 봉암사 대웅전과 백련암이 청기와를 이고 있었다. 희양산은 충북 괴산군 연풍면과 경북 문경읍 가은읍 경계를 이루고 있으며 거대한 화강암 바위덩어리 하나로 이루어진 수백길 되는 낭떠러지가 병풍처럼 동남서로 둘러 있다. 봉암사쪽 등산로가 1982년 이후 폐쇄된 후 남동벽의 암벽등반도 금지되었다.

봉암사(鳳巖寺)는 신라 헌덕왕 5년(879년)에 지증대사가 창건한 신라 구산선문 중의 하나이다. 지증대사가 절을 세울 당시 봉암용곡에 있는 백운곡의 계암(鷄岩)에서 닭 한 마리가 새벽을 알렸다고 해서 붙인 이름이다.

5시 5분에 서쪽으로 하늘, 구름, 노을과 태양빛이 어우러져 있다. 능선안부로 되돌아나와 북으로 능선을 따라가니 5시 10분에 산죽밭이 시작되고 높이 1.5미터에 폭 1미터쯤 되는 성곽이 보이는데 어림잡아 2백여 미터쯤 되어보인다. '희양산성'이다. 오늘은 산성 중간에 좌측으로 리본이 많이 달린 곳에서 직각 좌측 내리막

봉암사와 희양산

을 통하여 은티마을로 하산하여야 한다. 사위는 차츰 어두워지고
단풍나무, 물푸레나무, 참나무, 피나무 등이 숲터널을 이루고 있는
내리막을 10여 분쯤 내려왔을까 우측으로 고래등 같은 바위들이
연이어 5분 동안 계속되더니 결국 성에 차지 않았던지 소나무들을
이고 있는 20여 미터의 수직암벽이 병풍처럼 도열하는데 그 장관
은 5분간 계속되었다. 빠른 걸음이었으므로 거리상으로는 600여
미터가 족히 된다. 이후는 우로 송림이 계속되고 좌로는 구왕봉과
희양산 사이의 협곡이 짙은 검은색으로 다가온다.

　5시 40분에 합수점에 닿고 산골은 어둠에 싸인다. 5시 45분에 발
왼쪽으로 둑이 무너진 길을 가는데 하얀 억새가 어둠 속에서 하늘
거리고 새털구름은 제트기가 지나간 것처럼 두 가닥이 방사선 모

양으로 시커멓게 하늘을 수놓고 있었다.

　다리 밑 개울에서 몸의 소금기를 씻어내었다. 어둡고 시간도 없어 은티마을의 그 유명한 '남근석'은 결국 보지 못하였다. 은티마을은 그 형상이 여자를 상징하는 곳의 오줌보를 닮아 큰비가 오면 항상 물난리가 나기 때문에 그곳에 해당하는 마을 한복판에 남근석을 세웠는데 그 후로는 수화를 면하였다 한다.

　단풍은 겨울 추위를 이기기 위하여 나무들이 더 이상의 생장을 중단하기로 하고 광합성 작용을 한 초록으로 보이게 하던 엽록소를 파괴시킬 때 그 속의 노란 색소나 화청소라는 새로운 색소가 나타나 노랗게 또는 붉게 보인다. 붉은 당단풍도 현란하지만 숲속의 가지숲에 남은 마른잎, 산 속에 소복이 쌓여 가는 낙엽들, 뒤늦은 참나무 숲의 갈색과 이깔나무숲의 노란색들이 소나무의 초록빛과 어우러져 일구어내는 이런 한적한 가을산이 더 마음에 든다.

　나무나 숲은 사람과 떨어져 있을수록 순수함을 유지한다. 소나무는 그 강직함과 변하지 않음이 최고의 덕인데 오늘 버리미기재에서부터 희양산 그리고 은티마을까지 이렇게 수도 없이, 그것도 절묘하게 자리한 것을 보기는 처음이다.

배너미평전의 수수께끼

2001년 11월 18일 오전 7시!

사당역 부근, 사위는 서서히 어둠을 걷는다. 어제 바둑대회 뒤치다꺼리를 하고 동문들끼리 뒤풀이할 때 먹은 술이 아직 덜 깨어 충주를 지나 이화령에 도착할 때까지 곤하게 잤다. 잠결에 문득 바라본 차창 너머 들판은 계절이 또 한 차례 허물을 벗고 있었다. 감나무에는 까치밥 두어 개가 꼭대기에 매달려 있고, 논두렁 태우는 연기가 수직으로 곧게 올라간다.

3번 국도가 지나는 이화령은 추풍령과 죽령 사이의 큰 고개로 옛날 '이우리고개' 라고 하다가 1925년 신작로가 개통되면서 '이화령' 의 이름을 얻었고, 현재 고개 밑으로 터널공사가 완공되어서인지 오가는 차량이 거의 없다. 11시 15분에 이화령 휴게소에서 남쪽 군부대로 난 계단을 오르기 시작한다.

오늘 산행은 은티마을에서 희양산성 오름이 너무 힘들어 역으로 이화령에서 남하하기로 하였다. 산세는 백두대간상에서 특이한 모습을 하고 있다. 소백산에서 남서로 뻗어가던 백두대간이 이화령

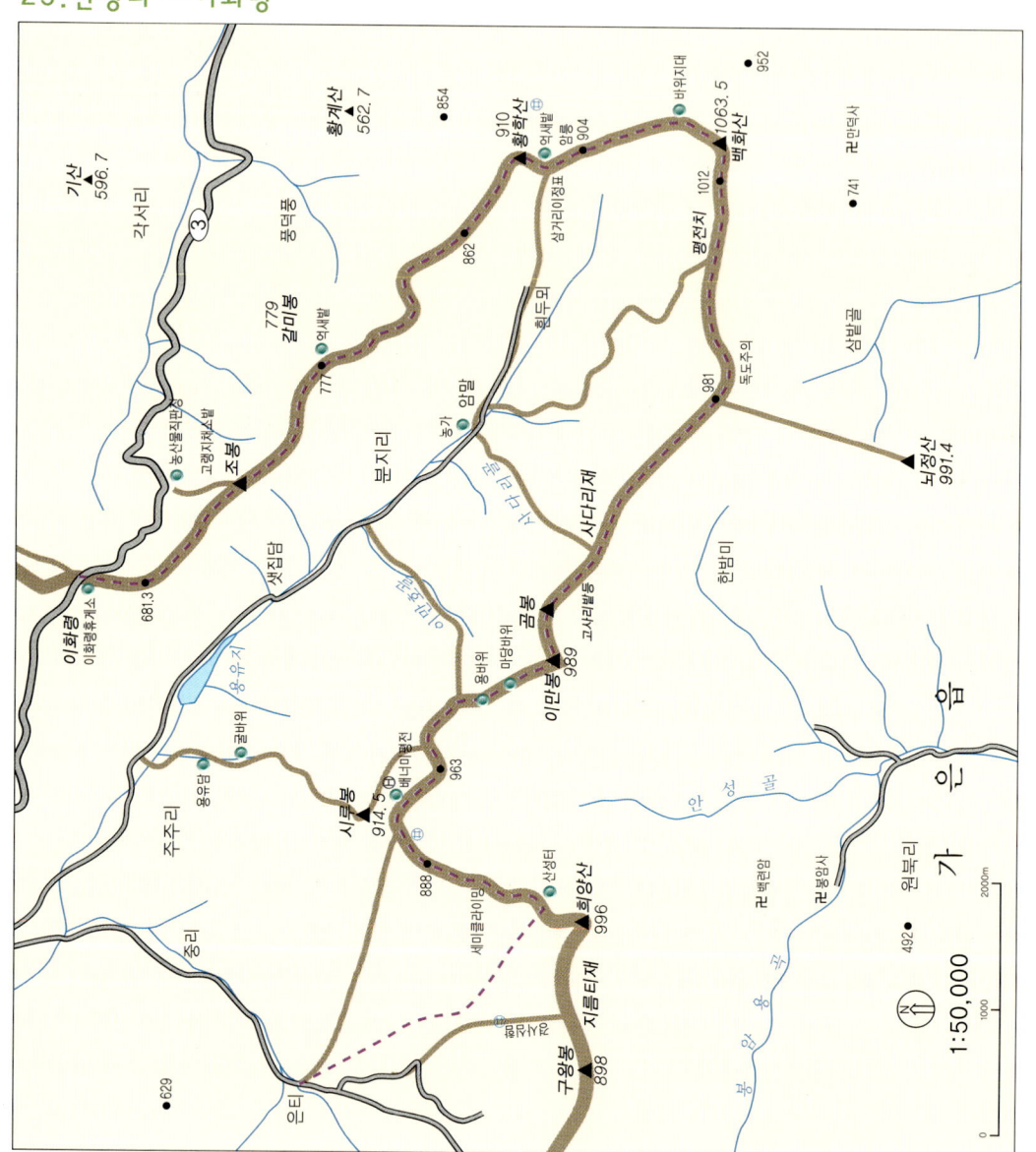

가산
596.7

각서리

황계산
562.7

●854

910
황학산
⊕ 여새벌
임골
904

바위지대
백화산 1063.5

●952

군민덕사

용덕봉

삼거리이정표

●862

평전치 1012

●741

동봉
갈미봉 779

⊕ 여새벌
777

농가 임골

흿두머

산볼골

농산물직판장
고랭지채소밭

분지리

신선봉유지

독도주의 981

보정산
991.4

이화령
이화령휴게소

681.3

샛질담

소나무봉

사다리재

한밤미

용유지

동골

고사리밭등 989

용구리

옹배위 미당바위

이만봉

주주리

용유담

굴바위

시루봉
914.5

베네미골전

963

안성골

관백련암

관룡암사

중리

888

세미골라인암

산성터

회양산 996

원목리

●492

용굴바위

구황봉
지름티재 898

관용굴

N

이티

●629

1:50,000

0   1000   2000m

에서 남동으로 내리다가 백화산에서 다시 북서로 올라 시루봉에서 남서쪽의 희양산으로 내리는 'u' 자 모양, 즉 남근형태를 하고 있는데 한반도의 북서쪽 두만강에서 남동방향의 영일만 구룡포를 향하고 있다.

이 구간은 겉보기에는 유순한 모습을 하고 있으나 속내는 수많은 암릉과 절벽 등이 어우러져 있고 수림이 가득하며, 특히 이화령에서 백화산, 시루봉에서 백화산으로 달리는 평행선 사이, 즉 연풍에서 안말에 이르는 30여 리의 골짜기는 임진왜란 때 이만 여 가구가 피난을 하였다고 전하여지고 있다. 맨 안쪽의 안말은 분지로 분화구의 핵처럼 보이는 곳이다. 한두뫼, 안말이 있는 분지리는 백화산과 시루봉 사이의 지능선에서 흘러내린 마구리골, 안골, 가운데골, 절골, 사다리골, 이만이골이 차례로 모여 이루어진다.

10시 30분에 군부대를 지나 681.3봉을 지나고 11시에는 조봉을 지나니 헬리포트가 나타난다. 천지에 이깔나무가 수해를 이루고 11시 7분 헬리포트가 있는 777봉을 지나니 억새밭이 펼쳐진다. 억새밭을 지나 노란잎을 단 짙은 이깔나무숲이 마치 그림이나 사진에서 본 백두산 아래의 삼림지대를 연상케 한다.

일제시대 삼림수탈시기를 지나고 육이오를 거치면서 황폐된 우리 산하는 1960년 이후 대규모 조림사업시기를 맞는데 이때 인공림의 수종으로 낙엽송이 식재되었다. 잣나무, 소나무, 낙엽송 등은 침엽수로 잣나무나 소나무는 사시사철 푸르다 하여 상록수라 하고 같은 침엽수이면서 가을이 되면 노랗게 낙엽이 지는 것을 낙엽송이라 한다. 낙엽송은 북한이 고향인 한대성 수종인 재래종이 있고 1904년 일본에서 도래한 '일본원산 낙엽침엽수'가 있는데 이들을 두고 잎을 간다 하여 '잎갈나무' 그리고 발음을 따라 표기하여 '이깔나무'라고도 한다. 재래종이 아닌 이깔나무는 우리나라 해변을 제외한 중부 이남에 자라고 있다. 높이 30미터 직경 1미터까지 자라는데 가지가 수평으로 뻗고 줄기가 굽는 일이 없으며 토양이 나

쁘거나 건조하면 자라지 못하고, 특히 공해에는 견디지를 못한다. 그러므로 주로 큰 산의 산록이나 계곡 주변에 군락을 이루어 살고 있다.

11시 10분에는 왼쪽으로 갈미봉 가는 갈림길을 지나고 오른쪽으로 소나무군락과 이깔나무 군락을 스쳐지나 전망대에 올라 뒤돌아본다. 맨 우측으로부터 주흘산 영봉(1,075미터), 주흘산 정상(1,106미터), 부봉(880미터)과 그 암봉군이 누에가 꿈틀거리듯, 용이 승천하기 직전 숨을 고르듯 일촉즉발의 형상을 하고 그 뒤로 왼쪽에서 희미하게 월악산이 이 모든 모습을 엿보고 있었다.

11시 25분에 길옆 좌측에 절벽을 이루는 회랑지대를 지나 784봉과 862봉을 오르고 내려 11시 30분에 우측으로 분지리의 흰두뫼와 좌측으로 각서리로 가는 이정표가 있는 사거리에 닿았다.

허위단심 오르막을 친 끝에 '황학산 910미터'라는 60여 센티미터의 표지석이 타원형 좌대를 타고 앉아 머리에는 작은 돌 서너 개로 얹어 만든 탑을 이고 있는 황학산에 올랐다. 11시 45분이다.

정상 내리막 왼편의 산사면부터 골짜기를 건너 오르막 산사면까지 수만 평은 억새밭이 펼쳐지고 있었다. 그 산록에는 칠팔십 센티미터쯤 되는 이깔나무 묘목이 노란 잎을 달고 있었다. 이깔나무 묘목 재배단지였다. 그 산록의 골짜기는 문경역이 있는 오시골로 내려가며 중간에는 샘이 하나 있다. 904봉에 올라 12시 10분에 자리를 뜰 때까지 십여 분을 그 황홀한 광경에 넋을 잃고 뒤돌아보았다.

12시 13분에는 잘 정돈 된 헬리포트에 오르니 월악산, 하설산, 꼭두바위봉, 문수산, 대미산, 황장산이 원경으로 하늘금을 긋고, 진행방향으로는 백화산에서 동쪽으로 내린 지능선이 끄트머리에 옥녀봉(638미터)을 솟구치고 동쪽 오시골로 내려가는 희미한 산길이 보인다. 12시 20분에는 소나무 한 그루와 우뚝 선 바위가 앞을 가로막고 태양은 소나무 잎새 사이에서 빛나고 있었다. 왼쪽은 절벽을 이룬 회랑지대로 진행방향으로 끝없이 이어지고 있었고, 오

단애와 구왕봉

른쪽으로 우회길이 있었으나 암릉을 타고 넘기로 했다.

　12시 25분에는 또 하나의 위압감을 주는 난도가 센 암봉을 오르고 내려서니 12시 35분 한두뫼와 옥녀봉 갈림길 이정표가 서 있는 지점에 이르렀다. 12시 37분에 드디어 헬리포트에 도착하고 안도의 숨을 내쉬었다. 17분간을 암릉을 타고내린 것이다.

　12시 38분에 드디어 '백두대간 백화산 1,063.5미터'라고 쓴 표지석을 보게 된다. 우선 물을 들이키고 찬찬히 주위를 둘러보았다. 지나온 길의 동쪽은 절벽이다. 동으로 운달산(1,097.2미터)이 황소한 마리가 누운 모습으로 멀리 보이고, 북으로는 주흘산군이 월악산을 등지고 있으며, 서로는 이만봉, 시루봉, 희양산이 낙타등처럼 하늘금을 긋고 있다.

　황학산 능선과 이만봉 능선 사이의 연풍에서 올라온 분지리의 안말 그리고 서쪽으로 평전치 지나 981봉에서 남으로 뇌정산(991.4미터)을 일군 능선과 동남으로 성주산(715미터)을 이룬 능선 사이의 삼밭 골과 한실곡은 꿈속에 잠겨 있다. 그 각각의 능선에서 직각으로 내린 지능선들은 하나같이 이깔나무 군락들이 노란 빛깔을 뿜내면서 소나무의 푸른색과 조화를 이루어내고 있다. 온 천지는 하늘의 파란색과 산의 노란색 그리고 푸른색뿐이다.

12시 45분에 자리에서 일어섰다. 여기서는 보이지 않지만 981봉까지는 정서진(正西進)이다. 백화산의 마지막 암봉에서 진행방향으로 보니 뇌정산은 두리봉에서 본 가야산처럼 눈앞에 가득 차고 1,012암봉이 버티고 있으면서 길이 끊어지는 듯한데 1,012봉은 뇌정산을 뒤에 두고 오른쪽으로 길을 내주면서 대간을 이어주고 있었다. 산에서 가끔 당하는 착시현상이다. 1,012봉은 그 동북쪽으로 소나무가 있는 멋진 마당바위를 발치에 두고 있었다.

이곳에서 보는 뇌정산(991미터)은 흡사 안개 속에 홀연히 나타난 신기루 같다. 백화산과 이만봉 사이 981봉에서 동남으로 흘러내린 능선 위에 우뚝 솟은 산인데 뇌는 우레고 정은 천둥소리인데 사실 이 산은 벼락이 잘 치고 물난리가 잘 나고 그래서 아랫마을 사람들은 뇌정산이라 부르는 것을 금기로 하고 '內政山'이라 고쳐 부른다.

계속 이어지는 어려운 바위능선을 타고 1시에는 1,012봉에 이른다. 이곳은 기가 막힌 전망대. 뒤돌아본 백화산은 동으로 깎아지른 절벽을 이루고 있었다. 타고온 암릉은 네 개의 암봉으로 되어 있었고, 모두 흰색으로 빛나고 있다. 백화산의 동남쪽은 흰색으로 빛나고 있었다. 그래서 '백화산'이란 이름을 얻은 것 같다.

좌측으로 뇌정산 지능선 산록의 이깔나무 군락의 노란 색을 다시 눈 속에 넣고 1시 20분에 평전치에 도착한다. 평전치 우측으로 안말로 내려가는 희미한 산길에 자꾸 눈길이 간다. 기회 닿으면 흰 두뫼가 있는 안말로 내려가 보리라!

1시 32분에 봉우리를 하나 넘고 1시 40분에는 981봉에 올랐다.

'한실' 방향을 가리키는 이정표가 서 있다. 뇌정산은 여기서 동남 능선에 솟구쳐 있으며, 그 초입은 악천후에는 독도를 잘 해야만 찾을 수 있을 정도로 애매하였다. 백화산과 뇌정산은 981봉을 꼭지 점으로 하여 깊은 골짜기를 만들고 양 산록에 노란 이깔나무 군락을 품고 한실곡으로 빠져들어 가고 있었다.

1시 55분에 정상에 큰 소나무가 있는 886봉에 올라서니 그제서야 사다리재와 고사리밭등이 내려다보이고 곰봉이 건너다보인다. 사다리재까지의 완만한 내리막 능선에는 온통 참나무와 5분 또는 10분 간격의 봉우리마다 전망대였으며 낙낙장송이 서너 그루씩 무리를 지어 능선에 자리하고 있었다.

2시 20분에 사다리재에 이르렀다. 더덕냄새가 진동을 하며 우측으로 사다리골, 좌로 성골마을로 가는 이정표가 있다. 봉암사 쪽의 성골마을로 가는 깊은 골짜기는 한밤미, 아침빔미를 거쳐야 한다. 사다리재는 안말에서 이곳을 오르는 산길이 사다리를 걸쳐놓은 듯 가파르고 수직에 가까워 붙여진 이름이며, 진행방향의 곰봉으로 오르는 길은 주위가 고사리 천지여서 고사리밭등이라 한다.

2시 30분에 다다른 봉우리는 우측이 소나무를 이고 벼랑을 이루고 있는 회랑지대였으며 981봉의 산그리메가 이만봉에서 내린 지 능선의 육칠 부 산사면에 걸려 있다. 2시 40분에 이른 봉우리는 멋진 소나무 3그루를 이고 있었다. 이곳이 곰봉의 전위봉이었다.

2시 45분 드디어 곰봉에 올랐다. 곰봉에는 표지석이나 표지목이 없고 개념도상에도 높이가 나와 있지 않다. 왜 이 봉우리를 '곰봉'이라 하는지는 조금 후 희양산성 능선 위에서 보면 알게 된다. 곰봉은 북쪽사면은 완만하였으나 남쪽은 바위절벽으로 되어 있고, 대여섯 명이 앉을 수 있는 전망대를 이루고 있다. 벼랑 끝에는 칠팔 미터쯤 되는 멋진 소나무 한 그루가 바위에 뿌리를 내리고 있었다. 오늘 이 백두대간 구간에서 많은 전망대에 올랐으나 이곳처럼 뛰어난 곳은 없다.

우선 동으로 지나온 대간이 말발굽모양으로 그 기괴한 모습을 하고 있고, 이곳에서 981봉까지를 등줄기로 하고, 981봉을 머리로 하며, 북으로 백화산과 황학산이 왼쪽 날개, 뇌정산이 오른쪽 날개로 하여 학이 비상하는 형국을 하고 있는데 금방이라도 푸드덕거리며 날아오를 것 같다. 북서의 분지리와 남동의 한실곡은 겨드랑이다. 북으로는 조령산, 부봉, 오른쪽 뒤에 월악산 그리고 주흘산이 병풍을 두른다. 서로는 초가지붕을 한 이만봉(989미터) 넘어 시루봉, 악희봉, 덕가산, 군자산이 차례로 가물거린다. 여기서는 희양산은 보이지 아니하고 대신 남으로 안성골과 봉암사가 내려다보인다.

3시에 자리를 떴다. 민 회장은 조금 전에 출발했다. 곰봉에서 이만봉까지의 약 1킬로미터 구간과 이만봉에서 이만호골 갈림길 삼거리까지의 약 1킬로미터는 오른쪽의 기암절벽은 북으로 회랑지대를 만들고 귀티 나는 소나무가 능선을 이룬 절경지대였다. 이제는 곰봉의 산그리메가 시루봉(914.5미터)의 산사면 육칠 부에 걸려 있다.

3시 15분에는 '괴산의 명산 이만봉 990미터'라는 1미터쯤 되는 표지판 앞에 서게 된다. 이만봉에서는 서쪽으로 거대한 희양산의 동쪽사면의 수직 암벽과 태양이 희양산 위에서 빛나는 것을 보게 된다. 3시 25분에 봉우리에 올라 남쪽의 산그리메가 분지리 계곡을 뛰어넘어 백두대간 북서능선 이삼 부에 걸리는 것을 보고, 3시 35분에는 우측 벼랑 위로 소나무가 있는 암릉을 통과하였다. 3시 40분에는 가로 10미터 세로 20미터쯤 되는 대패로 깎은 듯한 바위가 뒤로 능선을 이루면서 동쪽을 바라보고 서 있는 것은 개념도에는 '마당바위'라고 표시 되어 있는 곳이다. 3시 42분에는 우측으로 이만이골로 가는 삼거리에 이르고 '용바위'를 찾았다. 기암은 많았으나 아무리 둘러보아도 용 모습을 한 바위는 찾을 수가 없었다.

3시 50분에는 963봉에 올랐다. 정상에는 '희양산 사선봉 964미터'라고 표시된 작은 이정표가 나무에 걸려 있다. 시루봉이 북서로 지붕만 보이고 길 흔적이 애매해지면서 굴참나무숲이 시야를 가로막는다. 963봉에서 산길은 북서로 가랑잎이 돌밭길을 덮고 있는 내리막을 치게 된다.

4시에 야영터가 있는 안부에 닿았다. 여기가 그 신기한 모습을 좀체 인간에게 드러내지 않는 마의 '배너미평전'이다. 대간이 희양산에서 북동으로 올라가다가 888봉에서 내리막을 치면 야영터가 있는 안부에 닿는다. 여기서 대간은 남동으로 꺾이며 야영터에서 우측으로 약간의 경사지대를 100여 미터 지나 왼쪽 직각으로 꺾어 올라야 963봉에 오르게 된다. 그런데 정작 대간길인 우측은 희미하고 대신 왼쪽의 계곡 건너 시루봉 오르는 길과, 계곡을 끼고 시루봉과 963봉 사이에 있는 배너미고개를 오르는 길만 눈에 들어오는 것이다. 안부, 시루봉, 배너미고개, 963봉 사이에 있는 완만한 지형이 광활하게 펼쳐진 부분을 '배너미평전'이라고 하는데 청명한 날에도 지형을 파악하기가 어려운 지역이다. 대간하는 산꾼들은 열이면 열이 여기서 길을 잃고 방황한다. 배너미고개에서 내려가는 계곡길은 야영터 아래로 무서운 협곡을 이루며 은티마을로 이어진다.

4시 12분에는 888봉에 오르면서 희양산의 산그리메가 시루봉과 963봉의 산사면에 드리운 것을 언뜻 보고 4시 20분에 또 하나의 봉우리에 올랐다. 우리 선조들은 여유가 있고 유머가 있었다. 풍족하지는 못하였지만 산천과 더불어 살며 그 산들에게 적절한 이름을 붙여주었다. 산은 태고 이래로 그 모습 그대로 있으나 보는 방향에 따라 각기 그 모습을 달리한다. 여기서 보면 963봉과 이만봉 사이의 소나무능선이 조선 후기 정선의 진경산수도를 보는 것 같다고 느끼는 순간 이만봉 너머로 시커먼 곰 한 마리가 엉덩이를 치켜들고 흔들거리면서 백화산 쪽으로 슬금슬금 기어가고 있었다. '곰봉'이다!

4시 30분에 무명봉을 오르니 희양산이 눈앞에 가득 차고 4시 38분에 암봉 협곡을 내리고 오르니 871봉 전위봉이다. 태양은 이제 구왕봉 뒷편 위에서 빛난다. 세미클라이밍을 하고 암봉에 올라서니 871봉! 산성과 산죽이 시작되는 내리막의 시발점이다. 희양산성 능선은 세상에 둘도 없는 한 폭의 산수화였다.

5시 30분, 어둠이 밀려오고 은티마을이 가까워 오는데 초생달이 희양산과 악회봉 사이에서 시퍼런 언월도(偃月刀)처럼 빛나고 있었다.

위험한 암릉들

2001년 12월 2일 아침 7시 사당역 부근!

아직 어둠이 가시지 않았다. 요즘 해는 오전 7시 반 경에 뜨고 오후 5시 반 경에 진다. 음성휴게소에서 쉼을 하고 이화령휴게소에 도착할 때까지 안개는 시야에 스미고 태양이 가끔 구름을 벗어날 때에는 박무 또는 연무현상을 빚곤 한다.

중부내륙고속도로가 생기면서 이화령 밑을 잣밭등에서 각서마을까지 관통하는 터널이 뚫리고 이화령을 넘던 3번 국도는 차량이 뜸해졌다. 이화령은 높이가 548미터로 조령산(1,017미터)과 갈미봉(783미터) 사이에 있다. 조령(642미터)이 예로부터 중부지방과 영남지방을 잇는 주요 교통로였으나 고개가 워낙 높고 험하여 1925년 일제는 이런 불편함도 해소하고 우리 민족의 오랜 전통을 말살하기 위하여 조령 바로 밑 '아우리고개'에 신작로를 만들고 '이화령'이라 불렀다. 이제 이도 역사의 뒤안길로 물러서고 한갓 유적으로 남게 될 것 같다.

10시 10분에 '경상북도' 돌비석을 오른쪽으로 두고 북으로 방향

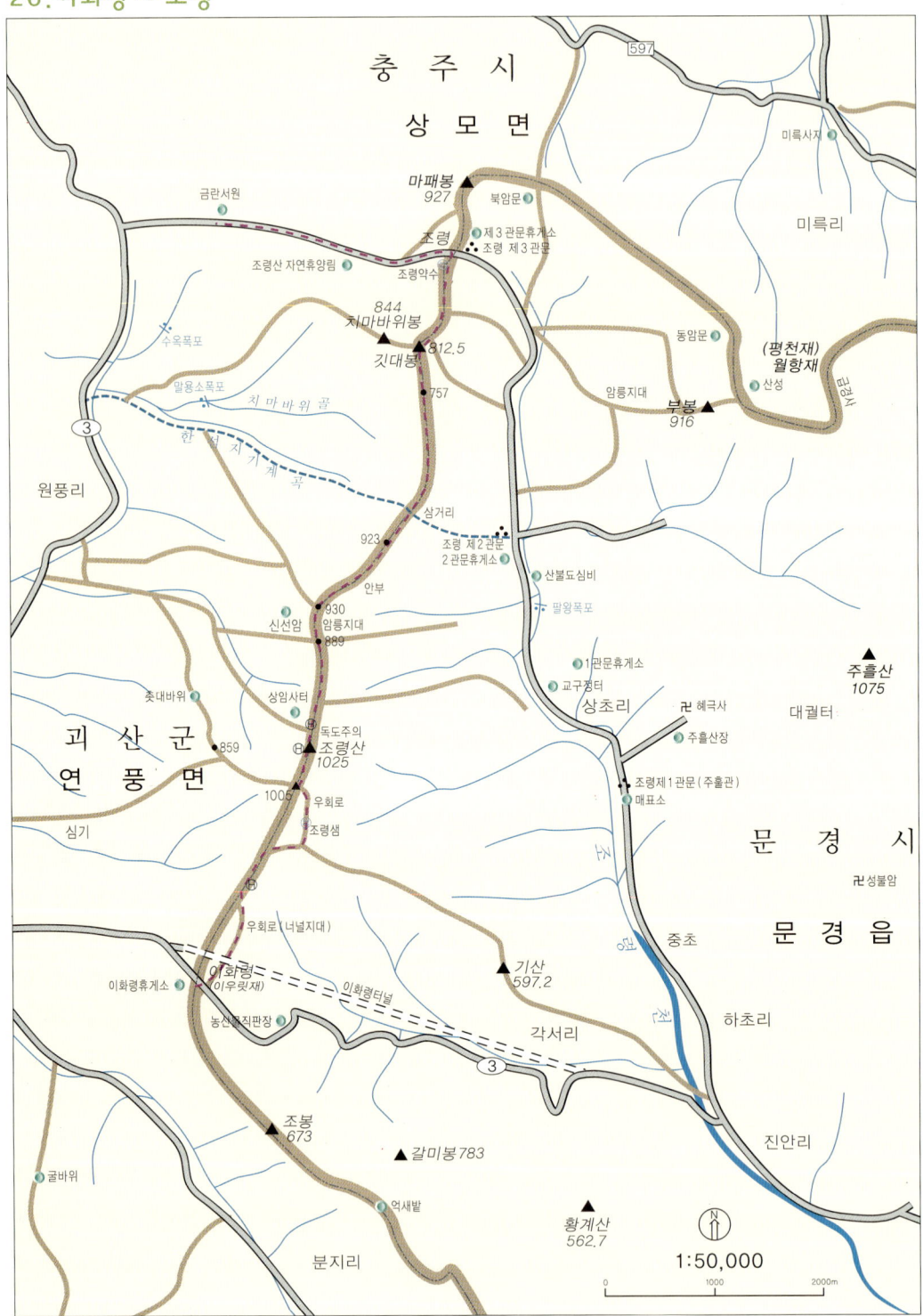

충주시
상모면

미륵사지

미륵리

금란서원

마패봉
927
북암문

조령
제3관문휴게소
조령 제3관문

조령산 자연휴양림
조령약수

동암문

(평천재)
월항재

수옥폭포

844
치마바위봉
깃대봉 812.5

757

암릉지대

부봉
916

말용소폭포
치마바위골

3

한 천 지 기 계 곡

원풍리

삼거리

923

조령 제2관문
2관문휴게소

안부

산불도심비

팔왕폭포

930
신선암 암릉지대
889

1관문휴게소

주흘산
1075

대궐터

괴산군
연풍면

촛대바위

상암사터

859

독도주의
조령산
1025

교구정터

혜국사
상초리

주흘산장

문경시

조령제1관문 (주흘관)
매표소

1006
우회로
조령샘

심기

성불암

문경읍

우회로 (너널지대)

이화령
(이우릿재)
이화령휴게소

이화령터널

기산
597.2

중초

하초리

농산물직판장

각서리

3

조봉
673

갈미봉 783

진안리

굴바위

억새밭

황계산
562.7

N

1:50,000

0   1000   2000m

분지리

을 잡고 산능선을 오르기 시작했다. 15분 정도 가니 너덜지대가 나타나고, 15분을 더 가서 능선으로 올라서니 헬리포트가 나온다. 뒤돌아보니 갈미봉 너머로 지나온 대간이 꿈틀거리며 남하하고 백화산(1,063.5미터) 주위의 산군들은 능선만 희미하게 하늘금을 긋고 있을 뿐 산은 온통 연무에 싸여 있다. 태양은 구름 속에서 빛을 잃고 수은등처럼 보일 뿐이다.

여기서 대간 마루금은 급경사 오르막을 쳐야 하는데 리본만 따라가다 보니 9부 능선 산길이고 능선에 올라서니 시든 억새밭이 있는 안부다. 10시 55분이었고 876미터라는 표시와 조령산과 문경 '새재' 주차장 가는 이정표가 있다.

조령샘은 안부 바로 위에 있었으나 가뭄에 샘이 말라 물은 한 방울씩 떨어지고 있었고 한참을 기다려서야 조그마한 컵의 4분의 1 정도 되는 물을 마실 수 있었다.

잣나무가 울창하게 덮인 숲길을 올라서니 헬리포트가 나오고 바로 곁 남동 방향으로 990봉이 보인다. 그 봉우리에서 서쪽으로 가지를 친 능선은 859봉에서 북서로 크게 휘면서 촛대바위를 품고 있다. 대간 마루금은 조령샘으로 이어지는 것이 아니라 조금 전 그 급경사를 치고 올라 990봉으로 이어진다. 북동으로 낙타등 같은 능선을 지나 조령산이 머리 위로 높이 떠 있다.

다시 능선을 타고 잣나무숲을 지나 오르막을 친 후 11시 20분에 정상에 올랐다. '백두대간 조령산 1,017미터'라고 쓰인 높이 60센티쯤 되는 잣나무껍질 모양의 표지석이 2단으로 된 기단 위에 서 있다.

조망은 뛰어났다. 북동방향으로 좌에서 우로 부봉(935미터), 주흘산(1,105미터), 영봉(1,030미터), 남봉(1,016미터)이 차례로 서 있고, 그 뒤로 운달산(1,097미터)과 도락산(964.4미터)이 병풍을 두르고 있다. 남으로 이화령 너머 백두대간은 꿈결처럼 멀어지고 있었다. 바로 앞에는 촛대바위 능선이 시커멓게 선을 긋고 있다.

　오늘 구간은 암릉이 많고 어려운 구간이 많다기에 암벽, 빙벽 두루 전문가인 친구 오 회장에게 신신당부하여 함께하는 산행이다. 어제 내린 평지에서의 비는 여기서는 눈이었던 모양이다. 내리막길 음지는 눈이 얼어붙었고 발바닥이 간지러운 것이 아차 하면 아래로 곤두박질이다.

　정상에서 급경사를 100여 미터 내려가니 우측 된비알과 좌측 넓은 길이 보이고 좌측으로 접어드니 947봉 가는 오르막이다. 우측으로 갔다가는 오른쪽으로 험상궂게 생긴 능선으로 빠지는 길로 '산중미아'가 되는 곳이다. 70도에 가까운 얼어붙은 내리막길을 나무줄기와 뿌리를 잡고 네발로 기면서 내려오니 다시 889봉 가는 오르막이다. 11시 38분이다.

　889봉을 오르면서 뒤돌아본 조령산과 촛대봉 능선은 그대로 수묵화였다. 하늘은 잿빛이며 태양은 수은등이고 가까이 조령산 능선은 시커먼데 그 너머 촛대봉 능선은 회색이다. 산록의 상록수는 초록빛이 아니라 검은색이고 낙엽수는 잎을 떨구고 가지만 앙상한 것이 회색이다. 그런데 우뚝 하늘에 솟구친 조령산 칠부 이상의 정상 부근이 하얀 것이 아닌가! 오 회장이 외친다. 상고대다! 눈이 가지에 얼어붙어 눈꽃을 피우고 온통 하얀 색으로 빛나고 있었다.

한참을 뒤돌아보고 시간을 지체하다가 11시 50분에는 또 하나의 무명봉을 넘고 내려 11시 55분에 이정표가 있는 안부에 이른다. 그곳에는 좌로 신풍리 절골, 우로 새재 주막, 직진하면 조령관 가는 방향이 표시되어 있었다. 록클라이밍 연습장은 여기에서 좌측으로 내려가는 절골의 중간에 있다.

신선암봉을 오르면서 뒤돌아본 대간은 앞산 능선, 뒷산 능선, 촛대봉 능선, 백화산 능선이 검은색에서 회색으로 차례로 그 빛깔을 이어간다. 첩첩이 산이다. 뒤돌아본 왼편은 깎아지른 벼랑이라 쳐다보기가 겁이 났다. 이럴 때는 방법이 있다. 시선을 발 밑 가까이 둘 것이 아니라 가능하면 멀리 두어야 한다. 그러나 멀리 시선을 두면 그 또한 경치에 넋을 잃는다.

북동으로 주흘산 능선이 부봉까지 이어지면서 부봉은 그 흰 암벽의 속살을 내보이고 조령산의 지능선이 주흘관(조령 제1관문), 조곡관(조령 제2관문)으로 흘러내리며 사람의 발길이 닿지 않은 협곡을 이루면서 서너 겹으로 험상궂게 버티고 있었다. 부봉의 '釜'는

조령산 상고대

205

가마솥 '부' 인데 그 자태가 가마솥을 엎어놓은 것 같다. 험준한 바위로만 이루어진 산이라 장비 없이는 안전한 산행이 불가능하다. 정상 육칠 부 아래에서 시작되는 두개의 암장은 자세히 보아야 '미륵' 모습을 나타낸다. 부봉 제2봉과 바위절벽을 품고 있는 제3봉 사이에 있는 '미륵바위' 다.

12시 30분 드디어 개념도에 '위험지대' 라고 표시된 암릉에 이르렀다. 뒤를 지키는 오 회장에게 눈을 찡긋했다. 왼편은 하나의 암벽으로 된 벼랑이고 몸 우측으로 키를 넘는 바위가 버티고 있는 크랙 구간이었다. 굵은 로프가 매어 있었는데 거리는 10여 미터 정도였다. 북한산 원효릿지의 '말잔등 바위' 에 비하면 아무것도 아니었다. 그러나 그 지점이 끝나면서 왼편으로 또 하나의 바위등을 기어올라야 하는데 우측의 소나무에 발을 딛고 몸을 돌려 왼편 바위에 붙기가 조금 까다롭다. 친구가 오른발을 지지해 준다. 10여 미터의 슬랩을 오르는 것은 식은 죽 먹기였다. 한숨을 내쉬었다.

이제 두려움은 가셨다. 겁이 많은 탓이다. 그러나 오늘 산행중 이곳 위험지대 외에 로프는 매어져 있으나 급경사 내리막길 바위 암릉이 눈에 얼어붙어 있는 칠팔 미터쯤 되는 벼랑을 수도 없이 만났고, 특히 757봉 가기 전의 중간중간에 로프가 매어 있는 사오십 미터쯤 되는 벼랑(나는 이를 '나바론 요새' 라 명명했다)은 어려웠다. 친구는 '안전한 장비를 갖추고 암벽 타는 것보다 이런 곳이 훨씬 위험하다' 고 한다.

12시 35분에 그 악명 높은 신선암봉에 올랐다. '괴산의 명산 신선암봉 937미터' 라고 쓴 표지판이 나무에 걸려 있다. 겹을 이룬 조령산 지능선, 백두대간 그리고 북동방향으로 주흘산 능선과 부봉을 일별한 후 바로 지척에 암봉 건너 왼쪽의 암릉 위에 얹혀 있는 시루떡 같은 집채만한 기암을 볼 수 있었다.

12시 40분에 널따란 암장 위 전망대에서 목을 축이고 있는 사이 민 회장이 당도했다. 가까이 북동방향으로 치마바위로 착각한 923

조령산∼신선봉 일대의 슬랩과 암봉. 뒤에 보이는 것이 '부봉'이다

주흘산에서 본 백두대간 봉을 유심히 보았다. 나중에 알게 되지만 923봉은 제일 앞에 높이
선 그 봉우리 때문에 가려 안 보이는 기암들이 들어찬 나머지 3개
의 암봉을 거느리고 있으며 네 번째 봉우리 내리막도 '나바론 요
새'였다.

　눈이 얼어붙은 까다로운 내리막을 200여 미터나 내려와 1시에는
좌측으로 한섬지기 계곡으로 빠지는 갈림길에 도착하고 1시 10분
에는 드디어 923봉에 이른다.

　수백길이나 치마처럼 두른 아찔한 벼랑 위 햇빛이 드는 명당자
리에서 실로 오래 만에 오 회장과 대간꾼 다섯 명이 한자리에 앉아
서 점심을 한다. 대간중에 금주하기로 한 약조는 오 회장 덕분에
양해가 되고 소주 한 잔씩을 할 수 있었다. 잡곡밥에 더덕 무친 것,
통영 1등급 멸치, 양파, 캔 참치, 신김치, 막된장, 행동식의 구운
떡으로 진수성찬을 차렸다.

　1시 40분에 자리를 치우고 출발하였다. 5분 뒤에 한 그루 고사목

과 서너 개의 살아 있는 소나무가 선 봉우리, 1시 50분에는 오른쪽 아래로 온통 기암들이 도열한 안부, 2시 10분에는 또 하나의 암봉을 오르고 2시 30분에는 마지막 암봉에 올랐다.

드디어 2시 45분에 '나바론 요새'의 벼랑 위에 서게 되었다. 795봉(그 뒤 757봉은 가려 보이지 않는다)과 멀리 깃대봉(821.5미터)이 직각 좌측으로 치마바위(844미터)를 두고 손짓을 하고 있다. 하늘은 이제 태양이 숨고 싸늘한 잿빛이다. 호흡을 조절하고 천천히 그 벼랑을 내려섰다. '나바론 요새'는 독일군의 철옹성 요새인데 영국군으로 분장한 '안소니 퀸'이 폭파한다. 795봉을 내려설 때에는 오 회장이 바위를 잡고 내려서는 법을 한 수 가르쳐 주었다.

3시 5분에는 낙락장송이 칠팔 그루 들어선 지대를 지나면서 깃대봉 좌측의 치마바위를 보고, 3시 15분에는 소나무군락이 들어차고 이정표가 서 있는 안부에 도착했다. 이정표는 직진한 오름길에 깃대봉, 좌측으로 치마바위골, 우측으로 조령관 가는 방향이 표시되어 있었다.

대간을 뒤돌아보니 조령산을 포함한 8개의 봉우리가 하늘금을 긋고 있었고 약간 오른쪽으로 방향을 트니 봉우리 하나가 숨어 버린다. 깃대봉이 올려다보이나 대간을 벗어나 있어 우측으로 조령관 가는 내리막으로 방향을 잡았다. 3시 20분에 길 왼쪽에 붙어 성벽이 시작되고 얼마 아니가서 안부에 이르러 성벽 사이로 갈림길이 있었으나 이를 무시하고 직진하여 봉우리 하나를 넘고 나니 조령관이 나뭇가지 사이에서 숨바꼭질을 한다.

3시 30분에 조령관(제3관문)에 이른다. 산신각 아래 백수영천(百
壽靈泉) 감로수인 '조령 약수'는 메말라 있었다. '조령관'은 새재
정상에 북적(北敵)을 막기 위해 선조 때 쌓고 숙종 34년 1708년에
중창하였다. 1907년에 훼손되어 육축(陸築)만 남고 불탄 것을 1976
년에 홍예문과 석성 그리고 누각을 복원했다. 조령관을 기준으로
남쪽은 경북 문경땅이고 북쪽은 충북 충주땅이며 해발 650미터이
다. 문경쪽으로 아래에 있는 제2관문을 '조곡관'(鳥谷關), 그 아래
제1관문을 '주흘관'(主屹關)이라 한다.

조령관의 누각은 정면이 3칸, 측면이 2칸, 좌우에 협문이 2개 있
으며 팔각 지붕이다. 홍예문은 높이 3.88, 폭 2.98, 길이 6.12미터,
좌우 석성은 높이 4.5, 폭 3.2, 길이 185미터이고, 부속산성은 높이
2~3, 폭 2~3, 길이는 동서쪽 각각 400미터, 대문은 높이 3.9, 폭
3.56, 두께 0.19미터이다.

4시 40분 키가 크고 굵은 소나무들이 군락을 이룬 자연휴양림까
지 내려오는 동안 길 좌우측으로 연이어 때가 아닌데도 개나리들이
망울을 터뜨리고 꽃을 피우고 있다. 특이한 지형 때문인 것 같다.
그러나 이를 두고 '바보꽃'이라 한다.

5시 경에 주차장에 도착하기 직전 오른편으로 신선봉(967미터)이

기암들을 안고 하늘 높이 떠 있고 이를 병풍 삼아 '금란서원'이 명당자리에 터를 잡고 있다. 문교부장관과 이화여대 총장을 역임한 김옥길 여사가 지은 집으로 요즘에는 이화여대 교직원의 휴양장소로 사용하고 있다. '금란지교'(金蘭之交)란 친구 사이가 너무 친밀하여 그 사귐이 쇠보다 굳고 그 향기가 난초와 같이 짙음을 이른다.

　주최측에서 준비한 걸쭉한 생선 매운탕과 소주에 마음은 마냥 하늘을 날아다닌다.

하늘재의 비밀

2001년 12월 16일 오전 7시 사당역 부근!

사위는 깜깜하다. 소조령으로 향하여 남하하는 버스가 40여 분을 지나자 좌측으로 멀리 검은 산을 배경으로 붉은 빛이 이글거리더니 어느 순간 태양이 불끈 치솟으며 산 위로 떠오른다. 일 년 중 낮시간이 제일 짧은 동지가 22일이다. 충주땅을 접어들면서 개천을 끼고 시골 논두렁을 태우는 불은 회색 연기를 수직으로 치올린다. 아직까지는 바람 한 점 없다. 태양은 밝은데 차창에는 성에가 얼어붙어 연신 손바닥으로 닦아내야 했다. 대기는 차다.

대간꾼에 고교동기인 미 팔군에 있는 닥터 리가 잿골~남덕유~삿갓재 보충구간과 희양산성부터 계속 참가하고 오 회장이 이화령부터 합류했다. 북한산 원효릿지를 같이한 산악회원 박선민 양이 합류했으나 어제 스키를 탄 탓으로 종아리에 알이 배겨 마패봉을 지나 지릅재로 탈출하고, 수안보온천을 즐긴 후 귀경길에 만나게 된다.

우리 일행은 7명이다. 10시 정각에 차는 금란서원에 대간팀을 풀어주고 우리는 조령산 자연휴양림을 지나 조령관 아래에서 왼쪽으

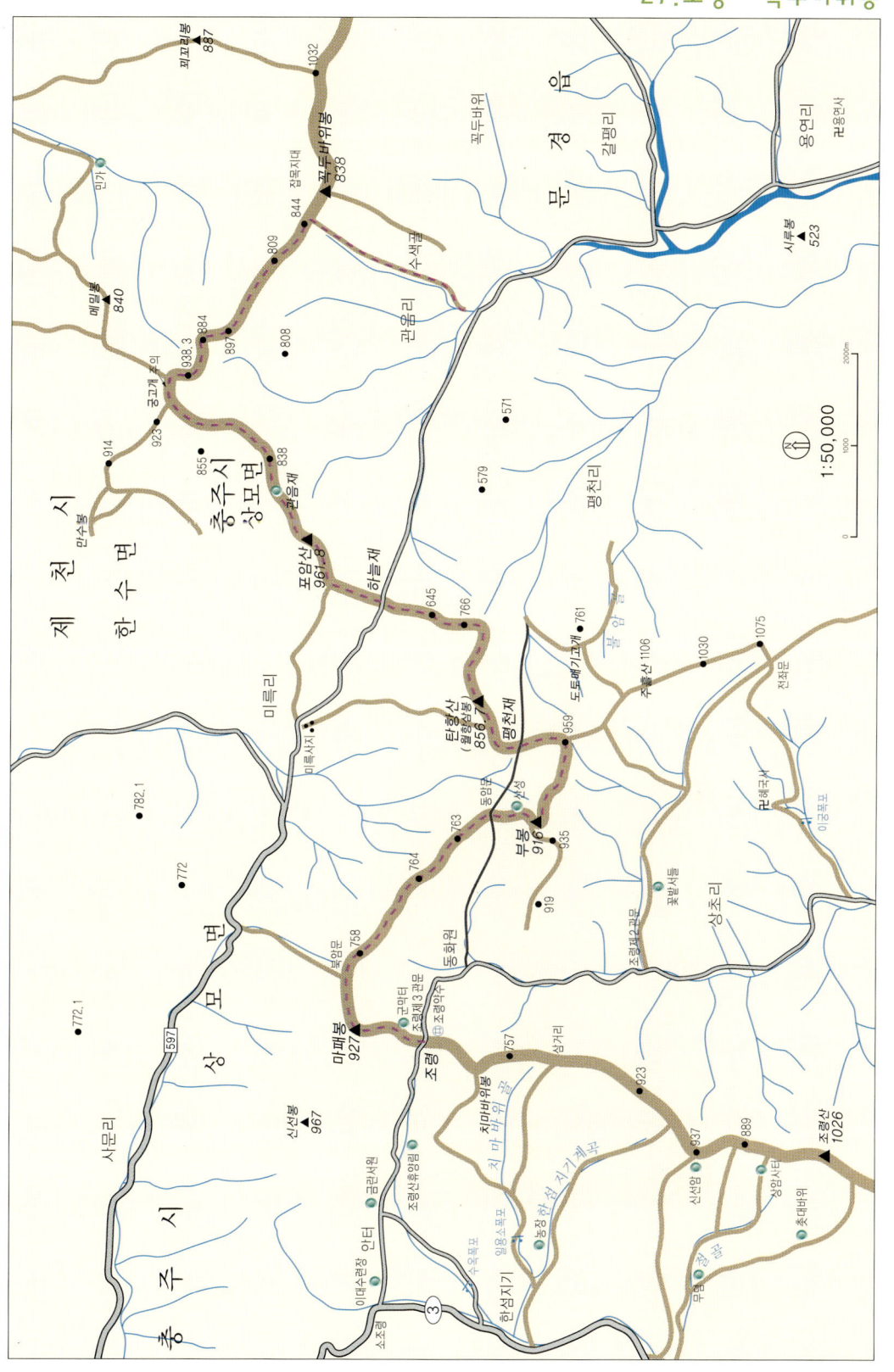

피꼬리봉
887

1032

꼭두바위봉
838

경목지재

844

꼭두바위

수석굴

809

문 경 읍

용연리

권음인사

갈평리

사루봉
523

메밀봉
840

884

938.3
897

금교개 주의

808

관음리

만수봉

923

914

855

충주시
상모면

838

관음재

포함산
961.8

하늘재

571

645

766

579

평천리

제 천 시

한 수 면

미륵리

도토베기고개

761

761

주흘산 1106

1030

1075

전좌문

미륵사지

탄항산
(월향삼봉)
856

평천재

959

동암문

부봉
916

935

경연

군혜국사

이금목포

782.1

763

764

919

꽃발서늘

상초리

조령제2관문

772

부암문
758

동화역

772.1

597

마패봉
927

군머티
조령재3관문
조령재1관문

조령

삼거리

조령산
1026

선선봉
967

금란새벽

조령산휴양림

치마바위봉

치마바위골

923

937

889

신선암

성암사티

상 모 면

수옥목포

이대수권장 안터

조령산휴양림

섬섬지기

농장하사지기계곡

일월소목포

무릎공정골

농장소목포

촛대바위

충 주 시

사문리

소조령

3

1:50,000

0 ~ 1000 ~ 2000m

로 꺾어 산비탈을 기어오르기 시작했다. 좌측으로 신선봉이 그 미려한 자태를 뽐내며 힘겹게 오르고 있는 것을 굽어보고 있었다.

11시 15분에 마패봉에 올랐다. 정상은 암봉이었고 큰 부채만한 타원형의 목판에 '마패봉 910미터' 라고 쓴 표목이 세워져 있다. 동으로 부봉이 시커멓게 눈앞을 가로막고 그 뒤로 주흘산 정상과 운달산이 시야에 와 닿는다. 북으로 월악산 정상이, 서로는 신선봉이 일품이다.

마패봉은 북쪽 사문리 쪽으로 '월악산 국립공원' 에 속하고, 남쪽 '조령 3관문' 방면으로 이어지는 대간을 경계로 경북의 '문경새재 도립공원' 과 충북의 '조령산 자연휴양림' 으로 나뉘는 의미 있는 봉우리이다.

진달래숲 능선을 10여 분 지나 지름재로 가는 능선 갈림길에서 박선민 양을 탈출시켰다. 길가에 눈이 희끗희끗하고 얼어붙어 있

마패봉 정상

는 내리막을 치고 나니 11시 30분에는 높이 1.5미터 폭 1.5미터 돌담장 같은 성곽이 시작되고 '해발 714' 라고 쓴 이정표가 나타난다. 북암문이다. 756봉에 올라서서 동남으로 바라보니 부봉에서 주흘산 정상까지 7개의 봉우리가 연봉을 이루고 있다.

2시 13분에는 동암문이 있는 안부에 도착한다. 여기서 동으로는 평천재로 가로질러 가는 지름길

이 있고 중간에 샘도 있으며 서로 동화원가는 길 100여 미터쯤에
도 식수를 구할 수 있다고 한다. 여기서 백두대간은 남으로 부봉을
향하여 솟구치고 있었다. 12시 25분에는 '부봉 500미터'라고 쓴
이정표가 있는 산중턱의 삼거리에 도착했다. 성곽은 여기까지 계
속되었고 대간은 동으로 내리막을 친다.

그 전부터 보고 싶어했던 부봉을 그냥 지나칠 수는 없었다. 부봉
으로 오르는 길은 눈이 얼어붙은 빙판이었다. 나뭇가지와 뿌리를
움켜쥐고 지그재그로 이어진 길에서 사투를 벌여야 했다. 소나무
가 내려다보고 있는 까다로운 암벽을 건너고 옆으로 기어올라 12
시 35분에 부봉에 도착했다.

정상은 암봉으로 노송 서너 그루가 있었고 '부봉 제1봉 916미
터'라고 쓴 표지목이 있었으며 잘 가꾼 묘 1기가 한가운데 있었다.
부봉은 6개의 봉우리로 되어 있는 암봉으로 서쪽으로 건너다 보이
는 제2봉 아래에는 집채만한 석굴이 있다. 미륵바위가 있는 절벽
지대를 지나 주봉인 제3봉(935미터)이 있다. 제6봉은 대형버스 만
한 사자바위가 편안한 자세로 조곡관과 주흘관을 감시하고 있다.

부봉의 '釜'는 가마솥 '부'이다. 이 봉우리는 가마솥을 엎어 놓
은 형상을 하고 있다. 대간상의 조령산 능선에서 북동으로 보는 온
통 거대한 흰 암봉으로 된 부봉은 백미다. 이 봉우리는 충북 충주
시 상모면 미륵리와 경북 문경시 문경읍 상초리와 경계를 이룬다.
북으로 길게 패인 송계계곡과 월악산이 보이고, 북동으로 월항삼
봉, 모습을 감추고 패여 있는 하늘재, 포암산, 대미산으로 이어지
는 백두대간이 그 장쾌한 모습을 드러낸다.

12시 40분에 삼거리 갈림길에 원위치했다. 얼어붙어 까다로운
내리막을 지나 12시 50분에 암벽에 이르러 바위 우측으로 돌아 12
시 55분에 봉우리에 오르고 1시에는 적송 4그루가 있는 봉우리를
지나 로프가 매어 있는 까다로운 바위벽을 횡단하였다. 1시 5분에
는 소나무군락이 있는 959봉에 이른다. 봉우리 아래 이정표가 있

고 이곳이 남동 주흘산과 북동의 대간으로 가는 평천재쪽 내리막 갈림길이다. 이정표 옆 바위 위에서 점심을 먹기로 했다.

959봉에서 보는 동암문, 부봉, 959봉, 평천재는 'ㄷ'을 세워놓은 모습을 한 특이한 지형이었다. 평천재, 월항삼봉, 이제야 모습을 드러내는 하늘재, 포암산, 대미산까지 백두대간이 숨이 막히게 펼쳐지고 있었다.

월항삼봉과 포암산은 하늘재를 지키는 사천왕이고 금강문이다. 조금 전 756봉에서 우측으로부터 좌측으로 본 부봉에서 주흘산까지의 7개의 봉우리 중 '중국 계림의 천하갑산'에도 뒤지지 않는 5개의 봉우리는 부봉 제2봉, 부봉 제1봉, 무명 암봉 2개, 959봉이 그것이었다.

1시 30분에 자리를 뜨고 이번 구간 중 제일 까다로운 빙판 내리막을 치고 1시 40분에 평천재에 도착했다. 어렵지 않게 이어지는 2개의 봉우리를 지나 1시 55분에 월항삼봉에 이른다. 이곳에는 표지가 없었다. 산삼이 많이 나와 충북 미륵리 쪽에서는 '삼봉'으로 불렀는데 경상도 문경땅 평천리 '월항' 마을에서도 산삼이 많이 나와 '월항삼봉'이라 부른다.

또 하나의 내리막을 치고 오르니 766봉이다. 766봉을 지나고 급경사를 거치니 2시 16분에 가로 8미터, 세로 10여 미터나 되는 선바위를 보게 된다. 불자인 오 회장은 불상이라도 새겼으면 좋겠단다.

이곳에서 보는 주흘산 능선은 장관이었다. 좌로부터 남동으로 수십 길의 바위절벽으로 이루어진 1,075봉(주흘산이라고 잘못 알려진 봉우리인데 그 까닭은 정상에 1미터쯤 되는 화강암 돌비석에 '주흘산 1,106미터'라고 음각되어 있기 때문이다), 중간에 1,030봉, 그리고 주흘산(1,106미터) 정상에서 959봉을 거쳐 부봉으로 이어진 능선이 깃대봉 위에서 비치는 태양을 배경으로 시커먼 색깔로 시야에 들어찬다. 포암산은 미륵리에서 관음리 뒤로 마치 흰 삼베를 펼쳐 놓은 듯하다.

선바위를 지나 30여 미터나 되는 고래등 같은 거대한 바위 밑둥
치를 지나고 능선이 잦아들더니 드디어 2시 30분에 '하늘재'에 도
착한다. 하늘재(525미터)는 문경시 문경읍 관음리에서 충주시 상모
면 미륵리로 넘어가는 고개로서 남쪽에서 북쪽으로, 현세에서 미
래로, 관음세계에서 미륵세계로 넘어가는 고개이다. 이 고개는 신
라의 북진을 위하여 8대왕인 아달라이사금(阿達羅已師今) 3년(156
년)에 열었다. 한강유역은 원래 백제의 발상지였는데 고구려가 475
년 한강유역을 차지하면서 이후 삼국통일이 되는 6세기 중반까지
백두대간을 경계로 신라와 날카롭게 대치한다. 새재, 하늘재, 죽령
은 이를 축으로 남한강 유역의 충주에는 고구려군 야전사령부가,
낙동강 상류의 상주에는 신라군 야전사령부가 진출해 있던 전략적
요충지였다. 이 고개를 중심으로 문경읍 관음리 쪽에는 반가사유
상, 석조여래좌상, 관음리 삼층석탑, 갈평리 오층석탑, 충주시 상모
면 미륵리쪽에는 미륵사지 등이 있어 불교유적지가 산재해 있다.

하늘재를 건너뛰어 포암산을 오르는 양지바른 길목에 개량종 밤
나무단지가 있고 민 회장과 닥터 리가 전을 펴고 점심준비를 하고

있었다. 라면 국물과 따뜻한 커피도 나누어 마시고 2시 55분에 출발한다. 밤나무단지 철조망을 통과하니 바로 길섶에 '하늘샘'이 이 가뭄에 그 귀한 물을 대롱을 통해 흘러내리고 있었다. 삼다수 페트병에 있던 물을 비우고 한 병 가득 채우고 표주박으로 가득 떠서 목을 축였다. 물은 만물의 근원이다. 정신을 차리고 자세히 보니 대롱 위에 가로 80여 센티미터, 세로 30여 센티미터의 타원형 화강석에 직사각형으로 선을 긋고 '백두대간 하늘샘'이라고 음각되어 있다.

허위단심 급경사 오르막 끝에 3시 10분 전망대인 너럭바위에서 월항삼봉이 주흘산군 능선을 배경으로 검은 빛을 하고 있는 것을 뒤돌아보고 발치 아래 기암 3개도 보았다. 3시 17분에 너럭바위에서 또다시 주흘산 산괴(山塊)를 뒤돌아보다가 2~3백 미터 전방에 '왕초주먹'을 한 기암을 보고는 소스라치게 놀랐다.

여기까지는 경사가 심한 바위길이었다. 능선에 올라서니 참나무 숲길이 나오고 갑자기 북서풍이 몰아치고 북사면에는 눈이 덮여 있었다. 아무리 뒤돌아보아도 진기하다. 앞의 검은 월항삼봉 능선 그 뒤로 부봉과 마패봉까지 이어지는 주흘산 능선 그 너머 돌올히 솟아 있는 깃대봉과 조령산으로 이어지는 백두대간이 중천에 뜬 태양 아래서 검은색의 농담을 묘하게 빚어놓고 있었다. 참나무 숲길을 빠져 나오니 세미클라이밍으로 올라야 하는 바위에 닿고 바로 곁에는 마치 책꽂이의 책이 기운 듯한 직사각형의 바위가 층층이 쌓여 있는 '책바위'가 있었다. 침묵을 지키고 있던 오 회장이 '여한이 없다'고 되뇌인다.

3시 47분에 포암산 정상에 올랐다. 정상에는 큰 돌무더기로 돌탑을 쌓아 놓았고 타지마할 궁전처럼 꼭지를 만든 백색 돌비석에 흑색으로 '백두대간 포암산' 옆면에는 '해발 961.7미터'라고 적혀 있었다.

정상과 바로 옆 약 5분 거리에 있는 964봉 사이에도 중간 봉우리가 있어 보기에 따라 쌍봉 또는 삼봉으로 보이는데 한 줄기 암릉을 따라 세 개의 암봉이 낙타의 등처럼 보인다.

백두대간은 포암산에서 북의 월악산과 남의 주흘산을 양 옆구리에 끼고 대미산으로 흘러간다.

급경사 빙판을 내려 3시 55분에 관음재에 이른다. 이곳은 서쪽으로 만수골과 동으로 궁골로 가는 사거리길이 희미하게 나 있었다. 산책하듯 고만고만한 803봉, 838봉, 812봉, 851봉을 지나치고 4시 13분에 '해발 794미터, 억수리 5.9킬로미터'라고 씌인 이정표가 있는 안부에 도착한다. 4시 20분 923봉 아래 만수봉과 월악리로 가는 갈림길이 있는 궁고개에서 우측 예각 70도 남동방향으로 꺾어 대간길을 짚고 내리막을 쳤다.

송림과 참나무숲이 어우러진 음지에는 눈이 쌓여 시베리아의 설국을 연상시키고, 산록에서 90도로 꺾어 동진하는 곳에 있는 938봉 산사면은 온통 상수리나무 군락이 오후의 햇빛을 받아 황금색으로 빛나고 있었다. 그 쪽은 남국이었다. 그러나 가까이 갔을 때 숲의 땅은 눈천지였다. 대지의 흰눈은 황금색 때문에 볼 수 없었던 것으로 역시 착시 현상이었다.

4시 45분에 938봉에 올랐다. 북서로 월악산(1,094미터)은 히말라야의 고봉처럼 삼각형으로 의연히 솟아 있고, 만수봉~덕주봉 능선과 960봉 능선이 짙은 검은색으로 전위를 하고 있다. 남서로 포암산은 낙타등 모습을 하고 태양은 오른쪽 봉우리 위에 떠 있었다.

4시 52분에는 포암산 쪽이 온통 적황색으로 물들어간다. 4시 55분에 880봉에 올라 포암산 쪽을 뒤돌아보니 주흘산 산괴와 마패봉, 깃대봉 능선은 포암산의 7~8부에 걸려 있고 포암산은 대왕처럼 솟구치고 태양은 붉은 노을에 잠기고 있었다. 5시에 897봉에 올라 내리막길에서 본 포암산은 낙타등의 중간 봉우리에 태양이 걸리더니 5시 5분에는 생명의 불꽃이 사그라지듯이 갑자기 붉은 빛을 발하며 순식간에 사라지고 어둠이 밀려왔다. 그 길고 긴 5분간

을 숨을 죽이고 지켜보았다. 오 회장이 다시 되뇌인다. '역시 대간이다.'

5시 25분에 809봉, 5시 35분에 844봉, 5시 40분에는 꼭두바위봉(838미터)을 눈앞에 둔 안부에 이르고, 이제부터는 직각 우회전하여 계곡으로 더듬어 내려가야 한다. 하늘에서는 별이 쏟아지고 꼭두바위봉 지능선은 윤곽만 보인다. 계곡은 시커먼 블랙홀을 만들면서 만물을 삼켜버릴 듯한 기세다.

어둠 속의 산길은 이미 어릴 적에 숱하게 단련된 터라 별 두려울 것이 없다. 유년 시절 미륵산(통영 소재 해발 461미터)에 소를 방목할 때 아침에 '당골'에 풀어놓고 학교를 파한 후 용화사 뒤 절 논터로 가서 찾아오면 된다. 소는 일 년에 두 번 발정을 하며 이때 짝을 찾아 온 산을 헤매게 된다. 무나 배춧잎이 한창일 때나, 벼나 보리 줄기가 연할 때도 마찬가지다. 나는 소를 찾기 위하여 한밤중까지 산록 7~8부를 뛰어 성금산이나 산양면의 민가를 뒤지며 위험한 고비도 숱하게 넘겨야 했다.

7시 경에야 문경읍 관음리 수색골을 벗어나 개울에서 땀을 씻고 귀경길에 올랐다.

수색골 ▶ 꼭두바위봉 ▶ 1,062봉 ▶ 부리기재 ▶ 대미산 ▶
1,051봉 ▶ 새목재 ▶ 차갓재 ▶ 작은차갓재 ▶ 배창골

찰나의 황금성

2002년 3월 10일!

이제는 해뜨는 시각도 빨라졌고 찬 기운은 가신 것 같은데 여전
히 스산하다. 우수 지난 지가 꽤 되었고 글피가 경칩인데 꽃샘추위
는 아직 남아 있다. 7시 40분 경 좌측 창가는 검은 산능선 어느 부
분에 회색구름이 가라앉아 있고, 태양은 구름 속에서 숨바꼭질을
한다. 태양 주위를 제외한 하늘은 온통 회색이다.

차는 이화령 터널을 지나고 문경을 지나면서 신북천을 따라 북
진하더니 갈평리에서 북서로 하늘재와 포암산을 바라보고 가다가
수색골 입구에서 멈춘다. 10시 10분이다.

오늘 산행은 지난 겨울이 닥치기 전에 끝낸 갈령을 지난 형제봉
에서부터 포암산 구간의 마지막 부분이었던 수색골에서 다시 시작
된다. 속리산 형제봉에서 포암산 구간은 겨울산행으로는 극히 위
험하므로 지난 겨울이 닥치기 전에 끝냈다. 해가 떨어지고 별이 쏟
아지는 어둠 속에서 헤드랜턴도 없이 수색골을 빠져나오던 기억이
문득 떠오른다.

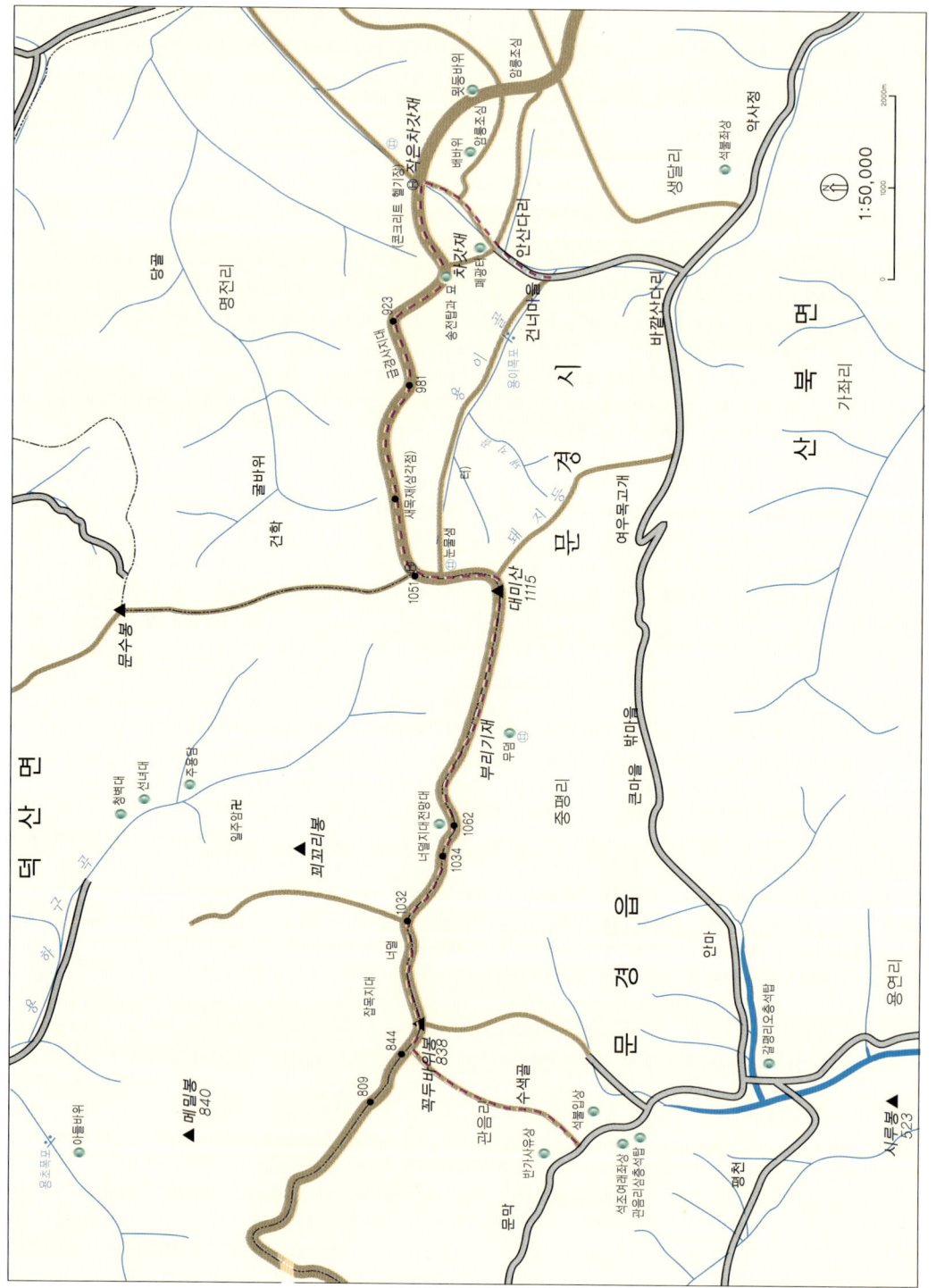

10시 55분에 능선에 올라섰다. 두 개의 큰 비석 같은 기암은 그때나 지금이나 그대로 서 있었다. 11시 25분 838미터인 꼭두바위봉 가는 능선길은 가지만 앙상한 산철쭉과 소나무는 눈과 서리를 머리에 이고 상고대를 피웠다. 능선은 온통 하얀 선이다.

산철쭉과 잡목이 우거지고 다시 신갈나무와 굴참나무가 상고대를 피운 긴 오르막을 치니 너덜지대가 나오고 곧이어 11시 35분에 북으로 꾀꼬리봉 가는 갈림길이 있는 1,032봉에 닿았다. 그 봉우리는 노송이 군락을 이룬 암봉이었고, 암릉을 타고 내려서 뒤돌아본 순간 숨이 막혔다. 좌측 능선은 소나무가 상고대를 이고 선을 그리면서 정상을 향해 치달아 올라가고 정상은 마치 관을 쓴 것 같은데 산의 심장부는 온통 흰 암벽이었다.

군데군데 바위길이 이어지기도 하는 1,000미터 이상의 평탄한 능선길이 이어지며 1,034봉에 올랐을 때는 싸라기눈이 날리기 시작한다. 하늘은 트이지를 않고 계속 잿빛이다.

1,034봉을 내려올 때 까다로운 바윗길에서 쩔쩔매고 있으니 뒤따르던 민 회장이 웃는다. 아이젠을 채웠다. 산길은 황갈색 낙엽이 수북히 쌓였고 그 밑에는 눈이 얼어 있다. 좌우에 심한 벼랑은 없으나 미끄러운 길에서 안간힘을 쓰다 보면 일 없이 에너지만 소모된다. 그리고 눈이 녹아 질척거리는 곳에서도 아이젠은 소용에 닿는다.

12시에 또 하나의 봉우리를 넘으니 다시 평탄한 길이 이어지며 이제 태양은 중천에 떠서 구름 속을 넘나든다. 흰눈 위에 길 좌측으로 적, 황색잎을 단 단풍나무가 줄지어 있고, 우측으로는 키 낮은 산죽의 초록잎이 이어지며 신갈나무는 흰 눈꽃을 피우고 있다. 당단풍나무는 독하다. 그 혹독한 눈보라와 추위 속에서도 붉은 잎을 달고 있었다. 그리고 산죽은 지리산, 덕유산, 속리산 어름에서 본 이후로 처음이다.

완만한 경사의 오름길에 좌측으로 너덜이 나타나고 70~90센티

미터 높이의 정성스레 쌓아올린 돌탑 7~8기가 보인다. 12시 20분에 대미산인 줄 알고 올라선 봉우리에는 조그만 공터가 있었으나 표지목이나 표지석이 없다. 1,062봉이었다.

　이제부터 환상의 세계를 거닌다. 12시 20분 1,062봉에서부터 부리기재를 앞둔 암봉에 이르는 12시 55분까지다. 길은 완만한 오르내림과 평탄함이 이어지며 서서히 고도를 낮춘다. 태양은 구름 속을 헤치고 다니면서 밝은 빛과 잿빛을 번갈아 연출하고, 능선은 황갈색 낙엽으로 덮여 있다. 초본류 줄기에서부터 키가 큰 나무에 이르기까지 모두 흰 눈꽃을 피우고 있다. 설화다!

　태양이 구름 속을 헤쳐나올 때면 그 눈꽃들은 비오듯 후드득 떨어진다. 지면에 떨어진 잔해는 새의 깃털 같은데 자세히 보니 눈이 성에모양을 하고 있다. 구름이 태양을 가리면 설화의 낙하는 멈춘다. 언뜻 진행방향에 히말라야 설산이 하늘에 높이 떠 보여서 눈을 비비니 키 큰 소나무 군락이 설고대를 한 무더기 피우고 있는 것이 아닌가! 눈의 터널이며 설국이다! 꿈속을 헤매고 있었다. 하늘은 온통 잿빛인데 북서로 뒤돌아본 꾀꼬리봉의 능선과 암벽들이 어느 순간 그 부분만 비추이는 태양빛으로 인하여 기묘한 색조와 환영을 연출하고 있었다. '황금성'이다. 그 성은 잠시 후에 사라졌다. 태어나서 한 번도 본 적도, 들은 적도 없는 환상의 세계였다.

눈이 어질어질하고 머리는 멍해지며 콧등이 시큰하고 발은 갈 '之' 자로 비칠거리다가 12시 55분 암봉에 이른다. 부리기재가 내려다보이고 이제야 대미산인 듯한 장엄한 봉우리가 건너다보인다. 내리막은 경사가 심했다. 좌측 북으로 하설산(1,027.7미터)에서 메두막(1,099.5미터)으로 이어진 능선은 모두 설화를 피우고 흰 선을 그리며 그 심장부는 각각 흰 암벽으로 빛나고 있었고, 남으로는 산 북면의 마전령을 잇는 925봉과 939봉이 밖 마을을 거쳐 여우목고개 쪽으로 잦아들고 있었다. 좌측으로는 고사목 하나가 비탈에 누워 있었다. 대미산 오름은 좌측으로 검은 수림이었고, 우측의 능선과 산록은 온통 흰색이었다. 1시 10분에 부리기재에 내려섰다. 이재는 북서로 제천의 용하구곡으로 내려서며 남으로 문경의 '밖 마을'로 내려선다.

대미산 오름길 조금 위 왼편에 '포암산 3.5시간, 대미산 40분, 부리기재 900미터'라는 표지목이 서 있다. 검은 큰 새 한 마리가 끼룩끼룩하면서 머리 위를 맴돌더니 대미산 쪽을 향하여 높이 날아간다.

1시 55분에 대미산 정상에 선다. 정상은 2~3개의 봉우리에 감추어져 있어 매번 속았다. 전면에 '대미산 백두대간 해발 1,115미터' 뒷면에 '단기 4328년 10월 22일, 산들 모임'이라 적힌 70여 센티미터의 돌비석이 얼기설기 층을 쌓아올린 높이 60~70센티의 돌무더기 위에 놓여 있다. 억새가 무리 지어 있는 공터였다. 이제 하늘은 잿빛에서 점점 흰색으로 변하나 아직도 시커먼 구름은 간간이 바람에 밀려가고 있었다.

점심은 작은 컵라면, 미 8군 닥터 리의 햄버거로 하고 민 회장이 오래 만에 선보이는 노가리찜으로 정상주를 한 뒤 사과, 귤, 커피로 마무리를 했다. 노가리찜은 민 회장의 안사람이 시장에 가서 싱

225

싱한 노가리만 골라 양념을 넣어 찜을 한 것으로 6개월 전쯤 우리
일행이 백두대간 산행시에 당분간 스스로들 금주령을 내릴 때 사
라졌는데 실로 오랜 만에 그 기막힌 맛을 보게 되었다.

2시 25분에 일어섰다. 동남으로 능선을 뒤로하고 정북으로 대간
을 짚었다. 내리막에 멀리 문수봉(1,181.9미터)이 좌측 능선에서 하
얀 눈을 이고 떠 있다. 이제는 쪽빛 하늘에 흰 조각구름들이 여기
저기서 대 소용돌이 후의 정적을 지키고 있었다.

안부에 이르고 완만한 경사를 오른 후 2시 35분에 1,051봉에 닿
았다. '황장산 4시간, 대미산 40분, 문수봉 1.8킬로미터' 표지목이
있다. 대간은 직각 우회전하여 헬리포트를 지나 정동으로 향한다.
내리막을 치면서 우측으로 대미산과 1,051봉의 중간쯤 아래에 키
큰 나무가 한 그루 있는 널찍한 공터가 숲에 가려 있다. 그곳이 내
가 지나쳐 온 '눈물샘'이 있는 곳이다. 내리막은 좌우로 이깔나무
수림과 덩굴나무가 이깔나무를 지면에서 나무꼭대기까지 휘감고
있는 원시림이 계속된다. 오른편 아래로 저수지가 흰빛으로 반짝

이고 있어 개념도를 살펴보았지만 표시도 이름도 없었다.

2시 50분에 '새목재'에 이른다. 여기도 온 천지가 이깔나무 수림이다. 3시에 테라스봉, 3시 10분에는 826.4봉에 올라섰다. 길은 남동으로 꺾이고 내리막에는 멀리 송전탑이 보인다. 그 너머로 황장산(1,077.3미터)과 감투봉이 무서운 기세로 솟아 있다.

안부에서 급경사를 올라 3시 40분에 981봉에 서고 북동으로 다시 급경사를 내리고 올라 3시 50분에 멋진 소나무 한 그루가 있는 924봉에 닿았다. 대간은 '묏등바위'를 거쳐 황장산, 감투봉으로 이어지며 그 능선의 굴곡은 마치 톱날 같았다. 더 아찔한 것은 묏등바위 오름과 황장산의 또 하나의 지능상에 있는 백 길이 넘는 직각 벼랑으로 이루어진 '배바위'다. 그 두 개의 바위는 모두 흰 암벽을 품고 이쪽을 향하고 있었다.

남동의 내리막을 치니 3시 55분에 묘 2기가 있는 안부에 이르고, 4시에 송전탑을 지나 4시 3분에 묘 1기가 있는 안부에 이르렀다. '황장산 1시간 40분 대미산 4시간, 해발 760미터, 차갓재' 표지목이 서 있다. 이곳 수림은 전부 이깔나무다.

북동으로 오르막을 치고 4시 10분에 봉우리에 올랐다. 오늘의 마지막 봉우리다. 여기서 보는 묏등바위 뒷면은 마치 용이나 사자탈 춤 놀이에서 용이나 사자가 춤을 추며 나아가는 것을 뒤에서 보는 것 같았다. 묏등바위 아래 '배바위'에는 왼쪽 밑둥치에 수십 길의 빙폭이 걸려 있었다. 이제부터는 완만한 내리막이다.

4시 15분에 산길 좌우로 30여 미터도 넘는 이깔나무 5그루가 쓰러져 수림에 뒹굴고, 2그루는 60도로 쓰러져 다른 나무에 기대어 있다. 송진냄새가 물씬 나는 푸른 소나무숲 곁에는 신갈나무도 자리하고 있다. 그 외에 보이는 것은 전부 이깔나무였다.

4시 17분에 '작은 차갓재'에 이른다. 길 바로 옆 우측에 기둥모양의 중턱이 잘린 소나무 30여 개를 보고 수상히 여겨 둔덕을 올라서니 양지바른 헬리포트가 나오며 그곳에도 똑같은 모양의 소나무가 70여 그루나 있었다. 헬기가 뜨고 내리는 데 장애가 되었던 모양이다.

오늘은 여기까지다. 지금부터 우측 직각으로 배창골을 타고 내려간다. 하산길 우측은 여전히 이깔나무가 수림을 이루고 좌측 계곡에는 적, 황색잎을 단 단풍나무 군락이 있다. 검은 계곡의 바위들은 흰눈을 이고 흑백의 묘한 조화를 이루고 있었다. 4시 26분 우측 사태지역이 벼랑을 이룬 것을 보고 놀란 가슴은 좌측으로 하늘 높이 배바위의 정상과 능선의 소나무와 수백길 벼랑을 이룬 암벽을 보고는 자지러졌다.

이제 계곡은 넓어지고 얼음이 녹은 물로 소리내며 흘러간다. 널따란 바위가 있는 소에 빠져 피로를 씻어냈다. 휘파람을 불고 내려오다가 4시 55분 길옆 우측에 동굴 같기도 한 폐광터를 마지막으로 보았다.

안생달 ▶ 작은차갓재 ▶ 황장산 ▶ 감투봉 ▶ 황장재 ▶ 치마바위
폐맥이재 ▶ 벌재 ▶ 돌목재 ▶ 문복대 ▶ 옥녀봉 ▶ 저수령

세 개의 치마바위

2002년 3월 17일 새벽!

이제 해 뜨고 지는 시각은 오전 오후 각각 6시 40분 경이다. 8시 10분 경에 호수의 수면 위로 새들이 날갯짓을 하며 한가로이 비행을 하고 금대천과 이화령 터널을 지나 여우목과 관음리에서 발원하는 '신북천'을 거슬러 올라가면서 지난 비에 불어난 개울의 물소리가 들리는 듯하고 농부들은 농기구를 손에 들고 바지런히 움직이고 있었다.

당포를 지나면서 천변 논둑에 드문드문 늘어선 노송들과 시루봉의 지능선, 백두대간의 지능선들이 신북천 개울가에 빚어내는 기괴한 암벽의 절리된 곳에 뿌리박고 있는 노송들은 정선의 동대 천변을 따라가는 소금강보다 못할 것이 없다. 봄이 눈 가장자리, 귓가 그리고 코끝에 성큼 다가와 있다. 10시 15분에는 대간과 천주산, 공덕산, 운달산을 잇는 능선이 만들어낸 해발 620미터의 '여우목 고개'를 넘었다. '여우목 고개' 못미처 여우목 마을에는 가톨릭 성지가 있다. 순교자들은 탈출구 없는 협곡에 갇혀 죽음을 맞이했

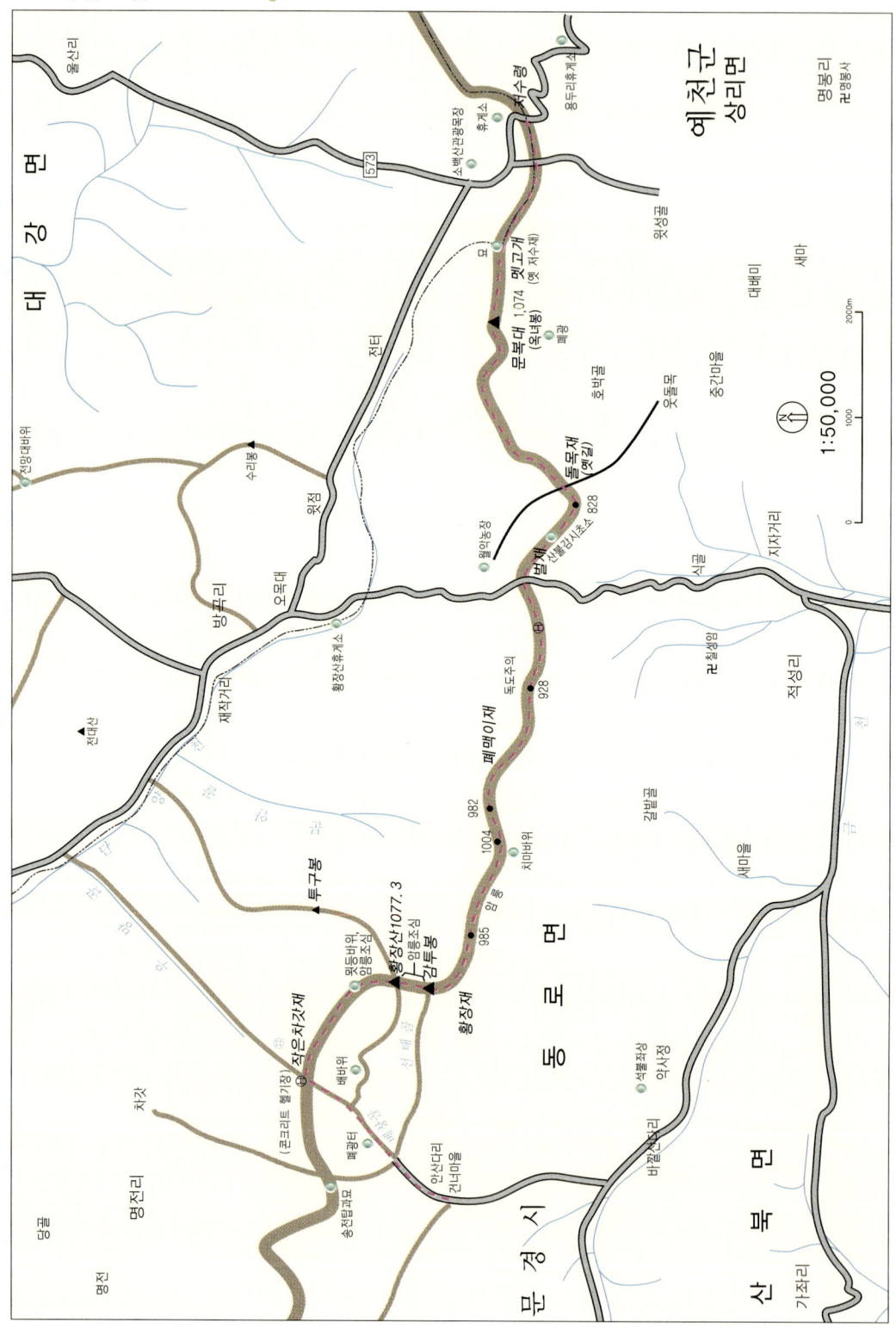

예천군
상리면

대강면

명봉리
권영동사

올산리

573
소백산관광목장
휴게소
윗성골
옹두리휴게소
저수령

문복대 1,074
(옥녀봉)
옛고개
(옛 저수재)
묘
폐광
호박골
새바미
대바미
새마

1:50,000

중간마을
N
2000m
1000

전망대바위

수리봉
밭밑골
어은재
윗점

호박골
못등골
돌목재
(옛길)
윗돌목

찌거리
지자거리

윗돌목
산불감시초소 828
남재
작은물농장
권철성씨

적성리
진대산

황정산휴게소
제작거리

밭방골
928
독도주의

권벌골
골밭골
이골
새마

문경시

투구봉

982
1004
982
치마바위
985
임골

동로면

새별이을

권벌골

선물작성
약사정
신산리
가천리

황정산1077.3
윗능조실
왕골
신태골
윗능조실
감투봉
황장재

멋등바위
왕골조심
베바위
폐광터
명전리

작은차갓재
(콘크리트 헬기장)
안산다리
건너마을
숯전탑라면

신산리
가천리

명전

으리라!

10시 20분에 안생달에 내려 '폐광터'를 지나 오른쪽으로 '배바위'를 치어다본 후 10시 45분에 소나무 중턱이 잘리고 헬리포트가 있는 '작은차갓재'의 능선에 올라섰다. 마을 어귀의 길섶에는 쑥이 돋아나고 버들개지는 연초록의 움을 틔우고 있었으며, 잔설은 감쪽같이 사라지고 '배창골'의 물소리는 바위들을 타고내리면서 '졸졸' 거리기도 하고 '우당탕' 거리기도 하였다.

2개의 봉우리를 넘자 '배바위'의 흰 암벽은 시야에서 사라지고 그 암벽을 품은 뒷편의 산자락과 능선은 푸른 수림으로 가득하다. 11시 20분 경에 응달진 곳의 눈이 얼어붙은 길을 조심스레 올라가니 큰 암 봉이 앞을 가로막고 20여 미터나 되는 동아줄이 암봉 위 소나무에 걸려 있다. '묏등바위'다. 이 바위는 멀리서 보면 능선 위에 커다란 묘를 써놓은 형상을 하고 있다. 두 손으로 잡은 줄은 보조로 눈과 발은 암벽 사이의 발디딜 곳을 찾아 올랐다. 암반을 지나니 오른쪽으로 거대한 바위를 가로질러 가는 루트가 굴곡이 지면서 턱과 크랙으로 이루어져 있었다. 그 길이는 오륙 미터쯤 되었고 오른쪽 아래는 절벽이었다. 그곳에는 서너 가닥의 가는 줄이 매어 있었다. 배낭과 몸의 균형을 유지하면서 줄을 잡고 유격훈련 하듯이 가볍게 건넜다.

사물의 묘사는 정확을 기하여야 한다. 어느 산행기에선가 자기 기준으로 이곳의 위험이 과장되게 묘사된 글을 읽고 얼마나 간을 졸였던지! 그래서 오늘 신발도 릿지화를 신고 왔다. 그 글은 '위험'이 너무 과장되어 있었고 객관적이지는 못했으나 오늘 구간에서 그 중 난도가 있는 곳이 '묏등바위'인 것은 사실이었다. 백두대간상 속리산에서 시작된 한반도 중부의 기암봉 전시장은 이곳 황장산 부근에서 끝난다. 이제 도솔봉 부근, 한계령 못미쳐 만물상이 끝나는 곳에 있는 암릉과 설악산 공룡능선을 제외하면 흙길을 밟게 된다. 아기자기한 암릉길의 재미나 기암괴석에 발길을 멈추는 일도 오늘로 마지막이다. 와중에 '묏등바위' 자락의 자작나무숲과 대미산 밑등치의 이름없는 에메랄드빛 저수지도 보았다.

소나무가 어우러져 있는 능선을 지나 11시 25분에 황장산에 올랐다. 가로 30 세로 20센티미터의 반석과 가로 20, 세로 10, 높이 90여 센티미터의 화강암 표지석의 전면에 '황장산 1,077미터', 양 옆면에 '원명 작성산' '새재산악회'라 씌어 있었다.

황장산 정상

이 산에는 황장목이 많이 난다. 황장목은 베면 속이 노란색을 띠는 재관(梓棺)을 만드는데 쓰이는 질이 좋은 소나무로 조선 숙종 때 이곳이 벌목과 개간을 금지한 '봉산'으로 지정되었고, 북서쪽 명전리에는 '봉표'가 있다고 한다. 또한 고려시대 공민왕이 이곳에 피난을 왔을 때 황장재에서 북동으로 흘러가는 문안골의 반석지대를 지나 석문 있는 곳에 '작성산성'을 쌓았다고 하는데 그래서 '작성산'이라고도 한다.

주위를 둘러보고 암릉을 내려오다가 '산울림 백두대간 종주팀' 중의 한 분인 김 선생을 만났다. 이 분은 지난 2월 14일 산울림산악회의 점봉산 심설산행 때 알게 된 분인데 자기는 진부령에서 중산리까지 백두대간을 남하하는 팀에 끼어 주령을 넘었다고 했다. 그런데 2002년 3월 17일 11시 35분 황장산 암릉길에서 서로 마주하게 된 것이다. 기진맥진한 서로를 보고는 이 특이한 만남의 정을 나누었다. 그 팀의 두 사람과 우리 일행이 기이한 눈으로 보고 있는 사이 무사산행을 빌며 작별을 고하고는 각각 길을 비켜 등을 지고 멀어져 갔다.

50여 미터의 칼날 같은 암릉을 타고 11시 50분에 감투봉에 올랐다. 황장산에서 서로 내린 능선은 배바위를 품고 배창골을 만든 능선과 이곳 감투봉에서 남서로 뻗은 능선은 기기묘묘한 바위들을 품고 산태골과 토시골을 가르고 있었다. 남동으로 급경사 내리막을 이룬 끝에 황장재가 숨겨져 있고 건너편 봉우리 헬리포트가 손짓하고 있었다.

12시에 급경사 내리막을 치면서 15여 미터의 고목이 쓰러져 산길을 막고 밑둥치가 터널을 만들고 있는 곳에서는 그 아래로 허리를 굽히고 지나야만 했다. 12시 2분에 '당단풍나무'가 무리지어 있는 사거리 황장재를 거쳐 12시 8분에 전망 좋은 헬리포트에 이른다. 985봉이다. 어제 신문에 보도된 황사현상으로 먼 곳은 시계가 좋지 않았으나 이곳 주위는 뚜렷하다. 북서쪽의 황장산에서 감투

233

© 박한식

**황장산 암릉,
좌측이 묏등바위다**

봉으로 이어가는 암릉과 기암을 품고 있는 그 산자락들 그리고 북동쪽의 황장산에서 갈려나간 투구봉, 감투봉에서 갈려나간 배바위 능선 마지막으로 감투봉에서 대간으로 이어온 급경사 내리막 등의 풍광에는 숨이 막혔다. 투구봉은 북한산의 사자능선에서 바라본 보현봉과 흡사했다.

985봉에서 난도가 심한 암릉을 내리고올라 12시 10분에 무명봉에서 바라본 진행방향인 동쪽의 산봉우리 오른쪽 사면은 조령 3관문 가기 전의 치마바위봉이나 포암산 남쪽 사면과 똑같았다. 오늘 치마바위는 세 개를 보았으며, 처음 본 것은 1,004봉 남벽이고, 두 번째 것은 982봉 남벽이며, 마지막 것은 928봉 남벽이었다. 그 각각은 하나가 보이면 다른 것은 사라졌는데 모두 '동로면'을 향하고 있었다. 높은 산의 정상이 늘 나를 속이듯이 이곳의 치마바위도 나를 속인다. 아니다! 산이 나를 속인 것이 아니라 내 자신이 미욱한 탓이었다.

어쩌하든 나는 오늘 세 개의 거의 비슷한 치마바위를 보았다. 그 중 어느 것을 '치마바위'라 칭한 들 그것은 사람들이 명명한 것으로 어느 것이 옳고 그름은 그렇게 중요한 의미를 가지는 것이 아닐 것이다.

985봉을 지나면서 오르내림의 급경사 암릉 때문에 제대로 보지 못 하였는데 언제 어느 지점부터인가 줄기와 가지가 흰 키 높이의 잡목이 진행방향으로 빽빽이 능선 좌우를 장악하고 있었다. 이는 높이 오를수록 키를 낮추고, 고도가 낮아질수록, 능선에서 벗어날수록 키가 커진다. 이 흰 잡목의 행렬은 오늘의 마지막 지점인 저수령까지 계속되었으며 다만 좌측 또는 우측으로 이깔나무, 소나무, 자작나무가 나타날 때에는 그 모습을 감추곤 하였다.

급경사를 내려와 12시 15분에 안부에 이른 후 땅만 보고 셈을 하며 오른 곳은 조금 전 무명봉에서 본 치마바위로 개념도상 '치마바위'로 표시된 1,004봉이다. 시각은 12시 20분이었다. 북서풍은 귀곡성을 내면서 능선의 낙엽을 쓸어가고, 흰 잡목숲은 암릉과 같이하고, 큰 바위가 있는 북사면으로 돌아가는 곳은 눈이 얼어 미끄러웠다.

조금 후 책을 포개어 놓은 듯한 높이 70~80센티미터의 하얀 바위가 수십 개 나타나 호기심에 능선 오른쪽으로 고개를 내미니 수백 길 암장이 진행방향 눈 닿는 데까지 80도로 곧추서 있다. 봉우리인 듯한 곳에는 잔 소나무가 대여섯 그루 바위에 뿌리를 박고 있었으며, 두 번째 치마바위인 982봉이다.

길은 내리고 오르더니 다시 능선 오른쪽으로 흰 암장을 볼 수 있었고 12시 25분에 970봉에 올랐다. 조금 후에 갈림길에 서게 되었다. 대간은 우측 비탈의 남동으로 꺾이고 좌측의 북쪽 능선은 문안골과 삼밭구미곡을 가르며 방곡리로 잦아든다.

12시 30분에 폐맥이재를 지나 12시 45분 정상에 바위와 소나무가 걸린 봉우리에 올라서 본 우측 982봉은 잔 소나무와 커다란 바위를 이고 있었다. 그 남사면은 흰 암장이 드리워진 오늘의 세 번째 치마바위였다.

12시 55분 928봉 능선에 '황장재, 방곡리, 벌재'로 가는 방향표
시와 '해발 928미터, 대간은 우측 내리막길로'라고 쓴 가로 20, 세
로 15센티미터의 표지판이 중키의 자작나무 줄기에 매달려 있었
다. 내리막은 급했고 소나무 고사목이 뿌리째 뽑혀 길가에 가로누
워 있었다.

당단풍나무가 무리 지어 있는 안부를 지나 수피에 흰 띠를 두른
자작나무숲 건너에 있는 좌측 지능선에는 소나무들이 열병식을 하
고 있었다. 다시 봉우리를 하나 넘어 적성리 쪽에서는 세찬 바람이
불어오나 방곡리 쪽은 쥐 죽은 듯이 고요한 이상한 능선 위에서 요
기를 하기로 했다. 1시 15분이었다.

따뜻한 커피를 마지막으로 1시 40분에 배낭을 추스르고 완만한
경사의 기분 좋은 능선 길에서 콧노래를 부르다가 노송 3그루가
있는 암봉에 올랐다. 마지막 치마바위와 멀리 황장산 부근의 투구
봉이 고개를 내밀고 배웅을 한다. 또 하나의 봉우리를 지날 때에는
하늘에 뭉게구름이 군데군데 떠 있고 남쪽 적성리 너머로 왼쪽에
서 오른쪽으로 천주산, 공덕산, 운달산이 달려가며 천주산은 큰 종
을 하늘에 매달아놓은 형상을 하고 있다. 떨어진 황갈색 낙엽은 땅
에 미생물이 살아 있어야 썩는데 산성비가 미생물을 죽이기 때문
에 낙엽은 썩지 못한다. 썩지 못하는 뻣뻣한 낙엽을 보니 혈관이
경화되는 것 같은 애처로움이 치민다. 2시 10분에 헬리포트를 지
나 2시 15분에 '벌재'에 닿았다.

벌재는 대간을 남북으로 가르며 이 재를 따라 북상하면 충북 단
양 군 대강면 방곡리에서 경북 문경과 도계를 이룬다. 우선 가슴
속까지 서늘해지는 황장산 약수를 서너 컵 들이키고 주위를 살피
니 큰 안내판에 '황장산 북쪽계곡에 산성이 있어 작성산이라고 한
다'는 것과 '산 들머리에 봉산표석이 있고 수려한 암봉을 품고 있
는 산'이라고 적혀 있다.

대간은 도로를 가로질러 나 있었다. 벌재를 내려오면서 멀리 높이 아득히 보이던 '문복대'를 다시 올라야 된다고 생각하니 사지에 힘이 빠진다.

포장도로를 가로질러 야트막한 봉우리를 오르고 내리니 묘 1기가 나타나고 다시 포장도로를 건넜다. 그 길가에는 '문복대(운봉산) 1,074미터'에 대한 큰 설명판이 있었으나 그 글을 읽어볼 마음의 여유가 없었다.

2시 35분에 노송 4그루의 봉우리를 넘고 참나무 숲길을 지나니 다시 흰 잡목구간이 자리하고, 2시 45분에 봉우리인 줄 알았던 곳에는 2미터 정도의 사각 철제받침대 위에 2미터 높이의 알루미늄 새시로 근사하게 지은 산불감시초소가 있었다 베니어판으로 만든 밑바닥은 내려앉아 있었다.

2시 53분에 828봉에 올랐다. 북동으로 문복대가 몇 개의 봉우리 뒤에 가려 보일락말락하면서 접근을 꺼리는 듯하니 가도가도 끝나지 않고 잡히지도 않는 악몽을 꾸는 것 같았다. 828봉 내리막 우측에서부터 시작된 짙은 초록의 송림은 문복대 남사면 호박골 쪽으로 산자락의 4~5부를 온통 뒤덮고 있었다.

좌측 이깔나무 수림을 지나 2시 55분 안부에 이르니 폐묘 1기가 있다. 거목을 사이에 두고 대간을 가로지르는 옛길이 뚜렷하다. '돌목재'다. 남동으로 동로면 석항리로 가는 길인데 '석항'의 순수한 우리말이 '돌목'이다.

돌목재를 지나서 오름길은 숨이 턱에 닿는 급경사였다. 좌측에는 20~30미터의 이깔나무 수림이 자리하고 뒤돌아본 대간에서는 황장산, 투구봉이 애틋한 눈으로 힘겹게 오르고 있는 나를 지켜보고 있었다.

3시 5분에 테라스형봉에 오르니 법구경을 적어 코팅하여 키 작은 나무에 매달아 놓았다.

237

성 안내는 그 얼굴이 참다운 공양구요
부드러운 말 한마디 미묘한 향이로다.
깨끗해 티가 없는 진실한 그 마음이
언제나 한결같은 부처님 마음일세

3시 10분에 다시 테라스봉을 지나 3시 20분에는 1,020봉에 올랐다. 동으로 제일 높이 보이는 봉우리가 문복대인 것 같은데 그 중간의 봉우리들이 마치 이빠진 톱날 모습을 하면서 능선으로 이어져 가고 있었다. 흰 잡목숲은 여전히 능선을 장악하고 능선자락에는 수피에 흰띠를 두른 자작나무가 수림을 이루고 있다. 키 큰 참나무도 거든다. 3시 25분, 3시 34분에 각각 봉우리를 지나고 3시 40분에 소나무 2그루가 있는 암봉, 3시 46분에 노송이 버티고 있는 봉우리를 지나 드디어 3시 52분에 문복대에 올랐다.

큰돌로 얼기설기 단을 쌓아 그 위에 가로 80, 세로 30, 높이 10센티미터의 화강암 기단을 얹고 그 위에 가로 90, 세로 70센티미터의 경치돌에 '문복대 백두대간 1,074미터' 라 써놓았다. 기단의 이음

문복대 정상

새에 시멘트가 굳도록 흰 천을 둘러놓은 것으로 보아 세운 지가 얼마 되지 않은 모양이다. 조망을 위하여 굵은 참나무 10여 그루를 베어내었고, 그 주위에는 노송 대여섯 그루가 있었다. 남쪽으로 천주산, 공덕산이 뚜렷하고, 호박골에는 '폐광터' 가 내려다보인다. 북으로 수리봉, 황정산, 도락산이 차례로 늘어서 있다.

3시 55분에 배낭을 챙겨 문복대를 내려갔다. 북서풍이 윙윙거리는 북쪽 산사면은 잔설이 남아 있고, 큰 바위들이 군데군데 자리하고 있었다. 4시경 안부에서 바라본 진행방향의 1,050봉은 특이했다. 그 봉우리는 산자락의 심장부에 큰 기암 두 개를 품고 있었다. 호박골 쪽으로 내리는 능선의 7~8부에 거대한 항공모함 형상의 바위 두 개가 그 봉우리를 향해 능선을 따라 올라가고 있었다. 4시 5분에 도착한 1,050봉은 거대한 바위를 이고 있었다.

이제는 기분 좋은 내리막길이다. 우측은 20~30미터의 이깔나무 수림이, 좌측에는 수피가 하얀 가늘고 키가 큰 자작나무가 동행을 한다. 북동으로는 깨끗하게 파란 지붕을 얹어 건립한 소백산관광목장이 내려다보이고 숲이 내뿜는 정기에 심신은 날아간다.

4시 20분 탈출로로 생각한 '옛 저수재' 에 이르러 뒤돌아본 1,050봉의 능선은 바위 항공모함과 기암들의 굴곡이 석양빛을 받아 실루엣을 드리우고 있었다. 오늘 탈출은 이곳 옛 저수재가 아니라 봉우리 두 개를 더 넘어야 하는 '저수령' 임을 알아차리고는 주저앉고 싶은 마음을 다시 추슬렀다.

시지푸스는 '다시 굴러떨어질 것을 뻔히 알면서도 산 위로 바위를 밀어올려야 하는 영겁의 형벌' 을 받는다. 그러나 카뮈는 '다시 굴러떨어질 것을 알면서도 수만, 수천, 수억 번 바위를 다시 밀어올리는 시지푸스의 모습에서 실존을 대면하는 진정으로 위대한 인간의 응당한 자세' 를 간파해 낸다.

시지푸스는 동일한 구간에서 바위를 밀어올리고 굴러뜨리는 행위를 반복하는 반면 대간의 봉우리를 넘나드는 것은 연속된 구간

239

에서의 오르내림의 반복이다.

4시 23분에 900봉을 지나 내려오니 산판도로가 나타나고 길 옆에 '옥녀봉 해발 1,080미터'라 쓴 낡은 표지목이 서 있다. 개념도 상 이 부근의 제일 높은 봉우리는 1,077미터로 어떤 책에는 '운봉산' 문경 동로면 석항리 사람들은 '문봉재'라고 하나 정상 표지목에는 '문복대' 이곳 표지목에는 '옥녀봉'이라고 되어 있다.

4시 34분에 920봉에 오르니 대간은 직각 왼쪽으로 꺾여 북동으로 내려간다. 여태까지는 좌측이 자작나무, 우측 이깔나무가 줄곧 따라 왔으나 이곳 내리막부터는 좌측으로 이깔나무, 우측으로 짙은 소나무 수림이 자리하고 있다. 저수령이 내려다보인다.

예천에서 북서로 곧장 올라오는 972번 국도는 저수령에서 573번 국도로 바뀌어 북으로 직진하면서 충북으로 올라간다. 남동의 예천 쪽은 대여섯 굽이를 굽이굽이 휘돌아 내려가 분지를 이루고 북의 단양쪽으로는 단양팔경을 이루어 놓는다.

4시 37분에 2미터 정도의 사다리를 내려 저수령 마루에 섰다. 널따란 도로를 건너니 '저수령'임을 표시하고 이를 설명한 집채만한 경치돌과 마주한다. 단을 만들고 가로 세로 높이 각각 7, 5, 3미터 화강석이 놓이고, 전면에 가로 세로 각각 3, 1.5미터의 검은 돌에 흰 글씨로 저수령의 유래가 적혀 있다. 그 위에 가로 세로 각각 7, 5미터의 경치돌을 얹어놓았다. 그 경치돌의 중앙에 '저수령 저수재, 경상북도'라고 검은 붓글씨체로 새겨져 있었다. 아래 기단의 검은 벽에는 흰 글씨로 각인되어 있었는데 요약하면 이렇다.

경북과 충북의 경계 저수령 해발 850미터
고개가 높아 머리를 숙여 넘어야(低首嶺)
풍곡저리 쪽으로의 피난 길
외적들은 목이 잘려 죽임을 당한다
1997.10.29. 건립, 경상북도지사 예천군수 글씨 초정 권창륜

573번 국도를 타고 남조천을 지나면서 '사인암', '단양팔경'을 가리키는 안내판과 땅거미가 질 무렵에는 서쪽 산마루에 처연히 떠 있는 상현달을 보게 된다. 상현달과 하현달의 구분은 '오른손으로 북돋우고 왼손으로 쓸어내린다'.

묘적의 세계

2002년 4월 7일 오전 7시!

하늘은 옅은 비구름으로 덮여 있고 태양은 수줍은 듯 간간이 얼굴을 내민다. 차는 남쪽으로 단양군 대강면의 남조천을 거슬러올라 중말을 거쳐 정각 10시에 저수령에 도착했다.

10시 10분에 테라스봉에 올라서니 좌측으로 철망이 시작되고, 10분 뒤에는 우측으로 '용두휴게공원 가는 길'이란 표지판이 서 있다. 10시 25분에 키 작은 억새가 덮인 봉우리에 올랐을 때는 주변에 온통 운무가 몰려들고, 길섶에 떨어진 빗방울은 순간순간 얼굴을 내미는 햇살을 받아 반짝인다.

나는 태양을 등지고 있다. 내심 1997년 9월 13~14일에 걸쳐 오회장을 따라 설악산 석주리지를 할 때 희야봉을 오르기 위하여 '나이프 리지'에 섰을 때 본 그 환상적이고 신비로웠던 '브로켄 현상'을 기대하고 있었다. '브로켄 현상'은 주위가 트인 산봉우리에서 태양을 등지고 앞쪽에 젖은 안개가 끼어 있을 때 그 안개 속에 자신의 그림자가 보이는 동시에 그 그림자를 신비한 광채를 띤 원

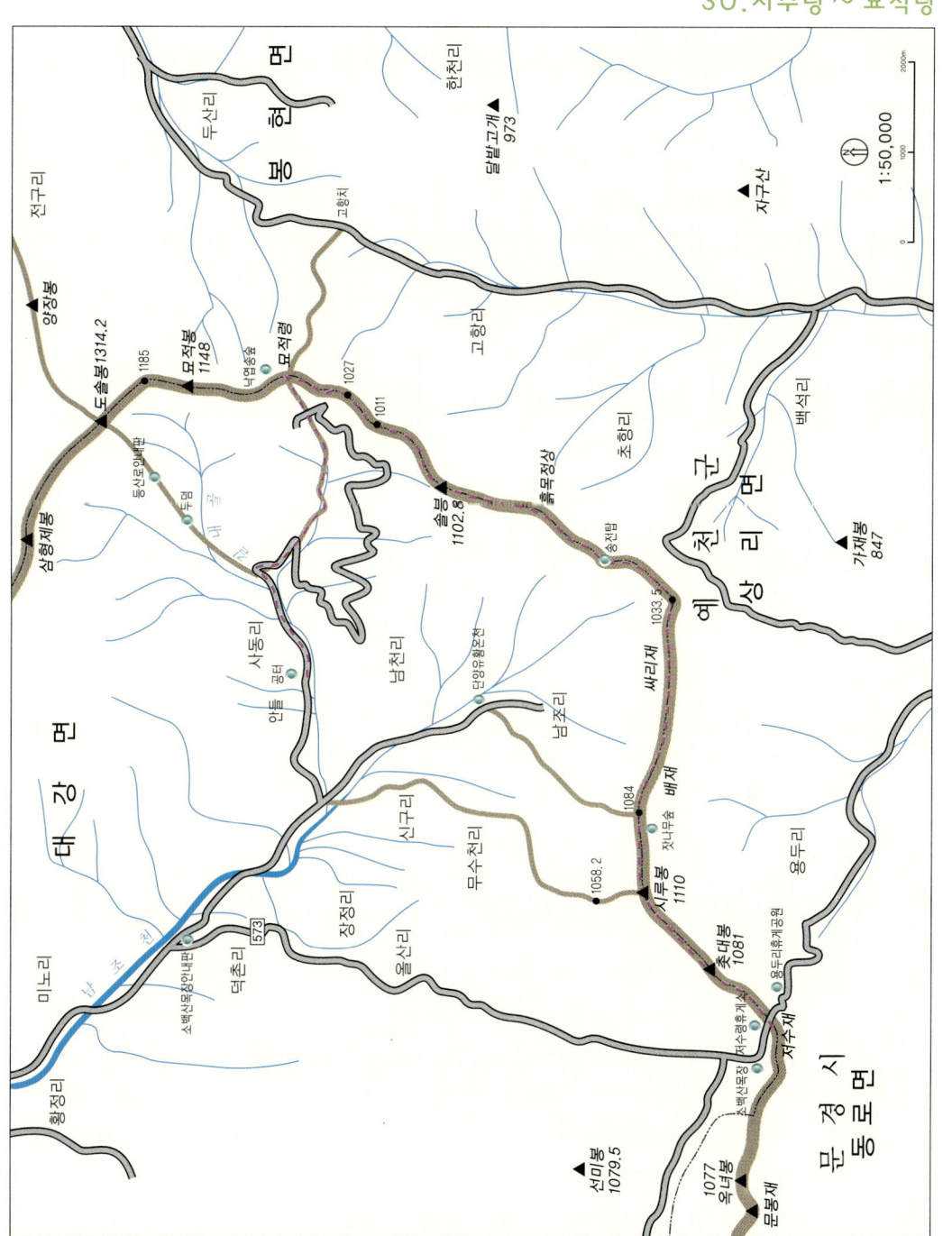

1:50,000

단양군

단양면

대강면

예천군 상리면

문경시 동로면

두산리

전구리

앵초봉

도솔봉1314.2

묘적봉
1148

낙엽송숲

묘적령

1185

삼형제봉

동산문화예판

두름

두름

사동리

공터

아름

남천리

신구리

무수천리

장정리

올산리

미노리

황정리

덕촌리

573

소백산목장안내판

한천리

달밭고개
973

고항치

고항리

조항리

묘목정상

솔봉
1102.8

송전탑

1033.5

씨리재

단양유황온천

남조리

배제

1084

잣나무숲

1058.2

시루봉
1110

촛대봉
1081

자구산

백석리

가재봉
847

옥두리

옥두리휴게소

옥두리계곡

저수령휴게소

저수재

소백산목장

선미봉
1079.5

1077

옥녀봉

문봉재

이 두른 현상이다. 테의 안쪽은 청색을 바깥쪽은 적색을 띠고 사람의 그림자가 들어 있는 중심부분은 밝게 보인다. 독일 등산가가 '브로켄산'에 오를 때 머리를 들어 위를 쳐다보다가 흉측한 요괴의 모습을 보고 놀라 추락사하였다는 전설이 있은 후 불길한 징조인 '브로켄의 요괴' 또는 '브로켄의 환영'이라고 불리다가 그 희귀성 때문에 산에서 만나면 영원히 죽지 않는다는 '영생불사'의 행운의 징조로 그 의미가 바뀌었다. 자신의 등 뒤로 태양이 밝게 비치고 전방에 안개나 구름이 짙고 균일하게 깔려 있으며 자신은 안개 밖에 있어야 볼 수 있다. 기대에 부풀어 한동안 걸음을 멈추고 숨을 죽이고 있었으나 석주리지에서 본 그 기이한 행운은 두 번 다시 나타나지 않았다.

10시 30분 '촛대봉 500미터, 고비 싸리밭' 표지목을 지나 10시 35분에 촛대봉에 올랐다. 그곳에는 '소백산 투구봉 해발 1,080미터 경상북도 예천군'이라 쓴 표지목이 서 있었다.

곧이어 헬리포트를 지날 무렵에는 태양은 세를 더하고 운무는 오른쪽 바위를 휘감고 돈다. 10시 45분과 10시 50분에 오르고 내린 암봉들에는 각각 괴상한 모습을 한 암괴들이 군데군데 도열하고 있었다. 표지는 없었으나 개념도상 나중 봉우리가 '시루봉'(1,110미터)이다.

시루봉을 지나 제법 가파른 내리막 끝에는 안부가 있고 그곳에서부터는 완만한 능선이 계속되었다. 좌우로 싱그러운 소나무숲이 끝없이 이어지며 헬리포트를 지나서는 우측으로 잣나무, 좌측으로는 키 큰 참나무숲이 계속된다. 인기척에 놀랐는지 까마귀는 '까악까악' 하며 하늘로 솟아오르고 땅에 떨어져 소복이 쌓인 솔잎과 가랑잎은 물기를 머금고 신발을 적시며 북서풍은 땀기를 말릴 정도로 선선히 불어온다. 완만한 능선을 오르내리다가 갑자기 급한 오르막을 친 후 11시 15분에 1,084봉에 이르렀다.

1,084봉 내리막은 경사가 심했다. 좌측의 참나무숲과 우측의 잣

나무숲은 별유천지에 들어 온 느낌이었고, 내리막에서 건너다보는 멀리 도솔봉에서 사동리로 흘러내리는 지능선은 안개 속에서 희미하게 유령처럼 한 가닥 선을 그리고 있었다.

11시 30분에 용두리로 내려가는 삼거리가 있는 안부에 '배재'에 닿았다. 급경사 오르막 끝에 11시 40분과 45분 각각 봉우리를 넘었는데 뒤에 것이 1,053봉이다. 오른 만큼 다시 내려서니 장끼 한 마리가 '꿩꿩' 하고 숲속을 진동시키면서 푸드덕 날아오르고 곧이어 11시 56분에 '싸리재'에 닿았다. 헬리포트가 있었고 모퉁이 1.2미터 정도의 말뚝에 목판으로 '흙목 정상 1.2킬로미터, 원 용두마을 2.66킬로미터, 배재 950미터'와 그 방향표시를 해놓았다.

싸리재에서 1,033.5봉까지는 오르내리기가 완만한 4개의 봉우리가 5분 간격으로 연이어 나타났다. 능선 우측으로는 20~30여 미터나 되는 이깔나무가 능선 아래로 줄을 지어 서 있었다. 12시 25분 1,033.5봉에도 싸리재에서 본 것과 동일한 표지목이 있었다. 거기에는 '헬기장 2킬로미터, 싸리재 1.2킬로미터, 임도 550미터'라 표시되어 있었다.

멀리 보이는 봉우리는 남면이 30여 미터의 석주 3개가 연이어 있는 암봉이었다. 바깥쪽 석주 위에 돌탑이 세워져 있었다. 호기심에 지친 다리를 이끌고 단숨에 달려가니 그 암봉 남벽은 온통 수직암벽이었고 돌탑은 그 높이가 1.5미터는 족히 넘었다.

그곳에서 진행방향으로 200여 미터쯤 간 곳에 다시 우측으로 30~40미터 높이의 수직암벽으로 된 암봉군이 나타났다. 이름을 알 수 없는 새가 '끼룩끼룩' 하면서 그 암봉군을 배회하고 있었다. 12시 30분 어름이었다. 민 회장은 수직 기둥바위를 타고넘어 돌탑을 보았으나 나는 어제 먹은 술기운에 도저히 그곳을 갈 수 없어 돌탑을 지나쳤다. 어제는 오랜 만에 대학 동기 4인방이 만나 학창시절을 떠올리며 코가 삐뚤어지도록 대취했었다.

완만한 경사의 오르내림을 두어 번 하는데도 얼마나 힘이 드는

245

지 앞서가는 민 회장은 12시 40분 송전탑이 세워진 안부에 이르러서야 비로소 멈추어 서는데 그렇게 고마울 수가 없었다. 늦게 일어나는 바람에 7시 출발하는 차도 겨우 탔으니 도시락은 물론 챙기지 못했던 것이다. 민 회장이 가져온 맨밥, 풋김치, 노가리찜, 인절미를 나누어 먹고 허기를 채웠다. 술은 쳐다보기도 싫었다.

1시 10분에 다시 먼 길을 가기 위하여 무거운 몸을 일으켰으나 물 먹은 솜이다. 1시 20분에 괴상한 바위를 안고 있는 봉우리를 지나 앞을 가로막는 봉우리는 어찌 그리 높이 보이는지! 두 다리는 꼬이고 입술은 타고 머리는 빠개진다.

1시 30분에 '흙목 정상'에 올랐을 때는 기진맥진하였다. 정상에는 헬리포트가 있고 표지목에는 '흙목 정상, 모시골 광산 1.9킬로미터, 초항마을 1.75킬로미터'라 적혀 있다.

1시 40분 경에 두 개의 봉우리를 오르고 내리면서 15~16센티미터쯤 되는 원추리 대궁과 노란 바람꽃이 삼동 설한풍을 이겨내고 기지개를 켜고 있는 것을 보고 1시 52분에 또 하나의 봉우리 우측 사면을 돌아서니 이제 도솔봉은 비로봉을 가리고 하늘높이 유령처럼 솟아 있었다. 운무는 어느 순간에 자취도 없이 사라졌고 태양은 눈부시며 하늘엔 조각 구름들이 날쌔게 남동으로 떠내려간다.

2시 5분에 '솔봉'(1,102.8미터)에 닿았다. 표지목에는 방향표지와 함께 '모시골 정상, 묘적령 1.7킬로미터, 모시골 마을 1.7킬로미터, 헬기장 1.95킬로미터'라 적혀 있다.

한북정맥상의 백운산 어름에서 본 흰줄 자작나무숲을 지나 2시 17분 1,011봉에 올랐을 때에는 도솔봉이 멀티비전처럼 망막 가득히 들어차며 두 뼘쯤 위에 흰구름 띠는 또 하나의 산맥을 만들어 놓고 있었다. 구름산과 구름산맥은 습기, 구름, 안개, 바람, 태양이 하늘과 산 그리고 땅을 배경으로 엮어내는 신비로운 조화다.

2시 30분에 1,027봉에 닿았을 때에야 술기운이 가시고 발걸음도 가뿐하였다. 불어오는 봄바람에 정신은 개운하고 어려운 고비는

다 넘겼다는 안도감에 마음은 날아간다. 그 봉우리에는 '묘적봉 1.95킬로미터, 모시골 정상 1.7킬로미터'라는 표지목이 있었다. 급경사 내리막을 치면서 우측 이깔나무 수림에 정신을 팔다가 봉우리 하나를 넘어서 왼쪽으로 꺾여내리니 2시 45분 묘적령이다.

'묘적'이라 함은 '선정(불교에서 참선하여 삼매경에 이름을 뜻한다)의 오묘한 경지에 고요히 들어간다'라는 뜻이다. '도솔'(도솔천)은 욕계육천(欲界六天)의 넷째 하늘, 즉 미륵보살이 사는 정토를 의미하니 우리가 앞으로 묘적봉(1,148미터)을 지나 도솔봉(1,314.2미터)으로 가게 되면 참선을 하여 도를 닦아 미륵정토의 세계에 들어가는 것과 다름없다.

오늘은 이곳 묘적령에서 왼쪽으로 꺾어 서로 '묘적령골'을 타고 사동리로 내려간다. '갈내골'은 우측으로 도솔봉과 삼형제봉의 지능선 사이의 계곡과, 좌측으로 도솔봉과 묘적봉의 지능선 사이의 계곡이 사동리 안들마을 위 간이화장실 있는 곳에서 합수하여 이루어진다.

묘적봉과 솔봉 사이의 묘적령에서 발원한 묘적령골은 간이화장실 아래에서 갈내골과 합수하여 사동리 안들마을을 적시고 남동에서 흘러 내려오는 '싸리골'과 장정에서 다시 합수하여 '남조천'을 이루어 북동으로 대강면의 넓은 들을 적시며 흘러가는 것이다.

묘적령골은 갈내골과 합수하기 전에 솔봉 지능선에서 내려오는 두개의 지계곡과 합수한다. 이 계곡이 그리 웅장하고 길고 멋있는 곳인 줄은 미처 모르고 있었다. 절경은 영원히 오지이어야 하고 교통이 불편하고 세상에 알려지지 않아야 한다.

묘적령에 닿자마자 서쪽으로 급경사 내리막을 엉덩방아를 찧으면서 내려가야 했다. 계곡은 2시 55분부터 시작되고 조그만 폭포와 임도를 지나니 본격적으로 그 모습을 드러낸다. 오른쪽 길섶에 자주색 초롱꽃이 살며시 얼굴을 내민다. 직폭, 와폭, 세폭이 연이어 나타나고 3시 10분, 3시 25분에 각각 왼쪽에서 내려오는 계곡과

247

합수하더니 3시 30분 경에는 지리산 백무동이나 설악산 수렴동계곡보다 더했으면 더했지 결코 그에 못지 않은 절경을 빚어내고 있었다. 우측 산자락에는 키가 크고 짙은 초록의 이깔나무 수림이 계곡을 따라 내려가고 있었다.

3시 40분, 갈내골 합수점이 바라다보이는 곳에서 바라보는 합수곡 어름의 배면 산자락 계곡변은 삼형제봉에서 내린 지능선이 수백 길이나 되는 바위절벽을 이루고 있었다. 설악산 천불동계곡의 축소판이다. 합수점 위 도솔봉에서 내려오는 계곡 왼쪽에는 '간이 화장실'이 서 있다. 깊은 골을 이루는 지능선의 산자락에는 운무가 반쯤 걸려 있고 태양은 구름 위에서 코발트빛 하늘을 자랑하고 있었다.

시퍼런 계곡물은 차가웠다. 물 속에 드러누워 하늘과 산을 바라보면서 꿈을 꾸었다. 국민학교 5학년잽이 악동들은 학교가 파한 후 물살이 센 해저터널 위 등대 끝에서 다이빙을 하고 물살이 완만한 해평만으로 헤엄쳐 가서 입술이 새파래질 때까지 바닷물에 등을 대고 떠 있었다.

정각 4시에 몸을 추스르고 다리를 건너가니 '반지꽃'('제비꽃'이라고도 하고 '오랑캐꽃'이라고도 한다)이 길가에서 수줍게 배웅을 한다.

도솔천에 오르다

2002년 4월 21일!

오전 9시경에 차는 문막을 지나 원주 어름을 달리면서 겹겹이 뻗어내린 치악산 지능선을 보여주고, 그 산자락들은 고도나 수림의 종류에 따라 연초록에서 짙은 초록까지를 그려내고 있었다. 태양은 높이 떠 한 무더기 옅은 구름 속에 싸여 수은등처럼 백색을 띠고 있었다. 요즘 태양은 5시 50분 경이면 뜨고 7시 10분 경에 지며 계절은 성큼 초여름으로 다가서고 있다.

풍기를 지나 주치골과 토골로 거슬러 올라갈 때 남원천 변에는 흰 사과나무꽃이 온 야산자락에 은하수를 펼쳐 놓은 듯하고 개천은 불어난 물로 제멋에 겨워 있다. 옥녀봉 자연휴양림의 묘적령 산행 들머리에 들었을 때가 10시 10분이었다.

이깔나무 수림은 눈 닿는 데까지 빼곡이 들어차 발길에는 낙엽이 밟히고 높다란 가지에는 연초록의 새잎을 피우고 있었다. 산나물 캐는 아낙은 벌써 자루 하나를 가득 채워 등에 메고 수림 사이로 다람쥐같이 빠져나간다.

249

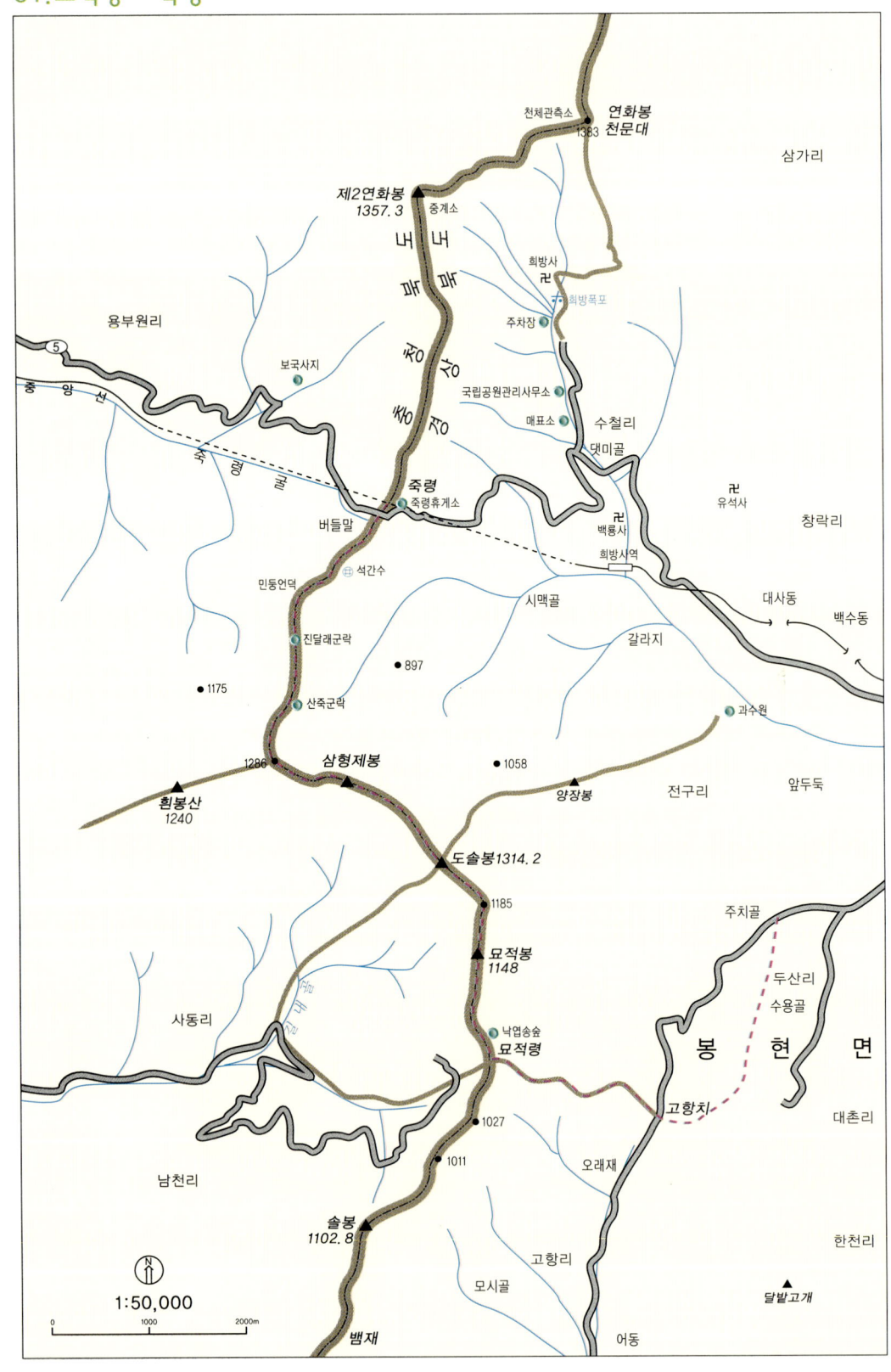

천체관측소
연화봉
1383 천문대
삼가리

제2연화봉
1357.3
중계소

소백산
희방사
희방폭포
주차장

용부원리
보국사지

중앙선
5
국립공원관리사무소
매표소
수철리
죽령골
댓미골
유석사

죽령
창락리
죽령휴게소
버들말
백룡사
희방사역
민동언덕
석간수
시맥골
대사동
백수동
진달래군락
갈라지
• 897
• 1175
산죽군락
과수원

1286
삼형제봉
앞두둑
흰봉산
1240
• 1058
양장봉
전구리

도솔봉 1314.2
• 1185
주치골
묘적봉
1148
두산리
수용골
봉현면
사동리
낙엽송숲
묘적령
고항치
대촌리
남천리
• 1027
오래재
• 1011
한천리
솔봉
1102.8
고항리
모시골
달밭고개

N

1:50,000
0   1000   2000m

뱀재
어동

10시 27분에 고향치에 올라 옥녀봉 휴양림에서 '오래재'로 넘어가는 비포장 도로를 만난다. 비포장 도로를 건너 다시 산길에 접어들고 10시 35분에 헬리포트가 있는 테라스봉, 10시 40분에 담양 전씨 묘가 있는 테라스봉, 5분 뒤에 다시 테라스봉을 지나서는 진행방향에 두 개의 암봉이 치어다 보인다. 멀리 북서로 도솔봉이 하늘 높이 떠 있고 묘적봉은 중간쯤에 삿갓모양을 하고 있다. 묘적봉에서 동으로 흘러내린 지능선은 기괴한 암벽 무리들이 성채를 이루고 있었다. 노란 양지꽃은 길섶에 피었고, 흰꽃을 피운 미치광이풀은 암벽 아래 소나무그늘에서 수줍은 듯 얼굴을 내밀고 있었다. 땅은 태양의 열기를 받아 그대로 얼굴에 복사열을 훅훅 뿜어대고 이름 모를 새는 '찌삐찌삐' 거리고 휘파람새는 '휙휙휙휙' 하며 능선으로 사라진다.

　　11시 17분에 서로 갈내골로 내려가는 안부가 내려다보이는 묘적령에 닿았다. '오래재 1.95킬로미터, 모시골 정상 1.7킬로미터, 묘적령'이라 쓴 표지목을 보고 배낭을 내렸다. 인기척에 놀라 주위를 둘러보니 한켠에 턱수염을 멋지게 기른 깡마른 노인이 간단한 요기를 하고 있었다. 금년에 일흔 둘에 들었단다. 이월부터 일주일에 세 번씩 중산리에서 시작하여 백두대간을 단독으로 북상중인데 꽤 힘이 드나 외롭지는 아니하고 오히려 신이 난다고 한다. 무사히 종주를 마치시라고 인사를 건네고 일어섰다.

　　이제부터 길은 직각 우측으로 꺾여 북으로 치달으며 대간에 들어선다. 우측으로 이깔나무 수림이 한동안 같이 한 후 완만한 경사를 올라 11시 30분에 전망바위에서 바라본 묘적봉 뒤로 도솔봉이 보일 듯 말 듯한다. 11시 42분과 11시 45분에 각각 봉우리를 넘고 11시 50분에 묘적봉에 닿았다. 가로 10, 세로 20센티미터의 흰 나무팻말이 산의 모양을 한 70여 센티미터의 돌탑 밑둥치에 박혀 있다. '묘적봉 1,148미터'라 적혀 있다. 영주시청 백두회에서는 한켠에 가로 30, 세로 20센티미터의 초록동판에 '백두대간 묘적봉, 도솔봉 그리고 묘적봉, 묘적령, 저수재의 방향표시'를 해놓았다.

급경사를 치고내려와 다시 오르막을 친 후 12시 5분 경에 능선을 타다가 우측 동으로 절벽이 요새 같은 암벽을 바라보며 좌측 바위 길을 올라서니 전망이 좋은 봉우리에 서게 되었다. 가로 70, 세로 25센티미터의 목판이 나무에 걸려 있다. '1,185봉, 바람나그네'라 고 써놓았다. 그곳은 기가 막힌 전망대였다.

지나온 묘적봉은 기어오르기 힘든 삿갓모양을 하고 있었다. 바 라보이는 도솔봉은 좌측에서 우측으로 3개의 연봉 형태를 하고 있 다. 사동리쪽의 것은 새의 부리모양을 한 기이한 형상을 하고 중앙 에 정상인 듯싶은 삼각형의 봉우리가 있다. 능선이 완만하게 이어 지다가 잠깐 솟구치더니 우측으로 수직절벽을 이루고 그 절벽능선 은 온통 암벽으로 되어 있다. 암벽은 새의 부리모양을 한 봉우리와 정상 사이 7~8부 자락에도 거칠게 드리워 있었다.

12시 30분 무명봉을 지나 펼쳐진 진달래군락은 꽃망울을 머금고 금방이라도 터질 듯한데 이미 활짝 연분홍 꽃을 피운 성질 급한 나 무도 있다. 진달래숲을 헤치고 나니 드디어 도솔봉의 남벽 밑둥치 에 닿았다. 그 암릉길은 이백여 미터가 넘었으나 난도가 심한 것이 아니었다. 30여 미터의 로프가 걸린 곳을 지나 12시 40분에 바람이 시원하게 불어오는 전망대 바위에 올랐고, 5분 동안 경치에 젖어 불어오는 바람에 땀을 식힌 후 또다시 20여 미터의 로프가 걸린 곳 을 지나 12시 55분에 도솔봉 남봉에 올랐다. 그곳에는 헬리포트가 있었다. 한켠에 검은 화강석으로 가로 세로 높이 각각 90, 50, 10여 센티미터의 기단 위에 70, 60, 50여 센티의 입석을 얹은 후 '도솔 봉 해발 1,314미터, 충북 단양군, 죽령 4.7킬로미터, 묘적봉 2.5킬 로미터, 대강리 13.6킬로미터'라 적어 놓았다.

잠시 서성이다가 북서쪽으로 바로 곁의 정상인 듯싶은 봉우리로 향하고 1시 정각에 드디어 도솔봉 정상에 올랐다. 여기가 진짜 정상 이다. 정상은 십여 명이 무릎을 세우고 앉을 수 있는 작은 공터였다.

　남쪽켠에 1미터 정도의 산모양의 돌탑이 있다. 북쪽켠 바위에 가로 25, 세로 20여 센티미터의 푸른 동판을 박아 놓고 그 안에 '백두대간 도솔봉, 1,314.2미터 정상' 이라 새겨놓았다.

　정상에서는 북서쪽으로 거대한 암벽이 40~50여 미터 이어져 있는데 좌우로 암벽을 끼고 길이 나 있었다. 좀더 멀리 삼형제봉의 두 개의 침봉은 햇빛이 따가운지 그 형체가 일렁이고, 이어 1,286봉은 서로 횐봉산(1,240미터)을 일구고 북으로는 대간이 고도를 낮추며 죽령(689미터)으로 잦아든다. 대간은 죽령을 건너 북으로 하얗게 굽이돌아 올라가더니 중계탑이 있는 제2연화봉(1,357미터)에서 북동으로 머리를 틀어 천문대가 있는 연화봉(1,383미터)을 지나 제1연화봉(1,394.3미터), 비로봉(1,439.6미터), 국망봉(1,420.8미터), 상월봉(1,394미터)을 지나며 잠시 북으로 숨을 죽이다가 늦은맥이 고개(1,272미터)에서 다시 북동으로 이어간다. 늦은맥이 고개에서 북서로 신선봉(1,389미터)이 보이는듯 마는 듯하였다.

　1997년 4월 19일 오후 3시경 뙤약볕이 내려쪼일 때 신선봉, 민봉을 지나 1,244봉은 그 지능선을 부챗살처럼 펼쳐 '구봉' 과 그 품속에 '득도의 문' 인 골짜기 여덟 개인 '팔문' 을 이루어내고, 구봉팔문 넘어 뒤시랭이문봉 끝자락에 천태종의 총본산인 대가람 구인사를 펼쳐놓고 있었다.

마트에서 산 김밥과 소주로 허기를 때우고 있는 사이 닥터 리, 민 회장, 신 감사가 속속 도착하고 1시 45분에 정상바위를 내려서서 연이어 있는 암벽 우측을 돌아간다. 긴 열차를 연상케 하는 암릉지대다. 그곳을 빠져 나와 완만한 경사를 내려가다가 다시 30여 미터나 되는 로프를 잡고 올라섰다. 급경사 내리막을 지나고 다시 오르막을 치면서 삼형제봉의 제1봉(1,261미터)쪽으로 다가선다.

오르면서 남서의 사동리쪽으로 바라보는 대간의 산록은 묘적봉에서부터 시계바늘의 반대방향으로 타원을 그리면서 3~4부는 연초록으로 물들어 있고, 그 위로는 소나무군락의 짙푸른 초록을 제외하고는 모두 갈색이다. 주위의 진달래와 철쭉숲도 연초록 봉오리만 입에 물었을 뿐 갈색이다.

2시 25분에 삼형제봉의 제1봉인 육산을 오르고 2시 35분에는 제2봉인 암봉을 우측으로 돌았다. 곧이어 제3봉인 암봉의 정수리를 타고넘었다. '박새'인지 '때까치'인지 '찌쭈비찌쭈비' 하면서 능선을 타고넘으며 뒤따라온다.

안부에서 다시 급경사 오르막을 치고 3시에는 삼거리가 있는 1,286봉의 전위봉에 올랐다. 뒤돌아보니 삼형제봉의 뾰족한 침봉 3개가 솟아 있고, 진행방향으로 남쪽 아래로 수십 길의 단애를 이룬 1,286봉에서 남서로 가지를 친 지능선이 흰봉산(1,240미터)을 일구고 그 중간쯤에 경기 연천의 지장봉 남쪽에 있는 삼형제암과 흡사한 암봉이 버티고 있었다. 지나친 것은 '삼형제봉'이고 건너다보이는 것은 '삼형제암'(?)이다.

3시 5분에 좌측으로 1,286봉에서 내린 긴 암장을 보면서 봉우리를 우측으로 돌아서니 1,286봉 아래 삼거리가 나온다. 1,286봉은 여기에서 100여 미터만 위로 올라가면 되나 올라갈 엄두가 나지 아니한다. '죽령 3.3킬로미터, 도솔봉 2.7킬로미터, 흰봉산 no trail'이라는 이정표를 발치에 두고 배낭을 내려 산죽밭에 등을 대고 북쪽 중천을 바라보니 도솔봉에서 눈 아래로 보이던 소백산 연릉이 여기서는 눈 위로 치어다보인다. 산비탈 아래에는 60~70센티미터의 산죽이 초록빛 융단을 깔아 놓은 듯하고, 파란 하늘에는 흰구름이 서너 조각 부유하고 있었다. 엑스터시와 기분 좋은 피곤함으로 인한 몸떨림이 손끝 발끝으로 전해지고 스르르 눈이 감긴다.

3시 15분에 배낭을 메고 산죽군락을 지나치며 내려오니 순간 산들바람이 불어오고 흰줄을 두른 자작나무가 보이더니 산죽의 키는 90여 센티미터가 넘어버린다.

3시 30분 경에 산죽은 끝나고 잠시 후 '해발 1,110미터' 표지목을 지나서는 넝쿨숲이 이어지고 민둥언덕이 나타난다. 곧이어 시멘트로 된 공터가 나왔다. 내리막 입구의 가로 80, 세로 120여 센티미터의 시멘트 바닥에 '보병 39사단 12연대 23병참선'과 '십여 명 병사들의 이름'이 새겨져 있었다.

노란 양지꽃과 연분홍 진달래는 간간이 얼굴을 내밀고 반긴다. 3시 40분에 헬리포트가 나타나고 길은 우측으로 꺾인다.

3시 45분에 도착한 우측 아래로 바위들이 밀집되어 있고 초입에 사방 7~8미터나 되는 큰 바위밑둥치 60~70센티미터쯤에서 석간수가 흘러내린다. 바위틈에 대롱을 꽂았는데 그 대롱을 통하여 차가운 물이 끊임없이 흘러내리고 있었다. 물줄기 밑에는 가로 80, 세로 30, 높이 20여 센티미터의 나무로 된 함지박이 놓여 있었다. 2리터 페트 병을 비우고 가득 채운 후 연거푸 세 바가지를 떠 마셨다. 포만감을 느끼는 순간 배가 출렁인다. 정신을 차리고 다시 삼거리에 올라서니 '이천시 54동우회 한마음 사람들'이 세운 '여기 산을 좋아하던 우리 친구 종철이가 백두대간의 품으로 돌아갔습니다. 종철아 편히 쉬거라 2001. 7.'이라 새긴 추모비가 있었다.

3시 52분에 자리를 털고 일어섰다. 이깔나무 수림이 눈에 가득하며 길섶으로 사선으로 비껴드는 햇빛을 받아 화사하기 이를 데 없는 연

255

분홍의 진달래 터널이 시작된다.

4시 헬리포트가 나타날 때까지도 진달래와 철쭉 터널은 계속되었다. 길이 우측으로 가다가 갑자기 좌측으로 꺾이며 봉우리와 능선의 6~7부 자락을 휘돌아갈 때에는 우측 이깔나무 수림의 연초록은 햇빛에 부서지고 좌측 진한 초록잎의 송림은 송진내음이 가득하다. 흰줄 자작나무도 간간이 보인다.

숲속에 숨어 있는 금강초롱 하나를 발견하고 때가 오거든 무사히 꽃 피우시기를 기원하고는 4시 15분에 가드펜스를 넘어 건너편의 '죽령주막'을 보니 '인삼동동주' 생각이 간절하다.

천상의 화원

2002년 5월 5일!

7시 사당을 출발한 차가 문막휴게소에서 잠시 쉰 후 치악휴게소를 지날 무렵 왼편 차창 너머로 치악산 지능선들의 짙고 연한 초록은 구름을 헤치고 가끔씩 나타나는 햇살에 달빛 아래 파도처럼 무수히 부서지고 있었다.

지난 4월 27일 토요일 저녁 10시 경부터 시작된 복통과 구토는 그날밤을 꼬박 새우고 급기야 일요일 정오 경에 구급차에 실려 강남성모병원 응급실로 갔다. 급히 달려오신 이경식 박사의 지시에 따라 코를 통해 위까지 '코줄'을 꽂고 금식명령이 내려지면서 그날밤 자정에 8,209실로 옮겨졌다. 5월 2일 '코줄'을 빼고 3일 아침 미음이 나오고 점심에는 죽이 나오더니 저녁부터 밥이 나왔다. 4일 아침은 병원에서 나온 밥을 먹고 점심은 병원 구내식당에서 식구들과 함께 외식을 했다. 다행히 암은 아니고 '소장폐색증'이란다(내 생각에는 신경성이다). 금주, 금연에 과식은 금기다!

오늘 대간은 집사람의 만류와 걱정을 뒤로하고 꼭두새벽부터 설

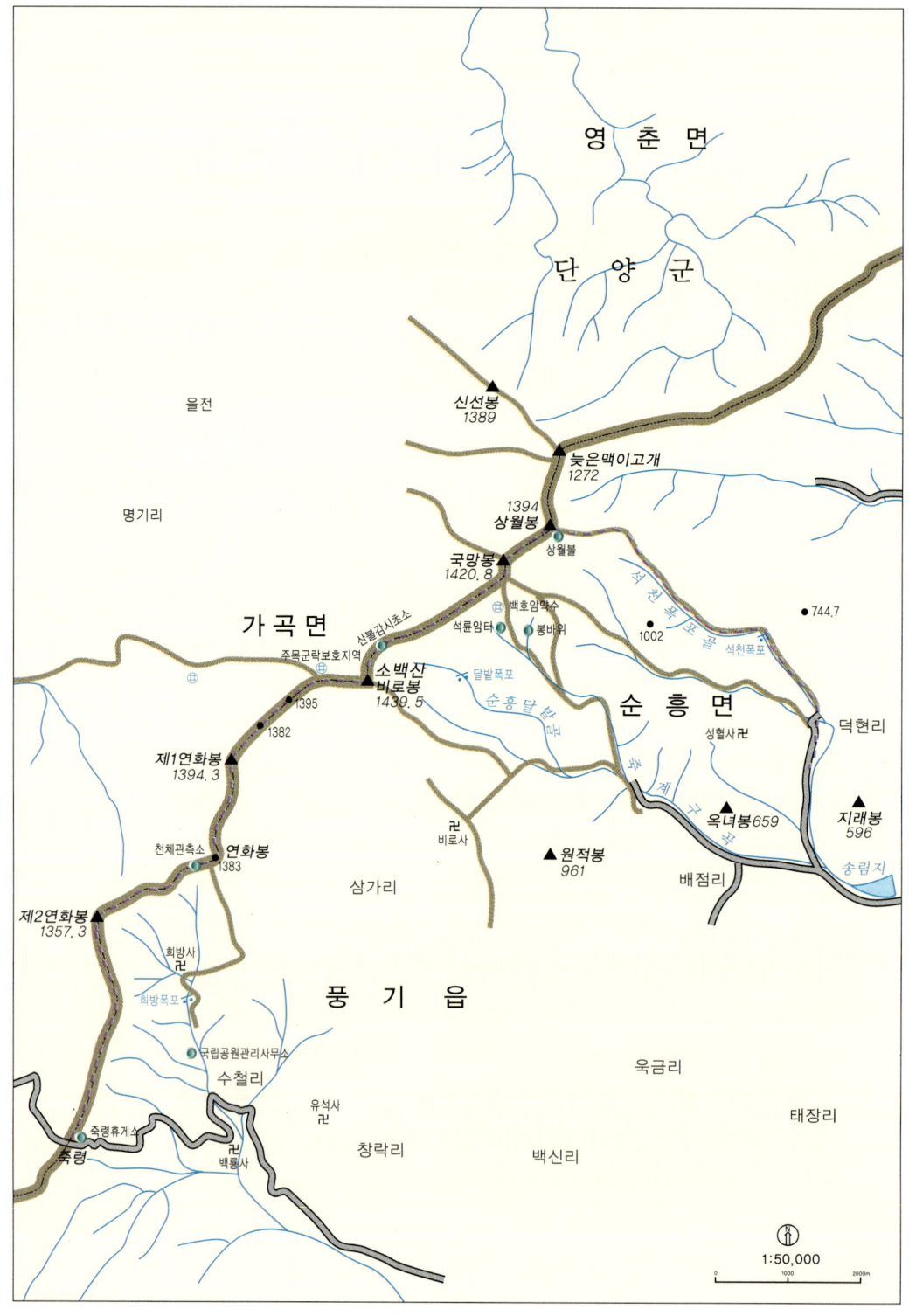

영춘면

단양군

을전

명기리

신선봉
1389

늦은맥이고개
1272

1394
상월봉

국망봉
1420.8

상월불

가곡면

백호암약수

744.7

석륜암타

봉바위

1002

산불감시초소

주목군락보호지역

소백산
비로봉
1439.5

석천동(포)곡

석천폭포

덕현리

1395

달밭폭포

순흥달밭곡

순흥면

성철사

지래봉
596

1382

제1연화봉
1394.3

비로사

옥녀봉659

죽
계
구
폭

천체관측소

연화봉
1383

삼가리

원적봉
961

배점리

송림지

제2연화봉
1357.3

희방사

풍기읍

욱금리

희방폭포

태장리

국립공원관리사무소

수철리

유석사

죽령휴게소

죽령

백룡사

창락리

백신리

1:50,000

0   1000   2000m

친 잠을 떨구고 나선 길이다. 인간은 최악의 상태에서 한계에 도전해 보아야 자신을 알게 된다.

소백산은 '바람의 산'이다. 백두대간은 백두산에서 시작하여 추가령과 금강을 뛰어넘고 설악, 오대를 거쳐 태백산에서 방향을 남서로 돌려 'V'를 이루면서 유다른 높이로 소백연릉의 울타리를 일구어낸다. 그리하여 소백산은 여름이면 고온다습한 남동풍을, 겨울이면 건조하고 차가운 북서 대륙풍을 각각 직각 정면으로 맞받아야 하는 '바람의 산'인 것이다.

소백산은 '여성의 산'이다. 국망봉, 비로봉, 연화봉 또는 그 반대로 이어지는 산릉은 비단처럼 부드러운 여체의 굴곡미를 그대로 나타낸다. 그 육감적인 마력은 산릉의 돌출부마저 흰눈에 잠겨드는 겨울이면 감탄을 넘어 경이롭다.

소백산은 '천상의 화원'이고 '설화의 나라'다. 5~6월의 연화봉~비로봉~국망봉~상월봉, 그 중 특히 국망봉~상월봉 일대는 연분홍 철쭉군락과 광활한 초원을 이루고, 이름도 알 수 없는 기기묘묘한 야생화초가 만발하여 천상화원을 이루며, 겨울이면 북서풍과 직각으로 부딪치는 이 능선들이 빚어내는 설화는 산릉을 핥듯 불

소백산 능선

어오는 강풍에 금방 상고대로 얼어붙는다.

　1997년 4월 19일 희방사에서 올라 신선봉을 거쳐 구봉팔문을 지나 구인사로 내려설 때, 그리고 1999년 12월 19일 천동리에서 올라 비로봉, 국망봉을 거쳐 새길이골로 내려설 때의 그 고난과 어려움 그리고 감동은 지금도 가슴이 뭉클해 온다.

　조선 명종 때 예언가 격암 남사고(南師古)는 십승지지로 공주의 유구와 마곡, 무주의 무풍, 보은의 속리산, 부안의 변산, 성주의 만수동, 봉화의 춘양, 예천의 금당곡, 영월의 정동상류, 운봉의 두류산, 풍기의 금계촌을 꼽았는데 이 '금계촌'은 비로봉과 연화봉에서 남동으로 흘러내린 지능선이 그 속에 금선성 계곡과 금계호를 품으면서 만들어낸 지금의 '삼가리'를 말한다.

　만감이 교차하는 가운데 9시 55분에 죽령휴게소를 지나 북쪽으로 난 시멘트 포장길을 따라 완만한 경사를 오르니 우측에는 민들레와 노란제비꽃, 좌측에는 병꽃이 반기고 어디서 날아왔는지 흰나비 한 마리가 길동무를 한다. 10시 55분 '해발 1,270미터, 천문대 2.7킬로미터, 죽령휴게소 4.3킬로미터, 중계소 0.2킬로미터'라고 쓴 이정표에 닿았다. 보통으로 2시간 거리를 조금 빨리 걸어온 것과, 일행 중 선두 그룹에 든 것을 알고 안심이 된다. 중도에서 포기해야 되는 것 아닌가 싶어 속으로 얼마나 두려워하고 걱정했는지 모른다.

　이정표 있는 곳에서 길은 비포장으로 바뀌면서 왼쪽·북서로 휘돌더니 11시에 좌측으로 나무로 만든 돌출된 전망대에서 다시 북동으로 꺾이고, 우측으로 중계탑이 코앞에 다가선다. 길은 다시 포장도로로 바뀐다. 중계탑이 서 있는 곳이 제2연화봉으로 1,357.3봉이다. 이곳에서는 '소백산 천문대'가 있는 연화봉으로 이어지는 길이 한눈에 들어온다. 진홍빛 산매화가 흐드러지게 피었고, 길은 비포장, 포장으로 바뀌면서 굽돌아 휘돌아간다.

　11시 20분에 '소백산 천문대'에 이르렀다. 등산로 바로 우측에 길을 사이에 두고 오른쪽에는 시멘트로 된 2층 건물과 연결된 높이 9여 미터의 첨성대 모양의 관측소가 있다. 석단을 원통형의 곡선으로 쌓아 올리고 그 3분의 2 되는 곳에 두 개의 창문이 있다. 사방 2.5여 미터의 장대석이 얹히고 그 위에 지름 2여 미터의 원형 구조물이 얹혀 있다. 왼쪽에는 새로 지은 석조건물과 함께 오른쪽과 동일한 구조물을 지어놓았다. 그 구조물 안에는 반사망원경과 굴절망원경이 장치되어 있다.

11시 30분에 나무계단을 지나 연화봉에 올랐다. 앞쪽에는 장방형 기단에 첨성대 모양의 석단. 그 위에 자연석을 올려놓았고, 그 높이는 2미터쯤 된다. 자연석에는 중앙에 '연화봉'이라 새겨놓았다. 뒤켠에는 '사단법인 한국산악회 경북 북부지부 영주산악회 1982. 10. 24.'라 쓴 직육면체 기단 위 가로 60, 세로 90센티미터의 비석에 '소백산 1,383봉, 희방사와 비로봉 방향표지'가 새겨져 있다.

여기서 본 대간은 북북동으로 가다가 제1연화봉에서 북동으로 꺾이고 1,382봉과 1,395봉으로 이어지더니 문득 동으로 비로봉을, 다시 북으로 국망봉을 일구어놓고 멀어져 간다. 제1연화봉, 1,382봉, 1,395봉은 모두 삼가리 방향으로 암벽을 품고 있었다. 나신의 여인이 머리를 풀고 몸을 비틀어 무릎을 반쯤 세우고 고혹스러운 자태로 드러누운 모습이다.

연화봉에서 시작하여 북쪽으로 가는 완만한 내리막에는 땅은 초록의 융단으로 덮여 끝이 없고, 흰, 노란, 파란색의 야생화가 길섶에 지천으로 널려 있다. 하늘은 십분지 일의 파란색을 제외하고는 온통 회색인데 중간계(여기서는 하늘과 땅의 중간, 즉 수림이 자리하고 있는 공간을 '중간계'라 함)에는 헐벗은 가지가 봉오리를 머금고 있고 작은 관목이 초록의 새싹을 피우기 시작하고 있었다. 고개를 들어 흰꽃을 피운 '조팝나무'에 눈이 가는데 무릎에는 산죽이 스친다.

12시에 '비로봉 3킬로미터'라는 이정표가 있는 암봉을 넘으니 건너편 봉우리는 연분홍 진달래로 불타고 있었다. 곧이어 '해발

261

© 박한식

**민봉쪽에서 본
소백산 능선**

1,280미터' 라는 표지목과 헬리포트가 있는 안부에 이른 후 나무계단이 시작되면서 철쭉나무 군락이 앞을 가린다. 12시 5분 나무계단 중간 전망대에서 잠시 쉼을 하고 12시 10분에 345개의 나무계단을 끝으로 올라선 곳은 제1연화봉 턱 밑이다. 그곳에는 '제1연화봉, 천문대 2킬로미터, 국망봉 5.6킬로미터, 비로봉 2.5킬로미터' 라는 표지목이 있고 정상은 20여 미터 위에 있었다. 전망 좋은 곳에 앉아서 민 회장을 소리쳐 불렀더니 나무계단을 올라오고 있는 중이었다. '노란 붓꽃' 은 흰꽃에 노란 줄이 나 있는 희귀야생화다. 이 희귀한 꽃이 노란 제비꽃과 짝을 하여 코앞에 숨어 있었다.

12시 20분에 자리를 털고 민 회장과 함께 일어났다. 초롱꽃을 닮은 자주빛깔 '현호색' 이 반기고 연한 초록이 능선을 뒤덮은 초원을 꿈결 속에 거닐었다. 12시 35분에 시루떡 같은 두 개의 기괴한 암봉인 1,382봉을 앞에 두고 좌측에 주목 서너 그루를 본다. 나무 계단과 연분홍진달래는 계속 따라온다. 12시 40분에는 '1,340미 터, 기도원 갈림길' 표지목이 있는 안부에 이르렀다.

하늘은 아직도 파란 1부 정도를 남겨 놓고는 전부 회색이다. 회 색 가스를 베일처럼 두른 정오의 태양은 백색 수은등이고, '해무 리'는 허공에 큰 원을 그리고 있다. 진행방향에 보이는 1,395봉은 서너 개의 암봉으로 되어 있고, 남벽은 모두 기암들을 품고 있었 다. 12시 50분 경에 높이 10여 미터 20여 미터나 되는 바위들을 좌 측으로 돌아가며 땅에는 현호색, 중간계에는 좌측 4그루 우측 1그 루의 줄기가 붉은 주목을 본다.

1시에 1,395봉을 넘어서니 눈앞에 일대 장관이 펼쳐신나. 능선 길은 동으로 나더니 종당에는 비로봉을 곧추세우고 북으로 산불감 시초소가 바라다 보이는 광활하게 펼쳐진 초원은 딴 세상에 들어 온 느낌이었다. 발 밑에서부터 주목감시초소까지는 연분홍 진달래 가 천지를 뒤덮고, 주목감시초소 뒤로 그 광활한 초원의 10분의 2 쯤은 철망에 갇힌 짙은 초록의 주목군락이 언월도처럼 드리워 있 었다. 그 너머로는 민둥의 황갈색 초본과 연초록 융단이 비로봉 산 자락의 7부 위로 펼쳐지고 있었으며 북서로 산자락 7부 아래는 관 목, 교목이 차례로 천동계곡으로 빠져들고 있었다. 5분 뒤에는 천 동리로 가는 갈림길이 있는 삼거리에 이르렀다.

주목은 소생하고 있었다. 비록 철망에 갇힌 신세이기는 하였으나 울타리 너머에도 1미터 정도의 주목들이 뿌리를 내리고 있었다. 일 견 대오를 갖춘 듯하여 자세히 보니 식목을 한 것이다. 생태계를 복 원하려는 사람들의 정성이 결실을 맺고 있었다. 먼발치로 철망 안 을 보니 하얗게 고사한 주목이 뿌리가 거의 드러날 정도로 쓰러진 와중에 한 줄기 땅에 연결된 뿌리로 다시 몸을 일으켜세운 주목들 이 드문드문 보인다. 생과 사는 연결되어 있었다. 하염없이 상념에 잠기다가 하릴없이 비로봉 정상으로 난 나무계단을 올랐다.

1시 15분에 정상에 올랐다. '비로봉 1,439미터' 라는 이정표도 있고 '해발 1,439미터' 라 쓴 기단 위에 '비로봉, 충청북도' 라 새겨진 가로 세로 20, 높이 60여 센티미터의 돌비석도 보이나 펑퍼짐한 기단 위에 밑둥치폭 70여 센티미터, 높이 2미터쯤 되는 주먹을 쥔 모양의 자연석이 유난하다. 그 자연석 앞면에는 '소백산 비로봉 1,439.2미터', 뒷면에는 조선초기 대학자인 서거정이 지은 '소백산' 의 한시가 국문과 함께 새겨져 있었다.

水白山連太白山
逶逶百里押雲間
分明閉進東南界
地設天○○○○
(○○○○은 刻字가 희미하여 판독할 수 없었다)

태백산에 이어진 소백산
백리에 구불구불 구름 사이 솟았네
뚜렷이 동남의 경계를 그어
하늘 땅이 만든 형국 억척일세
단기 4326년(서기 1993년) 6월

'비로' 는 불가의 '毘盧舍那佛' 에서 온 것이며 '비로자나' 는 '빛나는 존재', 곧 '부처' 를 의미한다. '비로봉' 의 의미는 이 산의 외양과 그 내면을 두루 보아야 그 해석이 가능할 것 같아 나름대로의 속단은 피했다.

비로봉 북쪽 산록 내리막에서 산불감시초소까지는 황금빛과 초록의 융단이 깔린 대초원지대였다. 황금빛은 60~70센티미터의 지난해의 마른 풀들이 매서운 북서풍에 배점리 쪽으로 엇비슷이 쏠려 드러누우면서 빚어내는 색깔이고, 초록은 햇내기 풋풋한 새싹

들이 그들이 막아주는 바람막이 틈새로 돋아나면서 띠는 색깔이
다. 내림길 나무계단 우측 배점리 쪽으로는 은방울꽃 군락, 피나물
꽃, 애기똥풀, 흰색바람꽃, 노랑제비꽃, 연용초, 두루미꽃, 현호색
이 노랑, 흰, 보라, 파란색으로 기화요초의 천상화원을 이루고 있
었다.

산불감시초소를 앞에 두고 바람이 닿지 않는 우묵에서 민 회장
과 요기를 하고 2시에 배낭을 추슬렀다. 2시 25분 경에 1,328봉을
돌아가니 '국망봉 1.6킬로미터, 비로봉 1.5킬로미터'의 이정표가
있다.

이제 멀리 국망봉이 보이기 시작하고 능선에는 다섯 개의 암봉
이 늘어서 있다. 2시 35분 경 임릉을 통과할 때 갑자기 배점리 쪽
에서 불어오는 남동풍에 등줄기가 서늘하여 고개를 기웃거리니 그
쪽 풍경은 경기 포천 신로령에서 국망봉을 오를 때 장암저수지 쪽
에서 불어오는 바람에 놀라 고개를 빼고 발치의 단애를 지나 바라
본 모습과 똑같았다. 지나치면서 흘깃흘깃 바라보는 중간계의 숲
에는 철쭉이 거뭇거뭇한 잔가지 끝에 연한 초록의 봉오리를 가득
달고 있고 중키의 나무들은 푸른 나뭇잎을 틔우고 있었으며 땅에
는 초록이 융단을 펼치고 있다.

2시 40분에 하나의 거대한 산같은 암봉을 돌아서니 또 별천지의
입구에 들어서게 된다. 눈을 비비고 보니 꿈은 아니어서 가까스로
정신을 차리니 드문드문 네 개의 암봉이 서 있고, 네 번째 봉우리
가 국망봉이다. 지금 위치는 북동으로 진행하다가 북으로 꺾이는
지점이며 국망봉의 전모를 산능선 직선방향에서 살짝 비켜보는 위
치다. 정상에서 불타고 내려온 진달래는 세 번째 두 번째 봉우리의
산록 8부 아래로 온통 연분홍이다. 가까운 첫째 봉우리의 곡점에
서부터 발치까지도 불타오르고 있었다.

무릉도원이었다. 그 암봉을 오르고 내리면서 보니 이제 국망봉
뒤로 봉우리 하나를 지나 상월봉이 우뚝 솟아 있고, 그 오른쪽 비

탈에 기이하게 생긴 '상월암'이 그 형체를 선명히 드러낸다. 상월
암에는 1945년 천태종 총본산인 구인사를 창건한 상월 원각대조사
가 구봉팔문을 지나 이 암봉에 올라 '상월불'이라 새긴 각자가 있
다고 한다. 이 버섯모양 같기도 하고 남근 같기도 한 괴상한 바위
는 세 개의 큰 바위를 포개어 놓은 형상을 하고 있었는데 그 높이
는 15여 미터가 넘어 보인다.

3시 20분 국망봉에 도착했다. 괴상하게 생긴 두 무더기의 바위군
들이 정상을 차지하고 뒤에 위치한 암봉에는 정상 표시인 삼각점
이 박혀 있다. 앞에 위치한 암봉 아래 가로 세로 높이 각각 2, 1,
0.2 미터의 기단 위 가로 세로 1, 0.9미터의 자연석에 '소백산 국망
봉 1,420.8미터'라 음각되어 있고 그 뒷면에 '설치자 소백산 국립
공원, 증 영주 비봉 라이온스클럽'이라 새겨져 있었다. 국망봉 근
처는 사방 일리가 연분홍 진달래로 불타고 있었다.

5분 후에 어의곡 갈림길에 닿고 3시 35분에 상월암 밑둥치를 쓰
다듬은 후 상월봉 정상에 올랐다. 국망봉~상월봉 구간은 야생화
초와 초록융단이 뒤덮인 천상을 거니는 길이었다. 이곳 원추리와
비비추는 아직도 유년기다. 고지에다 기온이 낮은 까닭이다. 늦은
맥이를 지나 북서로 정상에 암봉 서너 개가 버티고 있는 신선봉
(1,389미터)이 하늘에 떠 있다. 가운데 흰 암봉에는 신선들이 하강
하여 바둑을 두던 바둑판바위가 있다. 그 능선은 북서로 계속 민봉
(1,361.7미터)을 지나 1,244봉을 솟구치고, 그 3~4부 자락에 능선
과 직각으로 우에서 좌로(북동에서 정서방향으로) 아곡문봉, 아곡문
안, 밤실문봉, 밤실문안, 여의생문봉, 여의생문안, 뒤시랭이문봉,
덕평문안, 덕평문봉, 곰절문안, 곰절문봉, 배골문안, 배골문봉, 귀
기문안, 귀기문봉, 새밭문안, 새밭문봉이라는 구봉팔문을 일구어
내며 뒤시랭이문봉 자락에 구인사를 세워 놓는다. 소백산 사방의
오묘한 지형과 그 천지조화는 어느 때 충분한 시간을 두고 음미해
볼 요량이다.

소백산 능선

대간은 북으로 진행하나 오늘은 여기서 탈출해야 한다. 3시 40분에 대간을 벗어나 상월암을 뒤로하고 정동방향의 '비둘기목' 능선을 탔다. 그 능선에는 두루미꽃, 달맞이풀, 관중(고사리), 팽이문, 쪽두리풀, 개불알꽃, 비비추, 금강 애기나리, 은방울꽃, 노란제비, 처녀치마, 얼레지 등이 흰, 노랑, 파랑, 보라색으로 오월의 향연을 펼치고 있었다. 불면 날아갈 듯한 여린 '개별꽃'은 흰 물감을 능선에 좌르르 뿌려놓은 듯이 군락을 이루고 있었다. '개별꽃'은 꽃잎이 여섯 장이고 '별꽃'은 다섯 장이다.

3시 55분에 비둘기목에 이르러 우측 동남방향 산사면 급한 내리막을 치게 된다. 계속 동진하면 신선바위를 거쳐 단산면 널근리로 빠지는 능선을 탄다. 이깔나무 수림은 눈 닿는 데까지 펼쳐지고 세를 더한 오후의 햇살은 수림 사이로 비껴들고 있었다. 벌떼덩굴, 동의나물, 산개불주머니, 삿갓나물, 피나물꽃, 태백제비꽃, 모데미풀이 반긴다. 동의나물은 곰취나물과 구별이 어려운데 동의나물은 독성이 강하기 때문에 곰취인 줄 알고 먹었다가는 큰 일 나는 수가 있다. 서울 강남 대모산에는 '부자'가 많은데 이는 역적의 사약용으로 재배하였다고 한다.

산 중턱에 샘터가 있어 배낭을 내리고 목을 축였다. 폐부까지 서늘함이 느껴진다. 계류를 몇 번 건너니 습지인 평지가 나타난다. 이깔나무 수림은 여기까지 따라왔다. 이곳이 '석전포'이며 예전에는 대여섯 가구의 마을이 있었던 곳이다. 좌측으로 산사면을 오르는 길이 희미하게 보인다 그 길은 신선바위 능선에 있는 참샘이 있는 '참샘내기재'에 이르는 길이다.

길은 그곳에서 다시 동진하고 계류는 점점 넓어지며 물소리는 커진다. 계류를 건너니 7~8미터의 직폭이 나타난다. 길이 넓어진 것으로 보아 마을이 가까워지는 조짐이다. 폭포 위 소 곁에 배낭을 내렸다. 4시 25분이다. 차고 청명한 물에 몸을 담그고 고개를 드니 짙은 수림 사이로 비껴드는 햇살에 눈이 부신다. 아래 직폭으로 흘러 들어가는 암반의 물살은 태풍전야처럼 고요하였다. 4시 50분에 물 속에서 나와 배낭을 추슬렀다. 곧 이어 3단의 와폭이 나타나고 소와 담이 줄을 잇는다.

비둘기목에서 내린 능선이 우측으로 바라다보이고 그 능선의 8부 위는 온통 소나무가 짙은 초록으로 선을 그으면서 고도를 낮추고 있었다. 그 소나무들은 산자락에도 보이는데 '황장목'이다. 능선자락에 갑자기 거대한 기암군이 오른편 계류의 앞을 가로막는 듯하더니 계류는 흔적없이 사라져 버렸다. 그 자리에는 황장목 가지들이 하늘을 배경으로 짙은 어둠을 드리우고 있었다. 대여섯 발자국을 떼었을까? 길은 급한 내리막을 이루면서 동남으로 휘고 우측 계곡은 잘리고 빈 하늘만 보이더니 굉음의 물소리가 전지를 진동한다. '석전폭포'다. 계류는 수직의 폭포 속으로 휘말려 들어갔던 것이다. 지친 탓에 내려가 볼 엄두가 나지 않았으나 그 시원한 폭포소리에 잠시 걸음을 멈추고 적막에 잠겨들었다. 석전폭포는 폭이 2미터 높이가 20여 미터나 된다고 한다. 산길에서 저만큼 떨어진 폭포 아래 계곡은 '산벗나무'가 드문드문 하이얀 꽃을 눈부시게 피우고 그 꽃무리들은 오후의 태양아래 파도처럼 부서지고 있었다.

우측 계곡의 소와 담은 검푸르고 물푸레나무가 보이더니 개복숭아꽃이 반기고 길섶에는 미치광이 풀꽃과 각시붓꽃이 수줍어한다. 찌삐찌삐 하면서 새 한 마리가 허공을 날아가는데 조팝나무꽃 언덕과 흰 사과나무꽃이 만발한 과수원을 지나니 '점말'이 눈 아래 보이고 마을 뒤 구릉에서는 풋풋한 알을 밴 '밀'이 계곡을 따라 내려오는 오월의 하늬바람에 한들거리고 있었다.

33_{구간}

점말 아래 ▶ 복간터골 ▶ 상월봉 ▶ 1,272봉 ▶
마당치 ▶ 1,032봉 ▶ 고치령 ▶ 좌석리

상월봉의 비밀

2002년 5월 19일!

차창으로 내다보이는 오월의 싱그러움에 취해 깜박 잠이 들었다
가 깨보니 10시 10분이었다. 여장을 챙겨 산길에 들었다. 순흥면
덕현리의 점말과 덕고개 사이의 계곡을 좌측에 두고 거슬러 올라
가는 '복간터골'이다. 두 번째 계류는 길을 가로지르고 물은 길을
넘쳐흐른다. 하늘은 거의 잿빛이고 어제 내린 비로 산은 온통 운무
를 품고 있었으며 숲길과 돌들은 물기를 머금고 있었다. 바람이 한
무더기의 짙은 구름을 남동으로 쏜살같이 쓸어갈 때는 기다렸다는
듯이 파란 하늘이 그 모습을 드러낸다. 신록으로 뒤덮인 깊은 계곡
변에 한 무더기의 함박꽃이 가끔씩 얼굴을 내미는 태양 아래 눈부
시게 빛나고, 잎이 아직 피지 않은 연초록 대궁 끝에 달린 한 떨기
보라색 꽃은 저만치 멀리 피어 있다.

직폭은 바위절벽을 우당탕거리고, 와폭은 황금색을 띠는 암반 위
로 흰 물갈퀴를 일으키며 주억거리고, 소와 담은 이에 맞장구를 친
다. 계곡 변의 기암들은 참나무와 단풍나무 숲에 반쯤 가려 있었다.

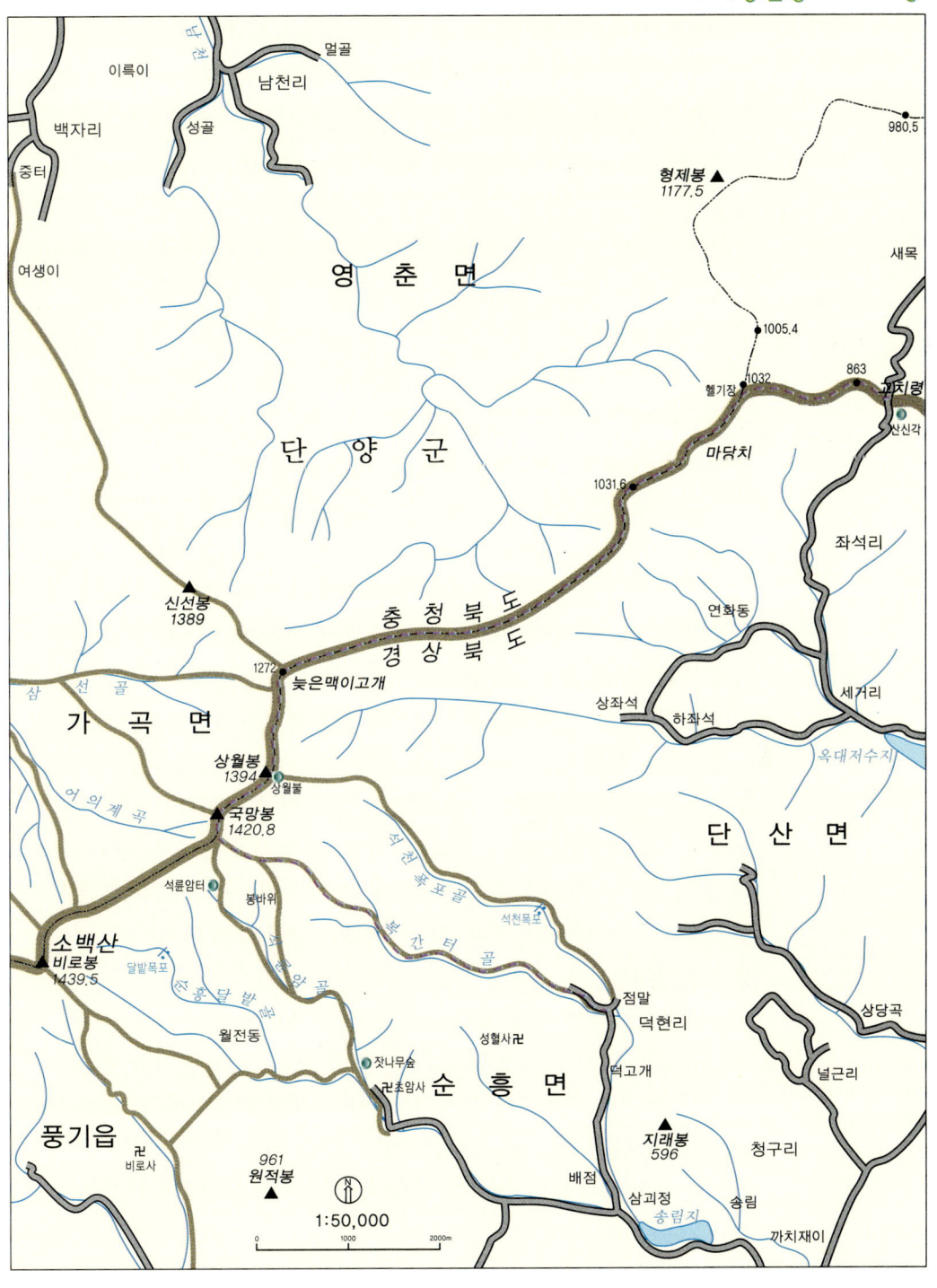

이륵이
멀골
남천리
백자리
성골
중터
980,5
여생이
형제봉 ▲
1177.5

영 춘 면
새목

1005,4

단 양 군
헬기장 1032
863 고치령
산신각

마당치
좌석리

신선봉
1389
1031,6
연화동

충 청 북 도
경 상 북 도
세거리

1272
늦은맥이고개

삼 선 골
상좌석
하좌석
옥대저수지

가 곡 면

상월봉
1394
상월불

국망봉
1420.8
단 산 면

어 의 계 곡

석천폭포골
북간터골

석류암터
봉바위
석천폭포

소백산
비로봉
1439.5
달밭목묘

점말
덕현리
상당곡

월전동
덕고개
널근리

풍기읍
성혈사
지래봉
596
청구리

비로사
잣나무숲
초암사
순 흥 면
송림

961
원적봉
▲
삼괴정
까치재이

배점
송림지

1:50,000
0   1000   2000m

숲길은 계곡으로부터 60도 각의 10~15미터 거리를 두고 계곡은 그 전모가 드러나 보이고 불어난 물소리에 젖어 있었다.

10시 50분에는 우측으로 지계곡에 가늘고 긴 직폭이 아래로 물길을 내리꽂고, 이제 세를 더한 태양은 숲터널 사이로 햇살을 꽂아 넣고 있었다.

10시 55분에는 거대한 암괴가 앞을 가로막아 3번째 계류를 지그재그로 건너니 계곡은 여전히 좌측에서 흘러가고, 직폭과 와폭의 하얀 포말에서 햇살 속으로 튕겨나오는 물방울은 물보라를 일으킨다.

좌측 하얀꽃을 피운 조팝나무 위로 '복간터골'을 이루는 능선상에 봉우리가 올려다보인다. 크고 작은 직폭은 그 높이가 대개 4~5미터이고 흰 물줄기의 폭이 넓고 길이가 길수록 소는 검은 색깔을 띤다. 와폭은 긴 것은 7~8미터 작은 것은 3~4미터 정도이고 암반이 넓을수록 이에 이은 담은 그 하상이 넓었다. 그 하상에는 어김없이 곧추선 벼랑이 도열하고 있어 비경을 연출하고 있었다. 갑자기 반경 4~5미터의 숲이 훤해져 사위를 돌아보니 계곡가 너덜에 뿌리를 내린 키 큰 철쭉들이 하얀 꽃잎을 지천으로 뿌려놓고 있었다.

11시 5분에 네 번째 계류를 건너면서 계곡을 우측에 둔다. 햇살이 이깔나무숲 틈새로 비껴들어 눈을 비비니 좌측으로 지계곡이 내려오고 세폭의 물길이 반짝인다. 이깔나무 수림이 사라지고 연이어 잣나무 수림이 이어지면서 계곡은 멀어지고 널따란 분지가 나타났다. 여태까지 따라오던 터널 같은 숲이 잠깐 동안 사라진다. 하늘은 잿빛에서 코발트색으로 변해 있고, 새하얀 구름은 빠른 속도로 남동으로 떠내려간다. 분지를 지나니 다시 물소리가 다가온다.

11시 10분에 제비꽃을 보면서 다섯 번째 계류를 건너 계곡을 좌측으로 두고 11시 16분에 폭포와 '천남성'을 본 후 여섯 번째 계류를 건너 계곡을 우측으로 두었다. 11시 20분에는 보라색의 '골무꽃' 위로 흰나비가 짝하는 것을 보면서 일곱 번째 계류를 건너 좌측으로 계곡을 두었다. 계곡은 하얗게 반짝이고 햇살이 비껴드는 숲은 회색 나무줄기에 초록이 짙어가고 있었다. 가뭇가뭇 보이는 먼 능선에 걸린 새하얀 구름 위에 코발트색 하늘은 높이 떠 있고, 대기는 하늘에서는 코발트색으로, 땅 위에서는 무색으로 투영되어 있었다.

11시 25분 계곡을 건너다가 물기를 머금은 바위에서 미끄러져 무릎을 깨고 허벅지를 적신 후 계곡을 우측으로 두었다. 잠시 후에는 아홉 번째 계류를 건너 좌측으로 계곡을 두었다. 독초인 개당귀가 군락을 이루고 보라색의 골무꽃과 흰 광대수염이 파스냄새 같은 향기를 내뿜고 있었다. 11시 40분에 길가 선돌에 붉은 페인트로 '약수' 라 써놓은 샘물이 있다. 평소 산에서 만나는 샘물은 보이는 대로 서너 컵씩 들이키는데 집사람은 '도랑물' 을 나서내어 '소상폐색증' 에 걸렸단다. 아무리 그리해도 '약수' 를 '도랑물' 이라고 하는 것은 지나친 표현이다.

철쭉이 드문드문 보이기 시작한다. 3~4미터 높이의 키 큰 철쭉들이 무수한 연분홍 꽃을 피우고 땅 위에는 연방 낙화를 드리우고 있었다.

11시 52분 전후하여 계곡은 가는 물줄기로 변하여 멀어지고 다가오고 하다가 종래에는 사라져 버리고 길은 서서히 가팔라지더니 본격적으로 오르막이 시작된다. 1시간 40분 동안 같이하던 '복간터골' 과 헤어지는 것이다. 잊을 수 없는, 그리고 언젠가는 다시 찾아올 것 같은 멋진 계곡이었다.

하늘을 가렸던 숲은 사라지고 관목이 대신하며 貫衆(綿馬라고도 함 —꼬리고사리과의 다년생 양치식물로 높이가 1미터 가량인데 뿌리는 약재로 쓰인다) 잎의 싹은 갈색을 띠고 대궁처럼 솟아 있었다. 희미한 길 좌측에 '잠수함 바위' 를 지나 우측으로 30~40미터의 대슬랩이 서너 개 보이더니 12시에는 좌우의 큰 바위 사이로 길이 열려 있었고, 우측 높이 7~8여 미터의 바위처마 끝에서는 바위에 스민 물이 낙하하고 있었다. 수수한 연분홍 철쭉 군락은 일정한 거리를

두고 이어지며 20여 센티미터의 연
초록 융단은 눈길 가는 데까지 펼쳐
지고 있었다. 길섶에 자리하고 있는
야생초화는 밟기가 겁이 나서 걸음
은 갈 '之' 자로 비틀거린다. 12시 15
분에는 우측으로 20여 미터의 거대
한 독립된 바위가 '타이타닉호' 처
럼 선수를 아래로 향하고 금방이라
도 침몰할 것 같은 형상을 하고 있
었다.

12시 17분에 능선과 하늘이 보였
다. 20~30센티미터 높이의 초록 풀
잎들이 온대지를 감싸고 야생화 군

락이 이곳 저곳 자리하며 노란 것 같기도 연초록 같기도 한 잎과
연분홍꽃을 단 철쭉은 이제 키를 낮추고 있다. 11시 20분에 오른쪽
의 기암을 끝으로 오르막이 완만해 지더니 잠시 후 우측 45도 방향
에 상월봉과 바로 아래 상월암이 그 기이한 자태를 드러낸다.

이제 완전히 능선에 올라섰다. 대간은 직각으로 우회전하여 상
월봉을 좌측으로 비켜 북진한다. 지난 구간에서는 상월암을 끼고
'비둘기목' 능선을 타다가 '석전폭포골' 로 내려갔다. 당시에는 상
월암을 앞에 두고도 바위에 새겨진 '刻' 자를 살필 겨를이 없었다.
이번에는 기어코 확인하고 가리라!

12시 32분에 상월봉에 올라 북서 방향의 신선봉(1,389미터), 민봉
(1,361.7미터), 1,244봉, 구봉팔문 쪽을 눈여겨보아 두고(다음주 우
리회사 산악부에서 저 구간을 간다. 1997년 4월 19일 소백산 종주시 답파
를 했으나 벌써 5년 전 아닌가! 길은 제대로 있을까? 걱정이 태산 같다)
상월암에 있는 각자를 확인하러 바위 밑둥치로 내려섰다.

상월암은 3개의 큰 바위덩이를 포개놓은 듯한 형상을 하고 있었

상월봉과 상월불

으며 전체의 높이는 10~15여 미터나 되었다. 지면에서 첫째와 두 번째 바위가 겹친 것처럼 보이는 곳에 겨우 한 사람이 바위를 돌 수 있을 정도의 길이 암벽에 나 있었다. 돌아가면서 아래위를 아무리 둘러보아도 각자의 흔적은 없다. 두 바퀴를 돌고 나서 물러나 직선거리 상월봉의 암릉 위에서 다시 살펴보니 두 번째 바위 아래로부터 3~4미터 지점 정중앙에 길이 1.5미터 정도의 길이에 가로세로 30여 센티미터의 크기로 음각된 세 글자가 그 모습을 희미하게 드러내는 것이 보였다.

'上月佛'!

그 刻字는 아무에게나 자신의 모습을 드러내 보이지 않으려는 듯 숨어 있었다. '月'자에서 좌측으로 50여 센티미터 떨어진 곳에 1미터 정도의 길이에 세 줄로 작은 글씨가 음각되어 있었으나 희미하고 마모되어 판독이 불가능했다. 이 '刻字'들은 1945년 구인사를 창건한 상월 원각대조사가 구봉팔문을 거쳐 이 암봉에 올라 새겼다고 전해진다.

상월봉에서 급한 암벽 비탈을 내려서니 길은 정북으로 방향을 틀면서 완만한 내리막으로 치닫는다. 초록 융단 위에 피나물은 앙증맞은 노란꽃을 피우고 보라와 흰꽃들이 무더기로 어우러져 있다. 12시 45분에 늦은맥이에 닿는다. '해발 1,100미터, 형제봉 10.6킬로미터, 마당치 6.1킬로미터' 표지목이 있다. 5분 후에는 삼거리에 닿았다. '신선봉 갈림길 1,264미터, 마당치 6.5킬로미터, 신선봉 1.2킬로미터, 국망봉 1.8킬로미터' 표지목이 있었다. 5분을 걸어왔는데도 마당치까지가 6.5킬로미터라니 표시가 잘못되었다. 노란 피나물꽃은 계속 따라오고 할미꽃이 듬성듬성 피어 있다. 대간은 1,264봉을 앞에 두고 우회전하여 동진한다. 내리막 능선을 타면서 요기할 장소를 찾다가 1시 정각에 그럴 듯한 곳에서 배낭을 풀고 민 회장, 야생화 박사 강 선생과 죽, 잡곡밥, 노가리찜, 떡으로 시장기를 채웠다. 동남방향으로 바람에 떠밀려 내려가는 회색과 새하얀 구름은 상월봉과 그 능선에서 머뭇거리고 산자락들은 서서히 떠내려가는 검은 구름에 잠겨 있었다.

강 선생은 국수봉과 백학산 사이 회룡재를 지나면서 대간 오른쪽 아래 상주가 고향이라고 한 이후 여태까지 우리와 똑같은 페이스로 산행을 같이하고 있다. 많은 이야기를 나누었으나 아직 이름도 물어보지 못했다. 생각도 같고 느낌도 같고 틀린 것은 야생화나 수목에 관해서는 '박사'라는 점이다.

1시 25분에 일어섰다. 보라색 앵초, 흰 은방울꽃, 둥글레가 지천으로 깔려 있고 다래넝쿨에는 황초록의 '다래순'이 고개를 내민다. 서양 벚꽃나무는 녹색이 짙어간다. 1시 50분에 좌측으로 낙뢰에 잔등이 부러진 거목이 검게 타 드러누운 것을 보고 곧이어 헬리포트를 지났다. 2시에 1,158봉을 좌측으로 우회한다. 10분 후에 1,015봉인 연화동 갈림길에 닿는다. '연화동 3킬로미터, 마당치 2.5킬로미터, 상월봉 4.5킬로미터' 좌측에 낙뢰 맞은 고사목이 누워 있다. 2시 15분에 헬리포트를 지나 봉우리를 내려 '형제봉 7.5

킬로미터, 상월봉 4.4킬로미터' 이정표를 본 후 2시 23분에 1,060봉을 넘어서고 2시 30분에 다시 이정표를 보게 된다.

2시 32분에는 우측 비탈에 20여 미터 높이의 기암이 무더기로 늘어서 있는 곳 맞은편 전망대에서 잠시 배낭을 내렸다. 개념도상 배바위, 영풍바위, 좌석바위가 표시되어 있는 곳이다.

2시 40분 오른쪽 좌석리 건너 산릉의 봉우리 근처에 걸린 새하얀 구름과 그 아래 밝은 빛과 검은 빛이 수놓인 산자락에 눈이 가고 이름 모를 새 한 마리가 '휘휘휘휘' 하면서 건너편 숲속으로 사라진다. 짙은 수림 건너 좌측 멀리 바라보이는 신선봉에서 내리뻗은 구봉팔문쪽 능선은 잿빛과 흰 뭉게구름을 이고 산자락에 그늘을 드리우고 꿈 속 같이 높이 떠 있었다.

2시 55분 해발 1,031봉에서 본 대간에는 마당치를 지나 두 개의 봉우리가 건너다보였다. 뒤에 있는 봉우리는 북으로 형제봉을 솟구치고 앞의 봉우리가 동으로 대간을 이어가고 있었다. 1,031봉과 마당치 사이는 산록의 숲터널, 대지의 초록 융단과 야생화초로 꿈속을 거니는 길이었다. 하늘에는 바람과 구름과 햇빛이 가득하고 숲은 잿빛과 검은 줄기를 가진 키큰 떡갈나무가 주종을 이루고 있었다. 3시에 무명봉을 넘고 3시 15분에는 암릉을 타다가 절벽을 만나 되돌아나오니 우측으로 길이 나 있었다. 3시 20분에 '형제봉 3.8킬로미터, 국망봉 8.2킬로미터' 표지목이 있는 봉우리를 넘어 3시 35분에 마당치에 닿았다. 마당치에는 '해발 910미터, 새목 7.5킬로미터, 형제봉 3.5킬로미터. 국망봉'의 표지목이 있었고 2~3백 평의 분지에 잡초와 덩굴이 어지러이 자리하고 기왓장 부스러기와 낮은 돌담이 눈에 띈다. '어류산성터'였다.

3시 40분에 1,032봉 전위봉을 넘고 3시 50분에 1,032봉을 우측으로 돌아가니 '형제봉 갈림길 1,032미터, 고치령 1.9킬로미터, 국망봉 9.2킬로미터' 표지목이 있다.

1,032봉을 지나자마자 좌측이 단애를 이루며 좌우로 짙은 음영

이 드리워진 수림이 가득하였다. 4시에 헬리포트를 지나니 급경사 내리막이었고 곧이어 안부에 이르렀다. 황장목, 떡갈나무, 이깔나무가 가득하고 새 한 마리가 '휘휘휘휘' 하면서 숲으로 사라진다.

4시 5분에 봉우리를 하나 넘어서니 갑자기 숲에서 단내가 나고 숲의 밑둥치가 시커멓게 그을려 있다. 건너편 소나무잎은 붉은 황갈색을 띠고 길섶의 나무둥치를 만지니 손이 시커멓게 변한다. 그러나 타서 시커먼 대지 위에 원추리들은 군락을 이루며 20~30센티미터의 높이로 자라 숲의 생명을 지키고 있었다. 4시 7분에 '고치령 0.9킬로미터, 형제봉 3.8킬로미터, 국망봉 10.2킬로미터' 이정표를 지나 4시 12분에야 숲이 불탄 지역은 끝이 났다. 불이 난 곳은 7분을 걸었으니 그 거리는 450여 미터이며 폭은 150여 미터였다.

숲이 단내가 나는 것으로 보아 산불은 최근에 난 것 같았다. 4시 14분에 당도한 863봉은 산불현장을 지근거리에서 분노에 찬 눈으로 바라만 보고 있었을 것이다.

863봉을 넘어서니 급경사 내리막 끝자락에 '고치령'인 듯싶은 잘록한 안부가 내려다보인다. 안부 너머로 950봉이 멀리 하늘에 떠 있고 도로가 협곡 사이로 빠져나가면서 남으로 '단산면 좌석리'를, 북으로 '영춘면 마락리'를 이어주고 있었다.

뒷산 863봉 그리메가 발 밑의 수림에 파고들고 좌측의 참나무숲에 이내가 나타난다. 이내는 숲의 정령이다. 나는 이내를 만나면 의식은 또렷해지나 육체는 흐느적거린다. 이른 아침이나 해질 무렵 숲속에 멀리보이는 푸르스름하고 흐릿한 기운이 '이내'인데 '남기'(嵐氣)라고도 한다. 이는 서리·축령산을 가평군 행현리 쪽에서 오를 때 잣나무숲에서도 볼 수 있다. 유년시절 학교를 파하고 해질 무렵 아침에 방목한 소를 찾아 '미륵산'을 헤맬 때 습기찬 숲속에 '이내'와 마주치면 두 눈을 질끈 감고 걸음아 날 살려라 하고 숲을 벗어나야 하는데 신발을 잃어버리기 일쑤였다.

폐묘 1기를 지나 4시 20분에 '고치령'에 닿았다. 고치령은 널따란 공터가 있는 고개였다. '고치령 760미터, 비로봉 14.1킬로미터, 마구령 8.0킬로미터, 국망봉 11.1킬로미터, 늦은목이 13.9킬로미터' 표지목이 있었다. 고갯마루 북쪽 50여 미터 거리에 샘물이 있다는데 너무 지쳐 가보지 못한다. 널따란 비포장도로 위에 흰나비한 마리가 고개를 넘어 남쪽으로 날아간다. 나비를 쫓아가던 눈길은 자개봉의 초록능선과 산자락이 구름산을 이고 그 위 코발트색 하늘이 끝없이 펼쳐지고 있는 곳에 머물렀다.

오늘이 초파일이라 북쪽 고개 넘어 '현정사'에 다녀오시는 여신도 네 분을 만나 독실한 불교신자였던 작고하신 할머니와 생존해 계신 작은 어머님을 불현듯 떠올렸다.

4시 30분에 일어나 비포장도로를 따라 내려오다가 여신도들이 타고 내려오는 봉고차를 얻어 탄다. 4시 40분 오른쪽 큰 계곡의 찬물은 뼛속까지 스며든다. 5시에 좌석리 마을을 향하여 일어섰다. 인적이 드문 산속 길 옆에는 오갈피, 쪽동백, 작은 고광나무, 큰 야광나무, 흰 광대수염과 옥잠화가 줄을 잇고 있었다.

적송천지

2002년 6월 2일

아침햇살이 눈부시다. 5월 31일부터 막오른 월드컵 열기도 후끈하다. 그런데 우리나라가 16강에 나가면 모모당이 대선에서 유·불리하다느니 하여 계산에 정신이 없는 모양인데 백성을 다스리려고 생각하는 사람들의 정신상태가 유치하기 짝이 없다.

차는 10시 15분에 물야면 후평리의 산골짝을 접어들고 완공이 거의 마무리된 댐을 우측으로 돌아 '생달'에 멈추어 선다. 마을은 쥐 죽은 듯이 고요하다.

오늘은 늦은목이에서 생달로 탈출하는 거리가 멀어 역순으로 진행한다. 고치령에서 좌석리까지는 차라도 얻어 탈 수 있는 비포장도로가 있기 때문이다.

마을을 뒤로하고 산을 오르는 길섶에는 빨갛게 익어 손가락만 대면 손바닥 안으로 굴러 들어오는 딸기가 지천으로 열려 있다. 이곳에는 어울려 산이나 들로 헤매고 다니는 악동들이 없는 모양이다. 깨물면 달고 향긋한 내음이 입안에 넘치고 목줄기로 넘어가는

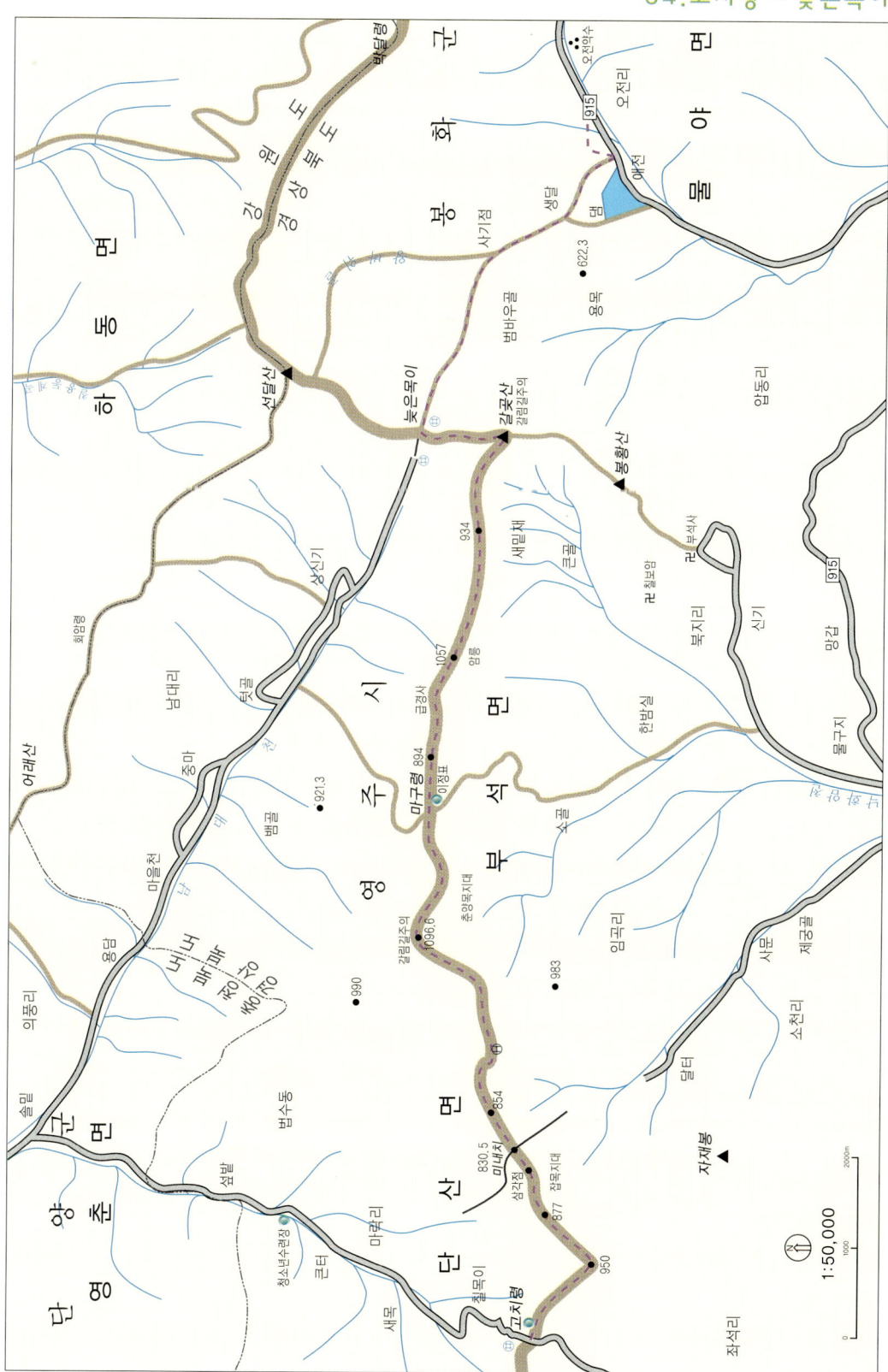

경상북도

강원도

봉화군

영월군

평은리

오전약수

오전리

915

애전

생골

범바우골

622.3

용목

암동리

선달산 ▲

늦은목이

갈곶산

봉황산 ▲

봉성리

권부석사

목지리

신기

915

망양

물구지

사기점

상신기

934

세미재

큰곡

권부석사

한밤실

덕골

남대리

회암령

921.3

금정사

암릉

주

석

면

이미골

983

봄음

영

1057

이정표

마구령 894

이정표

아래산

생골

마을천

내내피개

989

990

1096.6

춘양목지대

소천리

사문

제골곡

범수동

830.5 미내치

854

청소년수련장

큰터

마루리

영월군

정목지대

877

달티

자재봉 ▲

삼각점

950

솔밤

내밤

마락리

순흥면

단산면

좌석리

솔밤

샛목

큰목이

고치령

고치령

청소년수련장

샛목

1:50,000

2000m

1000

0

N

짜릿한 느낌은 어린 시절이 불현듯 생각난다.

'보릿고개'는 전년에 거둔 묵은 곡식이 떨어지고 새로 심은 보리가 여물지 않아 농가생활이 가장 어려운 음력 4, 5월, 즉 지금 시기를 일컫는다. 학교에서 배급해 주던 미국산 분유가 떨어질 때쯤이면 할머니가 해주던 개떡과, 그도 모자라 소나무가지 껍질을 벗겨 하모니카를 불던 송구, 그리고 산딸기는 제일 좋은 요깃거리였다. '정부미'가 등장하고 혼분식을 장려한다고 '도시락 검사'는 수시로 있었다.

딸기넝쿨 아래는 양귀비목 현호색과에 속하는 금낭화가 붉은 자주색 꽃을 피우고 있고, 우측 발 아래 건너편 개울가에는 조팝나무와 찔레꽃이 흰 꽃을 피우고 있다. 붉은 자주색 꽃을 피운 것 '꿀풀'은 '며느리밥풀꽃'인 줄 알았다. 그러나 며느리밥풀꽃은 보릿고개의 막바지인 8월초에 핀다.

길이 개울을 몇 번인지 건너더니 11시 '용운사' 표지판을 지나서는 짙은 숲속에 들어서고, 계곡이 제 모습을 갖추면서 우측으로 나선다. 잣나무와 이깔나무 숲속에 길바닥에 떨어진 설익은 '포구' 열매를 보고 위를 보니 우측에 오래된 '포구나무'가 서 있다. 어릴 적 용화사 저수지 밑 동구의 큰 포구나무 밑에는 평상이 있었고, 시루 대나무로 딱총을 만들어 포구열매를 총알로 하여 전쟁놀이를 한다. 지는 편은 다음날 오후 소 찾으러 갈 때 앞장을 서야 한다.

11시 15분에 좌측에 달린 연초록 리본을 보지 못하고 곧장 200여 미터를 오르다가 길이 애매하여 원위치하였다. 그 길은 선달산(1,236미터)으로 바로 오르는 길이었다.

11시 22분에 날씬한 안부에 닿았다. '해발 966미터 늦은목이, 선달산 1.9킬로미터, 마구령 6.9킬로미터' 표지목이 있었다. 굴참나무가 안부 사방에 널려 있다. 갈참나무, 졸참나무, 떡갈나무, 신갈나무는 그해 꽃을 피우고 열매를 맺으나 굴참나무와 상수리나무는 꽃을 피운 그 다음해 열매를 맺는다. 나는 상수리는 금방 알 수 있는데 다른 참나무는 구별을 하지 못한다.

11시 30분 이깔나무숲을 지나 11시 50분에 시야가 반쯤 트이는 갈곶산에 올랐다. '해발 966미터 봉황산 갈림길, 늦은목이 1킬로미터, 선달산 2.9킬로미터, 마구령 4.9킬로미터, 비로봉 27킬로미터' 봉황산(818.9미터)은 온 길과 직선으로 남진하여 큰골과 범바우골이 갈리는 재에서 남서로 가면 솟아 있으며 자락에는 부석사가 있다. 대간은 북서로 'V'字로 꺾이며 내림길에는 아름드리 낙락장송인 황장목이 무리를 이루고 있었다. 이 나무는 금강송이라고도 하는데 줄기가 곧고 속살이 황금색을 띠는 질이 좋은 소나무다.

숲속 낙엽 위에는 희귀한 흰색 은방울꽃, 흰 연두색 꽃을 땅을 향해 피운 애기나리가 군락을 이루고 있다. 큰 애기나리는 흰색이다. 내리막이 끝나고 평탄한 능선길은 마치 천상을 거니는 기분이었다. 하늘을 가린 숲은 사선으로 비껴드는 햇살에 초록이 부서지며 무슨 새인지는 '휙휙휙휙' 하면서 이곳에서 저곳으로 날아다닌다.

12시 35분 경 934봉에 오르는 길은 참나무가 산사면과 골짜기에 숲을 이루고 있었다. 산사면에 있는 나무는 수직으로 서 있는 것이 아니라 비스듬히 서 있는 것처럼 보인다. 30센티미터 높이의 '모데미풀'은 잎이 뿌리에서 갈래로 나와 눈이 부신 새하얀 꽃을 피우고 있었다.

12시 45분에 헬리포트에 올라서니 우측 선달산에서 어래산(1,063.6미터)으로 뻗은 서북능선은 흰 구름산맥 아래에서 검은 선을 긋고 있었다. 헬리포트 이후 연이어 나타나는 봉우리들을 지나면서 길은 서서히 가팔라지고 그 중 높은 봉우리를 넘어 풀밭 안부에서 잠깐 배낭을 내렸다.

1시 10분에 멋진 황장목 군락을 스치고 '마구령 1킬로미터' 이정표를 보며 내리막을 친 후 오름길은 오늘 구간 중 유일한 암릉지대이다. 5분 후에 봉우리 하나를 넘고 다시 뙤약볕에 관목숲을 헤치고 오르니 우측 가장자리에 가로 1.5, 세로 2미터 정도의 적기(赤旗)

283

가 펄럭이고 있는 봉우리가 나타난다. 가로 15, 세로 25미터의 공터 중앙에 헬리포트가 있는 전망이 뛰어난 1,057봉이다. 봉우리 주위 산사면은 온통 춘양목이 자리하고 있었다. 소나무와 곰솔의 자연 잡종인 이곳 춘양목은 우아하기가 그지없었다. 내리막의 춘양목숲을 지나 다시 완만한 경사를 올라 전망이 트인 작은 소나무 아래에서 점심을 먹기로 했다. 1시 25분, 894봉이었다. 강 선생이 가져온 손수 캔 곰취나물은 향기가 입가에 맴돌고 민 회장 집사람의 노가리찜은 점차로 격이 높아지는데 나는 내놓을 것이 없다. 집사람한테 좀더 잘 보여서 다음부터는 통영 햇멸치에 막 된장을 필히 챙겨와야겠다. 그러고 보니 조금만 더 있으면 마른 햇멸치 최상품이 나올 때다. 야생화 박사 강 선생은 애기나리, 큰 애기나리, 은대난초를 구별하는 법을 가르쳐 준다. 2시 정각에 출발했다. 멀리 아래로 보이던 마구령은 내리막으로 3분거리였다.

'마구령 810미터, 고치령 8킬로미터, 비로봉 22.1킬로미터, 늦은목이 5.9킬로미터, 선달산 7.8킬로미터' 표지목이 있다. 널따란 비포장도로는 남쪽 부석면에서 굽돌아 올라와 잠시 숨을 멈춘 후 북서진하다가 60도 예각 우측으로 꺾여 경상도와 강원도 접경의 경상도 북단 마을 중의 하나에 속하는 남대리로 북동진한다. 산행 취재기에는 마구령 북서쪽 50미터 거리에 샘물이 있다고 쓰고 있다. 물을 찾아가는 도로 옆에 10여 미터나 되는 층층나무는 흰꽃을 피웠고, 껍질이 반쯤 벗겨진 피나무 줄기는 적홍색이다. 샘이 있는 곳은 50미터 아래가 아니고 300여 미터 아래였다. 샘물이 아니고 개울물이었으나 시원하기는 그지없었다. 그 취재기의 옥의 티는 거리를 잘못 측정한 것이었으니 그 글을 읽은 독자가 조난시에 엄청난 화를 불러일으킬 수 있는 것으로 그 오류는 치명적이다. 반쯤 남은 2리터 페트병을 가득 채우고 난 후 다시 고개로 올라와 서쪽으로 달린 리본을 따라 절개지를 힘겹게 올라섰다.

2시 30분 봉우리를 오르니 길은 서서히 오르막으로 변하였다. 2

시 42분 이정표를 보고 3시에 헬리포트를 지났다. 3시 2분에 다시 이정표가 있는 봉우리를 내려 기분 좋은 능선을 탔다. 이곳 능선과 산자락에도 춘향목은 무리를 지어 있었다. 급경사를 한 차례 치고 나서 3시 12분 테라스봉인 1,096.9봉에 닿았다. '고치령 5.2킬로미터, 비로봉 19.3킬로미터, 마구령 2.8킬로미터, 늦은목이 8.7킬로미터' 표지목이 있다. 이곳에서 길은 직각 좌측으로 꺾여 45도 내리막으로 남서진한다. 잎은 낙엽 위에 두고 대궁만 가냘프게 올라와 보라색꽃을 피운 것은 난초일까 나리일까? 강 선생은 더덕 캔다고 뒤에 처졌다.

대간은 대간다웠다. 우측 뒤로 비켜 선달산에서 어래산으로 뻗은 능선은 깊은 협곡을 이루어 님내리의 늦은목이에서부터 딧골, 송내, 중마마을을 일구어내고 진행방향 대간 우측의 마당치 지나 1,032봉, 형제봉(1,177.5미터), 990.8봉으로 뻗은 능선은 또 다른 협곡을 이루어 고치령에서부터 마락리의 새목, 큰터 마을을 품고 있었다.

3시 30분 헬리포트에서 길은 갑자기 직각 우측으로 꺾여 북진한다. 4분 후에 봉우리에는 '고치령 4킬로미터' 이정표가 있었고, 그곳에서는 다시 직각 우측으로 서진한다. 곧이어 854봉, 3시 40분에 무명봉, 그리고 3시 44분에 830.5봉에 올랐다. 고만고만한 봉우리를 짧은 거리에서 오르고 내리는 것만큼 기분 좋은 일은 없다. 오후의 태양 아래 멀리 좌우로 펼쳐지는 검은 능선과 산자락은 이내를 품은 듯 몽환적이다. 작열하는 태양과 가까이의 싱그러운 녹음과 멀리 이내를 품은 산의 정령에 발걸음은 지면을 날고 눈은 가물거린다.

3시 46분에 좌우로 멋진 경사의 산록을 둔 고개에 닿았다. '미내치 해발 800미터, 고치령 3.2킬로미터, 비로봉 17.3킬로미터, 마구령 4.8킬로미터, 늦은목이 10.7킬로미터' 미내치의 '乃' 는 어조사 '내' 이니 그냥 아름다운 고개라는 뜻이리라. 남으로 자개봉(858.7

미터) 자락의 소천리 달터로 내리는 계곡과 북으로 단산면 마락리 법수동으로 내리는 계곡을 발원시키니 선인들의 눈에는 어찌 아름답게 보이지 않을 수 있었을까!

3시 55분에 봉우리를 하나 넘어 잡목지대를 헤쳐 오른 후 4시에 877봉에 닿았다. 877봉에서 길은 다시 남서로 깊게 파여 내려가더니 평탄한 능선이 한동안 계속되었다. 4시 10분 경에 탈진하여 숨을 몰아쉬고 있는 대간 일행 중 한 분에게 배낭 속에 들었던 마구령에서 가득 채운 물과 남아 있던 오렌지 하나, 땅콩 초콜릿 하나를 몽땅 건네주고 물을 한꺼번에 많이 마시지 말도록 하는 당부도 잊지 않았다. 내리막 좌측에 '고치령 2킬로미터' 이정표를 보고 다시 오르막을 올라야 했다.

4시 15분 테라스봉을 지나 무거운 발걸음을 옮기면서 바라본 형제봉 능선은 꿈속처럼 아득히 보인다. 4시 25분에 앞을 가로막는 950봉을 넘어야 되는 것 같아 이를 악물었으나 봉우리 밑 잣나무 숲에서 길은 직각 우측으로 꺾이고 북서진하면서 봉우리를 우회한다. 950봉부터 길은 북서진하는 내리막으로 발치 아래 멀리 고치령에서 북쪽 마락리로 굽돌아가는 도로가 숲에 가려 보였다 사라졌다 하고 있었다. 산행중 휘파람이 절로 나는 때가 바로 이런 순간이다. 중고등학교 다닐 때 오후 수업은 생략한다는 담임 선생님의 말씀이 계실 때처럼 기운이 솟아난다.

내리막 어느 지점에선가 '고치령 1킬로미터, 비로봉 15.2킬로미터, 마구령 6.9킬로미터, 늦은목이 12.8킬로미터' 표지목이 있었고, 태양은 숲 위 좌측 고개를 든 지점 눈 닿는 곳에서 작열하고 있었다. 우측으로는 1,096.6봉에서 북서로 634.4봉으로 이어진 초록 능선과 산자락 뒤에 선달산에서 어래산으로 이어진 능선과 산자락이 검은색으로 장막을 치면서 경상도와 충청도를 가르고 있었다. 4시 35분 안부에 이르고 5분 뒤에 봉우리를 오르니 헬리포트 좌측 대각선 가장자리에 1,057봉에서 본 동일한 적기가 펄럭이고 있었다.

4시 42분 다시 헬리포트를 지나고 내려간 곳은 고치령이었다. 예의 그 취재기에는 고치령 북쪽 30여 미터 아래 지점에 사시사철 마르지 않는 샘물이 있다고 했으나 실은 120미터쯤 되었다. 대롱으로 흘러내리는 샘물은 차갑고 시원하였다. 세 컵을 들이키고 페트병을 채웠다.

　고치령에서 용달차를 세내어 타고 좌석리로 내려와 연화폭포 갈림길 다리에서 세워 달라고 하여 지난 구간 때 목욕했던 곳으로 거슬러 올라 계곡물 속으로 기어들었다. 그곳은 암벽이 곶(串)처럼 늘어서 있고 1미터쯤 되는 입석으로 계곡물이 타고흐르며 은빛처럼 빛나는 암반이 소를 이루고 있는 곳이다. 암벽 뒤의 소나무는 병풍을 치고 물에 누워 바라보는 건너편 산능선 위에 뭉게구름이 한가로이 떠간다. 떨어진 새하얀 찔레꽃은 물 위를 타고흐르고 기린초는 노란꽃을 솜털처럼 피웠으며 딸기는 빨갛게 익어가고 있었다.

인간의 의지

2002년 6월 16일

일어나니 6시 반이라 눈만 비비고 배낭을 메고 나와 가까스로 사당에서 7시에 출발하는 버스를 탔다. 산에 갈 때 가져가라고 준비해 놓은 '약식'은 물론 물도 준비를 못했다. 대학 '70산산회'는 매월 둘째주 토요일 정각 2시에 청계산 입구 주차장에서 만나는데 어제는 두세 시간 산 타고 네댓 시간 뒤풀이를 했다. '솔밭집'에서 기울어 가는 석양빛에 정다운 이야기와 동동주로 흥에 겨운 얼굴들이 주마등처럼 스치고 젊은 시절의 편린들이 문득문득 떠올랐으나 속은 쓰리고 머리는 장작 패듯 한다. 5월초 일주일간 입원한 후 술은 달포는 그럭저럭 참아왔으나 어제부로 금기가 깨지고 담배는 슬쩍슬쩍 피운 것이 하루에 서너 개비씩은 된다. 이런 나약한 마음으로 무엇인들 이루어낼 수 있으랴! 어쨌든 후회에 후회를 거듭하고 다시 마음을 다잡아 본다.

눈을 뜨니 차는 '생달 저수지'를 지나 있었고 10시 반이었다. 선두는 벌써 저만치 달아나면서 숲속에서 머리만 떠올랐다 잠겼다

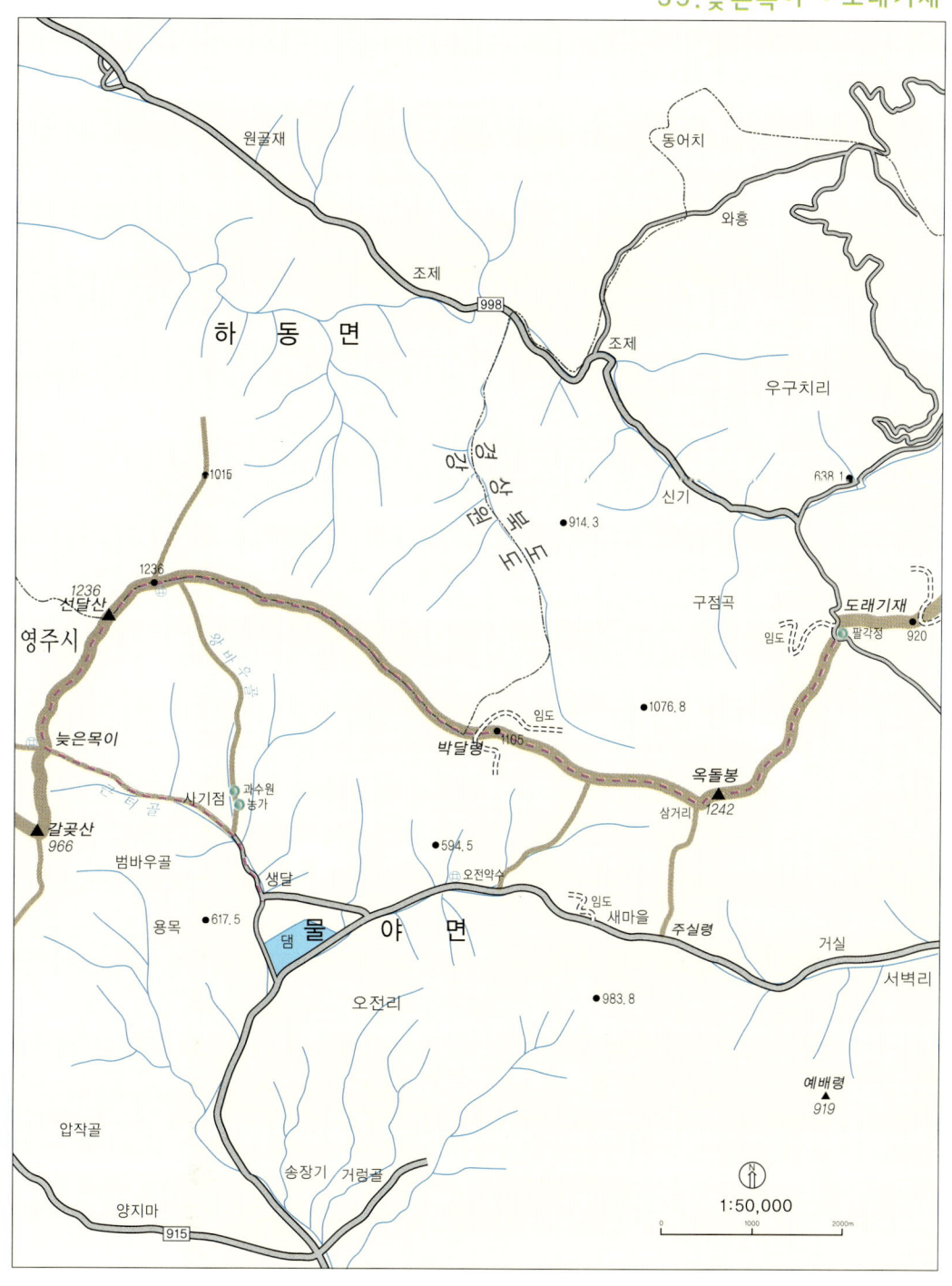

원굴재

동어치

와흥

조제

998

조제

하 동 면

우구치리

신기

•638.1

•1015

•914.3

구점곡

도래기재

1236

1236

소백산맥

팔각정
920

천달산

영주시

임도

늦은목이

•1076.8

임도

박달봉 1105

옥돌봉

사기점
괴수원
농가

▲ 1242

삼거리

갈곶산
966

범바우골

•594.5

오전약수

임도

새마을

주실령

거실

용목

•617.5

생달

댐 물 야 면

서벽리

오전리

•983.8

예배령
▲ 919

압작골

송장기 거렁골

양지마

915

N

1:50,000

0   1000   2000m

하고 있으나 의식은 흐릿하고 다리는 천근이다. 길섶의 딸기가 반기나 도무지 감흥이 일어나지 않는다.

알베르 카뮈의 〈이방인〉에서 '뫼르소'는 북아프리카 해변에서 '마리'와 정사를 가진 후 동료 '레이몽'을 다치게 한 아라비아인을 '태양이 너무 눈부셨기 때문에' 권총으로 사살한다. 햇살에 눈이 감기나 시원스레 불어오는 바람으로 인해 용기를 내어본다.

길이 계곡을 건너자 본격적으로 숲으로 접어든다. 길섶과 바닥에 물기가 남아 있고, 계곡 물소리가 불어난 것을 보니 밤새 비가 온 것일까? 민 회장이 멈칫멈칫 하기에 내 걱정은 말고 먼저 가라고 하고 맨 후미에 처졌다. 등산대장에게는 늦은목이 가기 전이나 혹시 박달령까지 갈 수 있으면 그곳에서 오전약수 쪽으로 탈출하겠다고 알려주고 도래기재까지의 교통편 등을 확인해 두었다. 계곡에서 두서너 시간 물 속에 잠겨 정신을 차린 후 되돌아나가 오전약수에서 물맛을 본 후 차를 얻어 타고 '도래기재'로 갈 요량이었다.

맨 후미에 처져 터덜터덜 걸어가는 내 모습이 우스꽝스러웠다. 겨우겨우 11시 40분에 '늦은목이'에 올라선 후 배낭을 내리고 담배를 한 개비 피워 문 후 곰곰이 생각해 보았다.

되돌아갈까 아니면 이런 상태로 박달령까지라도 갈 수 있을까? 또 다른 한편에서는 여기서 중도 포기하면 애들이 지금 공부할 때나 앞으로 세상을 살아가면서 힘들거나 어려운 경우를 당할 때 어떻게 자신 있게 '이를 헤치고 이겨나가라'고 독려할 수 있을까?

나의 번민에는 아랑곳없이 뭉게구름은 늦은목이 위 하늘에 둥실 피어올랐다. 작년 2월 초 대간을 시작하고 난 후 오늘까지의 추억들이 밀려왔다 밀려간다. 가자! '도래기재'까지 가는 거다!

고도표를 보면 늦은목이에서 선달산까지는 끝없는 오르막이다. 개 망초는 확실히 익혀 두었고 밤꽃도 이젠 안다. 밤꽃은 밤송이를 닮아서 주렁주렁 달리고 꽃잎이 뾰족뾰족하다. 적송은 키가 크고 줄기가 굵고 미끈하며 붉은색을 띠는 것으로 금강송, 황장목, 춘양목이라고도 한다. 경북 봉화군 춘양면 부근의 적송을 특히 '춘양목'이라고 하는데 일제시대 이 지역의 적송을 도벌하여 '춘양역'을 통하여 일본으로 반출하였기 때문에 이런 이름을 얻었다 한다. 적송은 군락을 이루고 있었고, 길은 무주 적상면의 '적상산 오르는 길'처럼 아름다웠다.

배낭 속에 넣어둔 휴대폰이 계속 울리기에 쉼터에 이르러 열어보니 민 회장이다. '걸을 수 있느냐? 늦은목이에서 선달산을 오르고 있는 중이다. 가다가 기다릴 테니 무리하지 말고 네 페이스대로 오너라!' '내 걱정은 말고 그냥 가거라.' 갑자기 힘이 솟는다. 누군가가 기다려 주고 있다는 것이 이렇게 눈물이 나도록 고마운 줄은 미처 몰랐다.

12시 30분 경에 적송군락이 사라지고 참나무, 물푸레나무, 진달래 군락이 대신하며 수림의 키가 작아지고 좌우 능선이 삼각형의 빗변으로 나타나며 능선 숲 사이로 하늘이 보인다.

12시 40분에 전방에 인기척이 나기에 자세히 보니 민 회장이었고 몇 발치 위에는 강 선생이었다. 강 선생은 '여기까지 와서 어떻게 포기하느냐' '언제 이곳을 다시 올 수 있겠느냐'고 질책이다. 다시 힘이 솟아난다.

억새군락을 지나 12시 55분에 선달산 정상에 올랐다. 조그만 공터였으며 1.2미터의 흰색 표목에 '선달산 1,236미터 잔디밭 산악회'라고 검은 글씨로 적혀 있다. 공터 변두리 중키의 나무그늘 아래서 민 회장과 강 선생이 덜어 준 햇반과 민 회장이 가져온 '노가리찜'과 '총각김치', 특히 김치국물을 들이키고 나니 비로소 정신이 반쯤 돌아온다. 주위 숲이 우거져 전망은 볼 수 없었다.

1시 10분 배낭을 챙기고 난 후 내리막에는 둥글레와 천남성이 무더기로 피어 있었다. 둥글레와 애기나리는 잎의 위와 아래가 다르면 둥글레고 같으면 애기나리며 꽃의 색깔이 녹색이 도는 흰색인 것과 아래로 향해 피는 것은 같으나 꽃의 모양이 둥글둥글한 것은 둥글레고 뾰족뾰족한 것은 애가나리다. 천남성은 역시 녹색이 도는 흰꽃을 피우고 작은 옥수수열매 같은 것이 달리며 이는 10월에 적색으로 익는다.

1시 20분의 봉우리 사면에는 타원형의 나무판에 이정표를 만들어 나무에 못으로 박아 매달아 놓았다.

나중에야 깨닫게 되지만 도래기재까지의 열 개가 넘는 이정표는 모두 이런 모양이다. 나무에 못질을 한 것을 두고 나무란 글을 읽은 적이 있는데 이런 것을 두고 말한 것 같다. 하여튼 박달령까지는 1시간 10여 분을 더 가야 하는 것으로 되어 있다. 갑자기 기괴한 암괴들이 길 좌우로 늘어서고 길은 암벽 사이로 오르내리며 가까운 발치의 이끼 낀 거대한 암괴들은 수림과 더불어 으스스한 분위기를 자아낸다. 1,246봉을 좌측으로 우회하니 희미한 사거리가 나온다. 북으로는 강원도 영월군 하동면의 '칠용동 계곡'으로, 남으로는 경상도 봉화군 물야면의 왕바우골로 해서 오전리로 빠져나가는 길이다. 대간은 늦은목이에서 북동으로 쳐올라오다가 선달산을 지나면서 활처럼 휘고 이곳에서 다시 동남으로 꺾여내려간다. 뒤돌아본 1,246봉에는 하늘을 배경으로 뭉게구름이 걸려 있었다. 내리막에는 짙고 붉은 빛을 띤 자주색 제비꽃과, 꽃잎 없이 담홍색 꽃을 피운 '범꼬리'가 늘어서 있다. 길은 평탄하고 숲은 장관이었다.

그 위에 좋은 것은 1시 35분 경에 연속하여 나타나는 암괴를 품은 봉우리들이었고, 우측 서너 발치에는 거대한 괴목이 중동이 잘려 나갔으나 가지가 살아 두 팔을 벌리고 들어올려 짙은 초록을 피우고 있다. 숲에는 예나 지금이나 항상 이상한 일이 일어나고 있다.

1시 45분에 봉우리 하나를 넘고 2시에 다시 봉우리를 넘어 곧이어 큰 봉우리를 좌측으로 우회했다. 이제부터 박달령까지는 완만한 내리막이다. 멀리 동남방향 하늘 높이 두어 개 봉우리가 구름 속에 섬처럼 떠 보인다. 옥돌봉 근처다. 대간을 시작한 후 하늘 높이 떠 있거나 갑자기 앞을 가로막고 시야에 나타나는 봉우리를 오르고 내린 것이 어디 한두 번이던가? 이제는 체념을 넘어 아예 익숙해져 있다. '민백리꽃'은 줄기가 높고 가느다란 것이 다섯 개의 흰 꽃잎을 달고 있었다. 원추리는 주황색 꽃을 그리고 청미래덩굴(망개나무)은 초록의 열매를 달고 있었다. 어릴 때 산 속에서 해가 저물고 허기가 지면 초록망개를 실컷 따 먹었는데 비가 온 후 아침 햇살이 비칠 때 탐스러운 열매를 단 망개나무 밑에는 항상 물뱀이 도사리고 있었다.

드디어 2시 35분에 광장만한 헬리포트가 나서고 산신각이 보인다. 오전약수 쪽에서 올라온 임도가 재를 넘어 북동으로 휘어돌아가는 박달령에 닿았다. 박달령은 그 높이가 1,009미터다. 선달산에서부터 박달령까지 따라오던 경상도와 강원도의 도계는 박달령에서 헤어져 북~북동으로 반원을 그리다가 구룡산(1,345.7미터)에서 다시 대간과 만나 부소봉(1,546.5미터)까지 같이 간다. 임도 건너에는 적송이 무리 지어 능선과 하늘의 경계를 이루고 있다. 개념도에 표시된 샘을 찾는다며 민 회장과 강 선생이 북쪽 임도로 내려가기에 따라나서다가 종래 나타나지 않아 나는 다시 산신각으로 먼저 되돌아오고 둘은 허탕을 치고 10분 후에 다시 산신각으로 뒤따라 올라왔다.

산신각은 임도 건너편에 기와지붕에 한 칸으로 정갈하게 꾸며져 있고 문은 열려 있었다. 마당을 포함하여 한 칸집 규모의 크기였다. 산신은 큰 산을 주관하며 마을 주민을 수호한다. 서까래 밑 현판에 '一靑'이 초서로 '山神堂'이라 쓰고 낙관을 하였다. 사당 안에는 널빤지마루를 지나 제단 위 중앙에 '朴達嶺城隍神位' 位牌가 있고 맨 좌측에 장군이 칼을 들고 서 있다. 그 곁에 천수관음보살이 앉았고 위패 우측에 산신과 그 부인이 의자에 앉아 있었다.

강 선생은 굳이 샘물을 찾아 헬리포트에서 북으로 계곡을 따라 내려가서 웅덩이 물을 떠오는 사이 산신각을 둘러싼 자연스레 만들어진 허리에 오는 토담 위 소나무 그늘 아래서 민 회장은 지리산

293

밑에서 다원을 하는 누님이 대간 하는 동생을 위해 주었다며 '산솔소금'을 건네고 건포도를 건네면서 '포도가 쉬었는지 모르겠다'고 한다. 건포도는 원래 쉰 냄새가 나기 때문에 '쉬'었는지는 혀끝으로는 구분이 잘 안 된다.

3시에 산신각을 떠나 남동으로 난 옥돌봉가는 오르막을 치고 올랐다. 주위는 온통 적송이 자리하고 오늘 종일 불어오는 시원한 바람에 솔잎이 수근거린다. 3시 40분에 987봉을 올라서니 멀리 뻐꾸기가 울며 휘파람새(그동안 '휙휙휙휙' 하던 새는 휘파람새였다)는 사람이 그리웠던지 인기척만 나면 휘파람을 불어대며 이 나무에서 저 나무로 날아다닌다.

3시 20분 경 1,105봉을 지나 3시 40분에 987미터인 테라스봉에 이르기까지는 평탄한 길과 고만고만한 봉우리를 우회하기도 넘어가기도 하면서 진초록의 수림 속을 거닐었다. 987봉 이후에 3시 45분, 3시 47분, 4시 5분 각각 테라스봉을 지나면서부터는 줄곧 오르막이었다. 4시 10분에 도착한 삼거리에는 '옥석산 5분 1,242미터, 옥돌봉 10분, 예천바위 3분, 주실령 50분'이라는 표목이 있었다. 맨땅에 퍼 질러 앉자 강 선생이 얼음물을 권하는데 정신이 번쩍 든다.

잠깐의 오르막 후에 4시 25분 옥돌봉 정상에 도착했다. 좌측에 헬리포트가 있고 우측 정상에 가로 25, 세로 90센티미터의 검은 대리석에 흰글씨로 전면에 '옥돌봉 해발 1,242미터, 봉화산악회', 측면에 '창립 제20주년 기념 1998. 7. 19'이라 음각해 놓았다. 정상 바로 밑 내리막에는 관중이 군락을 이루고 있었다.

도래기재까지는 급하고 완만한 내리막이 번갈아 나타났고, 4시 50분 경 중키의 잡목숲은 마치 정글 속을 헤쳐나가는 것 같았다. 모처럼 시야가 트이는 곳에서 바라보는 좌측 능선은 산자락 전체가 잣나무로 뒤덮여 있었다. 5시경에 도래기재 절개지로 가는 길을 버리고 좌측 나무로 된 급경사 계단을 내려서서 바라본 절개지 위에는 소나무 두 그루가 의연히 서 있었다. 절개지면은 토사의 붕

괴를 막기 위해 그물망으로 덮어놓았다.

도래기재 북쪽 시멘트 포장도로를 따라 100여 미터 내려가니 계곡을 가로지른 다리가 나선다. 차가운 물에 몸을 담그니 그제야 술이 깨고 세상이 바로 보이기 시작한다.

태백산을 넘다(도래기재 ▶ 구룡산 ▶ 곰넘이재 ▶ 신선봉 ▶ 차돌배기 ▶
깃대봉 ▶ 부쇠봉 ▶ 태백산 ▶ 유일사 갈림길 ▶ 사길치 ▶ 화방재)

태백에 들다

2002년 7월 6일 밤 10시.

　서초구청과 외교안보연구원 사이 시커먼 먹구름은 하늘을 가리
고 비는 쉴새없이 내린다. 서태평양 필리핀 동쪽 해상의 열대저기
압으로 인해 발생한 제5호 태풍 '라마순'은 기세 좋게 한반도를 덮
치고 있다. 그러나 서해지역의 대기와 해수온도가 낮아 7일 오전
에는 그 세력이 약해져 동해해상으로 빠져나가리라는 보도가 있어
집을 나서기로 작정을 하고 집사람한테 열심히 공을 들인 후 빗줄
기가 뜸할 때 배낭을 들쳐메었는데 결국 도시락은 못챙겼다.

　7일 산행은 경북땅 도래기재에서 시작하여 강원도와 경상도의
분기점인 구룡산(1,345.7미터)을 거쳐 역시 강원도와 경상도의 분
기점인 부쇠봉(1,546.5미터)을 지나 단군신앙의 성지인 태백산
(1,566.7미터), 그리고 화방재까지 약 24킬로미터에 10시간 정도 소
요된다. 이곳 지형은 대간상에 풍만한 여인의 탐스러운 젖가슴처
럼 돌출한 부분으로 '전투기 훈련장'이 있는 '천평'을 중심으로
구룡산에서 태백산 아래 1,174봉까지 반원을 그린 듯한 곳이다.

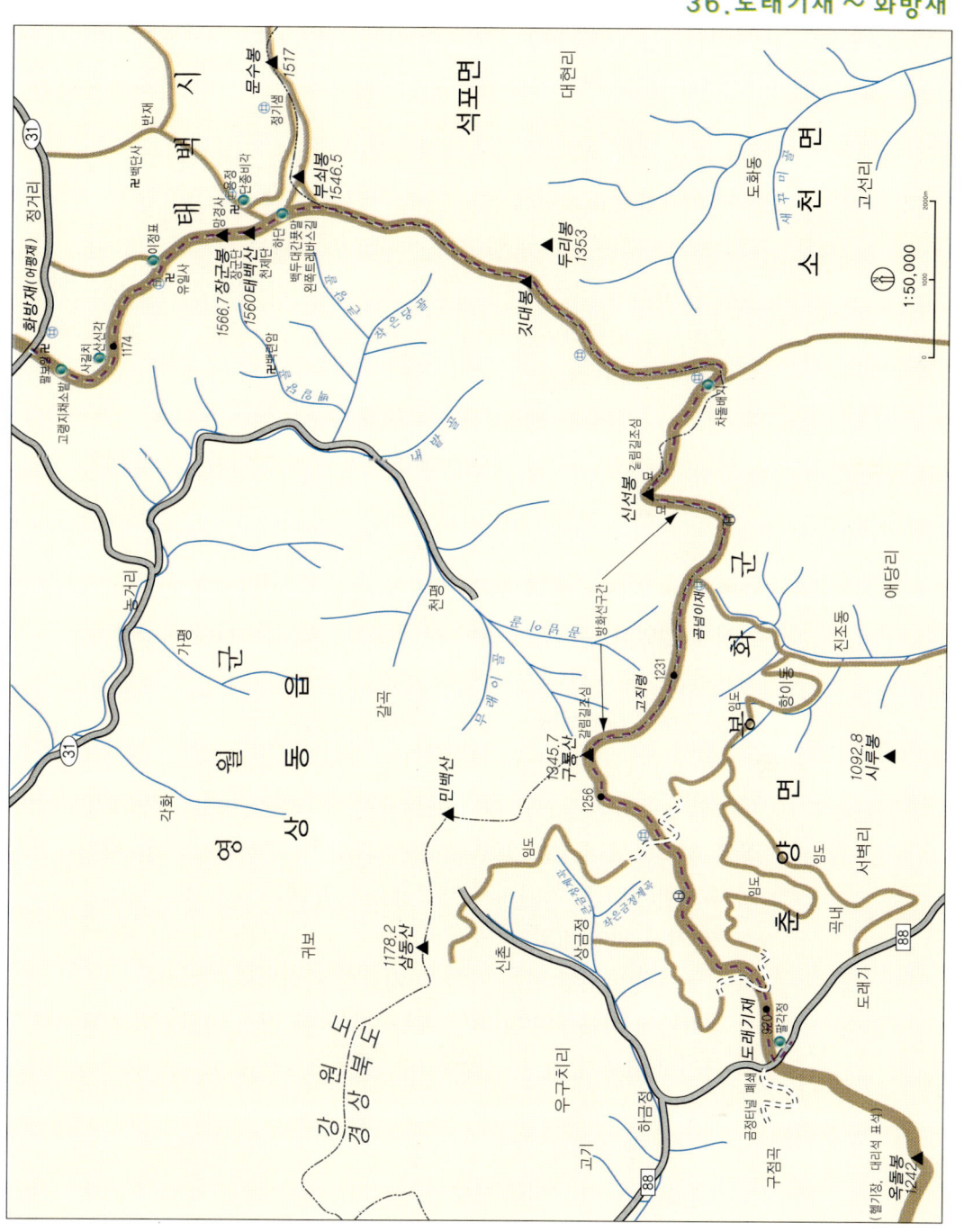

1시 20분 풍기의 소수서원을 지나 오전약수 가는 지방도로의 우측으로 멀리 보이는 산능선은 거뭇거뭇하게 일렁거리면서 먹구름과 경계를 이루고 있다. 그 와중에 영주 시내의 불빛이 비치는 것인지 밝은 기운이 그 경계의 어둠 속에 자리하고 있었다. 그 광경은 괴이하기조차 하였는데 처음에는 오늘이 보름 어름인 줄 알았다. 그러나 새는 날은 음력 스무 엿새로 보름과는 관계가 없고 대신 음력 절기로 '소서'이며 '6월절'이다. 소서가 지나면 더운 바람이 불어오고 귀뚜라미가 벽에 기어다니며 매가 사나워진다. 먹〔墨〕의 농담에는 薄, 淡, 淺, 次, 中, 深, 濃이 있다. 그 중 9.5할의 淺, 中, 濃과 0.5할의 황금빛이 하늘과 땅을 수놓고 있는 것이다.

2시경에 오전약수 아래 널따란 공터에 내려 산악회에서 준비한 흰쌀밥과 김치 그리고 국으로 이른 아침을 먹고 약수로 입가심을 했다. 오전약수는 경북 봉화군 물야면 오전리에 위치하고 있다. 약수터 주변은 정비가 잘 되어 있었고 개울 위 다리건너 20여 미터 지점에 있었다. 톡 쏘는 맛이 사이다보다 더 특이한데 위장병 등 치료에는 그만이란다. 주실령을 넘고 금은골이 있는 서벽을 지나 3시 30분에 도래기재에 이르러 산행에 들어갔다.

강풍에 비는 흩날리고 숲은 우거져 있다. 안개는 지척을 분간키 어렵고 농무와 사선으로 흩날리는 빗줄기는 빠른 속도로 헤드랜턴 불빛 속으로 빨려들고 있었다. 하얀 어둠이다. 920봉을 넘고 4시경에 희미한 임도를 지나 4시 35분 헬리포트에는 노란 달맞이꽃이 흐드러지게 피어 있었다. 우리나라에 희귀한 식물로써 저녁에 피었다가 아침이 되면 지는 것이 그 가련한 이미지는 사랑하는 여인을 생각나게 하는 꽃이다. 최근에는 그 종자기름이 성인병의 치료에 특이한 효과가 있다고 밝혀졌다. 달맞이꽃을 보고 헤드랜턴을 벗어 배낭에 넣었다.

네 개의 봉우리를 오르고 내려 4시 50분에 헬리포트가 있는 1,049봉을 지나니 곧이어 임도가 나선다. 절개지를 오르고 난 이후에는 줄 곧 가파른 오르막으로 숨도 제대로 쉴 수가 없었다. 비는 얼굴을 적시며 흘러내리고, 모자 창 끝을 타고 내리는 땀방울은 두 걸음에 하나씩 규칙적으로 떨어진다. 5시 35분에 우측으로 거북바위가 나선다. 봉우리에 노송이 걸렸고 구름과 안개는 솔잎을 쓸어가고 있었다. 테라스를 이룬 1,256봉이다. 능선에는 붉은 빛을 띤 자주색의 노루오줌, 노란빛을 띤 큰 까치수염이 군락을 이루었고 길가 참나무 아래 난초 두 포기가 수줍게 자리하여 연두색을 띤 흰 꽃을 갓 피우려고 한다.

한 차례 숨을 몰아쉰 후 5시 45분에 당도한 곳은 구룡산 정상이었다. 정상은 너른 공터였다. 비구름과 안개는 사위를 가리고 있다. 80여 센티미터 높이의 흰 나무팻말에 '구룡산 1,345.7미터, 잔디밭 산악회'라고 적혀 있고, 대간쪽 길목에 70여 센티미터의 검은 화강석에는 흰글씨로 '구룡산 해발 1,345.7미터, 춘양 태백산악회 2000. 5. 21'라고 씌어 있다. 한켠에는 보라색의 꽃을 피운 꿀풀과 눈이 부시도록 노란꽃을 피운 기린초가 자리하였다. 태초에 누가 이곳에 이런 꽃들을 피우게 하였는가! 정상에서 왼쪽 북서 방향은 민백산으로 빠지는 길이며 대간은 오른쪽 동남방향이다.

기분 좋은 능선길을 한동안 걷는다. 자주색의 꽃잎을 단 참당귀가 무리지어 있고, 암 치료에 탁월한 선학초라 불리는 짚신나물은 노란색의 작은 꽃잎을 꽃대 위에 피우고 있었다. 갑자기 완만한 내리막을 이루는가 싶은데 방화선이 나타난다. 폭이 2미터쯤 되어 제대로 방화선 구실을 못할 것 같았고 더구나 방화선인가 싶은 길은 잡목과 싸리나무 넝쿨로 우거져 앞이 안보였다. 멧돼지가 먹이를 찾아 파헤쳐 놓은 풀뿌리와 나무뿌리가 사방에 널려 있고, 보라꽃을 피운 싸리나무는 얼굴과 팔을 때리고 배낭을 잡아끌며 빗방울을 머금은 잎새들은 얼굴에 찬물을 끼얹고 바지는 허리께 아래로 후줄근하다.

고직령에서 또다시 길이 갈리며 남서방향으로도 리본이 매달려 있다. 그 길은 산신각을 지나 임도로 빠지는 길로 한동안 망설이다가 방화선이다 싶은 넓은 길을 택했는데 이는 옳은 판단이었다. 숲은 중키의 참나무들이고 간혹 키 큰 떡갈나무와 소나무가 길 안내를 하는 사이 1,231봉을 오르고 내리니 6시 40분에 '곰넘이재'에 닿는다. 이정표에는 '백두대간 참새골 입구, 구룡산 5킬로미터, 차돌배기 6킬로미터 1시간, 참새골 6킬로미터'라 되어 있다.

이제는 잡목 넝쿨이 끝나고 대신 중키의 소나무가 늘어선 폭 2미터의 대로가 나서며 더덕냄새가 진동을 하고, 싸리나무는 길옆에서 언제 그랬느냐는 듯이 점잔을 빼고 있다. 머루와 다래를 보고 내리막을 친 후 다시 오르니 우측으로 동네 어귀의 느티나무 같은 것이 서 있는 재를 지나 7시 5분 1,184봉에 올랐다. 여기서 대간은 다시 정북으로 방향을 잡으며 내리막 안부에서 방화선은 끝난다.

안부에서 다시 오르막 초입에 들어서니 좌측으로 갑자기 하늘이 뻥 뚫리면서 묘 1기가 나타난다. 묘 언저리부터 시작되는 허리까지 차는 산죽밭은 십여 분간 계속되었으니 1킬로미터 정도는 되리라. 조리대숲을 지나는 발걸음은 경쾌하기 그지없고 어느 순간인가 리듬을 타고 있었다. 산죽이 끝나는 지점에서부터 우측으로 굵고 튼튼한 하얀 로프가 걸린 오르막을 3분 정도 치고 7시 17분에 테라스봉을 오르니 능선을 지나 다시 100여 미터나 되는 두 번째 로프가 나왔다. 7시 25분에는 신선봉(1,300미터) 정상에 올라설 수 있었다.

정상표지는 없었고 70센티미터 높이의 검은 화강석의 묘석에 '處士慶州孫公永胡'라 되어 있고, 묘 잔등과 발치에는 흰 바탕에 짙은 반점이 있는 초롱꽃과 붉은 자색의 노루오줌 그리고 노란 나리가 무리지어 있었다. 덧옷을 꺼내 입고 물을 한 모금 마시고 담배 한 개비를 피워물었다. 비는 멎은 듯하나 바람은 세고 한기가 든다. 이곳에서 무심코 직진하는 길로 접어들면 전투기 훈련장이 있는 천평 군사지역으로 들어선다. 대간은 왔던 길에서 60도 예각

© 박한식

태백산 서쪽 산록

의 동남으로 꺾어야 한다.

　7시 35분에 자리를 떴다. 급경사 내리막에는 세 번째 로프가 길게 매어 있었고 로프가 끝나는 지점에서부터 키 높이의 산죽밭이 다시 시작되었다. 이는 고만고만한 봉우리를 대여섯 개 넘을 때까지 계속되었고 30여분이 지난 8시 10분에야 끝이 났다. 좌측으로 두 아름이 넘는 곧게 선 참나무 그리고 우측 길섶에 20여가 넘는 기암! 10여 미터 위에는 우측으로 두 아름이 되는 참나무 2그루와 아래 것보다는 규모가 적은 기암이 우측에 뿌리박고 있었다. 구름과 안개는 나무와 바위를 감고 휘돌아 나가고 있었다.

　8시 25분에 안부인 차돌배기에 닿는다. '백두대간 차돌배기, 석문동 6킬로미터 1시간 40분, 참새골 6킬로미터 1시간 40분, 태백산 10킬로미터 3시간 30분' 이라 쓴 키높이의 표지목이 있었다. 운무는 아직도 잔뜩 끼어 있으나 시계는 10여 미터 정도로 훨씬 양호해졌다. 8시 30분에 배낭을 메고 태백산 방향으로 접어들었다. 곧이어 갈림길이 나타나고 양 방향에 모두 리본이 매달려 있다. 나중에야 알았지만 직진하는 남동방향은 각화산(1,176.7미터)으로 가는 길이다. 양 방향 모두를 두어 번 왔다갔다 하는 사이 인기척이 나기에 돌아보니 민 회장이다. 한 사람 의견보다는 두 사람 의견이 훨씬 낫다. 개념도를 꺼내 비교해 보고 리본도 자세히 살핀 후 동으로 방향을 잡았다. 그 길은 다시 곧이어 북으로 달려나간다. 제 길로 들어선 것이다.

이제는 산의 8부 능선인 듯한 지점을 밟는 것 같은데 시야가 트이질 않아 봉우리가 눈에 잡히지 않았다. 길은 오른쪽 북동으로 약간 휜다. 대신 나무줄기가 굵고 가지가 휘는 거수(巨樹)가 적당한 간격으로 나서는 것이 비로소 태백산에 들어왔음을 직감했다. 바람의 강약에 따라 운무 흩어지는 양태가 시야를 넓히기도 하고 좁히기도 한다. 줄곧 안개의 심연을 걸어왔다. 안개가 산을 점령하고 산은 짙은 안개 속으로 덩치 큰 몸을 디밀어 버리고 보이지 않았다. 는개비는 바람에 실려 온몸을 휘감았다가 놓았다가 하고 있었다.

9시 20분 경에 1,174봉에 오르니 '깃대봉, 차돌배기 4킬로미터 1시간 20분, 태백산 6킬로미터 2시간 10분' 표지목이 있다. 그러나 이 표지목은 25분 후에 도착하는 깃대봉까지 올라가지 못하고 이곳에 멈추어 버린 것이다.

그 봉우리에서 안부에 내린 후에는 다시 오르막이 시작되었다. 9시 45분에 테라스봉을 지나 9시 50분에 깃대봉(1,383미터)인 듯싶은 곳에 올랐다. 표지목도 없었고 시계가 없어 어디가 어딘지 알 수가 없었다.

이윽고 10시경에 긴 회랑지대가 나타났다. 회랑지대라고 한 것은 과장된 표현이고 사실은 좌우로 가슴팍 정도 높이의 둔덕과 폭 2~3미터 정도인 골마루 같은 길이 계속 이어지고 있었다. 길은 낙엽과 초본류로 덮여 양탄자를 밟는 것 같았다. 휘파람을 불었다.

10시 2분 1,383봉인 듯한 테라스봉에는 지도가 그려진 '백두대간 등산로 안내판'이 있고, 10시 10분 무렵 키 낮은 산죽밭을 지나 야생초가 화원을 이룬 곳을 지나쳤다. 차돌배기에서부터 시작된 거수들은 이제 그 밀도를 더하고 길 양쪽에 시야가 닿는 곳까지 밀집한 야생초가 바람에 몸을 누이는가 싶으면 다시 산죽이 나타나곤 하였다. 이제 지쳐가는가 보다. 강풍은 귀신울음 소리를 하고 자꾸 뒤를 돌아보게 하며 거대한 수목 사이로 희끗희끗 보였다 사라졌다 하는 것이 사람 같기도 하고 짐승 같기도 느껴지는 환시에 걸려들었다. 눈꺼풀이 감기고 다리가 비척거려 노래도 불러보고 민 회장이 따라붙을 때까지 속도를 늦추어 보기도 했다.

10시 50분에는 주목 한 그루가 암봉을 배경으로 그림같이 서 있는 1,467봉에 올랐다. 이제 부쇠봉(1,546.5미터)은 지척이다. 높이 올라와서인지 운무는 한 걸음 뒤로 물러나 시계가 트이고 키 큰 수목은 거뭇거뭇 늘어서 있다. 완만한 오르막이 계속되더니 길이 좌측으로 돌아가는 듯하다. 11시 5분 순식간에 키 큰 수목이 없어지며 키 높이의 수목이 대신 들어차고 우측으로는 봉우리가, 좌측으로는 산사면이 비탈져 내려가고 온 세상은 훤해졌다. 하늘은 하얀 회색이었다.

남동으로만 가지를 벌린 하얗게 마른 주목이 멀리 북서면의 비탈에 두 그루, 남동쪽 지근거리 봉우리(부쇠봉) 부근에 두 그루가 우뚝 서 있다. 11시 10분 부쇠봉 아래 안부에 있는 2미터 높이의 이정표를 만질 수 있었다. '부쇠봉 1,546.5미터, 문수봉 2.2킬로미터, 천제단 0.8킬로미터'라 되어 있다. 민 회장과 나는 1,467봉에서 부쇠봉을 우측으로 두고 왼쪽으로 트래바스해 왔던 것이다. 이제부터는 천상의 고원이다!

태백산의 천제단은 세 개가 있다. 부쇠봉 근처의 하단, 하단에서 300미터 북서쪽에 한배검 위패를 모신 천왕단, 천왕단에서 300미터 북쪽에 태백산의 주봉이면서 단군천왕의 위패를 모신 장군단

천제단

(1,566.7미터)이 그것이다. 하단 앞에는 '通政大夫 兵曹參判 密陽朴公之墓' 비석이 세워져 있다. 예전에 제주는 제물인 소를 하단에 묶어두고 내려갔는데, 내려가면서 뒤를 돌아다보면 신이 제물을 받아주지 않는다고 전해 오고 있다. 천왕단 가는 길은 나무들이 키를 낮추고 아예 주저앉다시피 하고 있다. 천왕단 넓은 터에는 아예 풀도 없었다. 바람은 윙윙거리면서 운무를 쓸어와 2~3미터 앞이 안보였다. 천왕단은 정남으로 입구가 곧 출구인 계단을 올라서면 제단 앞에 바로 정북으로 머리를 두도록 되어 있다. 자연스럽게 허리를 굽히고 손을 모아 머리를 조아리게 된다. 운무가 천왕단 안을 한바퀴 휩쓸고 빠져나가기를 되풀이하고 있었다. 장군단 가는 길은 시베리아 빙하를 걷는 형국인데 모자 위에 후드를 뒤집어쓰고 여미어도 찬바람이 얼굴에 와 닿는다. 11시 27분 장군단을 돌아보고 비로소 정상을 뒤로했다. 사방 20미터 너머는 아직도 하얀 어둠이다.

12시경에 유일사 위 안부에 도착하기까지 주목들 중 일부는 텅빈 줄기를 시멘트로 속을 채워 보수를 해놓았다. 좌측은 전망대 같은 바위들 너머로 바위절벽을 이루고 있었다. 비에 젖은 주목 줄기는 새빨간 피가 철철 묻어 나오는 것 같았다. 안부에는 고개 너머 유일사로 연결되는 콘도라 기계실이 있었다. 좌측으로 유일사가 내려다보이고 우리는 직진하여 대간을 밟아야 했다. 콘도라 기계실에서 조금 가니 좌측 봉우리에 삼층탑이 언뜻 보이고 길은 우측 내리막으로 이어진다. 태백산을 오를 때 유일사를 경유하는 길은 두서너 번 밟았으나 대간길은 처음이다. 결국 남은 거리를 어설프게 생각한 것 때문에 화방재에 이를 때까지 곤욕을 치렀다. 온몸이 파김치가 되는 낭패를 맛보았다. 산행에서 산길에 대한 정확한 지식과 정신적인 면이 중요하다는 것을 새삼 깨닫게 되었다. 봉우리를 다섯 개나 넘게 되리라고는 전혀 생각하지 못하였던 것이다.

12시 40분 경 1,174봉을 오른쪽으로 우회하고 내려서니 '사길치'가 나서고 단종대왕 비각이 보인다. 비각 안에는 불상과 탱화가, 비각 우측에는 신목이 서 있고 아래 제단에는 정한수와 향로와 촛불이 밝혀져 있다. 비각을 내려서니 길은 북북동으로 방향을 틀고 비로소 함백산 위에 해가 나며 발 밑에 그림자가 어른거린다. 운무는 어느 순간에 사라져버렸다. 좌우에 눈가는 데까지 간벌이 잘 된 높이 30여 미터나 되는 이깔나무 수림이 계속되더니 오른쪽으로 팔보암이 보이고 대간은 왼쪽의 고랭지 채소밭으로 이어진다. 산딸기가 잡목숲에 지천으로 깔려 있다. 채소밭에는 양배추가 알을 잔뜩 품고 있었다. 다섯 번째 봉우리를 오른쪽으로 우회하니 화방재(일명 어평재)가 내려다보이고 휴게소와 주유소가 보인다. 정각 1시였다. 머나 먼 길이었다.

■ 저자 약력

김 준 찬 (金 俊 燦)

1950년 경남 통영 출생
1965년 통영중학교 졸업
1968년 부산고등학교 졸업
1974년 고려대학교 법과대학 졸업
1977~1988년 외환은행 근무
현재 외환카드 재직중
　　　외환카드 준법감시인

이어져야 할
백두대간
그 남쪽을
오르며

김준찬 산행 에세이 ①

2002년 11월 30일 발행
2002년 12월 12일　2쇄

· 저　자 : 김 준 찬
· 발행인 : 趙 相 浩
· 발행처 : (주) 나 남 출 판

· 주　소 : 서울 서초구 서초동 1364-39
　　　　　지훈빌딩 501호
· 전　화 : (02)3473-8535(代),
　　　　　FAX : (02)3473-1711
· 등　록 : 제 1-71호 (79. 5. 12)
· http://www.nanam.net
　　　　post@nanam.net

ISBN　89-300-2054-2　　값 17,000원

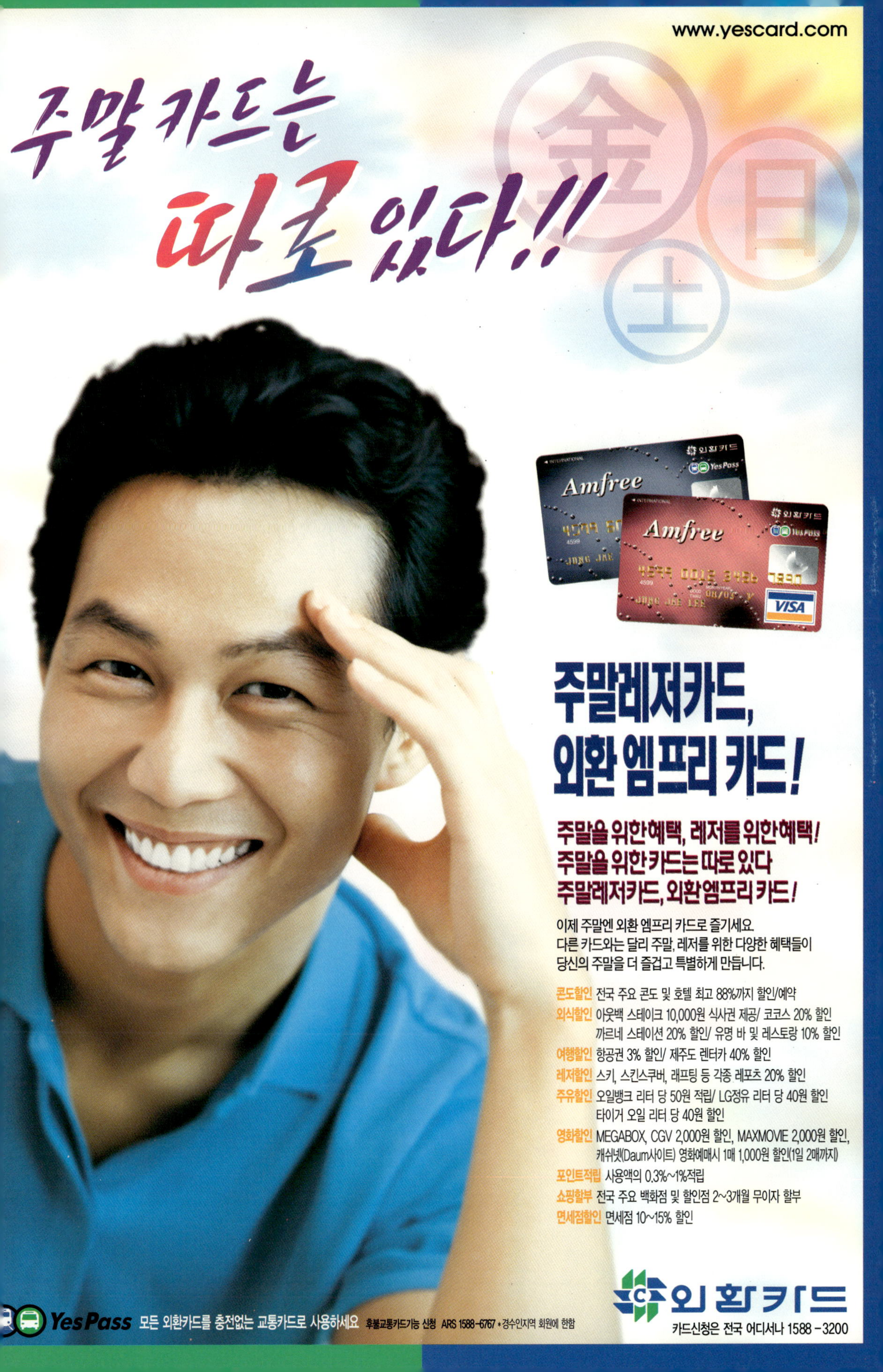

www.yescard.com
주말 카드는
따로 있다!!
金
日
土
Amfree
외환카드
YesPass
VISA
주말레저카드,
외환 엠프리 카드!
주말을 위한혜택, 레저를 위한혜택!
주말을 위한 카드는 따로 있다
주말레저카드, 외환엠프리 카드!
이제 주말엔 외환 엠프리 카드로 즐기세요.
다른 카드와는 달리 주말, 레저를 위한 다양한 혜택들이
당신의 주말을 더 즐겁고 특별하게 만듭니다.
콘도할인 전국 주요 콘도 및 호텔 최고 88%까지 할인/예약
외식할인 아웃백 스테이크 10,000원 식사권 제공/ 코코스 20% 할인
까르네 스테이션 20% 할인/ 유명 바 및 레스토랑 10% 할인
여행할인 항공권 3% 할인/ 제주도 렌터카 40% 할인
레저할인 스키, 스킨스쿠버, 래프팅 등 각종 레포츠 20% 할인
주유할인 오일뱅크 리터 당 50원 적립/ LG정유 리터 당 40원 할인
타이거 오일 리터 당 40원 할인
영화할인 MEGABOX, CGV 2,000원 할인, MAXMOVIE 2,000원 할인,
캐쉬넷(Daum사이트) 영화예매시 1매 1,000원 할인(1일 2매까지)
포인트적립 사용액의 0.3%~1%적립
쇼핑할부 전국 주요 백화점 및 할인점 2~3개월 무이자 할부
면세점할인 면세점 10~15% 할인
외환카드
카드신청은 전국 어디서나 1588-3200
YesPass 모든 외환카드를 충전없는 교통카드로 사용하세요 후불교통카드기능 신청 ARS 1588-6767 *경수인지역 회원에 한함

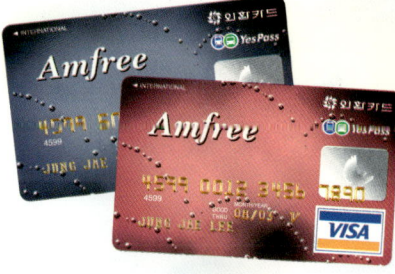